U0362060

文学与文化丛书

清代湖南杂剧传奇研究

伍光辉　著

南开大学出版社

天　津

图书在版编目(CIP)数据

清代湖南杂剧传奇研究 / 伍光辉著. —天津：南开大学出版社，2018.12

（文学与文化丛书）

ISBN 978-7-310-05303-2

Ⅰ.①清… Ⅱ.①伍… Ⅲ.①杂剧－文学研究－湖南－清代②传奇剧（戏曲）－文学研究－湖南－清代 Ⅳ.①I207.37

中国版本图书馆 CIP 数据核字(2016)第 317680 号

南开大学出版社出版发行

出版人：刘运峰

地址：天津市南开区卫津路 94 号　　邮政编码：300071

营销部电话：(022)23508339　23500755

营销部传真：(022)23508542　　邮购部电话：(022)23502200

＊

唐山鼎瑞印刷有限公司印刷

全国各地新华书店经销

＊

2018 年 12 月第 1 版　　2018 年 12 月第 1 次印刷

155×230 毫米　16 开本　19.5 印张　248 千字

定价：78.00 元

如遇图书印装质量问题，请与本社营销部联系调换，电话：(022)23507125

本书为湖南省哲学社会科学基金项目一般项目(项目批准号:15YBA060)研究成果之一,本书为衡阳师范学院博士启动基金项目(项目批准号:13B49)研究成果,同时,获湖南省重点建设学科项目经费资助,获湖南省船山学研究基地经费资助。

序

王齐洲

　　光辉君的博士论文即将出版，要我写几句话放在前面，我愉快答应了。倒不是因为这篇论文是我指导的，我有话可说，而是由于光辉君的为人与为文，有我可以学习的，我愿意和读者诸君分享。

　　2010 年秋，光辉君来到武昌桂子山读博，已过不惑之年，在当年报考我的博士生中是年龄最大的。我之所以接受他，是他身上那一股湖南人的气质感动了我。记得 1979 年秋，我到衡山参加过一次学术会议，会上马积高、羊春秋先生的发言，让我见识了湖南学者的学养与风采；1988 年夏，我住湖南大学招待所校对中南五省师专教材《中国古代文学》清样时参观岳麓书院，其门前对联"惟楚有材，于斯为盛"给我以强烈震撼，我似乎明白了清代以来何以有那么多影响中国文化和社会发展的湖湘人士，近代以来湖南仁人志士何以能够引领和左右中国历史的发展方向。光辉君年过不惑，大学读的又是理科，教过好些年高中语文，居然还要来读博，各科考试成绩竟然还很不错。这不就是湖南人敢为人先、不折不挠、不达目的不罢休的精神么？在复试时，我要他谈谈读博期间的打算，他说以后想研究湖南戏剧，博士期间想研究湖南杂剧传奇，并说湖南杂剧传奇与湖湘文化精神的培育密切相关，他工作过的几个地方，戏剧文化都很发达，他自己也很喜欢,希望能够为家乡文化建设有所贡献。我虽然不懂湖南戏剧,也不搞戏剧研究,以前也没有带过研究戏剧的博士,我却赞赏他对家乡的那份感情、对家乡文化的那种挚爱、对自己研究对象的那些理解,于是决定接受他、支持他、帮助他。

湖南戏剧内涵丰富,尤其是各地方小戏,更是品种繁多。光辉君入校后,我们商量将研究对象限定在清代湖南杂剧传奇。一方面是因为这方面尚有研究空间,能够提供博士论文活动的舞台;另一方面是我对这一内容尚有一知半解,还可以替他做些参谋。清初因评点《西游证道书》而影响甚大的黄周星 66 岁开始创作传奇《人间乐》,"骎骎乎渐入佳境,乃深悔从事之晚",可以想见,当时戏剧对于民间的影响可能大于通俗小说。申言"六经责我开生面"的著名学者王船山,虽只写了一本杂剧《龙舟会》,却得到学界极高评价。傅惜华称其"以儒硕工曲,慷慨激昂,笔酣意足,实属仅见。盖其人气节学问,照耀当时,仅此一剧,足光艺林,不必以多为贵也。"台湾学者曾永义也说:"本剧可以案头讽诵,抒愤寄慨;可以场上搬演,讽世讽人。船山以学术名家,于戏剧一道本不措意,偶一拈题染指,即有如此成就;真是才人所致,自然天成。"晚清创作《警世钟》《猛回头》《狮子吼》的"革命党之大文豪"陈天华,仅撰写杂剧《黄帝魂》一折,将其嵌入《狮子吼》小说的楔子中,却仍然能振聋发聩,催人奋进。仅此数端,就足以构成学界应该关注和研究清代湖南杂剧传奇的理由。至于将湖南杂剧传奇与湖湘文化结合研究,更具有广阔空间。这只要想想晚清以来那些领异标新、开风气之先的湖南人,如著《海国图志》、提倡"睁眼看世界"、主张"师夷之长技以制夷"的魏源;宣扬"血诚""明强"、创湘军、办洋务、建学堂、派留学、被誉为晚清"四大名臣之首"的曾国藩;倡维新、著《仁学》、办《湘报》、促变法、"因变法而流血"的"戊戌六君子"之一的谭嗣同;以及一大批现代革命领袖,如黄兴、宋教仁、毛泽东、刘少奇、彭德怀等,我们就不能不思考:湖南究竟有一种怎样别具一格的文化环境,这种文化环境又是如何造就了这样一批又一批的文化巨人和历史伟人,湖南戏曲与湖湘文化对他们有无影响,有何影响,如何影响。即如担任新中国第一任美术家协会主席的木匠学徒出生的白石老人,为何能够创作出那样令世人震撼的绘画杰作,那与众不同的画法和"在似与不似之间"的艺术境界与湖湘文化的熏陶及湖南戏剧的影响是否有某种内在的联系。所有这些问题,虽然不一定可以得到结论,但作为思想的路标,却仍然可以指示前进的方向,或提供我们做相关研究时思考。

读博三年,光辉君十分用功。他在做博士论文的同时,完成了湖南省社科基金项目"湖南清代戏曲文学与湖湘文化精神"。他做博士论文,也颇有章法。首先做清代湖南杂剧传奇综录,对近二十家的数十种杂剧传奇进行了细致清理,做到心中有数,然后划分这些杂剧传奇的时段和地域,看其分布情况,最后细读文本,把握这些杂剧传奇的基本精神和艺术特色。这样下来,就有了对清代湖南杂剧传奇的独立看法。这些看法,是他的读书所得,我没有阅读这些文本,自然不能赞一辞。然而,我知道他遵从了学术研究的规范,坚持从文献入手,进行了独立思考,不是人云亦云。文中那些能够给人以启发的论述,自然是他确有感悟的地方,即使是那些论述不清或不当之处,也是思想不清或虑而未周的结果,同样客观而真实。光辉君在做博士论文期间,心态是沉稳的,思维是活跃的,有些在研究中有所感悟而未能在论文中加以表达的,在他毕业以后进行了更深入的思考和研究。在毕业后的两三年时间里,他完成了《湘剧与中国古代小说》一书,正在进行湖南省社科基金项目"祁剧与元明清戏曲关系研究",这些都是他进行湖南戏剧研究的组成部分,可以作为博士论文的补充或拓展来理解。显然,光辉君在湖南戏剧研究领域已经站稳了脚跟,并有了一个比较长远的研究计划,他是想为家乡文化建设做一点自己的贡献,湖南人的"霸蛮"特性在他身上得到了初步展现。这正是我需要向他学习的，也是读者诸君可以从这部著作中领悟得到的。

是为序。

丙申夏至日于武昌紫菘·枫林上城

目　录

绪 论

在中国戏剧史上，现代湖南戏剧历来为人们津津乐道。与梅兰芳并称"北梅南欧"的著名戏剧艺术家、戏剧教育家、戏剧理论家、剧作家欧阳予倩，杰出的戏剧家、中国话剧的奠基人、戏曲改革的先驱者田汉，这些大家，在中国现代文学史，特别是中国戏剧史的著作中被大书特书；还有黄芝冈、周贻白、吴绍芝、徐绍清、张庚、金山等都是在全国很有影响的戏剧名家。而古代湖南戏曲在中国古代文学史著作中则往往被忽略，在中国戏剧史著作中往往被轻视。这固然与古代湖南戏曲崛起较迟，跟同期戏曲发达地区相比湖南古代戏曲成就较小有关，但也与学界对古代湖南戏曲的研究不够深入相关。

湖南戏曲由明至清逐步走向繁荣，并且孕育了湖南戏剧在现代的辉煌，清代湖南杂剧传奇在湖南戏曲史乃至中国戏曲史上是不能忽视的。本书研究清代湖南杂剧传奇，自然具有重要的意义。

本书的研究对象是清代湖南杂剧传奇，有必要首先对"清代""杂剧""传奇""湖南杂剧传奇作家""湖南杂剧传奇作品"等有关概念做一个界定，进而对清代湖南杂剧传奇的研究现状做一番分析，最后还有必要对湖南杂剧传奇研究的理论价值和实用价值进行阐释。

第一节 有关概念的界定

研究清代湖南杂剧传奇，首先必须对相关概念进行界定。本书所指的清代，按照文学史对清代文学较为通行的界定，包括从清顺治元年（1644）至宣统三年（1911）二百六十七年的历史[①]。至于杂剧传奇，主要指湖南杂剧传奇作家创作的杂剧传奇作品，因此流行于湖南境内的各种地方戏曲不作为本书的主要考察对象。由于在人们历来的观念里，"杂剧""传奇"的概念往往混淆不清，而清代尤其是晚清，杂剧与传奇之间的文体界限更是模糊甚至消失，一些戏曲家在创作中往往将杂剧和传奇这两种戏曲形式的某些特征加以结合，比较自由地运用，使得杂剧与传奇难以区别，许多作品其实介于杂剧和传奇之间，是两者的结合杂糅体，杂剧与传奇的界限渐趋消除。这种现象在清代湖南杂剧传奇中表现得尤其突出，因此，我们有必要确定一个相对准确合理的标准，对之加以界定。同时，在清代湖南戏曲作家中，黄周星与熊超的籍贯问题，学界一直说法不一，也需考辨。下面我们将对清代湖南杂剧与清代湖南传奇两个概念加以界定，对黄周星与熊超的籍贯问题做一番考辨说明。

一、清代湖南杂剧传奇作家的界定

目前所知曾经创作过杂剧或传奇作品的清代作家有：黄周星、王夫之、陶之采、朱景英、王维新、熊超、张九钺、夏大观、毛国翰、张声玠、刘代英、曾传钧、杨恩寿、黄其恕、陈时泌、陈天华、王时润等 17人。在这 17人中，其生平跨明清两代者有黄周星与王夫之，跨晚清与民国者有王时润。这三人生活年代虽然跨两个朝代，但他们的戏曲创作都是在清代即清顺治元年（1644）至宣统三年（1911）这段时间

---

① 参见游国恩等：《中国文学史》（四），北京：人民文学出版社，1964 年版，第 181 页；章培恒等：《中国文学史》（下），上海：复旦大学出版社，1997 年版，第 85 页；马积高等：《中国文学史》，长沙：湖南文艺出版社，1992 年版，第 313 页；袁行霈：《中国文学史》（四），北京：高等教育出版社，1999 年版，第 203 页。

之内完成的,故称清代杂剧传奇作家是毫无疑义的。17 人中,王夫之、陶之采、朱景英、王维新、张九钺、夏大观、毛国翰、张声玠、刘代英、曾传钧、杨恩寿、黄其恕、陈时泌、陈天华、王时润的湖南籍贯历来无争议,而黄周星与熊超的籍贯归属却是学界一直争议而未能统一看法的问题。故在此有必要加以考辩。

首先考察黄周星。关于黄周星的姓氏名号、籍贯里居、卒年卒地,历来存在争议。对于其籍贯,大体有三种说法,一说是湖南湘潭人,一说金陵上元(今江苏南京)人,还有个别学者认为黄周星为江夏(今湖北武昌)人。一般说来,取第一种说法者多为湘籍人士,取第二种说法者多为江浙人士,取第三种说法者较少,笔者仅见陈文新教授在《文言小说审美发展史》中持此说①。由于明清至今江浙人文影响所及,学界以黄周星为江苏南京人的说法占主导地位。如庄一拂《古典戏剧存目汇考》、傅惜华《清代杂剧全目》、李修生《古本戏曲剧目提要》、赵景深和张增元《方志著录元明清曲家传略》、王永宽《中国戏曲通鉴》等专著及王汉民《黄周星行实系年》、胡正伟《黄周星研究》等论文皆称黄周星为金陵上元人,但一般会补充说,一说湖南湘潭人。

龙华先生在其 1988 年出版的专著《湖南戏曲史稿》中对黄周星的生平做过专门考辨。他引用了大量的原始材料,计有:(1)黄周星《夏为堂集》附《墓志铭》;(2)黄周星《九烟先生集》卷一,卷二;(3)黄周星《九烟先生遗集》卷三,卷五;(4)黄周星《前身散见集编年诗续抄》;(5)黄周星《夏为堂别集·复姓疏并纪事》;(6)归庄《归庄集·书黄周星事》;(7)朱彝尊《明诗综》卷七十五;(8)朱彝尊《静志居诗话》卷二十一《黄周星》;(9)沈德潜、周准《明诗别裁》卷十一《黄周星》;(10)王士禛《渔洋诗话》卷中《黄周星》;(11)王士禛《香祖笔记》;(12)曹溶《明人小传》卷四《黄周星传》;(13)范锴《浔溪纪事诗》下卷,第 5

---

① 参见陈文新:《文言小说审美发展史》,武汉:武汉大学出版社,2002 年版,第 537 页。

页;(14)李恒《国朝耆献类征初编》卷四七三瞿源洙与汪有典二人各自撰写的《黄周星传》;(15)邓显鹤《沅湘耆旧集》卷二七《黄周星》;(16)周系英《九烟先生集》书前《传略》;(17)周昭侃《九烟先生集·跋》;(18)陈鼎《留溪外传》卷五《笑苍老子传》;(19)俞樾《芸蒉编》;(20)甘熙《白下琐言》卷三;(21)姚燮《今乐考证》"黄周星"条;(22)乾隆《长沙府志》卷二九;(23)嘉庆《湘潭县志》卷三十,(24)光绪《湘潭县志》卷八;(25)《康熙江宁县志》卷十二;(26)嘉庆《江宁府志》卷四十一;(27)康熙《繁昌县志》卷十二;(28)乾隆《繁昌县志》卷十二;(29)乾隆《古田县志》卷七;(30)民国《古田县志》卷三五;(31)乾隆《杭州府志》卷一〇五;(32)民国《杭州府志》卷一七;(33)嘉庆《嘉兴府志》卷七九;(34)《明遗民录》卷四十一《黄周星》;(35)乾隆《长兴县志》卷九;(36)光绪《长兴县志》卷二六;(37)道光《南浔镇志》卷七;(38)光绪《泗洪县志》卷十二;(39)《乾隆长洲县志》卷二七;(40)《咸丰南浔镇志》(41)光绪《安吉县志》卷十二;(42)《历代进士题名录》之《明清进士题名碑录》第2617页;(43)《明清进士题名碑录索引》第2224页;(44)《湖南文献汇编》第二辑第102页;(45)杨树达《九烟先生遗集说明》;(46)《碑传集耆旧类征》卷二;(47)谢正光《明遗民传记索引》;(48)吴书荫《明代戏曲作家作品考略》;等等①。龙先生以所掌握的丰富材料为依据,对黄周星的籍贯问题做了严谨的分析考辨,最后得出结论:"说他的里贯为湖南湘潭人是可以肯定的。如果说黄周星于明亡前后复姓归宗,说他是江苏南京人也是可以成立的。"②我们认为,这一结论是比较公允的。黄周星以湘籍获取科名,后虽有复姓归宗之举,但一直没有割断与湖南湘潭的联系,如康熙十七年(1678年),地方官员以博学鸿儒荐九烟入朝为官,九烟避走湘潭。而湖湘文化,特别是屈原对他的影响是根深蒂固的。我们称黄周星

---

①　参见龙华:《湖南戏曲史稿》,长沙:湖南大学出版社,1988年版,第46—56页。
②　龙华:《湖南戏曲史稿》,长沙:湖南大学出版社,1988年版,第51页。

为湖南作家是合情合理的。

再来看熊超。光绪《湖南通志》卷一七六《国朝人物》云：

> 熊超，字班若，康熙庚午（注：1690）举人。客京师，尝馆于某王邸。王心重之，谓人曰："熊孝廉，翰林选也，可立得。"超闻之，疑王为其声援，遂辞归，不与会试。后数年，将复计偕，其母语之曰："吾今笃老，汝往果得第，欲遽归难矣。"言毕黯然。超以母难为别，乃不行。中年邃于《易》，时有心得。研精程朱语录，与邵阳王元复，宁乡张鸣珂，同邑李文炤，时相讲论，后学多慕效之。①

又"李文炤"条有"文炤究心正学，友同邑熊超，宁乡张鸣珂，邵阳车无咎、王元复等相与切劘。"②而傅惜华《清代杂剧全目》、王永宽《中国戏曲通鉴》认为熊超为江西修水人。傅惜华《清代杂剧全目》"熊超"条云：

> 熊超，字禹书，别署豁堂。江西修水人。生平事迹不详。仅知其善诗文，能作曲。乾隆时尝馆于新邑吴祠。有杂剧一种，尚存于世。
>
> 《齐人记》，清人以来，各家戏曲书目，未见著录。此剧现存版本，唯有清抄本。有乾隆五十三年（一七八八）熊华序及总论。目录后有乾隆五十二年（一七八七）作者自识，标名云：《齐人记》，凡四卷，署题云："修水豁堂熊超禹书氏填词，侄华采亭点释"。末有馆中问答，豁堂自记二篇，每出均有作者侄熊华点释，总论。③

---

①　卞宝第、李瀚章、曾国荃、郭嵩焘：光绪《湖南通志》，续修四库全书本，上海：上海古籍出版社，2002年版，第419—420页。

②　同上，第420页。

③　傅惜华：《清代杂剧全目》，北京：人民文学出版社，1981年版，第180页。

王永宽主编的《中国戏曲通鉴》之"乾隆五十二年丁未(1787)"条亦云：

> 熊超的《齐人记》撰成于此年。《齐人记》今存乾隆五十三年(1788)抄本，北京图书馆藏。首页题云"修水豁堂熊超禹书氏填词，侄华采亭点释"，可知作者为熊超，评点者是其侄熊华(字采亭)。抄本卷前有作者题识，后署"乾隆五十二年丁未岁秋月，撰于新邑吴祠，超自识"；又有《豁堂自记》，后署"乾隆五十二年秋月记于新邑吴祠"，可知此剧撰成于此年或稍前。卷前又有《馆中问答》，表述此剧撰作缘起和作剧宗旨，未题年月，当亦是此年所作。抄本还有熊华所作序，后署"乾隆五十三年菊月，侄月轩熊华识"，为次年作；还有熊华所撰总论，未题年月，当亦为次年作。此剧据《孟子》书中齐人乞食故事敷演，与明代孙仁孺《东郭记》等作品同题材。
>
> 熊超生平不详。据此剧题署，可知他字禹书，号豁堂，江西修水人。《齐人记》抄本《豁堂自记》云："豁堂者，余之别号也。余号豁堂何也？余庠名超，故自号曰豁堂也。……辛未年就傅受书……戊子始托馆以自奋焉。愧与悔激，聱牙者夜不能寐，文成三百，诗如之，越明年补弟子员。"由此可知其早年境况。其剧作，今仅知有《齐人记》1 种。[①]

傅惜华先生与王永宽先生的观点及依据大体相同，即《齐人记》的作者是江西修水人熊超。戴云《〈古典戏曲存目汇考〉补正》进一步认为"江西修水的熊超(即《齐人记》的作者)与湖南善化的熊超并非同一个人，二人同名不同字。前者生活在乾隆年间，后者却是康熙时

---

① 王永宽：《中国戏曲通鉴》，郑州：中州古籍出版社，2008 年版，第 704 页。

人。"①

　　他们立论的依据都是今存的,藏于北京图书馆的所谓乾隆五十三年(1788)抄本。说得具体一点,就是抄本上的首页题字"修水豁堂熊超禹书氏填词,侄华采亭点释",题识后署和《自记》署名。但此抄本首页题字颇可疑。

　　查《中国古今地名对照表》,可知现在的修水县,"商封艾侯国,春秋为艾邑,先后属吴、楚、越管辖。西汉置艾县,治今修水县西,隋代废,并入建昌县,唐代为武宁县,唐德宗贞元年间(800)析武宁县西八乡建分宁县,治所在义宁镇,宋因之。元大德八年(1304)移宁州治此。明洪武初改宁县,弘治十六年(1503)复改宁州。清嘉庆六年(1801)改义宁州,1912年改修水县。"②其实1912年还是称义宁县,直到1914年才有修水县之名。而古人署名,有籍贯加姓名或字号之法,而籍贯,往往言州县名,有的也称省名,或省名加县名。民国前的修水人,一般署名不称江西修水人。如宋代黄庭坚,称洪州分宁人,而清代陈宝箴、陈三立,甚至现当代的陈寅恪,自称江西义宁人。康乾时期的熊超,如果其籍贯是属今之江西修水,则应称江西宁州人,怎么会用后来的县名而自称"修水豁堂熊超禹书氏"呢?或以宁州境内有修河,而称修水,也站不住脚,考修水境内古乡镇,无以修水称者,《齐人记》的作者署名时不可能用修水之名。首页所题"修水豁堂熊超禹书氏填词,侄华采亭点释"当为民国之后人所加。又查达春布修,黄凤楼、欧阳焘纂同治《九江府志》,以及王维新等修、涂家杰等纂同治《义宁州志》皆无熊超其人。

　　而湖南善化(今长沙市宁乡县)的熊超,光绪《湖南通志》卷一七六《国朝人物》有传。湖南戏曲作家资料中也都著录熊超,因此,本文认定熊超为清代湖南杂剧作家。

---

① 戴云:《〈古典戏曲存目汇考〉补正》,《文献》,1999年第3期,第238页。
② 薛国屏:《中国古今地名对照表》,上海:上海辞书出版社,2009年版,第206页。

二、清代湖南杂剧传奇作品的界定

"杂剧""传奇"二词,自出现至今,含义出现了多次变化,在人们的观念中,二者并不泾渭分明;同时,清代杂剧传奇文体界限渐趋模糊。要界定清代湖南杂剧与传奇,首先必须了解"杂剧"与"传奇"二词含义的演变过程及在清代的具体含义,然后再根据清代湖南杂剧传奇的特点,结合具体情况加以界定。

首先看杂剧。关于"杂剧"一词的来源,20世纪初叶王国维"杂剧之名,始起于宋"①的观点曾为学术界普遍认同,但20世纪50年代叶德均在《李文饶文集》中发现的一条唐代杂剧材料将杂剧的历史由宋上溯到了晚唐。而刘晓明教授于21世纪初在《古今图书集成》本《教坊记》一书中发现"在其书名后列有一小标题:'杂剧'"②,使"杂剧"的历史由晚唐上溯到中唐。而宋人书籍中称"杂剧"者甚多,王国维《宋元戏曲考》"宋之滑稽戏"章列举了十余例③,胡忌《宋金杂剧考》的"宋杂剧解"一节中举例更多。按胡忌先生考证,宋"杂剧"有滑稽戏、歌舞戏、傀儡戏、小杂剧、哑杂剧、相扑杂剧等几类。④因此,宋代所称的"杂剧"其实就是"杂戏",并非纯粹的戏剧。而赵山林先生对宋代"杂剧"一词含义的归纳更全面准确,他在《中国戏剧学通论》中认为宋代"杂剧"一词的含义有三种情况:"一,广义的。与'百戏''散乐'相同,包括歌舞戏、滑稽戏、傀儡戏、影戏乃至杂技等多种表演伎艺。……二、狭义的。指滑稽戏,特指北宋以前的科白滑稽戏,即王国维《宋元戏曲史》中所说的'纯以诙谐为主,与唐之滑稽剧无异','不能被以歌舞,其去真正戏剧尚远'者。三、发展的。即北宋

---

① 王国维:《王国维文集》,姚淦铭、王燕编,北京:中国文史出版社,1997年版,第426页。

② 刘晓明:《杂剧起源新论》,《中国社会科学》,2000年第3期,第147页。

③ 王国维:《王国维文集》,姚淦铭、王燕编,北京:中国文史出版社,1997年版,第319—330页。

④ 胡忌:《宋金杂剧考》(订补本),北京:中华书局,2008年版,第5—9页。

末年以来那种融汇各种伎艺,渐渐有了较严格范围、较稳定体制,既可以科白为主,又多数被以歌舞的艺术形式。"①

　　按宋代灌园耐得翁《都城纪胜》记载,完整的宋杂剧在结构上大约分做艳段、正杂剧、杂扮三部分演出②。董每戡先生认为:"杂剧的前后两个部分的内容十分复杂,只中间'正杂剧'两段是演述较完整的故事,并且以谐谑为主,讽刺谏诤便寓于谐谑之中。"③艳段和杂扮两部分,应都是极杂的散要。宋杂剧的角色有末泥、引戏、副净、副末、装孤等五类。金朝"杂剧"与宋杂剧大体相同。元末陶宗仪说:"金有院本、杂剧、诸宫调,院本、杂剧,其实一也,国朝,院本、杂剧始厘而二之。"④

　　到了元代,北方产生了北杂剧,即元杂剧,这种新兴的戏曲形式,较之宋金杂剧更显得成熟,标志着我国戏曲艺术已进入一个新的发展阶段。元杂剧是在金院本和诸宫调的直接影响下,在前代各种讲唱和歌词舞曲的基础上,融合各种表演艺术形式而成的一种新兴的戏曲形式。元杂剧是一种集歌曲、宾白、舞蹈于一体,有化妆,有音乐,有表演的舞台综合艺术。在艺术结构、角色分配、人物塑造、联套形式、戏曲语言等方面都有显著的发展,在文体上,由叙述体变为代言体,一般采用四折一楔子、一人主唱(或旦或末)、演唱北曲、曲白科三者并用的戏曲体制,元杂剧这种体制特点作为规范,在元代前期就基本形成并确定下来。

　　在元代至明初这一阶段,杂剧的称呼还是相当混乱的,"杂剧"和"传奇"都曾用以指代杂剧。用"杂剧"之名,是着眼于其表演形式上

---

①　赵山林:《中国戏剧学通论》,合肥:安徽教育出版社,1995年版,第125—126页。

②　参见灌园耐得翁:《都城纪胜》,《武林掌故元编》本,第9页。俞为民、孙蓉蓉:《历代曲话丛编》唐宋元编,合肥:黄山书社,2005年版,第113—114页。

③　董每戡:《说"杂剧"》,《说剧——中国戏剧史专题论文集》,北京:人民文学出版社,1983年版,第170页。

④　陶宗仪:《南村辍耕录》,北京:中华书局,1959年版,第306页。

的"杂";而用"传奇"之名,则立足于其内容特征。元人多以"传奇"或"杂剧"称元杂剧,钟嗣成《录鬼簿》著录元杂剧作家和作品时,其分类标目题云:"前辈已死名公才人,有所编传奇行于世者。"①以"传奇"称元杂剧。明代前期,人们也多以"传奇"或"杂剧"称当时的杂剧作品。如朱有燉《〈关云长义勇辞金〉自引》云:"予嘉其行为作传奇,以扬其忠义之大节焉。故为引。"②康海为王九思《杜甫游春》杂剧作序,其题为《题紫阁山人〈子美游春传奇〉序》。陈铎《花月妓双偷纳锦郎》杂剧在《陈大声乐府全集本》中题名《纳锦郎传奇》。在体制上,明前期的杂剧多以北曲四大套编成,采用一人主唱的表演方式,角色的穿插,题目正名及楔子的运用,皆依元杂剧的规范。在艺术风格上亦与元杂剧相似,如沈泰《盛明杂剧·香囊怨》评朱有燉《香囊怨》杂剧,"大约国初风致,仿佛元人手笔"③。沈德符《顾曲杂言》评周宪王所作杂剧:"虽警拔稍逊古人,而调入弦索,稳协流丽,犹有金元风范。"④王季烈《孤本元明杂剧剧目提要》赞朱权《卓文君私奔相如》杂剧:"有元人之古朴,而无元人粗野之弊;有明人之工丽,而无明人堆砌之病。"⑤青木正儿《中国近世戏曲史》评康海《中山狼》杂剧:"四折均排场紧张,宾白无寸隙,曲辞语语本色,直摩元人之垒,断非万历以后人所能为。"⑥这些评语都指出了明前期杂剧与元人杂剧艺术风格相近的特点。

虽然明前期的杂剧观念与元代大体相同,但由于受南戏、宋杂剧

---

① 俞为民、孙蓉蓉:《历代曲话汇编·唐宋元编》,合肥:黄山书社,2005年版,第318页。

② 俞为民、孙蓉蓉:《历代曲话汇编·明代编》(第一集),合肥:黄山书社,2009年版,第202页。

③ 沈泰:《盛明杂剧·香囊怨》,合肥:黄山书社,1992年版。

④ 俞为民、孙蓉蓉:《历代曲话汇编·明代编》(第三集),合肥:黄山书社,2009年版,第63页。

⑤ 王季烈:《孤本元明杂剧提要三八·卓文君》,《孤本元明杂剧》,北京:中国戏剧出版社,1958年版,第18页。

⑥ 〔日〕青木正儿:《中国近世戏曲史》,北京:中华书局,2010年版,第116页。

和金院本的影响,在体制和风格方面又与元杂剧有某些差异。明代杂剧从元杂剧蜕变而来,自明初始,这种蜕变就在发生。明前期的杂剧观念在南戏和宋杂剧、金院本的影响下,发生了一些变化。首先,在体制方面,某些作品,如贾仲明的《升仙梦》、刘东升《娇红记》、朱有燉的《曲江池》《牡丹园》《牡丹仙》《牡丹品》《蟠桃会》《八仙庆寿》《得驹虞》等对元杂剧体制有部分突破。其次,在风格方面,少数作品出现滑稽调笑风格。宋杂剧、金院本以滑稽调笑为务,元杂剧则换以严肃的故事内容,其中虽不乏有趣的插科打诨和喜剧性的片段,但滑稽调笑并不能占据主要地位。而明清杂剧却出现了许多以滑稽调笑为主的作品。至明中叶,明杂剧在体制上大致形成如下特点:一是折数无定;二是用曲自由,南曲、北曲、南北合套、南套北套相间、南北曲混用者比比皆是;三是主唱者不限于一人,每个角色都可能派定唱词,甚至几个人共唱一曲,或同声合唱。

明中叶后至清初这段时期,由于南曲的盛行,特别是昆山腔的风靡一时,传奇对杂剧造成很大的冲击和影响。由于传奇风靡一时,此期在对杂剧的指称上,虽然仍旧有人称杂剧为“传奇”,但也出现了“南杂剧”“南剧”“小剧”等名称。万历中期成书的戏曲选集《群音类选》中还专设“南之杂剧”条目,并选编了汪道昆《高唐记》《京兆眉》,徐渭《雌木兰》等作品中的曲词。吕天成则以“南剧”称汪道昆、徐渭的杂剧作品,其《曲品》云:“不作传奇而作南剧者:徐渭、汪道昆。”①“南剧”一词本是明人对传奇的称呼。吕天成却借“南剧”一词来指称汪、徐的杂剧作品,显然,人们对杂剧的理解和认识与元代及明前期已有显著不同。在杂剧体制方面,明后期和清初虽然出现“传奇杂剧化,杂剧昆曲化”②的趋势,但还是以吸收传奇体制,变革元杂剧体制

---

① 俞为民、孙蓉蓉:《历代曲话汇编·明代编》(第二集),合肥:黄山书社,2009 年版,第 97 页
② 参见徐子方:《传奇杂剧化,杂剧昆曲化——再论昆曲杂剧》,《艺术百家》,2008 年第 6 期,第 159—161 页。

为主,在题材、结构、风格等方面仍以对元杂剧的继承为主。所以在这一时期,杂剧、传奇无论是题材取舍,还是结构形式、角色、用曲等方面仍存在或多或少的差别。

清中叶以前,人们大多把"杂剧"作为一种不同于"传奇"的文体来看待,但清中叶以后的杂剧已完全打破了元杂剧的规范,与此期的传奇完全混同,有的还融入了地方戏的因素。杂剧、传奇的相互影响加深,杂剧、传奇难分彼此;杂剧的体制表现出进一步的解放。题材与具体的结构方法、艺术风格等的改变,使得杂剧、传奇的界限日益模糊。正如王国维所云:"至明中叶后,不知北剧与南曲之分,但以长者为传奇,短者为杂剧。"①又如胡忌《宋金杂剧考》所说:"明代中叶以后'杂剧'含义又有变化,它是相对于那些长篇传奇的称呼,而称短的剧本为'杂剧'。这样,'杂剧'既可用北曲,也可用南曲,甚至于南北合用的。"②人们的杂剧观念再一次更新。特别是到了近代,杂剧与传奇原有的体制规范都发生了更为剧烈的变化。左鹏军教授概括近代杂剧的三个特点为:"第一,四折一楔子模式的进一步削弱,单折短剧大量出现。第二,角色减少,情节淡化。第三,题目正名多样化和随意化。"③

正是上述原因,给我们界定清代杂剧增加了难度,我们往往很难区分一些作品到底该归属于杂剧还是传奇。研究者往往根据研究需要,自行规定判断标准。如郭英德先生在《明清传奇综录》中,考察明戏曲剧本时,将 10 出(折)以上的视为传奇,9 出(折)以下的视为杂剧;而对清代的戏曲剧本,则将 8 出(折)以上的视为传奇,7 出(折)以下的视为杂剧。至于明代一些以若干出(折)敷演多个故事而合为一本的戏曲剧本,如沈采《四节记》、许潮《泰和记》、沈环《十孝记》和

---

① 王国维:《王国维戏曲论文集》,北京:中国戏剧出版社,1984 年版,第 247 页。

② 胡忌:《宋金杂剧考》,北京:中华书局,2008 年版,第 18 页。

③ 左鹏军:《近代传奇杂剧的文体变革及其文学史意义》,《华南师范大学学报(社会科学版)》,2004 年第 2 期,第 42 页。

《博笑记》等,虽"似剧体",(吕天成《曲品》卷下评《泰和记》《十孝记》),但却与一般杂剧迥异,因此,《明清传奇综录》沿袭传统,亦加以著录。其他一些研究者的判断标准各有不同。

再说传奇。"传奇"之名,始见于中唐元稹《莺莺传》。晚唐裴铏以《传奇》名其小说集,宋以后人们遂以传奇概称唐代文言小说,宋元以后人们借用它作戏曲名称。郭英德先生在《明清传奇史》与《明清传奇综录前言》中对"传奇"一词的含义进行了全面的梳理。此不赘述。郭先生对"传奇"一词从宋元至今,从广到狭的四层含义做了准确概括:

第一层意思:戏曲的通称。以传奇称戏曲,始见于戏文,到明清时期,统称戏曲为传奇的仍大有人在,如清代唐英《古柏堂传奇》十七种实为传奇杂剧合集,周乐清《补天石传奇》八种实即杂剧集,等等。

第二层意思:与杂剧相区别的长篇戏曲的通称。这一含义,始于明代,以吕天成《曲品》卷上所述最具代表性。吕天成以外在体制的长短和内在结构的繁简作为杂剧与传奇相区别的特征。其后明代祁彪佳、清代黄文旸和近人王国维、吴梅等戏曲评论家和研究家,皆准此将戏曲分为杂剧与传奇二体。

第三层意思:特指明中叶以后昆腔系统的剧本。钱南扬《戏文概论》和庄一拂《古典戏曲存目汇考》皆持此说。

第四层意思:与宋元戏文相区别的明清长篇戏曲的通称。明清时期往往统称宋元以降的长篇戏曲为"传奇",如沈璟《南九宫十三调曲谱》、吕天成《曲品》、祁彪佳《远山堂曲品》、黄文旸《曲海目》等,或称为"院本",如姚燮《今乐考证》。而明确标称宋元戏文与明清传奇之分者,始于王国维《宋元戏曲考》与姚华《菉漪室曲话》。至20世纪30年代钱南扬、赵景深、陆侃如、冯沅君的诸种南戏研究著作问世,戏文与传奇的区别遂成定论。傅惜华《明代传奇全目》及张庚、郭汉城《中国戏曲通史》等亦持此说。① 他在《明清传奇史》中的表述与上述意思大体一致。

关于传奇的体制特点,学界多有论述。如卢前论传奇结构的特点云:"传奇第一出,必是正生上起,以生为全书之主。开场白谓之定场白,多用四六骈语。当正生出场前,有副末开场,述全书大意,谓之家门,可作第一出,亦可不入各出内。所填者词,非必南曲,常例二首。词毕,以四语总括之,谓之题目正名,叶韵。或于词后,接之以白。场上问,而场内答,不外笼括全部之言。……传奇通常每部在二十出以上,清之作者,有以八出、十出,或十二出为一部者。既不合于杂剧,复不谐于传奇,此未知传奇之结构者也。"②郭英德先生在《明清传奇史》中对传奇戏曲的文体特点进行了归纳,他说:"传奇戏曲具有两个必不可少的基本要素,即规范化的长篇剧本体制和格律化的戏曲音乐体制,以及另一个相当重要的构成要素即文人化的审美趣味。这三个要素的有机结合,构成了传奇戏曲区别于其他戏曲体裁的文体特点。"③郭先生从文学剧本、戏曲音乐、文化因素三个维度界定传奇,对传奇戏曲的本质内涵做了精确的概括。其他还有许多论述,此不赘述。

与明代形成的传奇体制的基本规范相比,近代传奇体制发生了颠覆性的变化。左鹏军博士将近代传奇体制变化的特点概括为如下四点:第一,出数和角色进一步减少;第二,角色安排随意化和出场顺序自由化;第三,显现才学,集曲增多;第四,下场诗非常复杂,比较随意。④ 因此,晚清和民国的杂剧和传奇"彼此之间的种种体制限制被

---

① 参见郭英德:《明清传奇综录(上)》,石家庄:河北教育出版社,1997年版,第1—4页。

② 卢前:《明清戏曲史》,台北:商务印书馆,1994年版,第26—48页。

③ 郭英德:《明清传奇史》,北京:人民文学出版社,2011年版,第16页。

④ 参见左鹏军:《近代传奇杂剧的文体变革及其文学史意义》,《华南师范大学学报(社会科学版)》,2004年第2期,第42—43页。

进一步打破,各自的文体特征都表现得不甚明晰,二者真正形成了你中有我,我中有你的局面。"①

在杂剧传奇称谓上也很混乱,有人以院本、乐府称传奇。如清人陈其泰为黄燮清《凌波影》所作《〈凌波影〉传奇序》中有"《凌波影》乐府之作,其诸风人之风乎?曩者韵珊尝谱《鸳鸯镜》乐府矣"②。再如陈用光《〈鸳鸯镜〉传奇序》:"因采《池北偶谈》'碎镜'一则,命为院本,稿竣来谒。"③又如王昙的《归农乐》本为杂剧,而钱泳在《烟霞万古楼文集》卷首序文中则说他有"……《归农乐传奇》九出,……俱未刻"。王述庵(昶)将杨潮观《吟风阁》杂剧说成《吟风阁》传奇;还有唐英《古柏堂传奇》收录杂剧十三种,传奇四种,其戏曲集题名却为将占大部分的杂剧当作了传奇。嘉庆年间刘古山有杂剧一种,标目为《冰心册传奇》,实为四折杂剧;道光年间周乐清的《补天石传奇》,实为八折杂剧。这种现象在湖南杂剧传奇作家作品中也不乏其例。

尽管出现如此复杂的局面,但人们往往还是试图对明清杂剧传奇进行划分,也提出了一些划分规则。但梁淑安、姚可夫先生则认为"在近代人眼中,杂剧和传奇已不再是不容混淆的两种各有严格体制的戏剧形式,而是互相融合了。在这种情况下,再去勉强划分其界限,不仅困难重重,也无实际意义了"④。杜桂萍博士也说:"如果真的要将杂剧与传奇截然划分开来,不仅需要剧本体制这一因素的参照,还应综合考虑到联曲规则、剧本组织等多种情况。"⑤

在清代湖南戏曲作品中,前期黄周星的传奇《人天乐》,杂剧《试

①　左鹏军:《晚清民国传奇杂剧史稿》,广州:广东人民出版社,2009年版,第133页。

②　陈其泰:《凌波影传奇序》,黄燮清《凌波影》,《倚晴楼七种曲》,咸丰戊午年刻本,南京图书馆藏。

③　陈用光:《鸳鸯镜传奇序》,黄燮清《鸳鸯镜》,《倚晴楼七种曲》,咸丰戊午年刻本,南京图书馆藏。

④　梁淑安、姚可夫:《中国近代传奇杂剧经眼录》,北京:书目文献出版社,1996年版,《前记》部分,第6页。

⑤　杜桂萍:《清初杂剧研究》,北京:人民文学出版社,2005年版,第49页。

官述怀》《惜花报》，王夫之的杂剧《龙舟会》，陶之采的传奇《芙蕖韵》，中期张九钺的传奇《六如亭》《双虹碧》，杂剧《四弦词》《竹枝缘》，夏大观的传奇《陆判记》《珠鞋记》，毛国翰的传奇《青湘楼》，刘代英的传奇《章台柳传奇》，张声玠的杂剧《玉田春水轩杂出》九种，曾传钧的传奇《蕙兰芳》，杨恩寿的传奇《理灵坡》《再来人》《麻滩驿》《双清影》《鸳鸯带》，黄其恕的传奇《坤灵扇》，陈时泌的传奇《非熊梦》《武陵春》，陈天华的杂剧《黄帝魂》，王时润的杂剧《闻鸡轩杂剧》，各家著述对其归属没有异议。前期杂剧传奇，特征分明，自然没有异议，中后期作品，因一般杂剧为一折短剧，与传奇差别明显，也无异议。当然，有的作品因为早已亡佚，无从异议。但对于清中期朱景英的《桃花缘》，晚清杨恩寿的《桂枝香》《姽婳封》《桃花源》等作品，各家著述归属不同。如杨恩寿的作品，对《理灵坡》（22 出）、《麻滩驿》（18 出）、《再来人》（16出），各家著述皆录为传奇，而对于《桂枝香》（8 出）、《姽婳封》（6 出）、《桃花源》（6 出），王国维的《曲录》、庄一拂的《古典戏曲存目汇考》、齐森华主编的《中国曲学大辞典》等皆列之为传奇，而吴梅的《中国戏曲概论》、邓长风的《明清曲家考论四编》、曾永义的《清代杂剧概论》等则皆将其定为杂剧。而郭英德的《明清传奇史》则认为只有《姽婳封》与《桃花源》是杂剧，其他皆为传奇。其实，即便杨恩寿本人，对一些作品的类属，也说法不一。如《再来人》，在目录上著为"再来人传奇目录"，《自序》中也说"此余所谱《再来人》传奇。"然在《再来人》剧中，女伶则云"长沙地方，有个好事的蓬道人，填成《再来人》杂剧，小班已经演熟了"（《再来人》第十六出）。再如《桃花源》，目录著为"传奇"，而在其《泊蕉峡溪》诗后注则云"余撰有《桃花源》杂剧"①，在《满江红·桃花源》词作中，"更有人梦中说梦，宫商一片"句后，有注亦云"余谱有《桃花源》杂剧"②可见，杨恩寿对自己的作品是属于传奇还

---

① 杨恩寿：《坦园诗录》，《坦园全集》本，清光绪杨氏坦园刻本，卷十九。
② 杨恩寿：《坦园词录》，《坦园全集》本，清光绪杨氏坦园刻本，卷四。

是杂剧并没有刻意地区分。从杨恩寿的《坦园六种》及《双清影》这七部作品的体制特征来看,剧本皆以《破题》为开场,皆用一个曲牌,皆无宾白,角色安排皆用生、旦而非末、旦,在曲牌使用上,每部皆按南曲的联套方式,分引子、过曲和尾声,也皆有南北合套的运用。总之,除了出目的多少以外,在其他方面并无明显的体制差异。所以说,以归入传奇为宜。朱景英的《桃花缘》仅四出,而作者自称为传奇,其《来鸥馆诗存》中有《冬夜南园同人观演拙制〈桃花缘〉传奇》七绝四首①,刘世德先生亦称之为传奇②。如果从体制、联曲规则、剧本组织等看,则以归入杂剧为宜。对于晚清戏曲的归属问题,如果不是出于一定目的,也许不必以出目为标准,更不能以作者的标示而作分析派别的依据。我们界定清代湖南杂剧传奇的归属的标准,既要考察其出目,更要综合体制、联曲规则、剧本组织等特点。据此,我们便可将目前所知清代文人曲家所撰杂剧传奇作品进行界定与划分,具体如下:

清代湖南杂剧有黄周星《试官述怀》《惜花报》,王夫之《龙舟会》,朱景英《桃花缘》,熊超《齐人记》,张九钺《四弦词》《竹枝缘》,张声玠《玉田春水轩杂出》九种:《讯姂》《题肆》《琴别》《画隐》《碎胡琴》《安市》《看真》《游山》《寿甫》,陈天华《黄帝魂》,王时润《闻鸡轩杂剧》。

清代湖南传奇有:黄周星《人天乐》,陶之采的《芙蕖韵》,张九钺《六如亭》《双虹碧》《红蕖记》,夏大观《陆判记》《珠鞋记》,毛国翰《青湘楼》,刘代英《章台柳传奇》,曾传钧《蕙兰芳》,杨恩寿《姽婳封》《桂枝香》《理灵坡》《再来人》《桃花源》《麻滩驿》《双清影》《鸳鸯带》,黄其恕《坤灵扇》,陈时泌《非熊梦》《武陵春》。

---

① 朱景英:《畲经堂诗续集》,清乾隆刻本,卷二。
② 刘世德:《朱景英和〈桃花缘〉传奇——清代戏曲家考略之一》,《文献》,1980年第4期,第96—110页。

第二节　清代湖南杂剧传奇研究的意义

中国杂剧史与中国传奇史的现代研究是从王国维和吴梅两位大师开始的。王国维在对戏曲生成发展的探讨和对宋元戏曲的研究中"所创立的范式和提出的命题,规范着 20 世纪戏曲研究的基本模式与基本架构"①。吴梅则最先把明清传奇纳入戏剧史研究领域,且首开传奇史流派研究先河。此后将近半个世纪,研究中国古代戏曲史的学者大体沿着两位大师开辟的道路,对杂剧、传奇进行了多层次全方位的研究。特别是 20 世纪 80 年代中期以后,杂剧、传奇研究进入视野开阔、视角多变的全面繁荣时期。学者们站在时代的高度,以开阔的视野,多变的角度,从多方面审视明清杂剧、传奇艺术的发展,对杂剧传奇进行了较为系统的研究。但学界对元明时期戏曲研究关注较多,而对清代戏曲的研究力度不够。一方面由于清代戏曲文献分散,爬梳整理困难。另一方面也受传统文艺思想、戏曲观念的影响。如王国维认为:"明以后无足取,元曲为活文学,明清之曲,死文学也"②。吴梅亦认为"清人戏曲,逊于明代"③。所以清代戏曲研究还有许多空白需要填补,对清代湖南杂剧传奇的研究也值得加强。

一、清代湖南杂剧传奇研究现状

关于湖南古典戏曲研究的文献,目前所见最早的是东汉王逸的《楚辞章句》。其中言及屈原依沅湘间"歌乐鼓舞"而创作《九歌》之事。④ 唐代刘禹锡《竹枝词引》曾转引之以证唐代荆楚歌舞艺术流行的渊源所自。⑤ 历代史书与地方志,亦多有记载。如《旧唐书·崔慎

---

① 范红娟:《现代化语境中的 20 世纪传奇戏曲研究》,北京:文物出版社,2008 年版,第 27 页。

② 〔日〕青木正儿:《中国近世戏曲史》,王古鲁译,北京:中华书局,1959 年版,第 1 页。

③ 吴梅:《顾曲麈谈　中国戏曲概论》,上海:上海古籍出版社,2000 年版,第 176 页。

④ 参见王逸:《楚辞章句》卷二,《四库全书》集部一。

⑤ 参见刘禹锡:《刘禹锡集》,北京:中华书局,1990 年版,第 359 页。

由传》与《新唐书·崔慎由传》皆记有湖南流行傀儡戏的情况。而湖南各地地方志对各地流行的皮影戏、傀儡戏、傩戏都有记载。① 宋代文天祥在《衡州上元记》中记载了咸淳十年（1274 年）湖南衡州演出歌舞百戏的盛况。② 元代夏庭芝《青楼集》记载有张玉梅、刘关关、金兽头、般般丑、刘婆惜、帘前秀等歌舞、说唱或戏曲艺人在湖南一带颇受欢迎的情况。明代吕天成《曲品》对湖南作家许潮、龙膺的戏曲作品都有品评，沈德符《顾曲杂言》对许潮《泰和记》已有评价。清代，康熙年间刘献廷《广阳杂记》中记有在衡阳观演昆剧《玉连环》的情况；顾彩《容美记游》中记有在湘北石门观看宣慰使田舜年父子的戏班演唱昆曲的情况；乾隆年间郭毓的《武陵大水行》中提到武陵戏班演唱昆山腔；广州的《外江梨园会馆碑记》《梨园会馆上会碑记》中记载有湖南戏班去广州演出的情况；道光年间，杨懋建在《梦华琐簿》中谈及道光十八年（1838）在常德、长沙等地演唱昆曲的艺人与戏班。而戏曲家杨恩寿，也对王夫之的《龙舟会》、曾传钧的《蕙兰芳》等有评价。此外，一些地方志中也对湖南杂剧传奇作家作品有介绍。

从 20 世纪 30 年代至今，专门研究清代湖南杂剧传奇的著作目前还未见出版，但有一些专门研究湖南杂剧传奇作家作品的论文发表，还有一些不以湖南杂剧传奇作家作品为主要研究对象的专著与论文中也涉及湖南杂剧传奇作家作品。

1.间接性文献对清代湖南杂剧传奇的著录与研究

至目前为止，尚未见专门研究湖南杂剧传奇的专著出版，但有一些专著与论文涉及湖南杂剧传奇。这些不以湖南杂剧传奇作家作品为主要研究对象的专著与论文，我们称之为湖南杂剧传奇研究的间接性文献，本书简称间接性文献。这些文献中，既有湖南戏曲的专门性研究著作，又有不以湖南戏曲为主要研究对象的著作，还有一些虽

① 参见龙华：《湖南戏曲史稿》，长沙：湖南大学出版社，1988 年版，第 2—7 页。
② 参见文天祥：《文山先生集》卷九《文集》，清同治七年景莱书室刊本。

不是以湖南杂剧与传奇作家、作品为主要议题但文中涉及湖南杂剧、传奇作家与作品的研究论文。

首先来看湖南戏曲的专门性研究著作中对清代湖南杂剧传奇作家作品的研究情况。

以湖南戏曲为研究对象的专门性著作，主要有《湖南戏考》《中国戏曲志·湖南卷》《湖南地方戏曲史料》《湖南地方戏曲剧种志丛书》、龙华的《湖南戏曲史稿》、尹伯康的《湖南戏曲史探》与《湖南戏剧史纲》、文忆萱等的《湖南高腔剧目初探》、范正明的《湘剧剧目探微》《湘剧名伶录》《含英咀华——湘剧传统折子戏一百出》《湘剧高腔十大记》、谢惠钧《湖南地方戏曲脸谱》等，但这些著作大都关注湖南地方戏曲，对清代湖南文人创作的杂剧传奇很少关注。其中只有《中国戏曲志·湖南卷》《湖南戏曲史稿》涉及清代湖南杂剧传奇作家作品。

1988 年出版的《湖南戏曲史稿》是国内第一部湖南戏曲史研究专著，该书概述了湖南戏曲的渊源、形成、流变及发展过程；对湖南戏曲作家许潮、黄周星、王夫之、张九钺、张声玠、杨恩寿、陈天华的生平思想进行了细致的考辨分析，对这些作家的杂剧、传奇作品的思想内容与艺术特色进行了较为深入的探讨；特别是对湖南高腔、湖南昆腔、湖南弹腔、湖南花鼓等四种湖南戏曲主要声腔形式的兴起、发展和演变过程及各声腔剧种的艺术种类、流派及戏曲剧目进行了较为全面的研究。此著对杂剧传奇作家给予了较多关注，是目前研究湖南杂剧传奇作家作品最重要的著作。但该著重在对湖南戏剧史进行整体扫描，因此，地方戏曲剧种、声腔等的分析占了很大篇幅，在对湖南杂剧传奇作家作品研究方面，虽然材料较详实，但也还存在一些遗憾。例如，由于当时条件限制，对清代湖南杂剧传奇作家作品论述不全面，有不少遗漏；同时，对湖南杂剧传奇作家作品的分析停留于静止、孤立的个案分析，缺乏对清代湖南杂剧传奇作家作品的综合分析,没能将清代杂剧传奇与清代戏曲文化生态联系起来进行综合分析。① 因此,这些方面值得我们进行更为深入的探讨。

1990 年出版的《中国戏曲志·湖南卷》,是《中国戏曲志》丛书中的一卷,有统一的编纂体例。其综述部分概述了湖南地区的戏曲活动;图表部分列举了湖南戏曲史上的重要事件、流行剧种,描绘了清初湖南驿道、河道等;志略部分则介绍了流行于湖南各地的 20 种湖南剧种、剧目、音乐、表演、舞台美术、机构、演出场所、演出习俗、文物古迹、报刊专著、轶闻传说、谚语口诀行话等内容;传记部分介绍了一些湖南著名的戏曲作家、演员等。该书资料丰富,涵盖广泛,是研究湖南戏曲很有用的一本工具书。同样,因为限于工具书的职能,所以显得泛而不全、多而不深;且此书详于近现代的湖南地方戏曲资料,而古代湖南杂剧、传奇作家作品资料相对简略且所收不全,如著录的古代湖南戏曲作家仅许潮、龙膺、黄周星、张九钺、杨恩寿五人,而对湖南杂剧传奇作品也未予专门著录。②

再来看不以湖南戏曲为主要研究对象的著作中,对清代杂剧传奇作家作品的研究情况。

不以湖南戏曲为主要研究目的但间接论及湖南戏曲的论文或著作中,湖南文学史、湖湘文化史等类著作和中国戏曲史类著作与湖南戏曲研究有较多关联。如马积高先生主编的《中国古代文学史》对湖南杂剧传奇作家作品虽只论及王夫之《龙舟会》,但对其评价十分精当。③ 陈书良主编的《湖南文学史》对清代张声玠的杂剧、杨恩寿的传奇戏剧及其戏曲理论设专节加以介绍,对王夫之的杂剧《龙舟会》、张九钺的传奇《六如亭》、陈天华的杂剧《黄帝魂》也有介绍。孙海洋

① 参见龙华:《湖南戏曲史稿》,长沙:湖南大学出版社,1988 年版。

② 参见中国戏曲志编辑委员会:《中国戏曲志·湖南卷》,北京:文化艺术出版社,1990 年版。

③ 参见马积高,黄钧:《中国古代文学史(下)》,长沙:湖南文艺出版社,1992 年版,第330 页。

的《湖南近代文学》一书中对杨恩寿设专节加以论述。吴梅《中国戏曲概论》著录清代张九钺《六如亭》，杨恩寿《麻滩驿》《理灵坡》《再来人》，王夫之《龙舟会》(入明代杂剧)，杨恩寿《桃花源》《姽婳封》《桂枝香》，蘅芷庄人(张声玠)《玉田春水轩杂出》九种，并对个别作品做了简短的评论。[1] 左鹏军的《晚清民国传奇杂剧考索》对湖南善化王时润的《闻鸡轩杂剧》进行了考索。其他如青木正儿《中国近世戏曲史》、周贻白的《中国戏曲史长编》、周妙中《清代戏曲史》、郭英德《明清传奇史》、曾永义《清代杂剧概论》、陈则光《中国近代文学史》、许金榜《中国戏曲文学史》、赵山林《中国近代戏曲编年》、左鹏军《晚清民国传奇杂剧史稿》、程华平《明清传奇编年史稿》等也对清代湖南杂剧传奇作家作品作了或多或少的著录或介绍。

还有一些中国古代戏曲目录著作也著录了清代湖南杂剧传奇作家作品。如《曲海总目提要》收录清代湖南戏曲作家作品有标为无名氏作品实为黄周星传奇的《人天乐》。姚燮《今乐考证》中载录黄周星《人天乐》传奇 1 本，张九钺《六如亭》《双虹碧》传奇各 1 本；黄九烟(周星)杂剧 2 本：《试官述怀》，《惜花报》。[2] 王国维《曲录》著录王夫之《龙舟会》1 本，张九钺《六如亭》1 本，杨恩寿 6 种：《麻滩驿》《理灵坡》《再来人》《桃花源》《姽婳封》《桂枝香》，曾传钧《惠兰芳》1 本。阿英《晚清戏曲小说目》、赵景深与张增元共著《方志著录元明清曲家传略》、傅惜华《清代杂剧全目》著录清代湖南杂剧作家作品计有黄周星 2 种，王夫之 1 种，张九钺 2 种，张声玠 9 种，熊超 1 种。但傅惜华所著熊超被定为江西修水人。[3] 庄一拂《古典戏曲存目汇考》中著录王夫之杂剧 1 种，黄周星杂剧 2 种、传奇 1 种，王维新传奇 1 种，熊超杂剧 1 种，张九钺传奇 2 种，毛国翰传奇 1 种，张声玠杂剧 9 种，曾传钧

① 参见吴梅：《顾曲麈谈 中国戏曲概论》，上海：上海古籍出版社，2000 年版。

② 姚燮：《今乐考证》，载俞为民、孙蓉蓉：《历代曲话汇编·清代编第四集》，第 94—440 页。

③ 参见傅惜华：《清代杂剧全目》，北京：人民文学出版社，1981 年版。

传奇 1 种,杨恩寿传奇 7 种,陈时泌传奇 2 种,陈天华杂剧 1 种。① 孙楷第《戏曲小说书录解题》著录有王夫之《龙舟会》,张声玠《玉田春水轩杂出》。② 李修生《古本戏曲剧目提要》著录清代黄周星《人天乐》传奇 1 种,杂剧 2 种:《试官述怀》《惜春报》。同时,该书著录王夫之杂剧《龙舟会》,张九钺传奇《六如亭》,张声玠杂剧九种:《讯豵》《题肆》《琴别》《画隐》《碎胡琴》《安市》《看真》《游山》《寿甫》。③ 郭英德《明清传奇综录》、梁淑安与姚柯夫共著的《中国近代传奇经眼录》《中国近代传奇目》、齐森华等主编《中国曲学大辞典》之《曲家》《清代、近代杂剧》《清代、近代传奇》等,也或多或少著录了一些湖南杂剧、传奇作家作品。还有一些现代修撰的地方志中,除了对地方戏曲的介绍外,也收录了相关的杂剧传奇作家作品。如长沙、湘潭、常德、衡阳、宁乡等地新修的县志中,都收录了当地的杂剧传奇作家作品。而萧萐父与许苏民共著的《王夫之评传》、张怀承《王夫之评传:民族自立自强之魂》也提及王夫之的《龙舟会》杂剧。康和声《稿本王船山先生南岳诗文事略》中《龙舟会杂剧序》一文对《龙舟会》的主旨有精到的论述。

　　最后考察那些虽不以清代湖南戏曲作家作品为主要议题,但文中涉及清代湖南杂剧传奇作家与作品的研究论文。这方面的论文,近 30 年来随着戏曲史研究的愈益深入而越来越多。熊志庭《古近代湘籍作家研究综述》概述了至 20 世纪 80 年代为止关于湖南杂剧传奇作家作品研究的情况④,王立兴《近代戏剧史料发微(续)》论及陈时泌的《非熊梦》传奇⑤。祁志祥《明清曲论中的用事论》中谈及黄周

星的"戏曲用事论"①,张兵《清初湖南四家遗民诗概论》所论清初湖南四家遗民诗中就有黄周星②,杨东甫《晚清传奇杂剧短暂中兴与消亡探因》论及陈时泌的《武陵春》《非熊梦》两部传奇③,田根胜《近代戏曲的传承与开拓》中的附录三:《近代戏剧史编年》中著录毛国翰、张声玠、曾传钧、杨恩寿、陈天华四位杂剧传奇作家及其戏曲作品④。邱美琼、胡建次的《明清戏曲批评视野中的"趣"》论及黄周星《制曲枝语》中对"趣"的界定与阐释⑤,杜桂萍《论蒋士铨与乾嘉时期戏曲家的交往》、徐国华《蒋士铨研究》论及张九钺与蒋士铨的交往及张九钺的《六如亭》传奇⑥,刘和文《张潮与康熙文坛交游考》论及涨潮与黄周星的交游⑦,黄珊元的硕士学位论文《晚清学术人物的地理分布》著录的晚清文学家中,有湖南戏曲家毛国翰、张声玠、曾传钧、杨恩寿、陈天华,李克《论"清初江南遗民曲家群"》和《"故国"意象·寓言·女性关照——论清初遗民戏曲的书写策略》两篇论文皆论及清初遗民曲家黄周星与王夫之的思想,他们的杂剧或传奇作品的抒写策略以及表现出来的遗民品格⑧,胡东升《清代聊斋戏研究》、刘芳《聊斋戏研究》这两篇硕士学位论文皆著录了夏大观的《陆判记》⑨,

① 参见祁志祥:《明清曲论中的用事论》,《上海艺术家》,1994 年第 2 期,第 40 页。

② 参见张兵:《清初湖南四家遗民诗概论》,《求索》,1997 年第 4 期,第 100—104 页。

③ 参见杨东甫:《晚清传奇杂剧短暂中兴与消亡探因》,《广西师院学报(哲学社会科学版)》,2000 年第 1 期,第 48—52 页。

④ 参见田根胜:《近代戏曲的传承与开拓》,华东师范大学博士学位论文,2003 年。

⑤ 参见邱美琼、胡建次:《明清戏曲批评视野中的"趣"》,《河北大学学报(哲学社会科学版)》,2004 年第 6 期,第 45 页。

⑥ 参见杜桂萍:《论蒋士铨与乾嘉时期戏曲家的交往》,《社会科学辑刊》,2011 年第 6 期,第 222 页。徐国华《蒋士铨研究》,华东师范大学博士学位论文,2005 年。

⑦ 参见刘和文:《张潮与康熙文坛交游考》,《明清小说研究》,2007 年第 2 期,第 252—253 页。

⑧ 参见李克:《论"清初江南遗民曲家群"》,《宜宾学院学报》,2008 年 2 期,第 37—39 页;李克:《"故国"意象·寓言·女性关照——论清初遗民戏曲的书写策略》,《贵州师范大学学报(社会科学版)》,2009 年第 5 期,第 107—111 页。

⑨ 参见胡东升:《清代聊斋戏研究》,西北师范大学硕士学位论文,2009 年;刘芳《聊斋戏研究》,山西师范大学硕士学位论文,2012 年。

黄胜江《乾隆时期文人著作研究》著录了朱景英、张九钺、熊超三位曲家及其部分作品，如张九钺的《六如亭》、朱景英的《桃花缘》、熊超的《齐人记》①，李文胜《清初兴亡悲剧研究》提及王夫之的民族思想和张声玠的《琴别》《画隐》②，石庆国硕士学位论文《清初诗人剧作论》中论及王夫之与黄周星及其杂剧、传奇作品③，刘黎明《杂论东坡剧》、刘春玉《苏轼题材戏曲作品研究》、邵敏《苏轼题材戏曲演变综论》、赵超《戏曲中苏轼形象的多维透视》、张媛《元明戏曲小说中的苏轼形象》皆论及张九钺的《六如亭》，④郭文仪《明清之际遗民梦想花园的构建及意义》论及黄周星于诗文中构建梦想花园的意义⑤，李春燕《"人面桃花"故事的演变与文化内涵》论及朱景英的《桃花缘》⑥。此外，还有王晓靖《论古典戏曲里的科举社会》、包海英《试论科举与古代戏曲之关系》论及黄周星的《人天乐》《试官述怀》。⑦

　　总之，间接性文献对清代湖南杂剧传奇或多或少有所著录和论述，但往往著录不全，研究不深。然但我们进一步全面研究清代湖南杂剧传奇打下了基础，提供了借鉴。

　　2.专题论文对清代湖南杂剧传奇的研究

　　有关湖南杂剧传奇作家与作品的研究论文，大多是对单个作家

---

① 参见黄胜江：《乾隆时期文人著作研究》，福建师范大学博士学位论文，2010年。

② 参见李文胜：《清初兴亡悲剧研究》，广西师范大学硕士学位论文，2010年。

③ 参见石庆国：《清初诗人剧作论》，华侨大学硕士学位论文，2011年。

④ 参见刘黎明：《杂论东坡剧》，《西南民族学院学报·哲学社会科学版》，2001年第12期，第65—69页；刘春玉《苏轼题材戏曲作品研究》，西北师范大学硕士学位论文，2011年；邵敏《苏轼题材戏曲演变综论》，《四川戏剧》，2008年第5期，第81—82页；赵超《戏曲中苏轼形象的多维透视》，《民族文学研究》，2011年第3期；张媛《元明戏曲小说中的苏轼形象》，《安庆师范学院学报》（社会科学版），2009年第2期，20—25页。

⑤ 参见郭文仪：《明清之际遗民梦想花园的构建及意义》，《文学遗产》，2012年第4期，第112页。

⑥ 参见李春燕：《"人面桃花"故事的演变与文化内涵》，《九江学院学报》，2012年第2期，第35页。

⑦ 参见王晓靖：《论古典戏曲里的科举社会》，扬州大学硕士学位论文，2002年；包海英：《试论科举与古代戏曲之关系》，《天府新论》，2007年第4期。

或作品的个案分析,缺乏从整体上对清代杂剧传奇作家作品进行的综合考察。而这些个案研究的论文,主要集中在对王夫之及其《龙舟会》、黄周星及其杂剧传奇以及杨恩寿戏曲创作与戏曲理论的研究。其次是对张九钺、张声玠、陈天华、朱景英的研究。

关于王船山的研究论文很多,涉及船山生平事迹、政治思想、哲学思想、伦理思想、经济思想、军事思想、法律思想、教育思想、宗教思想、美学思想、文艺思想及船山文学研究与创作、船山研究史等多个方面。而对其杂剧《龙舟会》的研究,主要集中在对《龙舟会》主题思想的阐释。如易楚奇的《试论王船山的杂剧〈龙舟会〉》①、谭家健的《浅谈王夫之的杂剧〈龙舟会〉》②、孙书磊的《王夫之〈龙舟会〉杂剧考述》③、吴根友的《〈龙舟会〉道德启蒙意义浅析》④、朱青红《论〈龙舟会〉杂剧的文人自寓性特征》⑤、杜桂萍《遗民品格与王夫之〈龙舟会〉杂剧》⑥。这些论文虽然对杂剧《龙舟会》主题的表述各有侧重,但都认为该作品反映了作者的个人遭遇,表达了抗清复仇的思想。而伍光辉的《〈龙舟会〉:理想人格的颂歌》,通过对王夫之《龙舟会》与王夫之的生平思想的综合考察,认为杂剧《龙舟会》通过对谢小娥、李公佐两个主要人物形象的塑造,特别是通过对谢小娥的复仇精神和不避艰险、誓死报冤的坚强意志,以及智勇双全的品格的刻画,形象地阐释了船山的理想人格论,歌颂了谢小娥、李公佐的高尚人格,因此,

---

① 易楚奇:《试论王船山的杂剧〈龙舟会〉》,《船山学报》,1984 年第 1 期,第 123 页。

② 谭家健:《浅谈王夫之的杂剧〈龙舟会〉》,《湖南师院学报(哲学社会科学版)》,1979 年第 3 期,第 111 页。

③ 孙书磊:《王夫之〈龙舟会〉杂剧考述》,《中国典籍与文化》,2005 年第 4 期,第 33 页。

④ 吴根友:《〈龙舟会〉道德启蒙意义浅析》,《船山学刊》,1993 年第 1 期,第 116 页。

⑤ 朱青红:《论〈龙舟会〉杂剧的文人自寓性特征》,《艺术百家》,2005 年第 6 期,第 36 页。

⑥ 杜桂萍:《遗民品格与王夫之〈龙舟会〉杂剧》,《社会科学辑刊》,2006 年第 6 期,第 231 页。

《龙舟会》是理想人格的颂歌。① 也有一些论文涉及《龙舟会》的其他方面,如张兆勇《王船山〈龙舟会〉杂剧评述——兼与关汉卿〈窦娥冤〉杂剧思想及艺术比较》从思想内容及艺术特色两个方面将王船山《龙舟会》杂剧与关汉卿《窦娥冤》杂剧进行比较。② 孙书磊《从〈龙舟会〉杂剧看王夫之的历史观与戏剧观》则主要从杂剧《龙舟会》考察王夫之的历史观与戏剧观。③ 张晓兰《论王夫之〈龙舟会〉杂剧的学术化品格》则考察杂剧《龙舟会》的学术化品格,认为王夫之大儒的身份使这部作品呈现出鲜明的学术化品格:情感的主体化和抒情化、戏曲文辞的诗化和雅化、人物和剧情的个性化、戏曲形式的复古化和格律化等,这种特征也在一定程度上反映了清代戏曲的整体特征。④ 魏春春,李欢《谢小娥复仇故事流变论——兼论王夫之〈龙舟会〉对〈谢小娥传〉的改编》则以王夫之《龙舟会》为个案分析探究谢小娥故事的流变。认为在故事流变过程中,谢小娥故事的社会文化内涵逐渐丰富,人物形象渐趋典型化,更为强调人物的内在情感塑造。⑤

再来看杨恩寿研究。学界对杨恩寿戏曲的研究比较全面,涉及他的戏曲理论与戏曲创作,交游与观剧活动等方面。具体说来,赵山林的《杨恩寿对戏曲研究的贡献》主要根据杨恩寿的《词余丛话》和《续词余丛话》,论述杨恩寿的戏曲观、戏曲批评标准及其对地方戏研

---

① 伍光辉:《〈龙舟会〉:理想人格的颂歌》,《衡阳师范学院学报》,2011年第4期,第22页。

② 张兆勇:《王船山〈龙舟会〉杂剧评述——兼与关汉卿〈窦娥冤〉杂剧思想及艺术比较》,《戏曲研究》,2003年第1期,第128—133页

③ 孙书磊:《从〈龙舟会〉杂剧看王夫之的历史观与戏剧观》,《东南大学学报(哲学社会科学版)》,2007年第1期,第105—109页。

④ 张晓兰:《论王夫之〈龙舟会〉杂剧的学术化品格》,《船山学刊》,2012年第3期,第28—32页。

⑤ 魏春春,李欢:《谢小娥复仇故事流变论——兼论王夫之〈龙舟会〉对〈谢小娥传〉的改编》,《湖北社会科学》,2010年第4期,第127—129页。

究的贡献。① 而刘奇玉的《杨恩寿的戏剧理论体系探析》一文,也是研究杨恩寿的戏曲理论,主要探讨杨恩寿的戏曲本质观、戏剧功能观、主体创作机制观、戏曲批评观、音律观、地方戏剧观。② 他的《末世商音—杨恩寿及其〈坦园六种曲〉》则从杨恩寿《坦园六种曲》入手,探究杨恩寿的创作思想以及《坦园六种曲》的创作主旨。③ 周华娇的《从题剧词看杨恩寿的人生观》④《论杨恩寿的题剧词》⑤皆从《坦园词录》中的四首题剧诗入手,结合相关材料,解读杨恩寿的人生观。易惠莉的《科举制下湖南士人的生活和精神状态—以长沙杨恩寿为例》以杨恩寿挫折不断的科考生涯为例,较为详细地论证了以杨恩寿为代表的当时湖南士人的科举生活和心理状态,但其研究侧重于杨恩寿的精神状况,研究方向偏于史学而非文学。⑥ 张宇、许建中发表于《湖南社会科学》2010 年第 5 期的《杨恩寿生平考论——兼论晚清湖南中下层科举士人的生存轨迹》,也是以杨恩寿为例论述晚清湖南士人的生存轨迹,但侧重于对杨恩寿生平的考察而非思想的剖析。⑦ 张宇还分别在《学术探索》2010 年第 4 期和《许昌学院学报》2011 年第 3 期上发表《越南贡使与中国伴送官的文学交游——以裴文禩与杨恩寿交游为中心》和《杨恩寿与王闿运交游考论》,着重考察了杨恩

---

①　参见赵山林:《杨恩寿对戏曲研究的贡献》,《山西师大学报》(社会科学版),1998年第 1 期,第 50—52 页。

②　参见刘奇玉:《杨恩寿的戏剧理论体系探析》,《艺术百家》,2002 年第 4 期,第11—15 页。

③　参见刘奇玉:《末世商音——杨恩寿及其〈坦园六种曲〉》,《湖南工程学院学报》,2002 年第 2 期,第 56—59 页。

④　参见周华娇:《从题剧词看杨恩寿的人生观》,《中山大学研究生学刊》,2000 年第1 期,第 114—118 页。

⑤　参见周华娇:《论杨恩寿的题剧词》,《广东教育学院学报》,2000 年第 1 期,第 7—9 页。

⑥　参见易惠莉:《科举制下湖南士人的生活和精神状态——以长沙杨恩寿为例》,《社会科学》,2006 年第 5 期,第 32—47 页。

⑦　参见张宇、许建中:《杨恩寿生平考论——兼论晚清湖南中下层科举士人的生存轨迹》,《湖南社会科学》,2010 年第 5 期,第 206—209 页。

寿的交游。刘于锋连续在《戏剧文学》2010 年第 12 期上发表《杨恩寿曲学思想新论》,在《名作欣赏》(中旬刊)2011 年第 2 期上发表《科举题材戏曲在晚清的开拓——以杨恩寿〈再来人〉为考察对象》。前一篇对杨恩寿曲学思想中重题材和结构的戏曲创作论,重词采和气韵的戏曲文辞论,重用韵与字声的戏曲声律论进行了具体分析。① 后一篇则从创作动机、主题和艺术表现方面具体探讨杨恩寿传奇《再来人》对科举题材戏曲的开拓。② 他 2012 年还在《船山学刊》第 4 期发表了《晚清杨恩寿的词学主张及在湖湘派中的定位》。王婧之 2011 年在《湖南大学学报》(社会科学版)第 1 期上发表了《杨恩寿与湖湘文化——以研究杨恩寿戏曲作品为中心》,该文以杨恩寿的戏曲作品为中心,具体探讨了湖湘文化对其戏曲创作的影响。文章认为:“在取材,其剧作多涉及湖湘史事和人物;就思想而言,其剧作反映出以戏曲扶世的观念,表现了近代湖湘人士突出的关注时事、心怀天下的精神品格。不过,杨恩寿本人的思想意识呈现出保守性,这与其所处的时代和环境密切相关。”③2012 年,马来西亚的张惠思在《戏曲研究》2012 年第 3 期发表《游幕、地方戏与“藉张吾楚”意识——论杨恩寿的游幕生活与戏曲的关系》④,该文对杨恩寿的科举与游幕、游幕与观剧活动、杨恩寿地方题材传奇作品中的“藉张吾楚”意识进行了探讨。此外,还有 3 篇硕士论文专门研究杨恩寿的戏曲:王夏迎在 2009 年完成的《杨恩寿戏曲研究》、刘于锋 2011 年完成的《杨恩寿戏曲研究》,以及周华娆 2000 年完成的《杨恩寿的生平与他的戏曲创作》。这些论文对杨恩寿的游幕生涯和戏曲创作进行了较为细致的

---

① 参见刘于锋:《杨恩寿曲学思想新论》,《戏剧文学》,2010 年第 12 期,第 60—63 页。

② 参见刘于锋:《科举题材戏曲在晚清的开拓——以杨恩寿〈再来人〉为考察对象》,《名作欣赏》(中旬刊),2011 年第 2 期,第 137—139 页。

③ 王婧之:《杨恩寿与湖湘文化——以研究杨恩寿戏曲作品为中心》,《湖南大学学报》(社会科学版),2011 年第 1 期,第 87—91 页。

④ 〔马来西亚〕张惠思:《游幕、地方戏与“藉张吾楚”意识——论杨恩寿的游幕生活与戏曲的关系》,《戏曲研究》,2012 年第 3 期,第 126—136 页。

论述。王夏迎的硕士论文归纳了杨恩寿的生平戏曲活动,综述了杨恩寿戏曲作品,探讨了杨恩寿作品的思想、艺术特色和价值。① 刘于锋的硕士论文在文献考证上颇见功力。该文对杨恩寿的家世生平与戏曲交游进行了考论,对前人研究中出现的错误进行了辨析,对杨恩寿的戏曲创作、艺术特质及曲学思想进行了探析。② 虽然个别论文对杨恩寿作品的解读时因为没能联系湖湘文化,没考虑湖南戏曲的地域特征,出现误读。但从整体来说,目前对杨恩寿的研究是比较深入的。

再来考察关于黄周星的研究论文。龙华是较早研究黄周星及其传奇作品的学者,他的《试论黄周星及其〈人天乐〉传奇》对黄周星生平进行了详尽的考辨,对传奇《人天乐》的思想艺术特色进行了严谨的论述。③ 陆勇强《黄周星生平史料的新发现》分析了未经学界征引的陈轼《道山堂集》中的《黄九烟传》,对传中所引黄周星明亡后供职于南明隆武朝的仕历与死因的记述进行了探讨。④ 潘树广《明遗民黄周星及其"佚曲"》,对黄周星的生平及《夏为堂集》所收黄周星杂剧传奇进行了较为详尽的介绍。吴书荫《对〈明遗民黄周星及其"佚曲"〉的补正》则对黄周星的死因及《夏为堂别集》中所收黄周星《惜花报》与《试官述怀》进行了论述,从而补正了潘树广《明遗民黄周星及其"佚曲"》中的观点。⑤ 王汉民:《黄周星行实系年》,则在现有研究的基础上,对黄周星的生平事迹进行了系年。⑥ 李晓燕、杜玉富《从

---

① 参见王夏迎:《杨恩寿戏曲研究》,华东师范大学硕士学位论文,2009年。

② 参见刘于锋:《杨恩寿戏曲研究》,南京师范大学硕士学位论文,2011年。

③ 参见龙华:《试论黄周星及其〈人天乐〉传奇》,《中国文学研究》,1985年第1期,第11—23页。

④ 参见陆勇强:《黄周星生平史料的新发现》,《暨南学报》(哲学社会科学版),2007年第5期。

⑤ 参见潘树广:《明遗民黄周星及其"佚曲"》,《文学遗产》,2001年第2期;吴书荫:《对〈明遗民黄周星及其"佚曲"〉的补正》,《文学遗产》,2003年第5期。

⑥ 参见王汉民:《黄周星行实系年》,《浙江艺术职业学院学报》,2009年第1期。

〈制曲枝语〉看黄周星的曲学思想》,万伟成、李克和《黄周星曲学的尊体意识》,潘培忠《貌似神离——黄周星与李渔曲论思想辨》三篇论文对黄周星的曲学思想进行了分析考辨。① 胡正伟的硕士学位论文《黄周星研究》对黄周星的生平思想及诗文、文言小说及戏曲创作进行了较为全面的分析,②其《理想之觞——〈补张灵崔莹合传〉的追求与幻灭》《明清之际遗民黄周星生平考略》皆是对其硕士论文相关内容的补充与深化。③ 而赵夏《"将就园"寻踪:关于明末清初一座文人"幻想"之园的考察》则在对黄周星的《将就园记》及《人天乐》中所描述的"将就园"进行考察的基础上,进而指出它是明末清初一座文人的"幻想"之园④。此外,还有论文论及黄周星与《西游记证道书》。因此,学界对黄周星的研究还是比较全面与深入的。

　　最后考察有关朱景英、张九钺、张声玠、陈天华的研究论文。刘世德《朱景英和〈桃花缘〉传奇——清代戏曲家考略之一》对朱景英的生平事迹进行了爬梳勾勒,对其《桃花缘》与《群芳》乐府进行了简略考述。⑤ 龙华《张声玠和〈玉田春水轩杂出〉》对张声玠的生平事迹进行了梳理,对其《玉田春水轩杂出》九种的思想内容进行了归纳分析,对张声玠杂剧的艺术特色进行了概括分析。⑥ 龙华《论陈天华的小说创作——〈狮子吼〉为现实与理想之作》虽然是论陈天华的小说创

---

① 参见李晓燕、杜玉富:《从〈制曲枝语〉看黄周星的曲学思想》,《高等教育与学术研究》,2006 年第 3 期;万伟成、李克和:《黄周星曲学的尊体意识》,《戏剧文学》,2009 年第 8 期;潘培忠:《貌似神离——黄周星与李渔曲论思想辨》,《绵阳师范学院学报》,2010 年第 1 期。

② 参见胡正伟:《黄周星研究》,南京师范大学硕士学位论文,2003 年。

③ 参见胡正伟:《理想之觞——〈补张灵崔莹合传〉的追求与幻灭》,《名作欣赏》,2011 年第 7 期;胡正伟《明清之际遗民黄周星生平考略》,《社会科学论坛》,2012 年第 8 期。

④ 参见赵夏:《"将就园"寻踪:关于明末清初一座文人"幻想"之园的考察》,《清史研究》,2007 年第 3 期。

⑤ 参见刘世德:《朱景英和〈桃花缘〉传奇——清代戏曲家考略之一》,《文献》,1980 年第 4 期。

⑥ 参见龙华:《张声玠和〈玉田春水轩杂出〉》,《中国文学研究》,1986 年第 1 期。

作,但亦涉及其杂剧《黄帝魂》①,袁慧的硕士学位论文《张九钺及其文学家族》亦涉及张九钺与张声玠的杂剧传奇作品②。袁慧《张九钺的诗歌创作》、戈丹《太白后身是紫岘——从〈随园诗话〉所录诗歌论及张九钺其人其诗》虽然是论张九钺的诗歌创作,但也涉及张九钺的生平与思想。③ 而张连起《试论陈天华》、李朝霞《陈天华与湖湘文化》、王春霞《试论陈天华民族思想的脉络》等论文主要探讨陈天华的思想。④

总的说来,关于清代湖南杂剧传奇的研究还存在不尽如人意之处:首先,还停留在个案分析,停留在单一的层面上;缺乏对清代湖南杂剧传奇的整体把握,缺乏对湖南明清杂剧传奇作家群体的全面研究,即缺乏整合性。其次,还停留于孤立地研究作家作品,停留于静止的层面,即缺乏流动性。因此湖南戏曲文学研究尚显薄弱,值得进一步研究。地域文化与湖南戏曲文学的关系是一个值得开拓的研究领域。文学生态学视域下的清代湖南杂剧传奇创作是一个有待研究的课题。

二、清代湖南杂剧传奇研究的理论价值与实用价值

近年来,地域文学研究成为文学研究的一个热点,不少研究者在戏曲史研究中引入戏曲生态学研究方法,开拓了戏曲研究的疆域,取得了不少成果,但相对于诗文小说研究,还显得薄弱;而对湖南戏曲的研究,更亟待加强。本书以清代湖南杂剧、传奇为研究对象,主要

---

① 参见龙华:《论陈天华的小说创作——〈狮子吼〉为现实与理想之作》,《中国文学研究》,1994 年第 4 期。

② 参见袁慧:《张九钺及其文学家族》,湖南大学硕士学位论文,2008 年。

③ 参见袁慧:《张九钺的诗歌创作》,《湘潭师范学院学报》(社会科学版),2008 年第 4 期;戈丹:《太白后身是紫岘——从〈随园诗话〉所录诗歌论及张九钺其人其诗》,《科教导刊》,2011 年第 11 期。

④ 参见张连起:《试论陈天华》,《西藏民族学院学报》,1981 年第 1 期;李朝霞:《陈天华与湖湘文化》,《邵阳学院学报(社会科学版)》,2004 年第 1 期;王春霞:《试论陈天华民族思想的脉络》,《衡阳师范学院学报》,2005 年第 1 期。

探讨清代湖南杂剧传奇作家作品及其赖以存在的戏曲生态的关系，既探讨清代湖南杂剧传奇创作与晚明以降古典戏曲的整体走向、湖湘文化精神、湖南文学传统等的互动关系，也注意考察地域文化与湖南戏曲文学传播与接受的双向互动关系。本书意在通过对清代湖南杂剧传奇作家作品及其文化生态的系统全面的研究，探讨湖南杂剧传奇创作的戏曲生态环境、湖南杂剧传奇作家的地域构成、湖南杂剧传奇的思想艺术特征及其相关文化因素，从理论上对湖南杂剧传奇作家作品进行从宏观到微观的全面准确的梳理和评价，将戏曲生态学方法引入清代湖南杂剧传奇研究，具有较大的理论意义和实际应用价值。

1.理论意义

首先，为准确定位湖南古代戏曲提供理论依据。湖南古代戏曲由明至清逐步走向繁荣，并且孕育了湖南戏剧在现代的辉煌。因此，湖南戏曲在中国戏曲史上的地位是不容忽视的。但以往的中国古代文学史著作对湖南古代戏曲很少涉及，仅1992年出版的由马积高先生主编的《中国文学史》论及王夫之及其杂剧《龙舟会》，1997年出版的由袁行霈主编的《中国文学史》论清初戏曲时提及黄周星、王夫之；其他文学史著作，如20世纪80年代以前编的几部《中国文学史》，以及1997年出版的复旦大学章培恒、骆玉明主编的《中国文学史》皆未提及湖南戏曲，这与学界缺乏对湖南古代戏曲的系统研究有很大关系。20世纪80年代以后，学界开始关注湖南戏曲，发表了一批研究湖南戏曲，特别是湖南杂剧传奇个案研究的论文，但全面研究湖南杂剧传奇的论著至今缺失，这种缺失必然影响到对湖南地域文学史的知识性描述。而清代湖南杂剧传奇在湖南戏曲史上具有举足轻重的地位，因此，全面深入地研究清代湖南杂剧传奇，可以让学界全面准确了解湖南古代戏曲的状貌，为准确定位湖南古代戏曲提供理论依据。

其次，为建构中国戏曲生态学理论体系提供可靠资料。湖南戏曲虽然源远流长，但其真正兴起，还是在明中叶弋阳腔、青阳腔、昆山腔、皮黄腔等相继传入湖南以后。外来剧种在湖南地方戏曲的形成过程中起着重要作用。同时，湖南杂剧传奇作家大多交游甚广，思想上保守与开放共存，湖南地方戏曲生态既具有一定的代表性，又具有其独特性。因此，研究湖南古代戏曲及其戏曲生态，对建构中国戏曲生态学理论体系具有重要价值。

最后，为古代文学研究提供一种新的方法和视角。"中国在进入80年代后，文学的地域文化研究始形成潮流。"①地域文学研究引起了学界的重视，近年来戏曲研究领域也相应地出现了研究区域性戏曲活动的热潮。目前学界已出现了一批以此为对象的研究专著、硕博论文和单篇论文，如陈芳《乾隆时期北京剧坛研究》、朱万曙《徽州戏曲》、谭坤《晚明越中曲家群体研究》、刘召明《晚明苏州剧坛研究》、杨飞《乾嘉时期扬州剧坛研究》、夏太娣《晚明南京剧坛研究》、颜伟《明清山东杂剧传奇研究》、张英《明代南京剧坛研究》、戴秀秀《新安曲派研究》、王传明《清代山东古典戏剧研究》等，还有明光《扬州古代戏曲发展史略》、王义彬《明代安徽戏曲理论的追述》、李真瑜《明中后期北京的戏剧文化》、蒋中崎《浙江戏曲文化源远流长》等。这些著作、论文以北京、安徽、浙江、苏州、扬州、南京、山东等特定的地域为限定对象，或综合研究其地剧坛的多种戏曲活动，或分析探讨其地的某种戏曲活动，共同推动了区域性戏曲活动研究的发展和深化。本书在戏曲生态学视域下研究清代湖南杂剧传奇，主要采用文献学、文学生态学与文化学分析相结合，纵向比较与横向比较相结合的研究方法，注重宏观研究与微观研究相结合，动态分析与静态分析相结合，与以往的研究方法相比，有新颖独到之处。特别是将文学生态学引进本书的研究，能为古代文学研究提供一种新的视角。

---

① 李少群：《拓展地域文学研究的诗学格局》，《文艺争鸣》，2008 年第 1 期，第 157 页。

2.实际应用价值

清代湖南杂剧传奇研究不仅具有理论价值,还具有实际应用价值。

第一,为当今戏剧创作与传播活动提供借鉴。湖南古代戏曲在创作与传播中有许多经验和教训,本书从历史的、文化的、文体的、审美的多个层面对其加以总结和评述,自然对当今戏剧创作与传播活动具有借鉴意义。

第二,为突破当前古代文学研究尤其是地域戏曲研究的瓶颈提供方法论参考。当前中国古代文学研究出现诸多问题,存在不少瓶颈。本书以清代湖南杂剧传奇创作为研究对象,紧扣清代湖南杂剧传奇创作与地域文化的互动关系对清代湖南杂剧传奇基本特征进行考察;以清代湖南杂剧传奇的基本特征与地域文化的内在联系为线索,将戏曲作家作品与湖湘文化结合起来进行研究;采用文献学、文学生态学与文化学分析相结合,纵向比较与横向比较结合的研究方法;注重动态分析与静态分析相结合,宏观研究与微观研究相结合;注意将清代湖南杂剧传奇创作放在中国戏曲和中国文化,尤其是湖湘文化发展进程中进行研究,既注重整体特征层面,又注意一个个"点"的研究;对清代湖南杂剧传奇进行全面系统的分析,同时注意挖掘其中的传统文化精神尤其是湖湘文化精神的内涵及其现代意义。本书的研究方法和结论对突破当前古代文学研究尤其是地域戏曲研究的瓶颈具有参考价值。

第三,对当今加强文化建设和非物质文化遗产保护具有重要的现实意义。湖南戏曲是国家重要的非物质文化遗产,其中的湘昆、辰河高腔、常德高腔、巴陵戏、荆河戏、辰河目连戏、侗族傩戏、沅陵辰州傩戏、邵阳布袋戏入选 2006 年公布的第一批国家级非物质文化遗产名录。侗戏、湖南皮影戏、湖南杖头木偶戏入选第一批国家级非物质文化遗产扩展项目名录。湘剧、祁剧、岳阳花鼓戏、邵阳花鼓戏、常德花鼓戏入选 2008 年公布的第二批国家级非物质文化遗产名录。张家界阳戏入选 2010 年公布的第三批国家级非物质文化遗产名录。梅山傩戏、衡州花鼓戏、临湘花鼓戏、长沙花鼓戏入选第三批国家级非物质文化遗产扩展项目名录。还有一些地方戏曲入选湖南省级非物质文化遗产名录。本书虽然重点研究清代湖南杂剧传奇的文学文本，但也研究其与湖南地方戏曲的关系，不仅梳理湖南古代戏曲的发展轨迹，还注意勾稽整理和研究湖南戏曲文献资料，有利于湖南古代戏曲文献的保存与研究。

此外，本书的成果还可以作汉语言文学专业学生和从事相关教学的老师的参考资料，也可作为戏曲研究人员的参考资料。

最后必须说明的是，科学的研究方法是研究者开启科学大门的钥匙，是科学研究取得成功的重要条件。本书的研究首先建立在全面勾稽、考辨湖南杂剧传奇文献资料的基础上；然后紧扣清代湖南杂剧传奇创作与地域文化的互动关系对清代湖南杂剧传奇基本特征进行考察；再以清代湖南杂剧传奇的基本特征与地域文化的内在联系为线索，将戏曲作家交游与作品分析，杂剧传奇创作、演出、刻印与地域文化特别是湖湘文化结合起来进行研究，同时注意考察清代湖南杂剧传奇及其湖湘文化精神的现代意义。

本书采用宏观研究与微观研究相结合，动态分析与静态分析相结合，纵向比较与横向比较相结合，文献学与文学生态学、文化学分析相结合的研究方法，注意将清代湖南杂剧传奇创作放在中国戏曲和中国文化尤其是湖湘文化发展进程中进行研究，既注重整体特征层面，又注意一个个"点"的研究；对清代湖南杂剧传奇进行全面分析，同时注意挖掘其中传统文化精神尤其是湖湘文化精神的内涵及其现代意义。

具体说来，本书主要采用的研究方法有三种，即文献学研究方法、比较研究方法、文学生态学研究方法。

1.文献学研究方法

严谨的文献考证是学术研究立论的根基,本书对清代湖南杂剧传奇的研究,是建立在对湖南杂剧传奇作家作品的搜集、考订、校勘的基础之上的。由于历史的原因,清代湖南杂剧传奇文献资料的整理严重不足,需要对相关资料进行爬梳勾稽。本文运用文献学方法,对清代湖南杂剧传奇作家、作品及其相关文献资料进行勾稽、整理与考证,并编撰《清代湖南杂剧传奇作家作品综录》,同时注意收集有关中国戏曲史、湖南戏曲、湖湘文化等方面的资料,力求资料丰富,著录详实,考证得当,实事求是,不盲从已有著述。在此基础上,再展开对清代湖南杂剧传奇的系统研究。

2.比较研究方法

比较研究方法是一种既古老又年轻的研究方法,在科学研究中被经常使用。"比较就是在一个或数个不同的社会环境中选择两种或数种一眼就能看出它们的某些类似之处的现象。然后描绘出这些现象的发展曲线,揭示它们的相似点或不同点,并在可能的范围内对这些相似点和不同点做出解释。"①古希腊亚里斯多德就曾对史诗、悲剧、喜剧、抒情诗等不同艺术类型的特征作比较,通过比较、分析、综合、抽象、概括,初步揭示出了不同艺术类型的一些共同性规律和各自的特殊规律。比较研究方法在我国古代文学研究中是一种常见的方法。研究清代湖南杂剧传奇,自然少不了比较研究方法。

清代湖南杂剧传奇不是一种孤立的存在,与剧坛主流、与湖湘文化有着千丝万缕的联系;同时,作为两种不同的戏曲体裁,杂剧与传奇紧密关联。因此在清代湖南杂剧传奇的研究中,既要考察清代湖南杂剧传奇与主流戏曲文学的关系,又要考察它与湖湘文化的关系;既要研究清代湖南杂剧传奇与主流戏曲文学的相同之处,也要辨析

---

① 〔法〕马克·布洛赫:《欧洲社会历史的历史比较》,齐建华译,转引自项观奇:《历史比较研究法》,济南:山东教育出版社,1986年版,第104页。

它与主流戏曲文学的迥异之处;既要概括杂剧与传奇这两种戏曲文学样式的相似点,又要澄清它们之间的相异处。本书一方面将清代湖南杂剧传奇与元明以来特别是同时代的主流戏曲作品进行比较,将清代湖南杂剧传奇与湖南地方戏曲进行比较,另一方面注意将清代湖南杂剧传奇进行时间与空间地域的比较,将清代湖南杂剧与传奇这两种不同的戏曲文学体裁进行纵向与横向的比较,以便能够准确地勾勒出清代湖南杂剧传奇的基本特点,总结清代湖南杂剧传奇创作的经验与教训,厘清清代湖南杂剧传奇与剧坛主流、与湖南地方戏曲的关系。

3.文学生态学研究方法

文学生态学是肇始于 20 世纪六七十年代欧美文学批评中生态批评潮流的主体流向,它从生态文化角度重新阐释传统文学经典,从中解读出被遮蔽的生态文化意义和生态美学意义,并重新建构人与自我、人与他人、人与社会、人与自然的诗意审美关系,是从文本形式研究到内容本体追问的转向。这里所说的“文学生态学”,是文学的生态学隐喻,即用生态学的方法来观察、研究和解释文学以及文学与“文学的环境”之间的关系。

戏剧是一种文学生态相对复杂的文学形式,运用文学生态学理论考察清代湖南杂剧传奇创作,将清代湖南杂剧传奇放到湖南整体文化与文学环境中,放到剧坛主流中去探讨,可以从理论上更全面准确地把握湖南古代杂剧传奇创作的特征与发展轨迹,可以对清代湖南杂剧传奇做恰如其分的定位。本书运用文学生态学的方法研究清代湖南杂剧传奇,结合戏曲生态(包括社会历史、经济、文化教育、戏曲活动等)对清代湖南杂剧传奇进行“散点透视”,揭示出清代湖南杂剧传奇的真实面貌,从而准确定位清代湖南杂剧传奇。

第一章　清代湖南杂剧传奇的历时性分布与地域分布

　　从时空视野考察清代湖南杂剧传奇,涉及清代湖南杂剧传奇发展的分期问题,而考察清代湖南杂剧传奇发展的分期,必须参照清代戏曲发展的整体分期。目前学术界对于清代戏曲发展的分期尚无一致意见。吴梅将清代戏曲发展过程分为"顺康""乾嘉""道咸""同光"四个时期[1],郑振铎《清人杂剧初集·序》则将清代杂剧分为顺康之际、雍乾之际、嘉咸之际、同光之际四个时期,傅惜华《清代杂剧全目》按清初、清中叶、清末三个发展阶段收录杂剧作品,即依次为:明末至雍正时期的作家作品,乾隆、嘉庆时期的作家作品,道光、咸丰、同治、光绪、宣统时期的作品[2]。王永宽、杜桂萍、曾永义、曾影靖、陈芳等则都将清代杂剧分为全盛期(顺治、康熙、雍正三朝)、次盛期(乾隆、嘉庆二朝)、衰落期(道光至清末)三个发展时期。

　　而对清代传奇发展的分期很少有人专门论述。在探讨清代传奇时,一般按顺康、乾嘉、道宣三个时期来论述,郭英德在《明清传奇史》中将明清传奇分为五个时期,其中第二期横跨明万历十五年至清顺治八年,为传奇勃兴期,然后是从顺治九年至康熙五十七年,是传奇

---

① 吴梅:《吴梅戏曲论文集》,北京:中国戏剧出版社,1986 年版,第 166 页。
② 傅惜华:《清代杂剧全目》,北京:人民文学出版社,1981 年版。

的发展期,从康熙五十八年至嘉庆二十五年,是传奇的余势期,从道光元年至宣统三年为传奇的蜕变期。[①] 郭先生的分法精细而准确,但本文主要探讨整个清代湖南杂剧传奇,分期时必须依据湖南杂剧传奇的特点。在前中期,清代湖南杂剧传奇主要追随剧坛主流,其发展往往滞后剧坛主流数年乃至数十年。同时,在湖南历史上,鸦片战争虽然对为官于外省的士人震动极大,但对湖南社会整体没多大触动,而太平天国运动对湖南社会经济影响十分深远,是湖南近代人才走向全国政治文化中心的一个重要契机,也是湖南戏曲走向全面繁荣的一个重要起点。我们在对清代湖南杂剧传奇的分期时必须考虑这一因素,因此,我们将中期延至太平天国运动发生的前一年,即道光末年。这样,清代湖南杂剧传奇的分期大体如下:前期为顺治元年至雍正十三年(1644—1735),共 92 年,中期为乾隆元年至道光末年(1736—1850),共 115 年,后期从咸丰元年至宣统三年(1851—1911),共 61 年。

湖南杂剧传奇创作起步较晚,在清代,各个时期发展也不平衡,前、中期发展都比较缓慢,后期出现繁荣局面。在地域分布上也极不平衡,主要集中在长沙及其周围地区。这些现象,与政治经济文化环境是密不可分的。因此,我们有必要在全面把握清代湖南杂剧传奇作家作品的基础上,再从时空视野对清代湖南杂剧传奇进行考察。

第一节 清代湖南杂剧传奇作家作品概述

湖南戏曲艺术源远流长,早在春秋战国时代,作为戏曲艺术萌芽的楚地民间歌舞,俳优表演,带有宗教神秘色彩的"巫舞""巫风",就已经在湖南非常盛行,而且逐渐戏曲化。汉代,楚地歌谣盛行,"楚风"是汉乐府音乐的重要组成部分。唐代,有关史料显示,湖南民间流行傀儡戏。宋代的歌舞百戏在湖南曾盛行一时,宋末文天祥《衡州

---

① 郭英德:《明清传奇史》,北京:人民文学出版社,2011 年版,第 19—23 页。

上元记》中记载咸淳十年(1274)在湖南衡阳演出歌舞百戏的盛况,表明宋代湖南一带民间歌舞十分兴盛。元代,歌舞、说唱与杂剧在湖南曾广泛流行。但杂剧传奇在湖南的发展是比较滞后的。虽然元代夏庭芝《青楼集》记载有张玉梅、刘关关、金兽头、般般丑、刘婆惜、帘前秀等歌舞、说唱或戏曲艺人在湖南一带颇受欢迎的情况,但其情形无法与大都、真定、平阳、东平、杭州的戏剧演出情况相比。元代湖南虽有著名散曲家冯子振,还有著名文学家欧阳玄也曾作《渔家傲南词》,但元代杂剧作家中没有湖南人,至明中叶湖南始有杂剧作家的创作活动。约生于正德年间,卒于万历时期的湖南靖州(今湖南靖县)人许潮所作杂剧合集《泰和记》是湖南史上第一部戏曲剧本。而生于嘉靖三十九年的武陵(今湖南常德)人龙膺在万历文坛剧苑颇负盛名,其传奇《蓝桥记》《金门记》在当时颇得好评①。此外还有兼写杂剧传奇的武陵(今湖南常德)人李九标,作有杂剧《四大痴》和传奇《铁面图》,但湖南戏曲整体上还是比较落后的。

一、清代前期湖南杂剧传奇作家作品

从顺治元年至雍正十三年,杂剧、传奇创作在湖南都有新的发展。黄周星的曲论和杂剧传奇创作在中国戏曲史上都有较大影响。黄周星(1611—1680),字九烟,一字景明、景虞等,号圃庵、而庵、笑苍子,别署笑苍道人、汰沃主人、将就主人,半非道人等。生于明万历三十九年(1611),幼时即育于湘潭周姓,名星,入湘潭籍②,中崇祯庚辰(1640)进士;甲申(1644)为户部主事,上疏复姓归籍,以周星为名。明亡不仕,常怀亡国之痛,辗转流寓吴越诸地,交游颇广,与陶汝鼐、

---

①　龙膺《蓝桥记》,吕天成《曲品》评之为"上下品",为多种曲目著录。《金门记》未见著录。而袁宏道《答君御诸作》有"无缘得见金门叟,齿罗唇枯嗫细君"诗句。又龙膺《中原音韵问》中云:"荣殿下闻而善之曰:'君御深于乐府者哉!君有《蓝桥》《金门》二传奇,奖义诛贪,表忠述谠。属词既雅,命意亦工,而尤严于音律,惜无德清赏识耳!余起而谢。'"

②　九烟于明崇祯十七年甲申(1644)十月二十六日具奏的《复姓疏》明确说及:"臣原籍应天府上元县人,本姓黄氏,因臣生父黄一鹏与养父周逢泰比邻交稳,时养父艰嗣,乞抚臣于孩抱,臣遂承袭周姓。"

吕留良、徐枋、丁雄飞、林古度、杜浚、尤侗、吴嘉纪、钱谦益、黄宗羲、高世泰、吴之振、黄宗炎等人交游唱和。工书法,善诗曲。与周浚、周蓼恤、杜岑称"湖广四强",曾刻印:"性刚骨傲肠热心慈"。于康熙十九年(1680)自沉于南浔河,得救后绝食而亡。著有《夏为堂集》《夏为堂别集》《圃庵诗文》《匊狗斋集》《山晓阁诗集》《千家姓编》《唐宋八大家文备》等及戏曲作品传奇《人天乐》、杂剧《试官抒怀》《惜花报》及戏曲理论《制曲枝语》一卷。传奇《人天乐》凡二卷三十六折,叙轩辕载戒十恶修十善,最后合家眷属升天的故事。剧作构思诡异怪诞,采用现实与理想双线结构,既有对现实社会的揭露,也有对理想家园的追索,反映了天崩地解、舆图换稿时期正统知识分子的悲愤之情,和作者对理想家园的构想。黄周星的单折杂剧《试官述怀》以嬉笑怒骂的口吻指斥科场腐败,类似社会问题剧。全剧通过试官与手下人的对话,揭露了当时科举试场的种种黑暗内幕。作品以简短的篇幅,直抒胸臆,道出对当时社会、考场弊病的无比憎恶。另一杂剧《惜花报》,四折,写南岳花神魏夫人(紫虚元君)款待爱花王生,最后将之引入仙苑的故事。全剧构思巧妙,文辞瑰丽,天上人间,想象雄奇,但除宣扬好人有好报外,无思想深度,乃是游戏之作。

王夫之的杂剧《龙舟会》在主题思想与艺术上都是很突出的作品,在湖南戏曲发展中影响较大。王夫之(1619-1692),字而农,号姜斋,自称夕堂老人,世称船山先生,另署双髻外史、梼杌外史、一壶道人,湖南衡阳人。生于明万历四十七年(1619),崇祯十五年(1642)与兄介之同中壬午举人。1648年与管嗣裘在衡山举兵抗清,失败后赴肇庆助桂王图恢复,曾为行人司行人,因受陷害而去职。后依桂林留守瞿式耜抗清,1651年瞿式耜殉难,桂林沦陷。见事不可为而归里隐遁。1654年后三年间,常窜伏深山瑶洞,徙居零陵、常宁、宁远、桂阳等地,变姓名为徭人,以避兵乱。1657年,携妻儿回衡阳,住莲花峰下续梦庵旧居,1660年迁衡阳金兰乡,造"败叶庐"茅舍以居。1673 年吴三桂反清,王夫之于 1674 年至 1678 年间外出活动十余次。1678 年后十余年,他一直隐居石船山下"湘西草堂",足迹不出乡里,潜心著述以终。与方以智、章旷、管嗣裘、瞿式耜、蒙正发等为师友,卒于清康熙三十一年(1692)。自 1651 年后四十年,王夫之潜心著述,矢志不渝。"诸种卷帙繁重,一一皆楷书手录。贫无书籍,纸笔多假之故人门生,书成,因以授之,其藏于家与子孙言者无几焉"①王夫之是明清时期最杰出的思想家、哲学家,在文学造诣上也很深。著述卷帙浩繁,现存 95 种,389 卷,约 800 万字,包括文、史、哲等诸多领域。杂剧《龙舟会》,全称《龙舟会烈女报冤》。剧共四折一楔子,演烈女谢小娥杀贼报仇事。杂剧通过对谢小娥、李公佐两个主要人物形象的塑造,特别是通过对谢小娥的复仇精神和不避艰险、誓死报冤的坚强意志,以及智勇双全的品格的刻画,形象地阐释了船山理想人格论②,也寓含恢复之志和复仇之感。《龙舟会》一本四折一楔子,符合杂剧体制,但采用双线结构,二人主唱的形式,又有所发展和变化。这样的安排是有利于实现自己的创作主旨的。剧作风格凄怆悲怀,蕴含着深沉的遗民情绪。

此外,还有陶之采与王维新分别著有传奇《芙蕖韵》《夜光珠》。陶之采,字庶常。清初著名遗民诗人陶汝鼐次子,少承庭训,能文。著有《秋水轩集》《香崖集》。据同治续修《宁乡县志》卷三二云,陶之采"晚年谱《芙蕖韵》一部,播之梨园,爱其词者,比美于《临川四梦》"。但已亡佚,作品情况不得而知。王维新,湖南平江人。生平事迹不详,康熙时人。有传奇《夜光珠》一种,记唐代马燧、李晟讨朱泚事,见《传奇汇考标目》,原本已佚。

---

① 王敔:《大行府君行述》,《船山全书》第 16 册,长沙:岳麓书社,1996 年版,第 76 页。
② 伍光辉:《〈龙舟会〉:理想人格的颂歌》,《衡阳师范学院学报》,2011 年第 4 期,第 22 页。

二、清代中期湖南杂剧传奇作家作品

清代中期湖南杂剧传奇,包括乾隆元年至道光末年的湖南杂剧传奇作家创作的杂剧与传奇作品。此期湖南杂剧传奇作家有朱景英、熊超、张九钺、夏大观,毛国翰、张声玠。

朱景英(1715?—1781后),字幼芝,一字梅冶,号研北、莒汀、梅墅,别署研北翁、研北农、研北学子、研北学人、研北寓农、石圃后人、一百八松亭长、谐痴、澹怀轩主人,湖南武陵(今常德)人。雍正十一年(1733)诸生,乾隆十五年(1750)解元,乾隆十八年(1753)起先后官福建连城、宁德、平和、侯官等地知县,乾隆三十四年(1769)升台湾鹿耳同知,后任汀州知府、邵武知府,乾隆四十一年(1776)迁台湾理番同知,约乾隆四十三年(1778)告病归里。生卒年皆未详。朱景英颖悟博学,书工汉隶,诗文词曲无所不精;为官谦和廉恕,勤慎明快,爱民礼士。著有《畲经堂文集》八卷、《畲经堂诗集》六卷、《畲经堂诗续集》四卷、《畲经堂诗三集》四卷、《研北诗余》一卷、《海东札记》四卷、《沅州府志》五十卷(皆为乾隆刻本)、戏曲作品《桃花缘》与乐府《群芳》,后者已佚。《桃花缘》,标云传奇,实为杂剧。写崔护和卢氏女由萍水相逢到结为夫妻的故事。全剧计有《萍遭》《写恨》《泣诗》《苏配》四出,内容乃据唐代孟棨《本事诗》。作者自说此剧"南北杂陈,宫调颇协"。但在关目安排上,与其他人面桃花故事戏曲相比并无新意,"情节比较简单,人物也不太突出"。①

熊超(1736?—1788后),字班若,又字禹书,别署豁堂。湖南善化(今长沙)人。康熙二十九年(1690)举人。后又多次因事不能参与会试,乃潜心精研程朱理学,与王元复、张鸣珂、李文焵等人时相讲论。有杂剧一种《齐人记》,共四出,乃据《孟子》书中齐人乞食故事敷演而成,与明代孙仁孺《东郭记》等作品同题材,清代顺治时马士俊、乾隆时顾彩亦各有同名杂剧。此剧亦无新巧之处。

---

① 龙华:《湖南戏曲史稿》,长沙:湖南大学出版社,1988年版,第18页。

　　张九钺则是清中期影响最大的湖南杂剧传奇作家。张九钺（1721－1803），字度西，号紫岘、陶园，别署红梅花长、梅花梦叟、罗浮花农、得瓠轩主人，拾翠阁主人。湖南湘潭人。生有异禀，七岁能诗文，随父游南岳毗卢洞寺，有"舌诵青莲"之对而受寺僧膜拜。九岁通"十三经"及史鉴大略。十二岁补弟子员，以神童称。十三岁赋《登采石矶谪仙楼放歌》诗被袁枚叹为"谪仙人"。乾隆二十七年（1762）举顺天府乡试，第二年中明通进士。乾隆二十九年（1764）以教习循资得知县，先后任江西南丰县、峡江县、南昌县、广东始兴县、保昌县、海阳县知县。乾隆四十一年（1776）以海阳盗案牵连落职。次年至南昌会晤蒋士铨，为《桂林霜》等传奇题词。又至南丰、扬州、徽州、武昌、镇江、杭州，并三游广州。乾隆四十九年（1784）过襄阳，至大梁，入太行，遍游嵩、洛、偃、巩间。主周南、临淮讲席。举生平磊落抑塞之气，一泄之于诗，诗益雄奇浑古。乾隆五十六年（1791）辞临淮讲席归。乾隆五十七年（1792）归里，主澧阳讲席，乾隆五十九年（1794）聘主昭潭书院讲席，凡十年，游其门者多所成就。嘉庆八年（1803）卒，终年八十三岁。张九钺曾热心科举，但屡遭挫折，四十岁才中举。满怀抱负，却仅官至知县。在各地任知县十三年，为官清正，颇得民众拥戴。除封建正统思想以外，他还崇信佛道，研习佛道经典，常与僧道交往，深明佛理道义。以诗古文辞负海内重望五十年，善制曲，工小令、长调。著有《紫岘山人文集》十二卷，外集八卷，《紫岘山人诗集》二十六卷，《秋蓬词》二卷，《历代诗话》四卷，《三川考略》一卷以及《峡江志》《偃师志》《永宁志》《巩县志》《晋南随笔》等。光绪《湘潭县志·艺文志》记述其著作还有《束鹿县志》《得瓠轩随笔》《禘祫祥说》《南窑笔记》《菩华杂说》《紫岘山人赋》等。张九钺作有传奇《六如亭》《双虹碧》《红蕖记》三种及杂剧《四弦词》《竹枝缘》二种，今仅存《六如亭》全本及《四弦词》一出。传奇《六如亭》共二卷三十六出，演苏轼与朝云、超超故事。苏轼孤介耿直，屡遭贬谪；《六如亭》中有一妾王朝云，忠顺勤劳，心性清明，笃信佛禅；苏轼贬谪后，众妾纷纷离去，只有朝云不离不弃。在南迁岭南途中朝云仙逝，苏轼在她墓前建"六如亭"。苏轼至惠州，有温都监之女超超，爱慕苏轼才学，且芳心暗许之。但因苏轼再遭贬谪，未能与苏轼结姻缘，温超超竟一病不起，伤心而亡。贬谪儋州四年后，苏轼被召回，途径惠州重祭六如亭。苏轼最后被上皇召回天庭执掌天上文星，与已为星君仙妃的王朝云、被封为梅花仙姑的温超超同列仙班。此剧曾被称为"卫道之奇文，参禅之艳曲"。其实，张九钺撰作《六如亭》之本意，卷首蝶园居士序言之甚明："（张九钺）曾游惠阳，访白鹤居六如亭，因取坡公岭南海外旧闻，及侍妾朝云诵经栽茶，偈化建亭事，复于《宋人小志》中得惠阳温女超超，许婿听吟，殉志遗语，合为三十六出，总名《六如亭记》，以了禅门一段公案。"其侄孙家栻《六如亭题词》亦云："从祖姬人何姓，善音律，亦解吟咏。尝随从祖由江右而海南，巾屦亲持，贞操不改。乾隆癸卯，从祖以解组薄游太行、嵩、洛间，未逾年，姬人以疾卒于里。濒行犹口占十绝，倩人邮寄河南，以慰老年岑寂。《六如亭》之记，盖始于此。"可知张九钺以何姬况朝云，而以东坡自况，是借他人酒杯，浇胸中块垒。剧作将爱情、朝政、宗教融为一体，揭露了朝政黑暗腐败，歌颂了苏轼不畏权势、刚直不阿的品格，艺术构思精巧，曲文晓畅洒脱，堪称佳作。

而夏大观的传奇两种《陆判记》《珠鞋记》则已亡佚不存。夏大观，字继临，一字次临，号枫江，湖南湘潭人。乾隆三十年（1765）拔贡生，补衡阳府学训导，在职十六年，迁岳州教授。乾隆五十八年（1793），受岳州知府沈筠堂命编纂《洞庭湖志》，未及成书而卒。一生功名不显，肆力于著述，文集、集录至九十余卷。著有《枫江诗文集》《枫江诗余》《枫江词余》《古乐府》《百禽草》《识小类编》《说左约笺》《左传分类赋》《十三经质疑》《异文类扩》《治生广录》《春秋左传分类赋说》《艺文类撷》《洞庭湖志》等 92 卷，惜多不存。惟《洞庭湖志》曾刊于道光初年行世,《说左约笺》《左传分类赋》有传本。

　　道咸时期,毛国翰、张声玠在湖南文坛有较大的影响,他们的戏曲作品也有一定影响,尤其是张声玠的《玉田春水轩杂出》九种,在湖南戏曲史上占有重要地位。毛国翰,(1772－1846),字大宗,号青垣、星垣,湖南长沙人。生于清高宗乾隆三十七年(1772),卒于宣宗道光二十六年(1846)。性纯孝,幼颖悟,博闻强记。为嘉庆诸生,乡试屡黜。与鄞人沈道宽为文字交,道宽宰酃县(今炎陵县),聘国翰教其子十余年。1841年至1846年客湖广总督裕泰幕府,卒于署。毛国翰生平境遇侘傺,故其诗多幽忧凄苦之音。著有《麋园诗钞》八卷、《麋园词》二卷、《天显纪事》三十二卷、《虚受堂集》传于世。曾参与校订邓显鹤《沅湘耆旧集》,又与其姐毛国姬搜罗选辑《湖南女士诗钞》。戏曲作品有《青湘楼传奇》,今佚。张声玠(1803－1848),字奉兹,又字润卿、玉夫,号蘅芷庄人,湖南湘潭人,生于嘉庆八年(1803)。生而颖异,美丰仪,潇洒拔俗,才华美赡。四岁辨五声,八岁能诗,下笔惊四座。23岁输资为监生,道光十一年(1831)中顺天乡试举人。道光二十四年(1844),大挑第一,以知县分发直隶。道光二十八年(1848),因劳瘁忧伤而卒于保定。工诗文,精音律,与同县罗汝怀、湘阴左宗棠同为周氏婿,俱有时名。著有《蘅芷庄人随笔》五卷、《中山麀古录》一卷、《蘅芷庄诗集》十八卷、《蘅芷庄文集》四卷、《集唐诗》一卷。戏曲作品有杂剧九种,原署"蘅芷庄人撰",总题为《玉田春水轩杂出》(又题为《蘅芷庄人外集》),依次为《讯蚡》《题肆》《琴别》《画隐》《碎胡琴》《安市》《看真》《游山》《寿甫》等九种,每种一出,继承了许潮《泰和记》、徐渭《四声猿》、杨潮观《吟风阁杂剧》的短剧体制。九本杂剧皆取材于历史故事传说,《琴别》《画隐》主要表现爱国思想与民族气节,其中《琴别》写宋末汪元量黄冠南归,王清惠等十四女道士置酒饯别,各赋诗送行的故事。《画隐》写赵孟坚归隐,以民族大义训斥赵孟頫的故事。《游山》《看真》主要讽刺和揭露封建统治者的专横跋扈与愚昧无知。其中《游山》写谢灵运游山扰民被视为山贼的故事,《看真》写党进太尉画像点睛故事。《讯玢》《寿甫》《安市》表彰和歌颂历史名人的高尚品德。其中《讯玢》写吉玢请死救父的故事,《寿甫》写饮中八仙庆贺杜甫寿诞的故事,《安市》写张士贵招募薛仁贵进攻安市,白衣破敌的故事。《碎胡琴》与《题肆》主要抒写封建文人对怀才不遇的愤懑之情。其中《碎胡琴》写陈子昂市琴碎琴以显文命的故事,《题肆》写南宋于国宝酒肆题词得官的故事。郑振铎在《玉田春水轩杂出》题记中评云:"张声玠的《玉田春水轩杂出》和石韫玉的《花间九奏》有些相似,皆以九事各为一本。……各剧情调至为不同,而皆有所激愤。"①

三、清代后期湖南杂剧传奇作家作品

清咸丰元年 (1851)至同治三年(1864)的太平天国运动对湖南政治经济文化产生了空前巨大的影响。随着经济的进一步繁荣,湖南教育与科举走向兴盛,湖南人才群体开始崛起。而湖南戏曲也走向繁荣,"湖南地方戏曲剧种呈现繁荣昌盛的景象"②。杂剧传奇作家作品比前两期的总数还多。从清咸丰元年 (1851)至宣统三年(1911),湖南杂剧传奇作家计有刘代英、曾传钧、杨恩寿、黄其恕、陈时泌、陈天华、王时润共九人,杂剧 2 本,传奇 12 本。尤其是出现了杨恩寿这样既有戏曲理论著作,又有 8 本传奇作品,在全国有较大影响的戏曲名家。

刘代英(1823—1859),字砺卿,一字笋珊。湖南宁乡人。清道光二十九年(1849)举人,倜傥不群。清咸丰五年(1855)以知县拣发贵州,六年(1856)权普安县事。以同知直隶州,升用补施秉知县,未及履任,奉檄招抚黔中会匪,咸丰九年(1859),在与匪徒战斗中殉职,仅三十七岁,被诏赠恤。工古文,骈散诗词皆能,怪奇瑰丽,光芒横溢。

---

① 张声玠:《玉田春水轩杂出》,郑振铎《清人杂剧二集》本。
② 龙华:《湖南戏曲史稿》,长沙:湖南大学出版社,1988 年版,第 20 页。

书画亦超旷。著有《四书求解》五卷、诗文集《希蕺山房诗存》四卷。
《希蕺山房诗存》三卷,另有《章台柳辞》一卷,《章台柳传奇》一本,已
佚。

　　曾传钧(1826—1881),字茶村,一字文劭,湖南善化(今望城)人。
弱冠为诸生。清咸丰七年(1857),从湘军统领刘长佑援江西,因军功
授训导,历任蓝山、邵阳等县教谕。清咸丰八年(1858)选录为岳州府
学训导。三年后,加同知衔,分发广西知县。光绪四年(1878),署西
林县事,兴学刻书,既有政声,又有文名。擢同知、直隶州知州,赏戴
花翎。光绪七年(1881)七月二十六日,以积劳卒于百色舟次。曾传
钧性格豪放,落拓不羁;善撰诗文词曲,著有《万松草堂纪事》《冶秋园
集》等文集及传奇《蕙兰芳》,曾为杨恩寿《麻滩驿》作评文。杨恩寿
《哭曾茶村大令》诗中有"去年曾读荐祢疏,蛮江杀贼声名著。词客
居然立战功,文章经济君其庶。昨者偶泊朗江东,程侯(雨苍)挥泪来
告凶。我为人才放声哭,岂徒友谊铭初终"句①,所撰《朝议大夫广西
西林知县曾君墓志铭》中言曾传钧:"能文章而无科名,负经济而不公
卿。郁奇气于荒莹行,见长虹拔地而秋横。"②可见二人情谊之深及
杨恩寿对曾传钧才能的赞赏与对其英年早逝的痛惜之情。

　　《蕙兰芳》传奇,王国维《曲录》、庄一拂《古典戏曲存目汇考》著
录。传奇描述主人公张承敞经历战乱,与妻子离而复合的故事。该
剧情节曲折,《饯花》《感怀》等曲文催人泪下,是公认的戏剧佳作。全
剧散佚不传,仅杨恩寿《词余丛话》卷二录其《饯花》曲句和《感怀》整
出曲文,认为其用笔曲折有致,与《红梨记》之《访素》及《桃花扇》之
《题画》虽然相似,但并不相犯,有异曲同工之妙。③

　　杨恩寿(1835—1891),字鹤俦,号蓬海、朋海、鹏海,又号坦园,别

---

　　①　杨恩寿:《坦园诗录》卷十九。

　　②　杨恩寿:《朝议大夫广西西林知县曾君墓志铭》,《坦园文录》卷十一"墓志铭"。

　　③　参见中国戏曲研究院:《中国古典戏曲论著集成》(九),北京:中国戏剧出版社,
1959年版,第259页。

署蓬道人、朋道人,湖南长沙人。生于清道光十四年(1834),咸丰八年(1858)优贡生,曾多次入幕,同治九年(1870)中举。光绪初,授湖北盐运使、升湖北候补知府。光绪三年(1877)以候补知府充湖北护贡使等,曾迎送越南贡使,后曾游幕云贵。他是湖南最重要的戏曲作家和戏曲理论家,曾自言:"忆十余年来,颇有戏癖,在家闲住,行止自如,路无论远近,时不分寒暑,天不问晴雨,戏不拘昆乱,笙歌岁月,粉黛年华,虽日荒嬉,聊以适志。……吾半生所造,以曲子为最,诗次之,古赋、四六又次之,其余不足观也。"①吴梅认为杨恩寿是道咸间重要的戏曲家,其《中国戏曲概论》云:"迨乾嘉间,则笠湖、心余、惺斋、蜗寄、恒岩耳。道咸间,则韵珊、立人、蓬海耳。"②杨恩寿著作甚丰。著有《时序韵语》一卷,《眼福编》初集十四卷、二集十五卷、三集七卷,《坦园四书对联》一卷,《灯舍嬉春集》二卷,《兰芷零香录》三卷,《坦园文录》十四卷,《诗录》二十卷,《词录》七卷,《赋录》一卷,《偶录》三卷,《雉舟酬唱集》一卷,《坦园词余》一卷,《坦园从稿》;戏曲理论著述有《词余丛话》二卷、《续词余丛话》二卷及记录歌妓优伶传闻轶事的《兰芷零香录》一卷,戏曲作品有传奇《姽婳封》《桂枝香》《理灵坡》《再来人》《桃花源》《麻滩驿》《双清影》以及未刊本《鸳鸯带》(已佚)。前六种总名为《坦园六种曲》或《坦园传奇》。皆刊入清光绪间家刻本《坦园全集》中。

《鸳鸯带》凡二十四出,演方剑潭纳姬王氏,姬为其父逼归,以鸳鸯带自缢始末事。《姽婳封》借《红楼梦》第七十八回中姽婳将军林四娘故事,赞颂咸丰五年(1855)镇守新田的清将周云耀夫妇。《理灵坡》,凡二十二出,演明崇祯时长沙推官蔡道宪事。叙明崇祯末年,张献忠攻长沙,长沙文武官员皆弃城而逃,湖广总兵尹先民投降献城。

① 杨恩寿:《坦园日记》,陈长明标点,上海:上海古籍出版社,1983年版,第137—138页。

② 吴梅:《中国戏曲概论》,《吴梅全集》理论卷下,石家庄:河北教育出版社,2002年版,第294页。

长沙司理蔡道宪被擒拒降,死后埋葬于醴陵坡(后改名理灵坡)下。《桂枝香》,凡八出,演田春航与李桂芳事。叙优伶李桂芳慧眼识才,资助沦落京中的书生田春航,督促其攻读诗文,力求上进,二人遂成莫逆之交。后春航高中状元,由翰林院修撰补授陕西巡抚,赴任时,偕李桂芳同往。《双清影》,凡十四出,叙太平天国东王杨秀清攻陷庐州,奉调协助守城的池州太守陈源兖自隘于明伦堂前大树下以明志之事。《桃花源》,凡六出,写渔人故事,就陶渊明《桃花源记》并诗加以敷衍、增饰,借以寄托作者乌托邦式的理想。《再来人》,凡十六出,叙福建老儒陈仲英饱学不第,困守七十载,穷困幽愤终身,临终发誓来生定要扬眉吐气。死后投生为季毓英,科场连捷,十五举乡试,十七成进士,授编修,偶见前生落第文章,与己中举之作一字不差,因此感叹"文运如此,国运可知"。顿悟前生事。乃拜陈仲英墓,并抚恤其老妻。本剧的思想性与艺术性在杨氏作品中最为突出,为其代表作。《麻滩驿》,凡十八出,演明末女游击将军道州守备沈云英事。叙沈云英在身为道州知府的父亲战死之后,率部杀入敌营,夺回父尸,又坚守道州。后其夫抗张献忠死,云英回浙江萧山故乡。清军入侵浙江时,云英投水殉国,被救后隐居奉母,开私塾传经。

吴梅在《顾曲麈谈》中评杨恩寿剧作云:"杨坦园之六种曲,亦学藏园,而远不如黄韵珊,其《再来人》《桂枝香》二种特佳。《麻滩驿》《理灵坡》,表彰忠谊,不如《芝龛记》远矣。所作《词余丛话》特胜。"[①]在《中国戏曲概论》中云:"蓬海三记,余最喜《再来人》,摹写老儒状态,殊可酸鼻。《麻滩》《理灵》不脱藏园窠臼。"[②]在《复金一书》中云"近见《坦园六种》,其中排场之妙,无以复加,真是化功之笔"[③]。青木正儿在《中国近世戏曲史》中云:"恩寿词彩虽不及黄燮清,然其排

---

①　吴梅:《顾曲麈谈　中国戏曲概论》,上海:上海古籍出版社,2000年版,第120页。
②　吴梅:《顾曲麈谈　中国戏曲概论》,上海:上海古籍出版社,2000年版,第195页。
③　吴梅:《复金一书》,《吴梅全集》(理论卷下),石家庄:河北教育出版社,2002年版,第1104页。

场与宾白之技巧反过之,但尚未足称善也。"①

　　黄其恕(? —1876?),字幼吾,湖南长沙人,贡生,清咸丰至光绪间在世。酷嗜诗词,工戏曲。著有《红梨馆词》二卷;传奇《坤灵扇》。传奇《坤灵扇》,写晋陵周生与韵尼的爱情故事。晋陵周生,读书于慧莲尼庵,慕女冠韵香才色,但无从传情,因此十分苦闷。月老感其诚,降神授以坤灵扇,嘱其以之障面,往慧莲尼庵见韵香,可使别人无法看见,遂与韵尼成伉俪。剧本写书生与尼姑的爱情故事,虽非独创,但在才子佳人传奇剧中也算异类,但"吟风弄月"的创作意旨使得作品主题落于俗套,且关目排场,皆学西厢。故杨恩寿所云该剧"词笔虽不脱《西厢》窠臼,然绮思致语,实足荡心志而启情悰"②实有夸饰之嫌。

　　光绪前期,湖南杂剧传奇沉寂了一段时间,至庚子事变前后,湖南作家陈时泌、陈天华积极投身反帝、反封建的斗争之中,写了一些反帝、反封建的作品。其中戏剧作品有陈时泌的传奇《武陵春》《非熊梦》和陈天华的杂剧《黄帝魂》,另有王时润著《闻鸡轩杂剧》抒写知识分子的愤懑情怀。

　　陈时泌(1865? —1907?),字季衡,湖南武陵(今常德)人,佐幕为生,常年奔走南北,以文字谋衣食,游幕为生。光绪二十七年(1901),应赵柳溪之聘,至湖南常宁襄校试卷。光绪三十一年(1905)夏尝至巴丘;光绪三十三年(1907)尚在世。《武陵春·自序》云"早年好吟咏,近好谈经济。凡遇有关时局升降得失之故,辄为长短句"。著有传奇《非熊梦》《武陵春》二种,均为忧患时局之作,表达了浓重的伤时忧国情怀。《武陵春》,凡八出,取材于庚子事变中义和团事。叙庚子事变后,隐居于武陵源的文士武陵渔人进城卖鱼时,听路人叙说洋人

---

　　① 〔日〕青木正儿:《中国近世戏曲史》,北京:中华书局,1954 年版,第 476 页。
　　② 杨恩寿:《续词余丛话》卷三,《原事续》,参见杨恩寿:《杨恩寿集》,王婧之校点,长沙:岳麓书社,2010 年版,第 376 页。

闯入北京,清室逃难的过程后义愤填膺。又向从京城避难到武陵的湖南国子监生打听消息,书生详细介绍事变发生的起因与经过。剧中只有老生扮武陵渔人、小生扮湖南国子监生两个角色上场。后者国子监肄业,正值庚子事发,于乱离中幸归湖南,向隐居于此的武陵渔人讲述耳闻目睹的庚子事变中的种种情形,二人边叙边议。叙述人从旁观者的角度讲述历史事件的经过,对往事的陈述和对现实的感慨成为全剧的主体部分。作者借剧中人之口表达对于时局的认识。《非熊梦》,凡八出,写文士武陵渔人闻听俄军占领奉天,日俄在中国东北地区开战,清廷软弱,竟宣布中立,十分愤激,夜梦被渡辽统兵大员聘为参谋,出兵东征,击败俄军,大获全胜。作者意在通过剧中人物之口,说明日俄战争对中国的危害,从而表达对民族命运、国家存亡的强烈关注之情。

陈天华(1875－1905),原名显宿,字星台、过庭,别号思黄、过庭子,湖南新化人。资产阶级的革命宣传家、活动家,曾被誉为"革命党之大文豪",是中国资产阶级革命民主派的代表人物之一。出身贫苦的私塾教师家庭,少年家境极为贫寒,至15岁才得以入私塾就读。戊戌变法期间考入新化求实学堂,1900年到省城长沙岳麓书院学习,1903年留学日本,入东京弘文学院师范科。1903年4月,在日本参加了"拒俄义勇队",写血书数十封,痛说民族危亡,并将其邮回国内以唤起民众觉醒。又与同学一起创办《新湖南》《湖南游学译编》等杂志,撰写文章介绍西方资产阶级民主革命思想。1903年冬回长沙,与黄兴等人计划组织革命团体。1904年1月华兴会成立时,陈天华是其中的骨干。同年,陈天华等游说江西巡防营起事失败,与黄兴等人先后逃往日本,继续开展革命活动。与宋教仁等创办了《二十世纪之支那》杂志,继续宣传反清民主革命思想。1905年7月同盟会成立,陈天华是发起人之一,担任书记工作,参加起草会章与革命文告,撰写《革命方略》,参与同盟会机关报——《民报》的编辑工作。

1905年12月8日,为抗议日本政府,教育同学,启发国人革命,在东京投大森海湾自杀。著有说唱体的《警世钟》《猛回头》《狮子吼》和《最近政见之评决》《国民必读》《中国革命史论》《论中国宜改创民主政体》等宣传革命的文章,其作品经后人收集整理成《陈天华集》。《黄帝魂》,为小说《狮子吼·楔子》中的一部分。小说《狮子吼·楔子》发表于光绪三十二年(1906)五月《民报》第二号,叙述小说主人公梦中参加"光复五十周年纪念会",会上演出此剧。剧仅1折,写一位新中国英俊少年戏装上场,在"万国平和,闲暇无事"之时,追叙50年前革命先辈为反对帝国主义侵略、推翻清朝专制统治而进行的英勇斗争及丰功伟绩,以此来宣传反帝、反封建的资产阶级民主共和的革命理想。该剧将杂剧形式融入小说之中,构思新颖,曲体结构紧凑,层次分明,全剧气势雄浑,感情激昂奔放,语言刚劲晓畅。但剧本人物单一,缺乏戏剧冲突,只是一个杂剧外壳而已,作品纯粹是作者思想的"传声筒"。当然,这是晚清杂剧传奇的通病。

王时润《闻鸡轩杂剧》亦无故事情节,重在抒发人生不遇、时局多艰之感慨。王时润,又名时省、启湘,湖南善化(今长沙)人。光绪三十四年(1908),日本法政大学速成科第五班毕业,曾任苏州法政学堂教习。著有《邓析子校录》一卷,《尹文子校录》二卷首一卷,《公孙龙子校录》三卷,《商君书斠诠》五卷首一卷附一卷,《商君书集解》五卷,《商君书发微》《研究说文书目》《鬼谷子校录》。戏曲作品有《闻鸡轩杂剧》,仅发表《王粲登楼》一折,载《法政学交通社杂志》第五号,光绪三十三年四月初一日(1907年5月12日)出刊。剧写三国时魏国天子童昏、中原无主、群藩坐大、国事多艰。山阳王粲旅食荆州,暂依刘表,深知刘表乃庸才,非知天下大计之人,欲归而未得。一日,携琴童登上当阳城楼,心念时局,极目远眺,不禁悲感难抑,叹天下无人,难以拯救倾颓之势,呼喊"长夜漫漫,何时复旦,使世界重有光明之一日?"情绪激愤,感慨良多。乃借历史人物之口发表对于时局的忧虑情怀。

表 1.1　湖南杂剧传奇作家作品一览表

姓名	字号	生卒年	籍贯	才艺	功名	杂剧、传奇作品	其他作品
黄周星	字九烟、景明、景虞，号圃庵、而庵、笑苍子、笑苍道人、汰沃主人、将就主人、半非道人	1611—1680	湘潭(后归上元)	擅诗文、书法、篆刻	崇祯六年癸酉隽北闱，十三年庚辰进士，十七年甲申为户部主事。	杂剧:《试官述怀》《惜花报》，传奇:《人天乐》	《夏为堂集》《夏为堂别集》《圃庵诗文》《刍狗斋集》《山晓阁诗集》《千家姓编》《唐宋八大家文备》，另有《制曲枝语》等，撰评《西游记证道书》
王夫之	字而农，号姜斋。自称夕堂老人，世称船山先生，另署双髻外史、梼杌外史、一壶道人	1619—1692	衡阳	诗词经史子集无所不精	崇祯十五年壬午举人，曾为南明桂王行人司行人	杂剧:《龙舟会》	著述百余种，四百余卷，涉及经、史、子、集等诸多领域。有诗文集二十一种，三十四卷。存诗1632 首、词283 首、文 82 篇、赋 13 篇，《愚鼓词》27 首
陶之采	字庶常		宁乡	工诗文	明诸生，授州同	传奇:《芙蕖韵》	《秋水轩集》《香崖集》
王维新		康熙时人	平江			传奇:《夜光珠》	
朱景英	字幼芝，一字梅冶，号研北、苴汀、梅墅，别署研北农、研北学子、研北学人、研北寓农、石圃后人、一百八松亭长	1715—1781后	武陵(今常德)	诗文词曲书法	雍正时诸生，乾隆十五年解元，先后官福建连城、宁德、平和、侯官知县，台湾鹿耳同知、汀州知府、邵武知府，台湾理番同知	杂剧:《桃花缘》	《畲经堂文集》八卷、《畲经堂诗集》六卷、《畲经堂诗续集》四卷、《畲经堂诗三集》四卷、《研北诗余》一卷、《海东札记》四卷、《沅州府志》五十卷，曾谱乐府《群芳》

姓名	字号	生卒年	籍贯	才艺	功名	杂剧、传奇作品	其他作品
熊超	字班若，又字禹书，别署豁堂	1736—1788后	善化（今长沙）	精研程朱理学	康熙二十九年庚午举人	杂剧：《齐人记》	
张九钺	字度西，号紫岘、陶园，别署红梅花长、梅花梦叟、罗浮花农、拾翠阁主人	1721—1803	湘潭	工诗词歌赋，善制曲	乾隆二十七年举顺天府乡试第二年中明通进士，先后官南丰、峡江、南昌、始兴、保昌、海阳知县	杂剧：《四弦词》《竹枝缘》，传奇：《六如亭》《双虹碧》《红蕖记》三种	《紫岘山人文集》《紫岘山人诗集》《秋蓬词》《历代诗话》《三川考略》《得瓠轩随笔》《禘祫祥说》《南窑笔记》《苕华杂说》《紫岘山人赋》《晋南随笔》，另撰峡江、偃师、永宁、巩县、束鹿等县县志
夏大观	字继临，一字次临，号枫江	不详	湘潭	擅诗词，工经史	乾隆三十年拔贡生，补衡阳府学训导，后岳州教授	传奇：《陆判记》《珠鞋记》	《枫江诗文集》《枫江诗余》《枫江词余》《古乐府》《百禽草》《识小类编》《说左约笔》《左传分类赋》《十三经质疑》《异文类扩》《治生广录》《春秋左传分类赋说》《艺文类摭》《洞庭湖志》
毛国翰	字大宗，号青垣、星垣	1772—1846	长沙	工诗	诸生，曾入沈道宽幕，后入湖广总督裕泰幕	《青湘楼传奇》	《麋园诗钞》，《麋园词》，《天显纪事》，《虚受堂集》，校订邓显鹤《沅湘耆旧集》，选辑《湖南女士诗钞》

姓名	字号	生卒年	籍贯	才艺	功名	杂剧、传奇作品	其他作品
张声玠	字奉兹,又字润卿、玉夫,号蘅芷庄人	1803－1848	湘潭	工诗文,精音律	道光十一年辛卯顺天府乡试举人,二十四年,大挑第一,知元氏县	《玉田春水轩杂出》九种	《蘅芷庄人随笔》五卷、《中山麇古录》一卷、《蘅芷庄诗集》十八卷、《蘅芷庄文集》四卷、《集唐诗》一卷
刘代英	字砺卿,一字笏珊	1823－1859	宁乡	工古文,骈散诗词皆能,书画亦超旷	道光二十九年己酉举人,咸丰六年权普安县,后以同知、直隶州升用补施秉知县,死获诏赠恤	《章台柳传奇》	《四书求解》《希载山房诗存》,《章台柳辞》
曾传钧	字茶村,一字文劭	1826－1881	善化(今望城)	擅诗文词曲	诸生,岳州府学训导,后擢同知、直隶州知州,赏戴花翎	传奇:《蕙兰芳》	《万松草堂纪事》《冶秋园集》等文集
杨恩寿	字鹤俦,号蓬海、朋海、鹏海,又号坦园,别署蓬道人、朋道人	1835－1891	长沙	诗、古文、骈文、词曲	咸丰八年优贡生,同治九年中举,光绪初授湖北盐运使,升湖北候补知府。光绪三年以候补知府充湖北护贡使	传奇:《姽婳封》《桂枝香》《理灵坡》《再来人》《桃花源》《麻滩驿》《双清影》《鸳鸯带》	《时序韵语》《眼福编》《坦园四书对联》《灯舍嬉春集》《兰芷零香录》《坦园文录》《坦园日记》《诗录》《词录》《赋录》《偶录》《雉舟酬唱集》《坦园词余》《词余丛话》《续词余丛话》
黄其恕	字幼吾	?－1876?	长沙	工诗词曲	贡生	传奇:《坤灵扇》	《红梨馆词》

姓名	字号	生卒年	籍贯	才艺	功名	杂剧、传奇作品	其他作品
陈时泌	字季衡	1865?—1907?	武陵(今常德)，	擅诗词戏曲	诸生，佐幕为生	传奇:《非熊梦》《武陵春》两种	
陈天华	原名显宿，字星台、过庭，别号思黄过庭子	1875—1905	新化	诗文	留学日本，为华兴会骨干，同盟会发起人之一	杂剧:《黄帝魂》	说唱体的《狮子吼》《警世钟》《猛回头》和《中国革命史论》《最近政见之评决》《国民必读》《论中国宜改创民主政体》等政论文
王时润	又名时省、启湘		善化(今长沙)		留学日本，后曾任苏州法政学堂教习	《闻鸡轩杂剧》	《邓析子校录》《尹文子校录》《公孙龙子校录》《商君书斠诠》《研究说文书目》《鬼谷子校录》

第二节　清代湖南杂剧传奇的历时性分布特点及成因

我们已经初步了解了清代湖南杂剧传奇作家作品状况。为了全面准确地把握清代湖南杂剧传奇的特点,我们有必要对其进行历时性考察。在整个清代,湖南杂剧传奇的发展是不平衡的。从清初至中期将近 180 年间,湖南杂剧传奇处在一个缓慢的发展期,作家作品在清初至中期都有所增加,但不明显。道光以后,湖南杂剧传奇走向繁荣,后期作家作品数量明显增多。具体情况见下表:

表 1.2 清代湖南杂剧传奇作家作品时代分布一览表

时期	作家	杂剧	传奇	备注
前期 ——顺治元年至雍正十三年（1644 — 1735）	黄周星	《试官述怀》《惜花报》	《人天乐》	
	王夫之	《龙舟会》		
	陶之采		《芙蕖韵》	
	王维新		《夜光珠》	
中期 ——乾隆元年至道光末年（1736 — 1850）	朱景英	《桃花缘》		另有乐府《群芳》
	熊超	《齐人记》		
	张九钺	《四弦词》《竹枝缘》	《六如亭》《双虹碧》《红蕖记》	
	夏大观		《陆判记》《珠鞋记》	
	毛国翰		《青湘楼传奇》	
	张声玠	《玉田春水轩杂出》九种		
后期 ——咸丰元年至宣统三年（1851 — 1911）	刘代英		《章台柳传奇》	
	曾传钧		《蕙兰芳》	
	杨恩寿		《姽婳封》《桂枝香》《理灵坡》《再来人》《桃花源》《麻滩驿》《双清影》《鸳鸯带》	
	黄其恕		《坤灵扇》	
	陈时泌		《非熊梦》《武陵春》	
	陈天华	《黄帝魂》		
	王时润	《闻鸡轩杂剧》		

从上表可以看出,在 17 位清代湖南杂剧传奇作家中,顺治元年至雍正十三年(1644—1735)92 年间从事杂剧传奇创作者 4 人,杂剧 3 本,传奇 3 本;从乾隆元年至道光末年(1736—1850)115 年间,有杂剧传奇作家 6 人,杂剧 13 本,传奇 6 本;从咸丰元年至宣统三年(1851—1911)61 年间共有 7 人,杂剧 2 本,传奇 13 本。道光以后特别是太平天国运动以后,湖南杂剧传奇作家明显增多,影响也更大。在太平天国运动至清朝灭亡短短的六十一年中,湖南戏曲走向全面繁荣,这种现象并不是偶然的,其中蕴含着深刻的社会历史文化因素。

湖南,简称湘。春秋、战国时属楚国地域。秦朝为长沙、黔中二郡地。西汉置长沙国和桂阳、零陵、武陵三郡,东汉改长沙国为长沙郡,并增置汉昌郡。三国时增置衡阳、湘东、天门、营阳、昭陵五郡。西晋分荆州地置湘州。隋开皇时置潭、岳、衡、朗、澧、永、郴、辰等州,大业初为长沙、巴陵、衡山、武陵、澧阳、桂阳、沅陵等郡。唐属江南西道、山南东道和黔中等道,广德二年设湖南观察使,湖南之名始于此。五代属楚国。北宋置荆湖南路。元属湖广行中书省。明属湖广布政使司。在清初尚属湖广总督和湖广布政使司管辖,总督、布政使均驻武昌。至康熙三年(1664),两湖分藩,为湖南右布政使司,六年置湖南省。雍正二年(1724),将偏沅巡抚改名为湖南巡抚。新设的湖南省区共有 7 府(长沙、衡州、永州、宝庆、岳州、常德、辰州)、2 州(郴州、靖州)和 2 个军民宣慰使司(永顺、保靖州),共辖 6 州 57 县,又 18 个土司。从此,湖南的历史进入崭新的发展时期。

湖南当七省(即楚、川、黔、滇、桂、粤、赣等七省)要冲,为鱼米之乡。再加上北部畅通无阻的八百里洞庭与长江、汉水衔结在一起,湖南境内不但水陆交通发达,同时还形成了江湖相联、水陆纵横、四通八达的全国重要通道,湖南商品经济也逐渐走向繁荣。而太平天国运动冲击了传统的经济秩序,进一步促进了湖南商品经济的发展;直接推动了湖南财经政策的改革,扩大了湖南财政自主权;同时,湘军的崛起,促进了湖南军工业与手工业的发展,对湖南经济的进一步繁荣产生了重大影响。经济的繁荣,自然会促进教育的发展,教育的发展,必然导致人才的大量出现。而南北分闱,也对清代湖南人才的"井喷"起到了推动作用。[①] 清初,湖南各级学校发展迅速,其中顺治年间重修或创建的府、州、县学达 31 所,康熙年间重修或创建的府、州、厅、县学共 36 所。[②] 康熙三年(1664),"析置湖南布政使司,为湖南省,移偏沅巡抚驻长沙"[③]。雍正元年(1723)"两湖分闱"后,湖南开始独立举行乡试。这不仅对湖南科举考试产生了深远影响,而且对湖南文化教育事业的发展也起到了促进作用。

杨昌济说:"考之春秋,楚地不到湖南。此后二千余年,历史上亦殊寥寂。"[④]"从前科举时代,南北合闱,湖南士子惮泛重湖,赴试者少,获隽亦难。"[⑤]分闱之后,湖南的中举人数逐渐增加,对湖南人才群体的兴起产生了重要的影响。由于确定了湖南乡试中举名额,过去"南北合闱"时中举名额多被湖北占用的局面得以改变,湖湘士子发奋读书者日益增多,教育氛围日渐浓厚,客观上刺激了教育的发展,加上满清统治者入主中原后致力于"兴文教、崇经术、开太平"的大政策,湖南传统教育走向兴盛。史料记载湖南"士崇礼义而专嗜经籍,民力耕桑而少商贸,风气渐开而人文亦著"[⑥]。这种人文士风培育了一批又一批的饱学志远、节高才俊之人。

---

① 杨昌济:《杨昌济文集》,长沙:湖南教育出版社,1983 年版,第 351 页。

② 据冯象钦,刘欣森主编《湖南教育史》(第一卷)所统计的数据。

③ 赵尔巽:《清史稿·志四十三·地理十五·湖南》,北京:中华书局,1998 年版,第 2185 页。

④ 杨昌济:《杨昌济文集》,长沙:湖南教育出版社,1983 年版,第 351 页。

⑤ 杨昌济:《杨昌济文集》,长沙:湖南教育出版社,1983 年版,第 351 页。

⑥ 乾隆《新化县志》卷十四,《风俗》。

以前,湖南与湖北因同属一省,乡试实行两湖合闱。湖南的士子要赶到武昌甚至更远的江宁去应试,其间不仅要经历旅途劳顿之苦与江湖风浪之险,而且在经济上还要花费一笔巨大的资金,非一般贫寒的家庭所能承受。加之湖南本属蛮荒,自身经济文化落后,士子见闻狭隘,根底亦不深厚,因此湖南的名额多被湖北占去。自雍正二年(1724)在长沙设试院,第一次单独举行湖南乡试,按朝廷议定分配给湖南乡试的中式名额,正取 49 名,副榜 9 名,又武举 25 名。教育的兴盛与南北分闱,导致了湖南人才群体的蔚起。大约从嘉庆朝开始,湖南参加乡、会试的中式人数,便较之前代有了明显的增加。

经济与文化教育的繁荣,导致了刻书业的兴盛。而刻书出版业的发达,是文化市场繁荣的一个表现,也是社会对文化需求旺盛的表征。随着湖南经济与文化教育的繁荣,湖南的藏书与刻书日益兴盛,而正是湖南藏书与刻书的盛行为湖南人才的成长及其民族思想的形成提供了良好的条件。明清时期,尤其是晚清以来,湖南长沙、永州(今零陵)、衡阳、宝庆(今邵阳市及新化县)、茶陵等地坊刻业异军突起,坊刻书种类和数量多,涉足范围广,品种甚杂,以民间日用的历书、字书、韵书、通俗唱本、年画、佛像、碑帖等刊刻最多,其次为童蒙读物、医药占卜书、星相、佛道书及小说与戏曲选本,再次是为适应科举考试需要而刻印的类书、制艺、试帖等。一些名气较大的书坊,如宝庆经纶堂、经国堂、新化三昧堂、长沙李文炤的"四为堂"等亦刊刻一些经书、正史、文集、名著等传统读物。清代宝庆府(今邵阳市及新化县)是书肆、书坊相当集中之地,也是湖南乃至全国坊刻本的主产地之一,当时全国流行"三个半"刻书中心的说法。四川成都、福建建阳、江西抚州是三个,湖南宝庆算半个。清嘉庆年间以后,尤其是同光年间,湖南私家刻书业更是异军突起。据相关资料统计,整个清代湖南各地私家刻书群体约有 370 多家,而晚清时期占绝大多数。晚清时期,不少著名文人或诗礼之家都有专门印书的书坊。如长沙的丁取忠、皮锡瑞、陈运溶及叶德辉所在的叶氏家族，邵阳的魏源、魏光焘及车氏家族，宁乡的王文清，黄本骥及陶汝鼐所在的陶氏家族，衡阳的王敔，常宁的唐训方，安化的陶澍、道县的何绍基，湘潭的唐昭俭、王闿运、王先谦、罗汝怀及罗萱父子，新化的邓显鹤及邹汉勋、邹代钧所在的邹氏家族，湘乡的王礼培、周广询及曾国藩家族，平江的李氏"爽溪家塾"，攸县的龙汝霖，岳阳的方功惠、钟谦钧，湘阴的李星沅所在的李氏家族、郭嵩焘所在的郭氏家族，益阳的胡云阁、胡林翼父子，石门的阎镇珩，慈利的吴恭亨以及寓官长沙的江苏人江标、甘肃人朱克敬等等，其家中或家族都有自己的印书坊。出版业的兴盛，为清代湖南藏书事业的兴盛提供了方便。清代湖南藏书家辈出，"藏书家几乎遍布湖南各地，前辈争鸣，后生继起。"[①]如安化的陶澍，善化的唐仲冕、唐鉴、周达甫，长沙的徐树铭、徐树钧、叶德辉、徐崇立、唐成之、许推、叶启勋、叶启发，常德的瞿榕、赵慎轸，道州的何凌汉、何绍基、何维朴，湘潭的袁芳瑛、袁树勋、袁思亮，宁乡的黄本骥、刘康，衡阳的常大淳，巴陵的方功惠、钟谦钧，湘乡的曾国藩、蒋德钧、王礼培、李希圣、陈毅，沅陵的冯锡仁，永明的周銮诒、周铣诒，浏阳的刘人熙，平江的李元度，益阳的胡林翼、萧大猷，攸县的龙伯坚，祁阳的陈澄中、李祖荫等等，都是著名的藏书家。丰富的藏书为杂剧传奇创作人才丰富学识，优化知识结构，特别是学习前人杂剧传奇创作经验提供了便利。清前中期杂剧传奇作家的创作，在戏曲体制、创作技巧上都大体追随前人，与他们对元明以来杂剧传奇作品的研读、揣摩是密不可分的。

　　在这样的政治、经济、文化教育背景下，道光时期湖南进入了人才兴盛时期。湖南人才的人数急剧增加，在全国所占比例急剧增长。湖南面积只占全国的 2%，人口也不到全国的 5%，但道光时期的湖

---

① 刘雪平:《近代湖南私家藏书综述》,《图书馆界》,2011 年第 5 期,第 32 页。

南人才却占 8％以上①,居全国各省的第 4 位。湖南形成了以陶澍、魏源、贺长龄等"湘系经世派"为代表的第一个人才群体。咸同及光绪时期,清王朝处于内忧外患的衰落时期,湖南又产生了以曾国藩、左宗棠、胡林翼、郭嵩焘、罗泽南、彭玉麟、江忠源等为代表的人才群体。张集馨说:"楚省风气,近来极旺。自曾涤生领师后,概用楚勇,遍用楚人。各省共总督八缺,湖南已居其五,直隶刘长佑、两江曾国藩、云贵劳崇光、闽浙左宗棠、陕甘杨载福是也。巡抚曾国荃、刘蓉、郭嵩焘,皆楚人也,可谓盛矣。至提镇两司,湖南北者,更不可胜数。曾涤生胞兄弟两人,各得五等之爵,亦二百年中所未见。"②光绪后期,湖南人才成为戊戌维新与辛亥革命的先行者。原先趋向保守的湖南在维新运动中先着一鞭,成为"全国最富朝气之一省"。为了挽救国家和民族,湖南人才中的先进分子纷纷举起了维新变法的大旗,形成了以谭嗣同、唐才常、熊希龄、沈荩、樊锥、林圭等为代表的近代湖南人才群体。辛亥革命前后,资产阶级革命家黄兴、宋教仁、蔡锷、陈天华、刘揆一、杨毓麟、蒋翊武、谭人凤等都是近代中国历史上的著名人物,湖南人才在全国影响巨大。在这样人才"井喷"式出现的背景下,湖南杂剧传奇作家在后期人数骤增就不足为奇了。

清代湖南的政治经济环境,湖湘文化的浸染,也是湖南杂剧传奇作家思想和风格形成的重要原因。明末清初,在长达 40 年的反清、抗清斗争中,湖南曾经成为清朝与南明王朝争战的主战场。湖南是南明政权的重要基地,当清军进入湖南时,南明军队和农民起义军联合,在两湖地区集合了百万大军,在岳州等地和清军展开了激烈的战争。1648 年更大举反攻,几乎收复了湖南全境。1673 年,吴三桂进入湖南,并在衡州建立大周政权,湖南又是吴三桂与清军争战的最主要、最激烈的战场。因此,湖南成为"夷夏之辨"民族主义思想滋生的

---

① 陶用舒:《近代湖南人才群体研究》,长沙:岳麓书社,2000 年版,第 45 页。
② 张集馨:《道咸宦海见闻录》,北京:中华书局,1981 年版,第 377 页。

土壤,经世之学复兴和文化型人才增多,对当时湖南社会经济文化的繁荣发挥了积极的作用。随着道咸年间社会危机的加剧,经世之学大起,形成了以陶澍、魏源为核心的"湘系经世派"。可以说,清代前期湖南人才的经世思想,为"湘系经世派"的形成和发展奠定了坚实的基础。张翰仪在《湘雅摭残》之"弁言"中提到"默念吾湘自道咸以来,洪杨之役,曾左崛起,不独事功彪炳于史册,即论诗文,亦复旗帜各张,有问鼎中原之概。"①

　　湖南杂剧传奇在清初表现出来的对现实的憎恨,对理想家园的追求与建构,在中期对精神家园的追求,后期杂剧与传奇对末世的忧患、愤懑,对新时代的呼唤,都与湖南在各个时期的社会历史文化背景密切相关。

第三节　清代湖南杂剧传奇的地域分布特点及成因

　　清代湖南杂剧传奇作家作品在地域分布上也有一个特点,就是相对集中。首先,杂剧传奇作家作品大部分集中于长沙府,其次是常德府,然后是衡州府、岳阳府与宝庆府。在 17 位清代湖南杂剧传奇作家中,长沙府作家达 12 人,占总数的 70.5%,常德府 2 人,占11.8%,衡州府、岳阳府与宝庆府各 1 人,皆占 5.9%。具体到各县,则以湘潭县最多,共 4 人,占 23.6%,长沙城区与善化次之,皆为 3人,各占 17.8%,再次是常德府的武陵县和长沙府的宁乡县,皆为 2人,各占 16.8%;再次是衡阳县、平江县、新化县,皆为 1 人,各占5.9%。在湘潭籍的杂剧传奇作家中,张九钺、张声玠出于同一文学家族。具体情况见下表:

---

① 　张翰仪:《湘雅摭残》,曾卓、丁葆赤校点,长沙:岳麓书社,2010 年版,第 1 页。

表 1.3　清代湖南杂剧传奇作家作品地域分布一览表

地域		作家	杂剧	传奇	备注
府	县				
长沙府	长沙城区	毛国翰		《青湘楼传奇》	
		杨恩寿		《姽婳封》《桂枝香》《理灵坡》《再来人》《桃花源》《麻滩驿》《双清影》《鸳鸯带》	
		黄其恕		《坤灵扇》	
	湘潭县	黄周星	《试官述怀》《惜花报》	《人天乐》	
		张九钺	《四弦词》《竹枝缘》	《六如亭》《双虹碧》《红蕖记》	
		夏大观		《陆判记》《珠鞋记》	
		张声玠	《玉田春水轩杂出》		
	善化县	熊超	《齐人记》		
		曾传钧		《蕙兰芳》	
		王时润	《闻鸡轩杂剧》		
	宁乡县	陶之采		《芙蕖韵》	
		刘代英		《章台柳传奇》	
常德府	武陵县	朱景英	《桃花缘》		另有乐府《群芳》
		陈时泌		《非熊梦》《武陵春》	
衡州府	衡阳县	王夫之	《龙舟会》		
宝庆府	新化县	陈天华	《黄帝魂》		
岳州府	平江县	王维新		《夜光珠》	

出现杂剧作家作品相对集中的现象，与长沙、湘潭、衡阳、常德等

地相对繁荣发达有密切关系。

首先是长沙、湘潭、衡阳、常德等地经济在清代比较繁荣,这为这些地方杂剧传奇作家的产生提供了物质基础。康熙三年(1664)两湖分藩,长沙"扼湖湘之险,当水陆之冲"①为湖南省治。至道光年间,长沙已发展为湖南的政治、经济和文化的中心,是淮盐重要的销售口岸和全国闻名的四大米市之一。外地商贾云集,贩运贸易异常兴盛,每逢"秋冬之交,淮商载盐而来,载米而去,其贩卖皮币金玉玩好,列肆盈廛,则皆江苏、山陕、豫章、粤省之客商也。"②随着贩运贸易的发展,为采购、销售、储存商品服务的牙行也应时而生。雍正四年(1726)长沙城外有各类牙行35户,包括米谷行、鱼行、煤炭行、白炭行等,至同治六年(1867)牙行增至95户,有茶麻行、靛行、纸行、盐行、铁行、缨纬帽行、牛行、枯饼行等行业。据嘉庆《长沙县志》记载:乾隆三十七年(1772),长沙城外各市镇有粮食货摊、铁锅钉货摊、姜瓜货摊、杉木货摊、土果货铺、靛纸铺、香饼铺等门摊商店187户,此外还有典当铺10户。③ 宁乡、善化都是靠近长沙郡的大县,水陆都处于交通要冲地位。湘潭在明代就由于经济的繁荣而有"小南京"之号④,只在明末清初的一段特殊时期内,由于战争的破坏,出现一定程度的倒退。到顺治十一年,县内社会与经济逐渐开始安定与恢复,并逐渐重现昔日繁荣的盛况。清代前中期,湘潭城厢内外,"店铺客栈鳞次栉比。"⑤"楚南民朴,所需者日用之常资,故富商大贾亦不出其间。惟米谷所聚,商贩通焉。其余则小肆而已。盐集于长沙,徽商也。湘潭,则衡、永、郴、桂、茶、攸二十余州县之食货,皆于是地取给,

---

① 勒德洪:《平定三逆方略》,《钦定四库全书》第354册,卷三。

② 嘉庆《长沙县志》卷十六,《风土》十二,"百工"。

③ 参见王继平:《论清代湖南的手工业和商业行会》,《中国社会经济史研究》,1988年第3期,第54页。

④ 光绪《湘潭县志》卷二,《建置》:"然县繁富浩穰,镫货氓庶,皆在城外沿湘以上十余里,自前明号为'小南京'。"

⑤ 乾隆《长沙府志》卷十四,《风俗》。

故江苏客商最多。又地宜泊舟,秋冬之交,米谷骈至,樯帆所舣,独盛他邑。衡州以上,商多豫章,以地近而贸易至也。"①"县地沃饶,道通江岭。东南七省商货,咸萃于此。舟楫至汉口,风水便利,恒数日可往返,秦晋商贾亦趋焉。"②据《宫中档乾隆朝奏折》记载:"(湘潭)为水陆要冲,江西、两粤客船均泊于此"③随着江、浙、晋、豫、川等省的商人纷纷来湘潭设行开店,湘潭城区商务逐步恢复。"城总市铺相连,几二十里,其最稠者则在十总以上","凡粮食、绸缎、布匹、棉花、鱼盐、药材、纸张、京广杂货、竹木、牌筏皆集于此,为湖南一大码头。"④乾隆二十二年(1757年)广州成为全国唯一的对外通商口岸后,湘潭与广州之间的商务异常繁荣,凡外国来华货物在广东上岸后,多经湘潭转运至内地;内地的丝、茶运销国外,亦多在湘潭装箱,再运广州放洋。湘潭成为货物南输北运的转运中心和洋货重要集散地。至嘉道年间,湘潭城区已成为商业巨镇,"潭邑五方杂处,商贾辐辏"⑤。此时,湘潭富甲全省,商业非常发达,有"金湘潭"之美称。"湘潭及广州间,商务异常繁盛,交通皆以陆,劳动工人肩货往来南风岭者,不下十万人,行李商贾、日夜络绎"⑥,湘潭在嘉庆时期是历史上最繁荣的时期。各地商人在县境内(主要是县城)建立的会馆总数计有三十所,显示出商人在当地力量的强大与活跃。这些建立了各自会馆的商人群体,有来自北部地区的山西、山东、河南、陕西、甘肃等所谓北五省者;有来自安徽、江苏等省者;有来自邻近的江西、湖北、广西、广东、福建等省不同地区者;亦有来自省内永州、衡州、郴州等府者。衡阳是湖南南部重镇,素有"湖南门户"之称,明清为衡州府

---

① 乾隆《湖南通志》卷四九,《风俗》。
② 光绪《湘潭县志》卷五,《官师·秦镳传》。
③ 台北故宫博物院:《宫中档乾隆朝奏折》第14辑,第488页。
④ 乾隆《湘潭县志》卷十三,《风俗》。
⑤ 嘉庆《湘潭县志》卷六,《城池》上
⑥ 容闳:《西学东渐记》,长沙:岳麓书社,1985年版,第46页。

治。清代至康熙末年（1722 年），衡州已是有名的商业码头和湘南农产品的主要集散地，四邻各州县所产的谷米、大麦、豆类、茶油、桐油、莲实、土靛、土纸、木材、黄花菜、五倍子等，多运销湘潭、长沙、汉口及粤、桂、赣、闽等省市。两湖分藩之前，衡阳是两广湖湘间的商业重镇，其商业地位在长沙之上，各地赴粤之"商贾皆主衡州，以通广西"，"书坊木栈皆以长沙为子店，至今仍之"。①清朝前中期衡阳的烟草业驰名全国。湖广地区以衡阳烟草种植最为普遍，烟草销量极大。乾嘉年间，衡阳城内"山西、陕西大商以烟草为货者有九堂十三号，每堂资本出入岁十余万金，号大于堂，兼通领外为飞钞交子，皆总于衡烟"。②常德素称"吴蜀咽喉，滇黔户牖"，古有驿道连通湘、鄂、川、黔、桂诸省，是重要的货物集散枢纽。明中叶以后，城市经济发展很快，有"富强甲湖南"③之称。清乾隆时该地政府开放市场，外地商人纷纷来此经商；不久，常德成为五省通衢的重要商埠。史载："大江啮城，舳舻帆楫时相上下，商贾所聚，百货辏集，人语欢声，辄喧午夜……旧称鱼米之乡，良有以也。"④当时，常德牙行近 200 家，商铺近万家，外地商人在城内建会馆多达 17 所，有"三堂八省之目"。经济的繁荣，使得戏曲演出场所普遍建造，给人们观剧带来了方便，同时为杂剧传奇作家的成长提供了物质保障。

其次是这些地方教育比较发达，人才比较集中，为杂剧传奇作家的产生提供了人才基础。据光绪《湖南通志·选举志》载，顺治三年丙戌科至光绪八年壬午科的乡试中，长沙城区共中举人 487 人，善化共中举人 310 人，湘潭共中举人 301 人，宁乡共中举人 205 人，武陵共中举人 159 人，衡阳共中举人 120 人；从顺治九年壬辰科至光绪九年癸未科会试中，长沙城区共中进士 97 人，善化共中进士 61 人，湘

---

① 同治《衡阳县志》卷十一，《货殖》十。

② 同治《衡阳县志》卷十一，《货殖》六。

③ 谷应泰：《明史纪事本末》卷七十八，第 364 页。

④ 嘉庆《常德府志》卷十三，《风俗考》二。

潭共中进士 69 人，宁乡共中进士 29 人，武陵共中进士 38 人，衡阳共中进士 22 人。从县一级层面来看，大体上进士数较多的县也是举人数较多的县，比如长沙的进士数最多为 97 人，长沙的举人数也是最多的，为 487 人，善化、湘潭、宁乡、武陵、新化的进士数分别为 61 人、69 人、29 人、37 人和 27 人，各县的举人数分别为 310 人、301 人、205 人、159 人、152 人。科举是对教育状况的检验，从各地科举情况就可以窥知各地的教育情况。事实上，清代湘潭县的书院教育颇具规模，其以一县之地，就有书院三所，分别为昭潭书院、龙潭书院、霞城书院。其中，规模最大者为昭潭书院，次龙潭书院，次霞城书院。因此，湘潭自唐至明，总计进士 49 人，举人 103 人，荐举 17 人；而仅清代，就有进士 66 人，举人 313 人，荐举 11 人。就贡生来说，清代比明代超过数倍，尤其是副贡生，清代是明代的 27 倍。如明代，恩贡生 3 人，拔贡生 9 人，副贡生 2 人，优贡生 2 人，岁贡生 174 人；而清代，恩贡生 28 人，拔贡生 27 人，副贡生 55 人，优贡生 10 人，岁贡生 174 人。而文人著作，也随着人才的井喷式出现而大量涌现。如清代湘潭，据《县志》载："大凡书六略，三十九种，六百九十二家，千二百六十五部（原文注：不计篇卷）。"[①]湖南杂剧传奇作家都是文人，虽功名不显，但都有功名，最底的也是诸生。他们大多出自科举较盛的县市。

再次，这些地方观剧活动频繁，为杂剧传奇作家从事创作营造了氛围，提供了灵感与启发。戏曲活动，尤其是观剧活动，是杂剧传奇作家获取对杂剧传奇感性认识的重要手段。清代杂剧传奇作家作品集中的地区，也是戏曲活动最频繁的地区。据康熙十年《衡州府志·风土》卷八载："吾衡之俗，每岁五月朔，七月中，必崇台演戏，浃旬不休，观者如堵，日耗财为厉不少。"康熙初年，在长沙，福秀班和老仁和班相继成立。岳州、湘潭、浦市、衡州、祁阳、郴州、永州等地，戏曲班社日渐增多。据刘献廷《广阳杂记》卷二载：康熙三十三年（1694）"元

---

① 光绪《湘潭县志》卷十，《艺文》。

宵前一日,于郴阳(今郴州)旅邸……饭后益冷,沽酒群饮,人各二三
杯而止,亦皆醺然矣。饮讫,某某者忽然不见,询之则往东塔街观剧
矣。噫!优人如鬼,村歌如哭,衣服如乞儿之破絮,科诨如泼妇之骂
街。犹有人焉,冲寒久立以观之。"康熙中,湘西北一带不仅演出过
《桃花扇》,还传入秦腔和苏腔。据孔尚任《桃花扇本末》云:"楚地之
容美,在万山中,阻绝人境,即古桃源也。其洞主田舜年,颇嗜诗书,
予友顾天石有刘子骥之愿。竟入洞访之,盘桓数月,甚被崇礼。每宴
必命家姬奏《桃花扇》,亦复旖旎可赏。盖不知何人传入,或有鸡林之
贾耶?"容美宣慰使司,当时管辖的地区包括湖南慈利县和石门县的
部分地方。康熙四十二年(1703)二月至七月,顾彩在容美宣抚司治
地游历半载,著有《容美纪游》。其中记载:"初十日……至宜沙矣
……谒宣慰使君于行署。……宜沙别墅(地属岳州府石门县)……是
日折柬招宴,奏女优。"《容美纪游》还记录了土司田舜年父子蓄班演
剧的详细情况,"宴客……其戏在主人背后,便当客面,而主人莫见
焉。余至,始教令开桌分坐,戏在席间,然反以为不便云。……女优
皆十七八好女郎,声色皆佳,初学吴腔,略带楚调。男优皆秦腔,反可
听。丙如自教一部,乃苏腔。装饰华美,胜于父优,即在全楚亦称上
驷。然秘之不使父知,恐被夺去也"。"(五月)十三日以关公诞,演戏
于细柳城之庙楼,大会将吏宾客。君具朝服设祭,乡民有百里来赴会
者,皆饮之酒。至十五日乃罢。"则可知清代湖南,即便是在不发达的
地区,戏曲活动都是频繁的,演出形式也是灵活多变的。不仅有地方
戏曲戏班演出,也有昆腔班演出;演员既可歌楚调,也可唱昆腔、秦
腔;既可唱苏昆,也能唱湘昆。据考证,清代长沙城区戏班先后有普
庆班、泰益班、仁和班、清华班、春台班、同春班—新舞台,以演唱湘剧
为主;还有起班于道光年间的宁乡土坝班,起班于同治、光绪年间的
大兴班、得胜班专唱长沙花鼓戏。在常德有以演唱常德高腔为主的
华胜班,以演唱常德汉剧为主的文华班、天元班、瑞凝班、天福班、同

乐班、春华班,以演唱常德花鼓戏为主的新舞台,在衡阳,有以演唱衡阳湘剧为主的老天源班、老吉祥班、老春华班、老同春班和大春台班,有以演唱衡州花鼓戏为主的荣华班、云开班与三和堂,有以演唱祁剧为主并且主要活动于湘南的祥泰班、老天元班、天庆班、四喜班。在湖南各地,都有自己的戏班。同时,各地也相继建起供戏班演出的演出场所。据地方志记载,唐代长沙、岳阳已有供歌舞表演的"乐楼"建筑。宋元时期"乐楼"建筑增多,常德、益阳、邵阳、衡州、永州等州县旧志中均有记载。明代各藩王府一般都建有戏楼。目前见诸史料最早者为明成化十四年(1478)长沙吉王府万春池畔的歌楼。万历以后,长沙府城隍庙、善化县城隍庙、衡州桂王府戏楼、常德荣王府戏楼相继出现。入清以后,庙台在各地得以建造。清代各府、州、县志中记载戏楼、歌楼、舞楼、优台甚多。各地会馆中也往往建有戏楼。还有随搭随卸的戏台,更是无以数计。咸丰、同治间,长沙、湘潭、岳阳、常德等城市,相继开设茶园式戏园,而草台、船台、排台也很常见。现将清代湖南部分固定戏曲演出场所列表如下:

表 1.4　清代湖南部分固定戏曲演出场所情况一览表

名称	地址	创建年代	附注
长沙府城隍庙戏台	城北飞虎寨明吉王所建府城隍庙	明万历十九年(1591)	清末五云、仁和等湘剧戏班常在此演出
长沙县城隍庙戏台	长沙北门学宫街	清康熙五十二年(1713)	清同治初年杨恩寿在此观五云部、庆和部演出十二次
长沙定湘王庙戏楼	长沙市城东南定王台	明万历三十九年(1611)	戏楼经多次扩建。清同治初年杨恩寿在此观剧三十四次
长沙乾元宫戏台	长沙市坡子街火神庙内	始建戏楼无考,道光六年(1826)重建	清同治初年杨恩寿在此观剧三十六次

名称	地址	创建年代	附注
长沙玉泉山观音寺戏楼	长沙市内玉泉街	寺建自清康熙四十九年(1710),戏台始建何时未详。	清同治初年杨恩寿在此观剧二十余次
长沙福禄宫戏台	长沙市内小西门墙湾长沙钱业公会之财神庙福禄宫内	戏台始建何时未详,清光绪二十年(1894)重建。	有戏台两座,大戏楼建于前坪门首以内。会中人于神诞、节日常在此观剧。另一戏台供庙会首事等议事及宴饮时观剧
长沙水府庙戏台	长沙市内小西门河街轮船码头对面	不详	清乾隆十二年(1747)《善化县志》已有关于戏楼的记载。清同治、光绪至民初,庙戏无虚日。同治初年杨恩寿在此观剧八次
长沙岳麓书院赫曦台	长沙河西岳麓山下今湖南大学校园内	清乾隆五十五年(1790)	清光绪五十五年(1909)湘剧春台班在该台连日为书院师生演出
长沙县陶公庙戏楼	长沙市东郊朗梨镇陶公庙	始建年月不详,清道光二十六年(1846)"续修戏台"	
宜春茶园	长沙市内太平街孚嘉巷	清光绪末年	先后延聘湘剧仁和、春台等班演出,为湘剧第一家戏园
同春园	长沙市织机街耕耘圃同乐园旧址	清宣统二年(1910)	
湘潭关圣殿戏楼	湘潭市平政路关圣殿大门内	清乾隆三十九年(1774)	
湘潭市鲁班庙戏楼	湘潭市十六总自治街泥木行会庙内	清乾隆五十七年(1792)	
湘潭市万寿宫戏楼	湘潭市平政路	不详	为江西会馆戏楼

名称	地址	创建年代	附注
浏阳铁三界包公庙戏台	浏阳岩前乡泉井村与江西万载县黄茅乡洪炉村之间,湘赣两省交界之铁山界上	清雍正八年(1730)	每年农历二月十五包公生日,两省戏班轮流在台上演戏酬神
浏阳金刚镇三元宫戏台	浏阳县南金刚镇镇下街三元福主庙外	始建年月无考,清光绪二十一年(1895)重修	凡案神出坛、归坛之日必演戏酬神
益阳万寿宫戏台	益阳市鹅阳池地段	不详	为江西会馆,内有戏楼八座
南岳奎星阁戏楼	衡阳南岳区南岳庙内	始建年月未详,清光绪八年(1882)重建	每年四月二十八南岳圣帝诞期,必迎戏班演剧至六月初一方歇
衡阳雁峰寺戏台	衡阳市南回雁峰下雁峰寺前	始建年月未详	旧俗二月八日佛诞,必请衡阳湘剧班演剧,经旬逾月
常宁康家祠堂戏楼	常宁水口山康家湾	清中叶	
永州柳子庙戏楼	永州市狮子街柳子庙内	始建年月未详。现楼为清光绪三年(1877)所建	旧时庙戏颇盛,为祁剧戏班重要演出场所
祁阳城隍庙戏台	祁阳县城王府坪	始建年月未详	清中叶至民国,此台祁剧演出活动十分频繁
邵阳四庙台	水符庙:邵阳城外下河街;火神庙:城内南门口;灵武庙:城外管乐街;东山寺:城外东山	始建年月未详	四庙各有戏楼一座
郴州娘娘庙戏楼	郴州城北州署学正街之西,文昌宫之东	清乾隆二十四年(1759)	清同治初年杨恩寿寄寓州署,常在此观剧
桂阳城隍庙戏台	桂阳城南七星街东侧城隍庙内	始建年月未详	昆文秀班常在此演剧
蓝山雷家岭转台	蓝山县火市乡雷家岭	始建年月未详	

续表

名称	地址	创建年代	附注
芷江唐家祠堂戏台	芷江县浮莲塘村唐家祠堂正门内	清嘉庆十五年(1810)	
溆浦贺家祠堂戏台	溆浦县溪口村贺氏宗祠内	始建年月未详	
泸溪浦市万寿宫戏台	泸溪县浦市镇河街万寿宫(江西会馆)内	始建年月未详	正殿与财神殿前各有戏台一座,辰河戏在此演出频繁
麻阳关帝庙戏楼	麻阳县城东郊	清康熙三十三年(1694)	
古丈坪营都阃府西花厅戏台	古丈县城关镇	清嘉庆二年(1797)	
桃源汤家塝戏台	桃源县泥窝潭茶驿村汤家塝	清道光年间	

(注:此表据中国戏曲志编辑委员会《中国戏曲志·湖南卷》,尹伯康《湖南戏剧史纲》及湖南地方志相关资料等编制而成。)

　　由上表可知,除了随演随搭的临时戏台外,清代湖南固定的戏曲演出场所也是相当多的。看戏也成了人们生活的重要内容,但就文人而言,清前期乃至中期,湖南文人对地方戏曲是排斥的。嘉道时期,贺长龄奏折中论及湖南风俗时云"吾观乡而知王道之易易也,雅道凌迟,浇风竞扇,曛邪丑正,实在蕃有徒。往往以小说淫曲为傅会,但博观者之一粲,不顾声色之荡人。"[①]虽有湖南文人的观剧活动,但大部分文人还是对观剧有所顾忌的。直到咸丰以后,情况才有很大的改变。在湖南文人如曾国藩、郭嵩焘、王闿运的日记中,经常可见观剧的记录。而戏曲家杨恩寿更是有名的戏迷。他的《坦园日记》中记录了许多的观剧活动。据对杨恩寿同治元年(1862)至同治九年(1870)日记的研究,我们发现,当时的观剧机会多,演戏酬神、合尊演戏宴饮,个人酒宴都可以观剧;而观剧地点也很多,有各类宗教祭祀

---

① 　贺长龄:《饬严禁淫戏札》,《耐庵奏议存稿》,《近代中国史料丛刊》本,第1413页。

场所,如庙、寺、观、祠堂,有官署、会馆,有酒馆、酒店,还可以在戏园观剧,甚至将戏班请到家中演戏。在湖南省范围内,演剧活动很普遍,经济发达的繁华县市,如长沙、湘潭、衡阳、常德等地区,戏曲活动更是司空见惯。杂剧传奇作家就是在这样的文化土壤中成长起来的。

第二章 清代湖南杂剧传奇与剧坛主流

在清代戏曲史上,湖南杂剧、传奇不是剧坛主流,但它与晚明以降剧坛主流有一种独特的关系,它一方面追随剧坛主流,另一方面保持自身的一些特点。初期湖南杂剧传奇隐含着一种遗民情绪,而在题材选择和体制形态上主要追随晚明至清前期剧坛主流。清中期湖南杂剧传奇在题材选择与戏曲艺术上更多的是对清初剧坛主流的一些特色的追随。道光至同治时期的湖南杂剧传奇,在题材选择、主题建构与戏曲艺术上主要是对乾嘉剧坛主流的追随。直到同治时期,湖南杂剧传奇总是比剧坛主流慢了一个节拍。光绪以后,湖南一直站在时代最前列,在此期间,湖南杂剧传奇也融入剧坛主流,甚至成为时代先声。因此,清代湖南杂剧传奇与剧坛主流的关系,是一个值得深入探讨的问题。

第一节 清代剧坛主流创作的整体走向

中国古代戏曲自明代万历末年就开始孕育一场巨大变革。民间声腔与剧种纷纭而起,表演艺术加速发展,演员对于声腔剧种的影响日趋加重,以文人创作为主导的戏曲传统演进模式在逐渐消解,新兴声腔剧种以锐不可挡之势大肆蚕食着被奉为"正声"的昆曲的地盘;

传奇的杂剧化,杂剧的诗化,使得杂剧与传奇的文体特征逐渐消失,杂剧传奇几乎成为和诗文一样的抒情、言怀、讽世、宣教的文学作品,也就丧失了其自身的特点与优势,最后走向衰亡是必然的结果。但从戏曲创作的实际情况看,杂剧与传奇,还是有着不同的发展轨迹的。

一、清代剧坛主流杂剧创作的走向

杂剧在元代走向繁荣以后,自明代前期至中期经历了由平民化而贵族化,再由贵族化而文人化的两次重大转变。与之相适应的是剧场也经历了由世俗的勾栏庙台到宫廷,再由宫廷到宅院厅堂的转换,而宫廷应制的文艺侍从和中下层文人先后成为杂剧创作的主体。明中叶以后兴起了以表现创作主体强烈的主体意识、宣泄个人情感为主的文人杂剧,即所谓的南杂剧。南杂剧在体制形式上的最大特点便是彻底突破了北杂剧四折一楔子的固定结构,采用了开放式结构类型。剧本的长短比较自由,音乐体制也较随便,有南曲,有北曲,也有数量可观的南北合套曲。南杂剧对传统杂剧的突破更集中地体现在单折戏的出现。晚明时期,随着复兴儒家正统以挽回世道人心的社会思潮的兴起,杂剧领域"出现了由反叛传统、追求自由向传统复归的趋势","此时期杂剧发展的新趋势还在于恢复元曲面对舞台大众的传统,加快向作为戏曲史主流的昆曲传奇靠拢的步伐"。①

清杂剧数量十分可观,据有关目录所载,约有一千三百种,其中作者姓名可考者五百五十种,无名氏作品七百五十种。② 至今尚存者达千种左右,姓名可考的作家也有一百八十人上下。要考察清代杂剧的整体走向,有必要对清代杂剧史加以梳理。

清初顺治、康熙两朝处在明、清鼎革之变后的敏感时期。在这场

---

① 徐子方:《明代杂剧史》,北京:中华书局,2003 年版,第 294 页。
② 傅惜华:《清代杂剧全目》,北京:人民文学出版社,1981 年版,"出版说明",第 1 页。

深刻的历史变革过程中,文人在生存状况、人生选择以及价值期待等
方面皆受到不同程度的影响和冲击,失意、悔恨与愤懑等情绪在他们
的文学创作中随处可见。清顺治间,邹式金在《杂剧三集·小引》中
所说:"迩来世变沧桑,人多怀感。或抑郁幽忧,抒其禾黍铜驼之怨;
或愤懑激烈,写其击壶弹铗之思;或月露风云,寄其饮醇近妇之情;或
蛇神牛鬼,发其问天游仙之梦。"①这段话准确地概括了此期杂剧的
主题特点。清初作家民族意识十分强烈,国破家亡的慷慨悲歌、出仕
两朝的心理挣扎、忠节品格的深刻反思,都在此期杂剧中大量出现。
该时期的杂剧大多抒发对前明王朝的无限眷顾,吐露异族统治之下
汉民族传统优势严重丧失的深切忧虑,感叹因一己之才不被当朝统
治者所重视取用的抑郁不平。具体说来,有的杂剧通过历史上有关
民族斗争和两朝更替的故事来表达民族情绪,抒写兴亡之感。如吴
伟业的《临春阁》《通天台》将被迫出山而身仕两朝的无奈抒发得淋漓
尽致,而沉重的亡国悲哀也浸淫其中;陆世廉的《西台记》中写宋亡之
痛,其实是抒写强烈的明亡之恨;李玉的《清忠谱》、丁耀亢的《表忠
记》主要反思明朝灭亡的原因;薛旦的《昭君梦》中王昭君梦思故里,
暗含作者缅怀大汉民族和故明王朝的强烈信号;王夫之《龙舟会》在
作者精心处理下,字里行间散发出浓重的时代感伤气息;郑瑜的《汨
罗江》对屈原的忠君爱国无比推崇,也是民族情绪的一种表达。有些
杂剧主要表现文人怀才不遇的苦闷和牢骚。如尤侗《读离骚》《吊琵
琶》《清平调》(又名《李白登科记》)、《桃花源》,张韬的《续四声猿》,徐
石麒的《坦庵四种》,嵇永仁《杜秀才痛哭泥神座》等,在发泄苦闷、牢
骚与悲愤中,也对传统进行了较为深刻的反思。而廖燕的《柴舟别
集》四种,更以自己作为剧中主角,自抒胸臆。还有的写名士才女,如
洪升《四婵娟》,查继佐《续西厢》等;写现实生活,如青霞寓客《北孝
烈》,徐石麒《拈花笑》等;甚至为统治者歌功颂德的,翻写历史、寄予

---

① 邹式金:《杂剧三集》,武进董氏诵芬室刻本,1941 年,卷首。

空想的,纯属自娱的杂剧也在后期出现。如嵇永仁的《刘国师教习扯淡歌》《痴和尚街头笑布袋》、邹兑金的《醉新丰》、裘琏的《鉴湖隐》、黄家舒的《城南寺》、南山逸史的《半臂寒》皆表现出醉心佛道、消极遁世的思想,反映了文人对现实社会的幻灭感,同时以古人故事,借他人之酒杯,浇胸中之垒块,一泻郁闷之情。

而特定历史条件、作者群体及主要以自我情感宣泄为目的等诸多因素影响了清初杂剧的形式。此期杂剧偏离了晚明杂剧在面向世俗大众基础上力求娱乐他人的价值取向,几乎完全走到了"自我娱乐"的心理层面。杂剧案头化、文学性不断加强,使杂剧脱离舞台实际。杂剧作家进行杂剧创作时,更为关注杂剧的文学性,往往在杂剧创作中把个体的感性情感、渊博的文史知识、深刻的历史观念以及深厚的文字功底和谐地融为一体,文本中插入大量的历史、文学典故,造成听众和看客理解上的障碍;直接引用或间接化用前人的名篇名作,显示出浓厚的文学色彩。杂剧作家专意从古人的经典作品寻找并认同与己同慨的情绪意蕴,把创作杂剧的价值取向定位成纯粹自我娱乐的心灵享受,因此杂剧被世俗大众普遍接受的可行性几乎降到最低限度,很难引起世俗民众的观赏兴趣。顺、康、雍时期,杂剧创作的文人化还表现在作品抒情性的极度强化,带有强烈的主观宣泄特征,极度忽略杂剧的叙事功能,着意强调其抒情功能。该时期的杂剧本体观念似又回归到明中期"以戏剧为诗"的戏剧操作方式。随着杂剧曲律逐渐解放,折数限制打破,由原来的四折变为一折到十余折不等,据作者抒情需要而定,与传奇的界限越来越模糊;同时,短剧异军突起,情节单一,冲突减少,诗化趋势不断加强,精于文字,成为表情抒意的另一种方式。以至于出现后人指斥的"力求超脱凡蹊,屏绝埋鄙,故失之雅,失之弱"①的弊病。

---

① 蔡毅:《中国古典戏剧序跋汇编·清人杂剧初集自序(郑振铎)》,济南:齐鲁书社,1989年版,第534页。

　　清代中期,政权已经稳定,经济上也走向繁荣,出现了"乾隆盛世"。知识分子的民族情绪已比较淡薄,歌功颂德的倾向开始出现。由于文网严密,考据之风盛行。反映现实的文学作品更少,而此期杂剧也走向衰落。这个时期的杂剧包含一些借名人佚事抒写作者胸臆的作品,但缺少那种血泪并作的激情和指天斥地的锐气。较有名的作品有石韫玉的单折杂剧《桃源渔父》,该剧以突出陶渊明的气节和才华为主要目的,还有桂馥的《后四声猿》、蒋士铨的《四弦秋》、曹锡黼的《四色石》、舒位的《瓶笙馆修箫谱》和张声玠的《玉田春水轩杂出》。除少数作品偶有身世之感外,多数思想平庸,题材也往往与前人作品重复。为了追求新意,有些作家就大作翻案文章,改历史故事的悲剧结局为喜剧收场,如周乐清《补天石传奇》,因纯属空想,多荒诞不经,并不能借以挽救杂剧的衰落。清代中叶的杂剧中以劝惩为主的作品大量出现。杨潮观的《吟风阁杂剧》和蒋士铨的杂剧是其代表,蒋士铨现存杂剧8种,《一片石》《四弦秋》《第二碑》《康衢乐》《忉利天》《长生箓》《升平瑞》《庐山会》大多为劝惩之作。此外唐英《古柏堂传奇》十七种,其中有十三种是杂剧(一说有杂剧十二种),有些作品也带有劝惩意味。这些作品对社会现实都有一定的揭露意义,但作者的目的在于劝戒,为封建社会补罅弥漏,因而其积极意义是有限的。清代中叶的杂剧还有大量的内廷承应戏。这些作品的内容不外是喜庆祥瑞、神仙灵异的故事,借以为统治者祝寿祝福,歌功颂德。

　　由于乾嘉考据学盛行,杂剧创作追求雅正严谨的风气盛行;杂剧作家在题材选择和主题提炼上用力不多,而在格律曲文上颇下功夫。孔广林的几部杂剧就"格律非常严谨",孙楷第曾感叹,"自来曲家撰曲,未有计较毫厘,用力如是之深者"。[①] 吴梅先生也认为:"蒋心馀《四弦秋》剧,为旧曲《青衫记》鄙俚不文,遂填此作。凡所征引,皆出

———————

　　①　孙楷第:《戏曲小说书录解题》,北京:人民文学出版社,1990年版,第372页。

正史，并参以乐天年谱，故出顾道行作万倍。"①文人化、学者化的杂剧创作加重了杂剧的案头化、诗文化色彩。

　　清中期剧坛最引人注目、影响深远的是花部的崛起。自明代中叶昆曲成为剧坛盟主以后，杂剧传奇就基本上都成为专为昆曲的舞台演出而撰作的剧本。在清代乾隆、嘉庆以后，花部占领各地剧坛的主要舞台，杂剧传奇作品很少着意为舞台演出而作。由于杂剧传奇创作日益脱离群众、脱离现实、也脱离舞台，朝向案头化和形式主义发展，新创作的剧本上演率极低。杂剧传奇的剧本创作和昆曲的舞台演出之间出现了严重脱节的现象。舞台上经常上演的，大都是明清以来积累的保留剧目，尤其以折子戏的形式上演为多。观众更关注于舞台的热闹，戏班自然热衷于演员的演技与道具，对于剧本，则往往在全本戏中选取精彩的片段，加以丰富或再创作，作为独立的短剧演出。此期的文人戏曲创作，杂剧的南曲化、传奇化是一种普遍的现象，但仍有少数作家遵守元杂剧的规矩。杂剧与传奇在曲律上、体制上已无实质性的区别，唯有篇幅的长短成为区别杂剧与传奇的主要标志。

　　如果说清代前期至清代中期，杂剧、传奇的演变主要是杂剧体制的解放，杂剧的传奇化，那么，近代戏剧的进一步发展，则导致两种戏剧形式最终的融合和传奇体制的崩溃。传奇受到地方戏和西洋戏剧的影响，朝向更加自由化、通俗化的方向发展了。晚清杂剧的主题可分三大方面：一是直接取材于当时现实生活者，二是取材于中外有关史实者，三是借寓言笔法或梦境为表现手段者。晚清杂剧皆着眼现实，立足现实，反映重大而有针对性的题旨：表彰革命先烈，鼓吹民族主义，倡导种族革命，宣传反满排满，张扬爱国精神，唤醒沉睡国民，抨击列强入侵，等等。此期出现了大量直接反映现实斗争、鼓吹革命、批判腐败政府的时事剧，一时成为杂剧创作的主流。如鼓吹革命

---

　　①　王卫民：《吴梅戏曲论文集》，北京：中国戏剧出版社，1983年版，第171页。

的《少年登场》《活地狱》，反映外国革命史实的《断头台》，为当时革命
英雄人物作传的《碧血碑》《轩亭秋》《皖江血》《革命军》（以上两部题
传奇，实为杂剧），反映维新运动的《云萍影》《一家春》，反映妇女解放
运动的《松陵新女儿》《爱国女儿》《广东新女儿》等，都体现了明清杂
剧忠于现实和历史的特色。① 这种强烈的事实性、史实感使之更近
于现实生活中的叙事抒情散文了。

二、清代剧坛主流传奇创作的走向

清代传奇数量，目前无法统计。但其数量巨大，是众所周知的。
从清代传奇发展看，初期、中期、末期传奇各有关联，又表现出各自的
特点。

自明中后期传奇戏曲体制确立以后，传奇剧本结构体制更加规
范化，语言风格更加典雅化。从清顺治九年至康熙五十五年（1652—
1716)被学者称为明清传奇的极盛期，清初传奇四大家吴伟业、尤侗、
李玉、李渔相继登上剧坛，一大批文人从事杂剧传奇创作，而"南洪北
孔"则是此期剧坛的艺术典范。郭英德先生总结此期传奇创作最鲜
明的特点为"一是具有深厚的历史文化含蕴，二是具有旺盛的舞台艺
术生命。"②

清代初期，"易代之际，倡优之风，往往极盛。其自命风雅者，又
借沧桑之感，黍麦之悲，为之点染其间，以自文其荡靡之习。数人倡
之，同时几遍和之，遂成为薄俗焉……追忆明清间事，颇多相类。"③
明清之际大动荡的社会现实强烈地震撼了剧作家的心灵，激发了清
初剧作家创作时事剧的激情，也促使时事剧的创作、演出走向繁荣。
许多具有社会责任感的剧作家，在现实斗争浪潮的推动下，逐渐摆
脱了单纯的文字游戏，将目光投向现实生活，用戏曲来记录那些给

---

① 参见陈建华：《试论明清杂剧内容的高雅化倾向》，《东岳论丛》，2003 年第 2 期，第
119—122 页。

② 郭英德：《明清传奇史》，北京：人民文学出版社，2011 年版，第 361 页。

③ 孟森：《王紫稼考》，沈阳：辽宁教育出版社，1998 年版，第 85 页。

民众产生强烈震撼的时事，抒写胸中的愤懑，寄托自己的美好愿望。清初时事剧承晚明之势出现短暂繁荣，涌现了李玉的《清忠谱》《万里圆》《两须眉》，朱良卿、李元玉等的《一品爵》，朱葵心的《回春记》，刘键邦（一作建邦）的《合剑记》，李渔的《巧团圆》，蔡东的《锦江沙》（又名《忠孝录》）等一系列写时事的传奇作品。随着清政权的稳定，清政府对时事剧传播的禁止，时事剧创作很快消歇。而天崩地解、舆图换稿，异族统治所引起的震惊促使文人抒发亡国之痛，宣泄郁愤之情，追究兴亡之因，探寻未来之路。接踵而来的"剃发令""科场案""奏销案""文字狱"极大地激发起清前期的传奇作家对故国的追思怀念和对清朝统治者的怨愤和恐惧。于是只有"借古人之歌呼笑骂，以陶写我之抑郁牢骚"①，从而促成了历史剧的繁荣。吴伟业的《秣陵春》、丘园的《党人碑》、朱九经的《崖山烈》、李玉的《千忠戮》、洪升的《长生殿》、孔尚任的《桃花扇》都是借古喻今，抒情言志的历史剧。随着社会进一步走向稳定和繁荣，大众艺术盛行，昆剧成为风靡全国的剧种，而职业戏班取代家庭戏班，剧坛竞演新戏成风，于是涌现出大批职业戏剧作家，李玉、李渔、薛旦等就是其中的突出代表。经过清前期传奇作家的不断努力探索和实践，一种以剧本体制严谨化、音乐体制昆腔化、戏剧结构精巧化、语言风格通俗化的崭新的传奇文体规范体系建构起来。

总的说来，清初传奇作家可分为四类，一类是以吴伟业、尤侗为代表的正统文人曲家，包括丁耀亢、嵇永仁、黄周星、孙郁、王忭、龙燮、查慎行、裘琏、吕履恒、张雍敬、许廷录、程镳等人，他们往往借抒发故国之思、兴亡之感、身世之叹、世外之情、教化之意，他们以创作诗词古文的思维模式创作传奇，表现出主观化与案头化的创作倾向。一类是以李玉为代表的苏州派曲家，包括朱佐朝、朱素臣、叶时章、盛

---

① 李玉：《一笠庵北词广正谱》，台北：学生书局，1984 年《善本戏曲丛刊》影印本，卷首吴伟业《北词广正谱序》。

际时、毕魏、朱云从、张彝宣、丘园、陈二白、陈子玉、刘百章、过孟起、
盛国琦等人[1]，他们是既富于才情，又娴于音律却沉抑民间的普通士
子，其传奇作品大多关注现实，讥讽时弊，以劝惩教化为价值指向。
第三类就是以李渔为代表的风流文人，包括徐石麒、王续古、薛旦、周
杲、朱英、徐沁、范希哲、万树、张匀、周稚廉等，他们以创作才子佳人
传奇剧为主，在审美趣味上追求情理合一，嬉笑戏谑与教化互动，道
学风流两不误，在传奇艺术上追求情节离奇曲折，结构细密精巧，语
言流畅秀雅，使传奇成为一种雅俗共赏的大众艺术。而"南洪北孔"
则是此期超迈群伦的传奇作家，《长生殿》与《桃花扇》是传奇史上为
后来曲家所仰慕的两座高峰。

乾嘉时期，随着家庭戏班进一步没落，职业戏班走向昌盛，折子
戏盛行、花部乱弹取代雅部昆腔，在剧坛占尽上风，以昆腔谱写的文
人传奇创作走向衰落。传奇创作出现道德内容审美化与传奇艺术道
德化的倾向。夏纶、董榕、瞿颉、吴恒宣、永恩等的传奇，赤裸裸地以
伦理教化为创作主旨，借传奇阐释理学思想，进行道德教化。如夏纶
的传奇，皆为宣扬道德教化之作。正如梁廷枏《曲话》卷三所云：

> 惺斋作曲，皆意主惩劝，常举忠、孝、节、义，各撰一种。
> 以《无瑕璧》言君臣，教忠也；以《杏花村》言父子，教孝也；以
> 《瑞筠图》言夫妇，教节也；以《广寒梯》言师友，教义也；以
> 《花萼吟》言兄弟，教弟也。事切情真，可歌可泣，妇人孺子，
> 触目惊心，洵有功世道之文哉！[2]

夏纶以五种传奇分别阐释与宣扬忠、孝、节、义、悌五伦，而《南阳
乐》亦是宣扬正统观念，其揄扬道德典范，宣扬伦理道德的意图是十

---

①　参见康保成：《苏州剧派研究》，广州：花城出版社，1993 年版。郭英德：《明清传奇史》，北京：人民文学出版社，2011 年版。

②　俞为民，孙蓉蓉：《历代曲话汇编》清代编，第四集，合肥：黄山书社，2008 年版，第34 页。

分明显的。其他如董榕的《芝龛记》言忠孝贞节,吴恒宣《义贞记》为作伦常之鉴,瞿颉的《鹤归来》为称述祖德、表彰忠孝,永恩的《漪园四种》也以宣扬伦理、娱情乐志为主旨。蒋士铨也以阐扬忠孝节义,提倡维持名教;但他刻意以"笔墨化工"来"维持名教",追求传奇艺术的道德化。他现存传奇 8 种,《空谷香》《桂林霜》《雪中人》《临川梦》《香祖楼》《采樵图》《冬青树》《采石矶》,追求道德情感化,情感道德化,大多以褒扬忠烈节义为主旨。其他如张坚的《玉燕堂四种曲》(《梦中缘》《梅花簪》《怀沙记》《玉狮坠》),石琰的《天灯记》《忠烈传》《锦香亭》《酒家佣》《两度梅》,钱维乔的《鹦鹉媒》《乞食图》、沈起凤的《红心词客四种》(《报恩猿》《才人福》《文星榜》《伏虎韬》)都以教化惩戒为目的,同时追求艺术上的创新。

面对戏剧舞台花部兴盛的现实,清中期曲家虽有抵制花部者,如张坚等,但大多能借鉴花部声腔,并运用于传奇创作中,如蒋士铨在其昆剧创作中引用梆子腔、高腔、弋阳腔等地方戏曲声腔的曲词;唐英、黄图珌、方成培更是致力于改编花部戏曲为昆曲传奇,从而达到变俗为雅的目的。

同时,乾嘉考据之风盛行,对传奇创作亦有影响,金兆燕所作之《旗亭记》"全剧宫调,俱本《九宫大成谱》,径径守法,颇可取,每调俱正衬分明。"①钱维乔所谱的《乞食图》,写张灵崔莹故事,剧后附有相关考据。孔广林填《东城老父斗鸡忏》传奇也是数易其稿,并在每一出下对其所用宫调进行详细的说明和考证。

总之,清中期讲求温柔敦厚的雅正之风,促成了此期传奇艺术诗文化的特征。郭英德先生将其概括为四个方面"即叙事上以曲为史,修辞上以文为曲,体制上篇幅简化,和语言上风格雅正。"②传奇艺术的诗文化,消解了杂剧与传奇的界限。

---

① 周贻白:《曲海燃藜》,北京:中华书局,1958 年版,第 46 页。
② 郭英德:《明清传奇史》,北京:人民文学出版社,2011 年版,第 640 页。

道咸时期,是传奇的蜕变期。道光年间,在花部乱弹的猛烈冲击下,传奇已然蜕变为纯粹的案头之曲。"戊戌变法"前后,传奇戏曲成为了资产阶级改良思潮与革命思潮的宣传工具,其文学体制与音乐体制发生了根本的变化。晚清杂剧与传奇一样,在内容题旨、题材选择、价值取向上表现出"新面目",传奇作品饱蕴时代精神,关注现实社会,参与政治斗争。如以徐锡麟、秋瑾、邹容等著名资产阶级革命先烈事迹为题材者,有华伟生的《开国奇冤》、伤时子的《苍鹰击》、湘灵子的《轩亭冤》、嬴宗季女的《六月霜》等;直接反映列强入侵的写实主义作品,如陈时泌的《武陵春》《非熊梦》,梁启超的《劫灰梦》,林纾的《蜀鹃啼》及感惺的《三百少年》,等等。在艺术方面,除吴梅等少数作家的作品外,大部分作品对传统传奇的体制格律有诸多背离和改革,表现出诸多新意。如大量加注释和评点,舞台提示新式化,唱曲的表演作用已退居次要,说白内容大增,且时有大段演说宣传之词。杂剧与传奇的界限被打破,呈现出合而为一的趋势,除"折""出""楔子"等专用名词混用,曲调混同外,在篇幅问题上也走向合流。作品普遍存在公式化、概念化和案头化的现象。

对于清人戏曲,吴梅先生在《中国戏曲概论》"清总论"中发表过这样的见解:

> 清人戏曲,逊于明代,推原其故,约有数端。开国之初,沿明季余习,雅尚词章,其时人士,皆用力于诗文,而曲非所习,一也。乾嘉以还,经术昌明,名物训诂,研钻深造,曲家末艺,等诸自郐,一也。又自康雍后,家伶日少,台阁巨公,不惠声乐,歌场奏艺,仅习旧词,间及新著,辄谢不敏,文人操翰,宁复为此?一也。又光宣之季,黄冈俗讴,风靡天下,内廷法曲,弃若土苴,民间声歌,亦尚乱弹,上下成风,如饮狂药,才士按词,几成绝响,风会所趋,安论正始?此又其一也。……虽然词家之盛,固不如前代,而协律订谱,实远出

朱明之上,且剧场旧格,亦有更易进善者,此则不可没也。①

吴梅先生首先提出清人戏曲逊于明代的观点,然后推究其因。对于其观点,后来有不少学者提出质疑,我们在此无意介入争辩。但吴先生对清代戏曲创作特点的把握是准确的。清代作家在篇幅的剪裁和取材的态度上要胜过明人;而清人所编的词谱、曲律等曲学论著更是胜过明人多多。清代的昆曲演出和创作之所以不如明代,是受学风转变、家乐衰落、折子戏盛行和乱弹兴起等多方面因素的影响等观点都是极有见地的。

第二节　清代湖南杂剧传奇在主题建构上与清代剧坛主流的关系

一、清代前期湖南杂剧传奇在主题建构上对剧坛主流的追随

前期(从顺治元年至雍正十三年)湖南杂剧传奇作家,黄周星、王夫之、陶之采、王维新都属于正统文人。他们的杂剧、传奇作品,主要借杂剧或传奇以抒发故国之思、兴亡之感、身世之叹、世外之情、教化之意,他们以创作诗词古文的思维模式创作传奇,表现出主观化与案头化的创作倾向。黄周星的传奇《人天乐》凡二卷三十六折,叙轩辕载戒"十恶"修"十善",最后合家眷属升天的故事。剧本既有对现实社会的再现,又有对虚幻境界的描绘,作家虽然意在建构自己的理想家园,图解自己心目中的理想境界"将园"与"就园",但作品也明显含有劝戒世人刻苦修行,由尘世飞升到仙界的主观命意,作品既含有身世之叹、世外之情、教化之意,也寄寓了故国之思、兴亡之感。黄周星在《人天乐·自序》云:"《人天乐》若置之案头,演之场上,人人皆当生欢喜之心,动修身之念,其于世道人心,或亦不无小补"。黄周星的单

---

① 吴梅:《顾曲麈谈　中国戏曲概论》,上海:上海古籍出版社,2000 年版,第 176—177 页。

折杂剧《试官述怀》直接取材于现实生活，以嬉笑怒骂的口吻指斥科场腐败，揭露了当时科举试场的种种黑暗内幕，体现了对当时社会考场弊病的无比憎恶。类似社会问题剧，又与李玉等普通文人的传奇的题材与主题建构相似。黄周星另一四折杂剧《惜花报》，写南岳花神魏夫人（紫虚元君）款待爱花的王生，最后将之引入仙苑的故事，意在宣扬好人有好报，主要写世外之情。王夫之《龙舟会》写谢小娥女扮男装，入杀害父亲、丈夫的申家为仆，手刃仇人，报仇雪恨，也在复仇精神中寄托着民族情绪。作品讽刺"大唐国一伙骗纱帽的小乞儿，拼着他贞元皇帝走投无路"而不管，"破船儿没能随风转，棘钩藤逢人便待牵。"其中寄寓着对降清变节者的批判。谢小娥与李公佐的形象，则寄托着对理想人格的呼唤。杂剧通过对谢小娥、李公佐两个主要人物形象的塑造，特别是通过对谢小娥的复仇精神和不避艰险、誓死报冤的坚强意志，以及智勇双全的品格的刻画，形象地阐释了船山理想人格论[①]，也寓含恢复之志和复仇之感，寓含明遗民的兴亡之感、身世之叹。

王维新《夜光珠》记唐代马燧、李晟讨朱泚事，显然是借晚唐马燧、李晟讨伐叛国者，抒发对明王朝的故国之思，兴亡之感。陶之采的《芙蕖韵》已佚，故题材与主题不明。

总之，清代初期湖南杂剧传奇隐含着一种遗民情绪，而在题材选择与主题建构上，主要追随晚明至清初前期剧坛主流。

二、清代中期湖南杂剧传奇在主题建构上对剧坛主流的追随

清中期湖南杂剧传奇在主题建构上更多的是对清初剧坛主流一些特色的追随。道光至同治时期的湖南杂剧传奇，在题材选择与主题建构上，主要是对乾嘉剧坛主流的追随。

《人天乐》既有对现实社会的揭露，也有对理想家园的追索，反映

---

① 伍光辉：《〈龙舟会〉：理想人格的颂歌》，《衡阳师范学院学报》，2011 年第 4 期，第 22 页。

了天崩地解，与图换稿时期正统知识分子的悲愤之情，和作者对理想家园的构想。朱景英的杂剧《桃花缘》，写崔护和卢氏女由萍水相逢而结为夫妻的故事，其情可使生者死，使死者生的"至情"理念，与晚明汤显祖的"至情"观一脉相承。熊超的杂剧《齐人记》。据《孟子》中齐人乞食故事敷演，与明代孙仁孺《东郭记》等作品同题材。清代顺治时马世俊、乾隆时顾彩亦各有同名杂剧，在题材选择上承晚明至清初的传统。张九钺的传奇《六如亭》将爱情、朝政、宗教融为一体，揭露了朝政黑暗腐败，歌颂了苏轼不畏权势，刚直不阿的品格。同时寄寓自己的宗教情怀。以苏轼为题材的作品，元明清戏曲中有很多。元陶宗仪的《辍耕录》、元钟嗣成的《录鬼簿》、明贾仲明的《录鬼簿续编》、明朱权的《太和正音谱》、明晁瑮的《晁氏宝文堂书目·乐府门》《徐氏红雨楼书目·传奇类》、吕天成的《曲品》、祁彪佳的《远山堂曲品》、清高奕的《新传奇品》、清无名氏的《传奇汇考标目》、清黄文旸原编、后无名氏重订的《重订曲海总目》、清黄丕烈的《也是园藏书古今杂剧目录》、清支丰宜的《曲目新编》、姚燮的《今乐考证》、王国维的《曲录》、董康整理的《曲海总目提要》、吴梅的《中国戏曲概论》、傅惜华的《元代杂剧全目》《明代传奇全目》《清代杂剧全目》等都有著录，而庄一拂编著的《古典戏曲存目汇考》收录最全，计有吴昌龄《花间四友东坡梦》、费唐臣《苏子瞻风雪贬黄州》、金仁杰《苏东坡夜宴西湖梦》、赵善庆《醉写满庭芳》、杨讷《佛印烧猪待子瞻》、许潮《赤壁游》、张萱《苏子瞻春梦记》、沈采《四节记》、陈汝元《红莲债》《金莲记》、程士廉《泛西湖秦苏赏夏》、张大谌《三难苏学士》、金粟子《雪浪探奇》、无名氏《苏子瞻醉写赤壁赋》《苏东坡误入佛游寺》、周如璧《孤鸿影》、车江英《游赤壁》、桂馥《后四声猿》、杨潮观《换扇巧逢春梦婆》、石韫玉《琴操参禅》、汪柱《赏心幽品》、南山逸史《长公妹》、汪廷讷《狮吼记》、叶宪祖《玉麟记》、黄澜《赤壁记》、李玉《眉山秀》、姜鸿儒《赤壁记》、乔莱《耆英会》、永恩《漪园四种曲》、张九钺《六如亭》、徐观埌《六如亭》、吴孝思《春梦婆》、无名氏《麟凤记》等30余种。[①] 张九钺的《六如亭》在主题建构上与清初周如璧《孤鸿影》更接近。《孤鸿影》写苏东坡与才女温超超的一段缠绵故事，讴歌情的神圣性。作为一位“笔墨憨痴，才情自许”的少女，温超超在情感觉醒的同时即爱上了大才子苏东坡，存下了非他不嫁的心愿：“俺温超超，今世若不得事先生与他供笔札，视人间同嚼蜡。”（第一折）但久历宦途风险且年事已高的苏东坡并未洞察到这份别样的深情，以致当他再次被黜远行后，温超超思念成疾，留下一首凄婉的诗作憔悴而死。《孤鸿影》主要是才子佳人的故事，而张九钺的《六如亭》主题更为复杂，立意更高，其中苏轼并非普通才子，而是立朝孤介的正直文人，受百姓爱戴却遭奸佞陷害的忠臣良吏，作品的宗教意识也十分浓厚。《双虹碧》写长沙女子冲戈故事，而《红蕖记》是典型的才子佳人戏。

张声玠的《玉田春水轩杂出》皆取材于历史故事传说，《琴别》《画隐》主要表现爱国思想与民族气节，其中《琴别》写宋末汪元量黄冠南归，王清惠等十四女道士置酒饯别，各赋诗送行的故事。《画隐》写赵孟坚归隐，以民族大义训斥赵孟頫的故事。《碎胡琴》与《题肆》主要抒写封建文人对怀才不遇的愤懑之情。《碎胡琴》写陈子昂市琴碎琴以显文名的故事。《题肆》写南宋于国宝酒肆题词得官的故事。清初徐石麒《买花钱》杂剧取材与本剧相同。但剧分四折，增添了驸马杨震赠姬，皇上钦赐秦桧旧园，粉儿作新妇等情节。此剧借“除了看花吃酒，并无别事”的于国宝得孝宗封赏的故事，抒发了不甘潦落、怀才不遇的情怀，同时含有一定的讽刺意味。《讯翂》《寿甫》《安市》表彰和歌颂历史名人的高尚品德。其中《讯翂》写吉翂请死救父的故事，《寿甫》写饮中八仙庆贺杜甫寿诞的故事，《安市》写张士贵召募薛仁贵进攻安市，白衣破敌的故事。历代演薛仁贵故事的戏曲有张国宾

---

① 参见刘春玉：《苏轼题材戏曲作品研究》，西北师范大学硕士学位论文，2011年，第128页。

《薛仁贵衣锦还乡》，无名氏的杂剧《飞刀对箭》《龙门隐秀》，戏文有《薛仁贵白袍记》，各地方戏曲中大多有薛仁贵故事的剧目。该剧剧末载有作者一小段说明文字："薛幽州白衣破贼，其事自可被之管弦。乃小说家穿凿附会，粗鄙可笑，歌场亦因而演之。如张士贵能弯弓百五十斤，卒谥曰忠，亦人豪也，诬之何心？戏填此折，以洗弋阳腔之陋。"①显然是清乾隆时期写实剧的写作理念。《游山》《看真》主要讽刺和揭露封建统治者的专横跋扈与愚昧无知。其中《游山》写谢灵运游山扰民被视为山贼的故事。《看真》为杂剧，《玉田春水轩杂出》第七种，写党进太尉画像点睛故事。剧写画师苗得出传神写照，京省驰名。太尉党进命其画像，完工以后，送至党府。党太尉一看自己真容，认为所画为别人，命仆交还。仆说不但没画错，而且极像。党太尉又命爱姬观之，亦言即是。于是党自照穿衣镜，镜内镜外，人是一个。仆人说：太尉爷魁梧奇伟，乃天生大富大贵之相。爱姬说：不但英雄出众，亦且妩媚可人。太尉大笑，传来画师，问为何将像涂了一脸黑？画师谓：黑如汉朝张飞，唐朝尉迟恭。又问一嘴胡子与大肚皮怎说？画师说：有如汉朝美髯公，晋朝张茂先。大肚皮如八洞神仙汉钟离。太尉以未用金箔点睛，是对己瞧不起。大虫是畜生，尚且画金睛；太尉是贵人，如何不画金睛？画师说：如画金睛，即成孙悟空。太尉说：猴与虫皆金睛。如何太尉爷非金睛？命手下人杀死画师。爱姬阻拦，遂将赤田金叶溶化百五十炉，与太尉爷满满装上一脸金。太尉哈哈大笑，以爱姬知趣，于是便携她畅饮羊羔美酒。清无名氏有杂剧《党太尉》一种。乾隆时金德瑛《观剧绝句三十首》中有咏《党太尉赏雪》的剧目，湘中王先谦、皮锡瑞、朱益浚、叶德辉、易顺鼎等人对此剧目都有题咏。

显然，张声玠的《玉田春水轩杂出》属于文人闲适剧，清中期大量

---

① 张声玠：《玉田春水轩杂出》，清道光二十四年（1844）赐锦楼初刻本，《安市》第五页。

出现这类杂剧传奇。文人闲适剧大多取材于文人韵事，描写文人的酒宴、诗赋、风情、雅遇之类，用以抒写自己的闲情逸志，洪升《四婵娟》写谢道韫、卫茂漪、李易安、管仲姬四才女轶事，吟诗作画，学书斗茶之类，也是文人闲趣，但洪升却借以传达了他男女平等的思想及其"情"说主旨，揭露社会不合理之处，抒写文人愤懑不平之心，呈现出一片压抑低郁的悲剧氛围。此期还出现了一些以宣扬风化、劝善惩恶为主的作品，如杨潮观的《吟风阁杂剧》。康熙帝大力提倡尊经和程朱理学，并组织人士从事传统文化的整理和研究，在戏剧方面出台了《钦定词谱》《曲谱》，为戏曲之雅铺路。乾嘉时期桐城派大师姚鼐所倡导的义理、词章、考据合一，即在客观上代表着官方的崇雅思想。此期出现的教化意识浓郁的杂剧传奇对嘉道乃至咸同时期湖南杂剧传奇的题材选择与主题建构产生了很大的影响。

三、清代后期湖南杂剧传奇的主题与剧坛主流的合流

清后期尤其是同治时期，湖南杂剧传奇在题材选择与主题建构上，还是比剧坛主流慢了一个节拍。光绪以后，湖南一直站在时代最前列，此期湖南杂剧传奇也融入剧坛主流，甚至成为时代先声。

光绪以前的湖南杂剧传奇，还是承继清中期教化传统，主要是褒忠奖孝，宣扬封建道德伦理。杨恩寿在《词余丛话》卷二评曾传钧及其《惠兰芳》传奇云："曾茶村大令与余同学，天才豪放。著有《万松堂纪事》，逼近史迁。人亦磊落不羁，酒户甚大。屡踬秋闱，由校官改令粤西，非其志也。谱有《惠兰芳》传奇，衍张承敢经张献忠之乱，与其妇离而复合。插叙流贼本末较详。义夫烈妇，勃勃有生气，非苟为裁红刻翠也。"[①]其自己创作的《鸳鸯带》《理灵坡》《双清影》《麻滩驿》都是写忠烈故事，其教化意识不言自明。而《桂枝香》则演书生田春航与伶人李桂芳故事。叙优伶李桂芳慧眼识才，资助沦落京中的书生

---

① 中国戏曲研究院：《中国古典戏曲论著集成》（九），北京：中国戏剧出版社，1959 年版，第 259 页。

田春航，督促其攻读诗文，力求上进，二人遂成莫逆之交。后春航高中状元，由翰林院修撰补授陕西巡抚，赴任时，偕李桂芳同往。作者写李桂芳身为优伶而才华品格远在腐儒之上，不同凡俗；而对李、田交往中"名士名花"的同性恋抱欣赏态度。作者在《自序》中云："秋日新晴，闲窗遣兴，偶阅《品花宝鉴》，摘取桂伶往事，填南北词如干，阅十日而成。持以示客。客滋疑焉，以为'填词院本，类多阐扬忠孝节烈，寓激劝之意，使阅者有所观感，此奇之所由传也。子独多夫伶人，特为传之，厥旨安在？'余曰：'否，否。桂伶操微贱业，能辨天下士，一言偶合，万金可捐，虽侠丈夫可也，是乌可不传！……斯亦足以羞当世矣！感愤所积，发而为文，岂仅为梨园子弟浪费笔墨哉？"王先谦也对《桂枝香》评价甚高，认为并不是宣扬男旦之风，而是要表达自己"途穷之隐痛"（《桂枝香》序）。

杨恩寿的《桃花源》写渔人故事，就陶渊明《桃花源记》并诗加以敷衍、增饰，借以表现作者对现实的不满，寄托作者乌托邦式的理想。以桃花源为题材的剧作有明代许潮《武陵春》、清代尤侗《桃花源》、石韫玉《花间九奏》之《桃源渔父》等。其中许潮《武陵春》主人公亦非陶渊明而为渔人。杨恩寿此剧或受这些剧本的启发，但自有其新意。其《再来人》凡十六出，叙福建老儒陈仲英饱学不第，困守七十载，穷困幽愤终身，临终发誓来生定要扬眉吐气。投生为季毓英，科场连捷，十五举乡试，十七成进士，授编修，偶见前生落第文章，与己中举之作一字不差，因此感叹"文运如此，国运可知"。顿悟前生事。乃拜陈仲英墓，并抚恤其老妻。本剧的思想性与艺术性在杨氏作品中最为突出，为其代表作。写书生困厄，怀才不遇是传统戏曲题材，但杨恩寿作品构思很有新意，在主题上也有所开拓。

陈时泌的《武陵春》《非熊梦》，是此期反帝主题戏曲作品中有特色的作品，作者以武陵渔人自喻，表现了强烈的反帝爱国思想和建功立业的抱负。而陈天华的《黄帝魂》完全是资产阶级革命派反清、反帝、建立民国的时代思想的传声筒,在此期反帝、反封建题材中,是声音最急切的作品。王时润的《闻鸡轩杂剧》则借王粲登楼故事抒发知识分子的忧患意识与怀才不遇的情怀,表现了时代变革时期知识分子的急切与躁动的心绪。与同期剧坛主流杂剧传奇在杂剧传奇题材选择与主题建构上已同步,甚至走到了时代的最前列。

第三节 清代湖南杂剧传奇在戏曲艺术上对清代剧坛主流的追随与创新

清代湖南杂剧传奇在戏曲艺术上既有对清代剧坛主流的追随,也有在继承中的创新。如结构体制上,清代杂剧一般以单折剧与四折剧为主,清代湖南杂剧也只有单折剧与四折剧。而传奇,剧坛主流以三十六折以上的剧本为主,清代前中期湖南传奇也以三十六折为主,显然此期湖南杂剧传奇在结构体制上与剧坛主流一致。后期湖南传奇作品则长短不等,最长的是杨恩寿的《鸳鸯带》,共二十四出,最短的是杨恩寿的《姽婳封》与《桃花源》,皆六出,显示出其自身特色。在音乐体制上,前中期杂剧坚持南北曲皆用,但不用俗曲,后期花鼓调、花灯腔在杨恩寿的传奇中不时出现,其基本趋势亦与剧坛主流一致。剧坛主流的一些艺术手法如"戏中戏"等在清代湖南杂剧传奇中时有表现,也有创新。总的说来,清代湖南杂剧传奇在戏曲艺术上追随剧坛主流,多有借鉴,且常有创新。而清代湖南杂剧传奇对剧坛主流艺术的这种追随,在初、中期往往并非对同时期剧坛主流艺术的追随,而是在剧坛主流的一种艺术成熟以后,湖南杂剧传奇才得以学习借鉴。只有在后期,湖南杂剧传奇在戏曲艺术上才有所创新。

一、清代湖南杂剧传奇在戏曲艺术上对清代剧坛主流的追随

清前期以至中期乾隆嘉庆时期,湖南杂剧传奇在杂剧与传奇的体制形态上主要追随晚明至清初前期剧坛主流。道光至同治时期的湖南杂剧传奇,在题材选择、主题建构与戏曲艺术上主要是对乾嘉剧坛主流的追随。

清代湖南杂剧或采用一本四折的结构体制，或采用单折剧的结构体制。清初王夫之的杂剧《龙舟会》大体依元杂剧的体制，采用四折一楔子的结构体制，基本上用北曲演唱。清中期杂剧家熊超的《齐人记》，"词曲仿（西厢）北调，每韵只用一人唱，不用杂唱"①。此外，还有黄周星的《惜花报》，朱景英《桃花缘》，张九钺《四弦词》《竹枝缘》皆为四折。而单折短剧，有清初黄周星的《试官述怀》、张声玠的《玉田春水轩杂出》九种：《讯盼》《题肆》《琴别》《画隐》《碎胡琴》《安市》《看真》《游山》《寿甫》、陈天华的《黄帝魂》、王时润的《闻鸡轩杂剧》。单折短剧兴起于明代中期，并很快在文人杂剧中盛行。清中后期，单折杂剧再次盛行，桂馥《后四声猿》、车江英《四名家传奇摘出》、黄之隽《四才子》、曹锡黼《四色石》、石韫玉《花间九奏》、舒位《瓶笙馆修箫谱》、严廷中《秋声谱》、徐爔《写心杂剧》、吴镐（荆石山民）《红楼梦散套》、吴藻《乔影》等，此期短剧多是合数剧成一套，可分可合，介于杂剧与传奇之间，但内容多名士美女掌故，都是合几个至几十个不同故事为一本，取材不外乎文人雅事，借古人抒发牢骚，流露出黍离之悲。这是追逐明末清初杂剧的复古潮流。

清前、中期湖南传奇在结构上，基本遵循传奇采用双线结构铺排故事的结构原则。如《人天乐》，在结构上采用传奇传统的双线交织，将现实与理想连在一起。其他如陶之采的《芙蕖韵》、张九钺《六如亭》《双虹碧》《红蕖记》，夏大观《陆判记》《珠鞋记》，毛国翰《青湘楼》等。后期传奇作品并不遵循双线结构的结构原则，在刘代英《章台柳传奇》，曾传钧《蕙兰芳》，杨恩寿的《桂枝香》《理灵坡》《再来人》《桃花源》《麻滩驿》《双清影》《鸳鸯带》，黄其恕的《坤灵扇》，陈时泌的《非熊梦》《武陵春》中，有的采用双线结构，有的采用单线推进的结构方法。这与传奇主流发展趋势是一致的。

---

① 熊超：《齐人记·自序》，清乾隆五十三年抄本。

　　借鉴"戏中戏"的表现方法是清代湖南杂剧传奇在戏曲表现手法上对剧坛主流追随的一个值得重点分析的现象。"'戏中戏',即是指一部戏剧之中套演该戏剧本事(指中心事件)之外的其他戏剧事件。由于'戏中戏'具有直观性与双关意味,往往能够适当扩充并拓深戏剧作品固有的内涵意蕴;而且其新奇别致的'横插一杠、节外生枝'的独特形式,可以大大激活观众的兴趣,获得出人意料、引人入胜的戏剧审美效果,因此它成为剧作家笔下经常运用的一种重要叙事技巧。"①"戏中戏"在古今中外戏剧上都有运用。中国古代戏曲中,宋元时期的百艺综合为"戏中戏"的产生打下了基础。明朝至清中期"戏中戏"开始大量出现,明代朱有燉的《神仙会》第二折中插入金院本《长寿仙献香添寿》,许潮的杂剧《同甲会》中穿插《嘲风月》传奇,徐渭的杂剧《渔阳弄》中夹杂一段"戏中戏":"祢衡复骂曹操",王衡的杂剧《真傀儡》中傀儡艺人搬演历史上三位宰相逸闻趣事的三段"戏中戏"——西汉丞相曹参痛饮中书堂、东汉丞相曹操修建铜雀台、当朝太祖赵匡胤雪夜走访赵普的故事,陈与郊的杂剧《袁氏义犬》第一折中插入王衡的杂剧《葫芦先生》,陈与郊的传奇《麒麟罽》第十七出中乐伎吕小小搬演陈与郊杂剧《昭君出塞》,汤显祖的《邯郸记》第三十出《合仙》,李逢时《酒懂》第一折中穿插小青夜读《还魂记》戏文,钮格《磨尘鉴》第四出至第九出中插入剧中人黄旛绰演传奇《磨尘鉴》,沈自晋的传奇《望湖亭》第二十三出《迎婚》中戏班演院本《柳下惠》,吴炳的传奇《绿牡丹》第十二出中插入沈采《千金记》第八出《受辱》,张琦的传奇《金钿盒》第六出《丑合》中穿插许自晋《水浒记》第三十一出《冥感》,阮大铖《牟尼合》第二十八出《伶诇》插入猴戏,孟称舜的传奇《贞文记》第二十一出中几位应试举子当场表演徐渭《女状元》。清代传奇戏剧大家,尤其重视并热衷采用"戏中戏",遂使"戏中戏"现象成为当时剧坛引人瞩目的一大创作亮点。如李渔的传奇《比目鱼》第十

---

①　胡健生:《试探明清戏剧中的"戏中戏"艺术》,《东岳论丛》,2012 年第 5 期,第 5 页。

五出《偕亡》与第二十八出《巧会》中精心嵌入了两段"戏中戏"——刘蕗姑殉情自尽前作为人物角色登台表演的《荆钗记》"抱石投江",复活还乡时作为观众观赏刘绛仙搬演的《荆钗记》"王十朋祭江"。李玉的传奇《清忠谱》第二出《书闹》中众人聚集庙堂勾栏,聆听艺人铺叙长篇评书《说岳全传》中宋代爱国将士韩世忠拼力御敌、反遭奸臣陷害的一段"说书";传奇《万里圆》中某除夕之夜黄向坚投宿一家客栈时,三位房客(过路商人)串演了《节孝记》里"出淖泥"的一段戏;传奇《一捧雪》第五出《豪宴》中插入严世蕃家班女优演明杂剧《中山狼》;传奇《占花魁》第十一出和第二十三出分别插入高濂《玉簪记》传奇第十一出《闹会》中三支曲子和沈采《千金记》第三十七出《别姬》。孔尚任《桃花扇》第二十五出《选优》中沈公宪、郑妥娘等四人演阮大铖《燕子笺》中随意一出,李香君演汤显祖《牡丹亭》中《寻梦》一出。蒋士铨的杂剧《升平瑞》第三折《宾戏》中艺人演范希哲的传奇《满床笏》,傀儡艺人演傀儡戏《女八仙》梆子戏;传奇《雪中人》第十三出《赏石》中吴六奇家乐演《五仙献瑞》和《刘三妹》;《临川梦》第十八出《花庆》中宜黄艺人演汤显祖传奇。其他如马佶人的传奇《荷花荡》第二十二出《颁天诏》中名妓刘谷香、李素、苏州老串客搬演王济传奇《连环计》第一出《家门》、第二出《从驾》;仲振奎的传奇《红楼梦》第七出《葬花》中梨香院女伶唱汤显祖的传奇《牡丹亭》;吴兰徵的传奇《绛蘅秋》第二十四出至二十五出优人演传奇《林四娘》。

"戏中戏"通过相互映照、渗透、补充,巧妙勾连剧中人物之关系,可以凸显人物性格特征、推动情节发展、调节剧情节奏、造成"延宕",可以增添戏剧情节的曲折性、预示情节、引人深思、使戏味更浓,甚至起到生发、拓深戏剧主题意蕴之效能。同时由于"戏中戏"富于剧场性、可看性,可以使观众欣赏到丰富多样的戏曲样式,获得最大的审美满足感,避免了观众长时间欣赏全本戏(尤其是篇幅较长的传奇)产生的审美疲劳,获得让观众"信以为真、恍如现世"的欣赏体验及感情投入、悲喜有别的独特戏剧效果。

杨恩寿的作品《桃花源》《再来人》《理灵坡》中都有"戏中戏",这是对剧坛主流"戏中戏"艺术的借鉴。《再来人》第十六出《庆余》中,插入的"戏中戏"就是长沙蓬道人所填的《再来人》的第十六出《庆余》。戏中戏里,场上设计十分巧妙:左右对旋二幔,幔下对设二镜。这样,通过二幔二镜,很好地再现了老儒陈仲英的前世今生,巧妙地表达了人生如幻的思想。

吴梅在《顾曲麈谈》中评杨恩寿剧作云:"杨坦园之六种曲,亦学藏园,而远不如黄韵珊,其《再来人》《桂枝香》二种特佳。《麻滩驿》《理灵坡》,表彰忠谊,不如《芝龛记》远矣。所作《词余丛话》特胜。"①在《中国戏曲概论》中云:"蓬海三记,余最喜《再来人》,摹写老儒状态,殊可酸鼻。《麻滩》《理灵》不脱藏园窠臼。"②在《复金一书》中云"近见《坦园六种》,其中排场之妙,无以复加,真是化功之笔"。③青木正儿在《中国近世戏曲史》中云:"恩寿词彩虽不及黄燮清,然其排场与宾白之技巧反过之,但尚未足称善也。"④这里明确指出杨恩寿对剧坛重要作家的戏曲艺术的借鉴。

二、清代湖南杂剧传奇在戏曲艺术上的创新

清代湖南杂剧传奇在杂剧与传奇艺术上也有创新。主要表现在杂剧传奇构思与结构安排上,特别是对传统"戏中戏"艺术的创新性运用。

张九钺《六如亭》在传奇结构上颇有新意,周贻白认为"全剧结构颇佳,开首即写东坡之谪降,省却不少繁文。结局不写东坡之死,而以《寿圆》借示天上文星,仍作蓬莱洞主。虽不脱团圆窠臼;但于密针

① 吴梅:《顾曲麈谈　中国戏剧概论》,上海:上海古籍出版社,2000年版,第120页。
② 吴梅:《顾曲麈谈　中国戏剧概论》,上海:上海古籍出版社,2000年版,第195页。
③ 吴梅:《复金一书》,《吴梅全集》(理论卷下),石家庄:河北教育出版社,2002年版,第1104页。
④ 〔日〕青木正儿:《中国近世戏曲史》,北京:中华书局,1954年版,第476页。

线,减头绪,自属具有手腕,盖即《长生殿》唐玄宗归为孔升真人之故
套也。宫调间有杂用之处。如第三十二出《审报》,先用《仙吕入双调
六幺令》六支,次用《南吕懒画眉》,再用《中吕泣颜回》二支,然后复用
《六幺令》作为尾声。此种联套,比较少见。至于文词,则颇多典丽堂
皇之曲。《赋鸿》一出,叙东坡回惠知超超已死,携酒往吊其墓,其词
尤为可诵",又"第三出《经旨》,以《混江龙》一曲,阐述《金刚经》大意,
颇可与尤侗《读离骚》剧融化《楚辞》《天问》一篇之《混江龙曲》较短
长"。①

　　明清时期的戏中之戏,有的是用当时已有的现成作品,甚至是作
者另外一部独立的作品移植,有的则是作者以剧中人的名义自创的
作品。对现成作品,有的原封不动地完整重现原作,有的根据剧情发
展、根据篇幅需要适当改动:或缩编,或删减为几支曲子,或只提示一
二句唱词,或是干脆连唱词也无,只说明此处由何人演某某戏。在杨
恩寿的《桃花源》《理灵坡》《再来人》中,就有很多的创新。

　　还有插入花灯、龙灯等带有地方特色的歌舞表演。杨恩寿善于
运用花灯或龙灯戏来烘托故事。这种表演形式的加入是对传奇形式
的改造,虽然不起于杨恩寿,但是这与他平时所观形式多样的地方戏
有关。《坦园日记》多次记载所观龙灯故事之戏,如在郴州观《金沙
滩》"智多星、玉麒麟工力悉敌,贾氏与燕青调情及一丈青等打花鼓入
城,尤为艳绝"②。这在创作上具体反映在为了烘托热闹的场面而加
入这种带有地方特色的歌舞表演。《再来人》第四出《舟缘》季承纶南
京寻秋,遇同年王蜿,二人畅谈,指腹为儿女婚姻,此时用灯船来烘托
喜庆的气氛,同时又符合南京秦淮之特色:"(扮灯船或四只或八只,
悬各样花灯。每只或四旦或八旦浓淡妆不拘,摇舶参差上)【采莲歌】
(合)荡船荡船秦淮上,月明多;荡船荡船秦淮下,郎渡河。一声柔舶

---

　①　周贻白:《曲海燃藜》,北京:中华书局,1958 年版,第 63 页。
　②　杨恩寿:《杨恩寿集》,王婧之校点,长沙:岳麓书社,2010 年版,第 15 页。

一声歌,一声啼鸟一声哥,秦淮水细不生波。月明多,郎渡河。(走队参差)"《再来人》第二出《旌善》也是用龙灯故事的演出,《旌善》写漂阳县早年登仕现归林下的季承纶,与妇人梁氏游赏春色,饮酒赋诗。因去年开仓赈灾,救活几万饥民,受到旌表,而百姓也演龙灯故事前来庆贺:

> (场上立五色牌坊,书"为善最乐"四字。杂彩衣扮四童子,彩扎"加官进爵"四字,各执一字跳舞引净冠带扮禄星上)
>
> 【秧歌】(合)天平山前人姓范,大船运粮把赈放。父子两人为宰相。(绕场下。)
>
> (四旦仙装执胳引小旦扮仙姬抱儿上)
>
> 【秧歌】(合)好儿子,不易得。天上星辰其轻摘。好儿子,不难得,达人之先必明德。有子无子才不才,摸著心头自想来。(绕场下)
>
> (四杂旗帜牌上书"状元及第",小生状元服色插花骑马上)
>
> 【秧歌】种瓜得瓜,种豆得豆,宋家儿将蚁救,状元及第登朝右。(绕场下。)(四杂扮仙童各捧大桃子副末扮寿星上)
>
> 【秧歌】(合)莫修仙,仙人未必能千年;莫修道,道士金丹何足宝。惟有修善善念长,一念之善格育苍,善人之寿寿未央。(绕场下)(众齐上东西分立介)①

此时剧中人的身份也变成了"观众"。一方面烘托气氛,另一方面对戏曲人物本身也有颂扬和感谢作用。这种具有地方性特征的秧歌表演便实现了对剧情的再现和烘托,而且使作品本身跌宕多姿,妙境迭出。

---

① 杨恩寿:《杨恩寿集》,王婧之校点,长沙:岳麓书社,2010 年版,第 391 页。

《桃花源》第六出《饯宾》中以载歌载舞的故事表演反映秦朝时事,在表演形式和演唱内容上都是杨氏的独创。渔人将要离开桃花源,源中人为其表演自创的"新声",四段为有关秦始皇故事的《咸阳乐》《求神仙》《筑城苦》《湘妃怨》,从内容上说,四段都与桃花源中人的秦朝经历有关,也分别反映出了秦朝建立、秦始皇求仙、秦人筑长城之苦等事件。

如第二段《求神仙》:

> (净)我这第二段叫做《求神仙》,就是徐福带来三百童男童女飘海的故事,且把引子唱来。
>
> 【集诗】(净唱末击缶介)以介景福,傅尔寿而昌。于以求之,在水一方。及尔童子,桧揖松舟,三百维群,以遨以游。
>
> (杂仙装扮徐福坐大舟,众扮童男童女或四人或八人各坐小舟随上,照歌腔合唱绕场介)求神仙,在何许?舟中三百童男女。须知徐福本高人,托辞去避无道秦。童男童女仙眷属,留有未烧书可读。(众下)①

从形式上看,此段"戏中戏"有题目——《求神仙》,有唱词,唱词既有净唱而末击缶伴奏的【集诗】,又有末脚和众人唱的照歌腔合唱的曲词,也有以舞台表演来演故事,而其独创之处在于净脚唱词采用集取《诗经》的句子,而众人唱词则采用歌腔的唱法。

又如第三段《筑城苦》:

> (场上设布城。杂二人扮男夫抬砖,二人扮男夫锄地,二人扮童子担土。旦、小旦提筐送饭绕场介。照歌腔合唱)筑城苦,苦难逃。男的哭,女的嚎,怨气更比长城高。长城

---

① 杨恩寿:《杨恩寿集》,王婧之校点,长沙:岳麓书社,2010 年版,第 528—529 页。

万里定边鄙，胡儿干戈永不起，干戈近在长城里。（众下）①

此段"戏中戏"中唱词，只有旦、与小旦歌腔合唱的曲词，而布景，戏曲表演、题目齐全。其他二段的形式也是如此，这四段如果放在舞台上，将会是完整而热闹的戏剧演出。

而《再来人》第十六出中的《庆余》则是戏中套戏的佳构。剧写季毓英"从丰周济"陈家之后，又拜祭其前身陈仲英之墓，然后携眷供职京师。此出季毓英夫妇赏秋，派一部女伶演戏添兴，所点出目第十六出《庆余》恰为本剧第十六出《庆余》，场上左右对悬二幡，幡下对设二镜，先让小生穿戴破衣巾扮老儒陈仲英登场，照右边镜子变作少年，从右幡下。再让末着冠带扮季毓英从右幡上，照右边镜子，变作老丑的陈仲英，便照左边镜子，则见小生冠带从左幡上。以镜子关联今世前生，写出人生命运变幻莫测。此出接着演水仙花在镜中幻化为仙女，仙女即季毓英夫人。

首先，由剧中人物之口说出作者已是独特，何况所演之剧恰为《再来人》本剧，而且所点出目第十六出《庆余》恰为本剧第十六出《庆余》，而且如季毓英所言"我和夫人都是戏中人了。"确实如此，但"戏中人"在观众看来，却同时也是"观众"，这样恰好形成套式结构，或者是重合结构，这样的结构处理就令人耳目一新，不落俗套。这种设置，也应该是杨恩寿对戏曲结构的创见。正如其友毛松年在此出评语中所言："此出推陈出新，空中楼阁，作者胸中固多丘壑。""传奇中仅见之作。"其结构如七宝楼台，玲珑巧妙，灿烂缤纷，令观众耳目一新，这可以说是对以往"戏中戏"的结尾形式上的独特创造。其次，如我们再看"戏中戏"所演的内容，则又和全剧的结构形成映衬和互补，也增添了令人目不暇接的迷离特色。"戏中戏"的曲文由【过曲】【绣停针】【前腔】及对白组成，舞台由对悬的二幡和对幡下对设的镜子组

---

① 杨恩寿：《杨恩寿集》，王婧之校点，长沙：岳麓书社，2010 年版，第 529 页。

成，人物则在这样的环境中活动。这样看来，好像并没有什么特别之处，其实重要的是人物的身份与穿戴恰好与"戏外戏"中的人物相反，这样形成反照和"映合"。人物的身份及衣着与"戏外"恰恰形成反衬，"（小生破衣巾从左幔上）……在下陈仲英，侯官老儒，屡试不第……"，按照常理，陈仲英出场应该是"末"，而此处却是"小生"，这与"戏外"的身份相反，且小生应为"季毓英"，按照毛松年在此出中的评解，即"从后身映合前身"。当"小生"照镜之后发现"我陈仲英，一个老叟，怎么变作少年？"下场后，少年季毓英的出场则是"末白须冠带从右幔上"，这就应该是从后身来映合前身了。而当第三个人物出现时才是"小生冠带"。这种反照，一方面是对人物身份的新颖安排，另一方面，这一折"戏中戏"也对整部剧作进行反观，形成真假互参的戏剧效果。

以双镜为道具，让剧中人物在其中将今生与前世轮番转换地表演，既进一步深化了人生命运变幻难测的思想，也使得戏曲关目更富于变化，还增加了舞台效果。从结构上又形成了独特的"戏中套戏"的套式结构，与一般"戏中戏"不同的是，剧中人物所演之内容，恰好为剧作本出内容，是一种重合式的套戏结构。这是杨恩寿剧作"戏中戏"的独造之处。

此外，《理灵坡》存在大量的女演员扮演男角，男演员扮演女角的"角色反串"现象，也是杨恩寿在戏曲艺术上的创新。譬如第五出《屠鄂》就有"老旦扮楚王"，第六出《浮湘》有"副净扮老妇"，第七出《折藩》有"旦扮吉邸亲藩"，第十出《湖风》有"老旦男装扮雨师"，第十四出有"旦扮探子"，第十五出《花筋》有"杂扮老鸭"，第十八出《师潜》仍旧是"旦扮吉王"，第五出的楚王是个男性角色，剧情中他因为贼兵攻入，无处躲避而被杀害。第六出的老妇就是一个路人的角色，她听说蔡司理带着老夫人去上任，也跑去看热闹。第七出的吉王也自然是个男性角色，是一个亲王，剧情中他原本听信谗言，误会蔡司理藐视于他,而在见到蔡司理本人以后,便盛赞蔡为清官,转变了态度,而后贼兵快要攻破城池的时候,他被庸臣怂恿,提前逃跑了。第十出的雨师是天上司雨的神仙,和另一个女演员扮演的封姨——司风的女神相对,雨师是一个男神仙。他们在洞庭湖上兴风作浪,阻止贼兵通过。第十四出的探子是贼将张献忠的手下,去打探蔡司理军的情报的。第十五出里老鸨形象的出现,是应情节需要,剧情里有两个贪官,在宵禁的情况下相约逛青楼,老鸨就是这里的主管。这些角色都是女演员和男演员换了职责,各自扮演异性。另外《桂枝香》一部,也存在这样的现象。在第四出《流觞》中,老旦扮演一个男性角色,名叫高卓然。开始出场的打扮是“老旦巾服上”。当时剧情是高卓然路遇水部史南湘,高卓然提醒史南湘今日是上巳日,于是二人一起到陶然亭逛逛。同出有“丑艳服扮二喜”,这里的二喜是和主角李桂芳一个戏班的女伶,但是她交友只认银钱,不问才华。所以其他女伶说她“二喜专好银钱,忘了廉耻,是替我们打脸的”。另外,贯穿《桂枝香》全剧,女角几乎全部身着男装。第一出李桂芳出场时即“小旦男装坐车上”,第二出开头,仍旧“小旦男装上”,第四出同班其他女伶也是,如“贴男装扮宝珠上”“旦男装扮琴言上”,第五出开头还是“小旦男装上”,第八出李桂芳要跟随田春航离开时,其他女伶来送别,“旦男装扮琴言上”“贴男装扮宝珠上”。他们虽然是女演员扮演女角色,但是却全部都用了男性装扮。《坦园六种曲》中的角色安排独具特色。六剧都有生、小生、旦、小旦、老旦、末、副末、净、副净、丑、杂这几种角色。其中生、小生、旦、小旦一般扮演比较重要的角色,而老旦、末、副末次之。净、副净、丑则一般扮演反面的、丑陋的角色。杂就相当于跑龙套的群众演员,一般没有台词,偶尔说一两句话。杨恩寿采用“角色反串”的创新手法,使得戏曲排场更灵活多变。因此,吴梅对杨恩寿曲作的排场安排大为叹赏:“近见《坦园六种》,其中排场之妙,无以复加,真是化功之笔。"①

此外,陈天华将单折杂剧《黄帝魂》置于八回小说《狮子吼》,开首的一段楔子中,本身就是陈天华的一个创意,杂剧只有小生一个角色,没有姓名,自称是新中国之少年。全剧由他一人说唱,以浪漫主义的幻想形式,回首当年反封建反帝国主义的勋迹,歌颂中国之独立自由,建立共和国的理想,意图唤醒黄帝子孙的革命意志,发扬民族的斗争精种。可以明显地看出,剧作通过新中国少年的说唱,旨在宣扬作者资产阶级民主派的思想主张,具有鲜明的政治倾向性。显然这样操作杂剧,使得杂剧失去了自身的特点。

杨恩寿的传奇作品在"戏中戏"运用手法上,对传统"戏中戏"运用手法有许多创新,这样的创新对表现人物形象,进一步突出戏曲主旨,加强戏曲舞台的热闹效果,都具有重要作用,是一个值得肯定的创新。而陈天华在小说中插入杂剧的做法,对戏剧本身来说没什么创意可言,但就小说形式来看,无疑也是一个创新。当代作家,2012年诺贝尔文学奖获得者莫言的长篇小说《蛙》中,插入了一个话剧,虽然不能肯定莫言的做法受此影响,但起码可以说,他们的做法是一致的。

---

① 吴梅:《复金一书》,《吴梅全集》(理论卷下),石家庄:河北教育出版社,2000 年版,第 1104 页。

第三章　湖湘文化精神影响下的清代湖南杂剧传奇的主题

　　关于湖湘文化，至目前为止有许多论述。不少学者对其源流、形成过程、特性特质都进行了研究。如朱汉民认为湖湘文化具有三大要素：推崇理学，强调经世致用，主张躬行实践；具有三大基本特征：第一，因重经世、重践履，推崇理学而不流于空疏或虚诞，第二，因推崇理学，有务实的经世观念，躬行践履而易流于保守，第三，因理学和经世观念的制约，重躬行实践而局限于政治伦理。[①] 周秋光教授认为湖湘文化具有三大特点：一是湖湘文化的历史源远流长，绵延传承，有一种明显的连续性，文化中的政治意识极为强烈；二是湖湘文化中的爱国主义传统尤为突出，历久常新，激励一代又一代三湘儿女奋发图强，报效祖国；三是湖湘文化中蕴藏着一种博采众家的开放精神与敢为天下先的独立奋斗与创新精神。[②] 彭大成归纳湖湘文化有五大特点：哲理思维和诗人才情的有机统一；经世致用的哲学思想与力行践履的道德修养；"气化日新"、自强不息的奋斗精神；忧国忧民

　　① 参见朱汉民：《湖湘文化的基本要素与特征》，《湖湘论坛》，2000 年第 5 期，第59—61 页。

　　② 参见周秋光：《湖湘文化的个性特征及其缺陷》，《船山学刊》，2001 年第 4 期，第28—30 页。

的知识分子群体参政意识;运筹决胜、平治天下的军政谋略。① 陈先枢指出湖湘学风具有经世致用、伦理践履、文化乡恋和教学图新四个重要特征。② 田中阳教授指出:"对湖湘文化的承载主体来说,伏潜在他们的生命行程中的、使他们表现出一种共同的文化品性的所谓'湖湘文化',亦主要是指一种文化精神,这种文化精神表现为一种人生价值取向,具体地说,就是以政治作为人生的第一要义,以经世致用作为治学和立身处世的基本原则。"③还有人说:"楚文化的特质,可以概括为直觉的思维方式,强烈的神话意识,浓厚的浪漫色彩。"④

　　湖湘文化精神是湖湘文化的精神品质,是湖湘文化的精髓和灵魂。湖湘文化孕育于炎舜时期的苗蛮文化,萌芽于荆楚时期的骚辞文化,成形于两宋时期的湖湘学派,彰显于明末清初的王船山,扬名于道咸时期湘军儒学经世群体,革新于光绪时期的戊戌维新和"五四"前后的新文化运动,历经一代代湖湘士子的传承和发展,湖湘文化汇纳群流,融合百家,逐步形成了独树一帜的文化内涵和特点。关于湖湘文化的本质属性与精神实质,学界亦有多种表述,有的认为湖湘文化精神体现在"有着大华夏天下的世界观、强烈的社会责任感以及深厚的忧患意识"。⑤ 有的认为"湖南文化精神"大致可以表述为:"自强不息的奋斗精神,忧国忧民的爱国精神,知行统一的求实精神。"⑥凌宇把湘楚文化的特性概括为"厚积的民族忧患意识,炙热的幻想情绪,对宇宙永恒和神秘感的把握"。⑦ 刘云波将湖湘文化的核心精神概括为三点:舍我其谁的自信品质,心系天下的爱国情怀,百

①　参见彭大成:《湖湘文化与毛泽东》,长沙:湖南出版社,1991年版,第56—59页。

②　陈先枢:《试论湖湘学风的特征》,《湖南社会科学》,1997年第2期,第61—64页。

③　田中阳:《论近世湖湘文化精神的负面效应》,《求索》,2000年第6期,第113页。

④　刘一友:《论沈从文与楚文化》,《吉首大学学报》(社会科学版),1992年Z1期,第140页。

⑤　聂荣华、万里:《湖湘文化通论》,长沙:湖南大学出版社,2005年版,第62页。

⑥　参见卢清华、周芬芬:《论湖湘文化与湖南人精神》,《船山学刊》,2006年第3期。

⑦　凌宇:《重建楚文学的神话系统》,长沙:湖南文艺出版社,1996年版,第124页。

折不挠的奋斗精神。[①] 我们认为,这些表述都有道理。上述湖湘文化精神对清代湖南杂剧传奇都有影响,而影响最大的则是经世致用的实学思想和炙热的幻想情绪。清代湖南杂剧传奇浓烈的民族忧患意识,浓厚的浪漫色彩皆源自湖湘文化精神中的经世致用的实学思想和炙热的幻想情绪。正是湖湘文化滋养了清代湖南杂剧传奇作家,影响了清代杂剧传奇的思想内容与艺术表现。这种影响在清代杂剧传奇的题材选择与主题建构中表现得尤为突出。

清代剧坛主流杂剧传奇的题材,学界有各种分法,但概括起来,无外以下三种划分标准:一是以题材内容为标准,划分为文人掌故、历史故事、小说故事、时事、男女风情、求仙访道等类型;一是以题材本事为标准,划分为历史故事题材、文人掌故题材以及现实生活题材;再就是以主题内容为标准,划分为寄寓黍离悲思、抒发个人牢骚、劝讽世俗百态、表彰古今人物、遣兴游戏、唤醒民众的宣传之作等类型。[②] 清代湖南杂剧传奇的题材,大体与之类似,但在主题的建构上,由于湖南杂剧传奇作品往往是一种诗意化的构思、诗意化的表达,理想色彩浓厚,理想与现实的矛盾表现得特别突出。因此,虽然清代湖南杂剧传奇每个作品各有自己的主题,但从总体上看,清代湖南杂剧传奇作品主题建构都是徘徊于理想与现实之间,杂剧传奇作家往往在对现实的审视中,在对自我情感的宣泄中追寻精神的家园,建构自己的理想家园。本章拟对这一问题进行探讨。

第一节　前期杂剧传奇:黑暗现实的再现与理想家园的建构

清代前期,黄周星六十岁后作传奇《人天乐》,接着又创作了杂剧

---

①　参见刘云波:《论近代湖湘文化的三大核心精神》,《湘朝》(下半月·理论),2007年第 2 期,第 1—4 页。

②　曾永义按题材内容的类型分七种,杜桂萍按题材本事分清初杂剧为三类,陈芳按主题内容划分为五大类。

《试官述怀》与《惜花报》;王夫之作杂剧《龙舟会》;陶之采晚年谱《芙
蕖韵》一部,播之梨园,爱其词者,将之比美于《临川四梦》;王维新撰
传奇《夜光珠》,演唐代马燧、李晟讨朱泚事。《芙蕖韵》与《夜光珠》今
已亡佚,传奇原貌不得而知,自不敢遑论。但芙蕖之高洁,是人所共
知的。而朱泚叛唐,爱国之士都欲得而诛之。因此这两部传奇都反
映了清初士人崇尚高洁情操、忠君爱国的情怀。而考察黄周星与王
夫之的杂剧传奇,我们更能窥见清初士人在对黑暗现实的审视中建
构理想家园的思维路径,揭示其与湖湘文化精神的密切联系。

一、黄周星的杂剧传奇:在对黑暗现实的审视中建构理想家园

黄周星早年以诗文著称,康熙九年(1670)游历嘉兴、苏州,与戏
曲家尤侗相会,次年,年已六旬的黄周星"始思作传奇"。从开始酝酿
戏曲创作到传奇《人天乐》创作完成,历时六年。清康熙十五年
(1676),黄周星在《制曲枝语》中言:"余自就傅时,即喜拈弄笔墨,大
抵皆诗词古文耳。忽忽至六旬,始思作传奇。然颇厌其拘苦,屡作屡
辍。如是者又数年。今始毅然成此一种。盖由生得熟,骎骎乎渐入
佳境,乃深悔从事之晚。将来尚欲续成数种。因思六十年前,安得有
此?王法护曰:'人固不可以无年',每诵斯言,为之三叹。"《人天乐》
的创作主旨,论者往往依黄周星的《人天乐·自序》及驭云仙子所作
的《纯阳吕祖命序》中之言的表面意思而下结论。如龙华先生认为
《人天乐》的创作意向"乃同情世人沉溺于声色货利,无休无止地追逐
而不觉悟。作者看透了人间世事,也想使人们觉醒过来,修善得道的
思想即是剧作的立意所在。"①胡正伟亦认为"九烟既要在作品中借
轩辕生自况以浓缩自我人生,感叹生命的穷愁悲苦;更着意于劝善益
世,借轩辕生修行积善、得道升天的羽化历程引导红尘中人从名争利
夺中警醒觉悟而解脱出来。"②不错,《人天乐》是有借轩辕载自况之

---

① 龙华:《湖南戏曲史稿》,长沙:湖南大学出版社,1988年版,第57页。
② 胡正伟:《黄周星研究》,南京师范大学硕士学位论文,2003年,第26页。

意,也有使世人觉醒,引导人们修善得道的劝善益世主旨,但我们认为,这些都是表面的,黄周星的创作主旨不仅在此,其更主要的目的在于借传奇《人天乐》创作来建构自己的理想家园。而其建构自己理想家园的路径是通过审视黑暗现实,借助佛道宗教力量来完成的。

《人天乐》剧凡二卷三十六折。叙瞻部洲钟山士人轩辕载,号冠霞,初抚于汝南异姓,后归江夏本宗。为人正直聪明,人品高尚,生平非圣贤之书不读。庚中辰进士,甫登仕籍,即逢易鼎,便偕妻流寓四方。因慕郁单越之乐,乃持十善之戒。行善积德,得文昌帝君与吕祖帮助而游郁单越洲,最后成"将就园"主人,圆满实现自己的理想。剧以佛经所载郁单越为"人乐",以道家所称中海昆仑为"天乐",合之故名《人天乐》。全剧除第一折《标目》、第二折《开辟》、第三折《定位》、第四折《述怀》外,其余部分大体分现实与理想两条线索,基本上按两条线索展开情节,《不杀》《不盗》《不淫》《不贪》《不嗔》《不邪》《净口》《济困》《赎女》《赎儿》写现实中轩辕载戒十恶修十善的故事。其余写理想境界,即郁单越的生活及将就园的境况,最后以轩辕载合家眷属升天作结。其中有十二折写郁单越:《福纲》《天殿》《天食》《天衣》《天娱》《天合》《天育》《天寿》从正面描述郁单越种种妙胜;《筹魔》《鹹魔》《鬼传》则写阿修罗魔王作乱,兴兵侵占郁单越,毗沙门天王同哪吒太子统领兵将保护,在摩力支天大士的帮助下,降伏魔王;第三十四折《人乐》,写轩辕载游俱卢洲,亲历梦寐以求的理想生活。其余十折写仙境。其中第二十八折《意园》主要介绍"将园"十胜与"就园"十胜;第二十九折《天园》写文昌帝君择建"将"、"就"二园;第三十三折《仙引》写吕洞宾接引轩辕载至"将就园"居住;第三十五折《天乐》写轩辕载游览"将就园",享受"天乐";第三十六折《仙圆》写轩辕载合家眷属并隶仙籍。剧中"轩辕"影指黄姓,"载"影指其名周星,轩辕载之身世经历,如"庚辰进士"、"授为郎官"、"曾因复姓遭谤、适逢鼎革、漂泊吴越、以授书糊口"、"撰《将就园记》"、"预期庚申成仙"等等皆作者自况,轩辕载之性格,亦为作者自身的写照。黄周星自撰《墓志铭》云:"道人生来有烟霞之志,于世间一切法,俱澹然无营。……大氐道人主平正直忠厚好济人利物,而真率少文,刚肠疾恶。尝自镌一印,文曰:'性刚骨傲,肠热心慈',此真实录也。故其处世,每与正人君子,鬼神仙佛相知,而与小人多不合,以此无事得谤。然道人性慵才拙,恬于声利,故虽被谤而不伤。喜读书赋诗,游山水,访异人。其胸中空洞无物,唯有'山水文章'四字。故尝有诗云:'高山流水诗千轴,明月清风酒一船。借问阿谁堪作伴? 美人才子与神仙。'则道人之志趣可知矣。一生事事缺陷,五伦皆然。自少至老,未尝一日安乐。盖尘世不辰,遂与贫贱相终始。然积功累行,孳孳为善,非义所在,一介不苟,俯仰之间,毫无愧怍,庶乎文人之有行者。"其《自序》亦云:"兹仆所作《人天乐》,盖一为吾生哀穷悼屈,一为世人劝善醒迷,事理本自显浅,不烦诠译。若置之案头,演之场上,人人皆当生欢喜之心,动修省之念,其于世道人心,或亦不无小补。虽然,是岂仆之得已哉! 夫思德功而不可得,乃降而为立言;思立言而又不可得,乃降而为词曲。盖每下愈况,以庶几一传于后世。"驭云仙子《纯阳吕祖命序》亦云:"吾与笑苍子周旋之日久矣。笑苍子愍人世之劳苦,汨没于声色货利中,无有已时。因假轩辕生之名,现身说法,演为《人天乐》一书,以略述夫力善之概,非徒自觉,欲以觉人也。吾故曰:《人天乐》,诚济世之慈航也。……愿读斯传奇者,毋视为泛常戏剧,当尊之为《道德经》也可,当尊之为《太上篇》也可。"可知全剧乃是以劝善为框架,以述怀为旨归的,黄周星意在借传奇以抒发厌现实之混沌,悲身世之坎坷,慕理想之境界的情怀。

在《人天乐》的双线结构中,写现实一线,表面上写轩辕载戒十恶修十善,而实际上大量笔墨是写现实社会黑暗和文人士子在皇朝易代后的痛苦生活和悲惨遭遇。轩辕载聪颖博学、宽容仁厚,原有济世安民、扶王定国之志,但是突如其来的世变毁了他美好的一生。从此,他过着八方流离、四海为家的难民生活。除轩辕载外,作品还写了一大批贫穷士子。如四明周生,因家贫而外出处馆,馆事未成,只好求乞回乡;楚中李生母丧竟无力埋葬;玉峰朱生卖儿寻女,生离死别,痛不欲生。他们共同构成了一幅乱世士子的风情画卷,向世人展示着士子们为血泪浸润的悲惨生活。《人天乐》还深刻揭露了当时社会的黑暗与腐败。如在第二折《定位》中,借造化主人之口对东胜神洲、西牛货洲、北俱庐洲、南瞻部洲的人情风景所作的评论:

> 莫说帝王将相,就是那孔仲尼和李伯阳、释迦牟尼这三个人,也都是生在他那一方(南瞻部洲)的。
>
> 【金盏儿】他那里贵的啊,位王侯,富的呵,拥琼镠,那贫贱的,便鹑衣藿食那能够,总有朱门金穴向谁求。因此上人怀着狼虎意,家蓄着虺蛇谋。正是那起心天地怕,眨眼鬼神愁,那贫贱的也罢了,就是那富贵的呵!
>
> 【后庭花】他享珍筵想御馐,着排貂望衮旒。则待要粉黛成林树,金珠积土丘。肯轻丢,思前算后,要与万代儿孙作马牛。越官高越不休,越金多越不够。便占断天宫白玉楼,他雄心还过北斗。

这两支曲子将南瞻部洲即自己生活的现实世界中富贵者与贫贱人进行对比,表达了对富贵者的丑恶行径的无情憎恨之情。又如在作品第十一折《不贪》中,以富翁王和自揭己短的方式,鞭挞了绰号"臭钱痨"王和的丑恶嘴脸:"我一生好利,百计图财,但知为富不仁,何尝见得思义。鸡鸣而起,孳孳盗跖之徒;龙断必登,望望叔疑之辈。大开着日新店铺,须教他日新日新日日新;现掌着万贯家赀,要攒到万贯万贯万万贯。井水当酒卖,还说无糟可养猪;笼糠换田来,更愿耕牛不喂草。屏后列金钗十二,都饿成楚宫细腰;堂前有食客三千,各回去本家吃饭。"王和贪婪、奸诈、悭吝、凶残的本性,是天下一部分富人秉性的缩影,作者借以富人为富不仁的黑暗现实进行了辛辣的讽刺与抨击。作品还写了战争、兵乱给士子遗民造成的灾难。如何监军因兵败而殉节,妻子何夫人被掳为奴,衣食无着,饥寒交迫,唯求一死;毛侍御因国破而被乱兵杀戮,两个女儿也被掳走,其后妹妹被挟走,剩下被赎回的姐姐毛小姐一人,沦落天涯,无以为家,不胜悲苦。作品以开阔的视野对现实社会、人生做出了深刻反映和多方位的审视,具有厚重的思想价值。

其实,《人天乐》强烈而厚重的思想价值更在于,作品在揭露现实世界黑暗腐败,表现现实人生凄凉无助的同时,深情地展示了自己精心建构的理想家园:"将就园"。自康熙十年(1671)酝酿戏曲创作到康熙十六年(1677)前后传奇《人天乐》创作告竣,黄周星写有《郁单越颂》《将就园记》一诗一文。郁单越又叫北俱芦洲,所谓北俱庐州,在佛教中被认为是没有贫富差别、衣食无忧、男女平等的国度,较之须弥山下的东、南、西其他三洲,属"第一好了",那里"万万年青山不改,千千代绿水长流……四面八方好林丘,花鸟长春不识秋……自然衣食百无忧,宫殿随身树色幽,个个千年不白头……北俱庐,好山水,好楼阁,但快乐,无灾祸……"《郁单越颂》诗前小序云:"向闻衲子述俱庐洲之乐云:'自然衣食,宫殿随身。'穷愁中每思此二语,辄为神往。顷见《法苑珠林》所载《长阿含经》一篇,始得其详,因厘为七则,喜而颂之,不复问其真妄也。"这里交待了他创作《郁单越颂》的动机。在"七则"之中,六则颂人事:天地人、自然食、树曲躬、诸香树、儿有神、寿千岁及总说。在《郁单越颂》中,黄周星的理想家园已经初具雏形。此后越来越清晰,于康熙十三年(1674),黄周星创作《将就园记》一文,在幻想中"游戏文字",建立起两座仙园——"将园"与"就园"。据其《仙乩纪略》:"余之将就两园,经始于庚戌之冬,落成于甲寅之春。"①在《将就园记》这篇散文中,九烟写"将园十胜",其中"郁越堂"

---

① 黄周星:《仙乩纪略》,《夏为堂别集》,清康熙二十七年朱日荃、张燕孙刻本,第九册。

一胜:"郁越堂,郁单越洲有自然衣食,宫殿随身,堂名义盖取此,因稍更袁石公句为联,悬堂中,云:'笑看东震旦,坐抚北俱庐。'俱庐洲即郁单越来。恨不生郁越洲,花宫衣食足优游。而今别有花天地,谁复理忧与寄愁。"首先,此园与世隔绝,"几无径可通",以致"终古无人问津",所谓壶中洞天是也;其次,其境类似陶渊明笔下的"世外桃源","山中宽平衍沃,广袤可百里,田畴、村落、坛刹、浮图,历历如画屏,凡宇宙间百物之产、百工之业,无一不备其中者",居人淳朴亲逊,男女老少欢然如一,累世不知争斗,地气和淑,不生荆棘;其三,将就园周遭山环水绕,形同"莲花城";其四,将园至乐湖的营造有东海蓬莱、方丈、瀛州之意境设想;其五,将园美人宾客谦集的郁越堂,取意佛家圣地北俱庐州(又名郁单越),最后,将就园最终借助于"神力"构筑于昆仑之巅。以上多重"乌托邦"式的意境渲染,是将就园主人对"未来"理想归宿的幻想。"将就"二字,本在幻象之中。如园主本人所言,"将"者"言意之所至,若将有之也","就"者"言随遇而安,可就则就也"。黄周星在创作《人天乐》时,将《郁单越颂》与《将就园记》的思想乃至文字也搬进传奇之中,在对黑暗现实进行审视的同时,建构了自己的理想家园。

郁单越与将就园作为黄周星的理想家园,是有层次与差别的。传奇《人天乐》写了郁单越洲里郁越堂的缺陷,在第二折《定位》中造化主人说:"郁单越为人难之一,因其人寿乐,不受教化,一者圣人不生其地,二者韦驮只在三洲感应,再不到他那一洲,因其不得见佛闻法,故名为难。""将就园"才是他的理想家园的最高境界。按黄周星的解释:"将者,言意之所至,若将有之者;就者,言随遇而安,可就则就也。"可见,在黄周星看来,"将"是理想,"就"是现实。九烟把二园并举,目的就在于劝导人们像轩辕载那样不断修行,从现实到理想,最终羽化飞升,与天地相始终。

周翼高在《九烟先生集·跋》中说:"如《夕阳》《将就园》诸篇,皆眷怀明室,藉诗词以抒其忠爱之忱,亦《黍苗》《离骚》之遗意也。"这一评论并不牵强,传奇《人天乐》对理想世界的探寻追求,确已表现了九烟的遗民情绪和家国意识。不可否认,传奇《人天乐》有着道德说教和宗教迷信的瑕疵,但是透过"哀穷悼屈""劝善醒迷"的表面文字,结合黄周星的遗民身份,生平思想,我们更能感受到这部传奇理想的光辉。

显然,黄周星是以诗人的思维来创作传奇,不仅"笔锋恣横酣畅"[①],构思亦离奇诡怪,虽然在体制上遵循传奇的基本体制,采用双线结构,讲求曲律规范,极少杂调换韵。但戏曲整体结构,尤其是下卷十八折不够紧凑;人物形象平面化,概念化;戏剧冲突软弱无力,作家把将就园作为戏曲的高潮,缺乏波澜、悬念;因而,作为戏曲,《人天乐》在艺术上缺乏与其思想交相辉映的魅力。

黄周星的杂剧《惜花报》也是写得道成仙的故事。该剧一本四折,敷演王丹麓爱花成痴、惜花如命而遇仙得道、白日飞升的故事。其事虽荒诞不经,但也是有所寄托的。第二折中王丹麓自述身世:"俺潜心图史读书,不为功名,乐志田园,闭户惟敦孝友,更且性情澹逸,耻随尘市经营,兴味索竦,怕见炎凉反覆。因此上,寄迹风尘外,驰神山水间。每遇旦夕花朝良辰美景,或登高以舒啸,或临流而赋诗。虽未敢称烟火神仙,想亦可作云霞伴侣。"言辞中既隐寓着黄周星的生平遭际,也表达了他的烟霞之趣、神仙之志。不过,相对于传奇《人天乐》而言,《惜花报》只能算是游戏文字了。[②]

而单折杂剧《试官述怀》是现实意义比较强烈的作品。作品揭露科场腐败现象,批判金钱的罪恶。因此,"放屁文章总一般,大家容易大家难。之乎者也成何用,只要金钱中试官。""那中试的休感激我座

---

① 蒋瑞藻:《小说考证》卷五,上海:商务印书馆,1935 年版,第 114 页。

② 参见龙华:《试论黄周星及〈人天乐〉传奇》,《中国文学研究》,1985 年 1 期,第 11—23 页;胡正伟:《黄周星研究》,南京师范大学硕士学位论文,2003 年;胡正伟:《〈人天乐〉与黄周星的戏曲创作》,《语文学刊》,2012 年 14 期,第 47—48 页。

主恩深,只为他钱能使鬼;那落第的休怨恨我试官眼瞎,总因你命里无财。这正是文章自古无凭据,惟愿家兄暗点头。"之类的揭露金钱罪恶,反映科场腐败的唱词在这单折杂剧中随处可见。他借剧中人物之口,发出无限的感慨:"孔方兄弄得人颠颠倒,恶业何时了。主考为他昏,举子为他恼,算世上无如银子好,罢了罢了。科场中一团怨气,秀才们昏天黑地,何时得公道昭彰,除非是弥勒出世。"作者一针见血地揭穿了试官取士的标准并非士子文章的优劣,而是士子行贿资财的多寡,具有强烈的现实意义和认识价值。作为富于现实意义的部分,增强了戏曲作品的思想价值。然而,对于现实,黄周星是有心救世,无力回天,最终又无奈地走向了虚幻的宗教之路,希冀"弥勒出世"扭转乾坤,从而由现实走向他所谓的理想世界。这样,一部现实性很强的杂剧作品,最终还是以理想为归宿。

黄周星的戏曲作品,不论杂剧还是传奇,都对黑暗现实进行了无情的揭露,但最终都将希望寄托于宗教,借助佛道来建构理想的归宿。因此,我们说,黄周星的杂剧传奇,是在对黑暗现实的审视中建构自己的理想家园。这种既关注现实,又具有浓厚理想色彩的主题建构,与湖湘文化精神中的经世致用的实学思想和挚热的幻想情绪,浓烈的民族忧患意识与浓厚的浪漫色彩密切关联。

二、王夫之《龙舟会》:理想人格的形象阐释

杂剧《龙舟会》是伟大的思想家王夫之唯一的戏曲作品。王夫之"以儒硕工曲,慷慨激昂,笔酣意足,实属仅见。盖其人气节学问,照耀当时,仅此一剧,足光艺林,不必以多为贵也。"①由于出手即不同凡响,王夫之《龙舟会》为戏曲史留下了一个富有魅力的话题。而《龙舟会》的创作主旨是大家最感兴趣的问题,但往往众说纷纭,至今莫衷一是。概括说来,对王船山杂剧《龙舟会》的主旨,至目前为止,学界主要有三种具有代表性的说法:复仇说,抒发悲愤之情说,为遗民

---

① 傅惜华:《清代杂剧全目》,北京:人民文学出版社,1981年版,第52页。

人格张目说。① 三种说法其实都未能真正把握王夫之创作《龙舟会》的真实意图。我们认为,《龙舟会》是王夫之运用杂剧的形式,对其理想人格论进行形象诠释的戏剧作品。

我们知道,王船山所描画的君子人格,就是他自己一直思考和追索的理想人格,具有知情意和衷共济、德才学全面发展的韵味和特质,是道德人格、意志人格和智慧人格的辩证统一。船山理想人格论作为其伦理思想的重要内容,在他各个时期的著作中都有阐述。

王夫之在《四书训义》《读四书大全说》《张子正蒙注》《俟解》《周易内经》《周易大象解》《续春秋左氏传博议》《尚书引义》《诗广传》等著作中对理想人格进行过阐述。他认为“君子者,正天下之疑者也”,②“君子之以抚心而求靖者,亦道而已矣”③,“君子不能绝天下之交而恶其失己,是故别嫌明微于进退辞受之间,慎重其名,以不轻受天下,而匪曰吾不享其实而以无愧也”④,“君子之尽性,不但尽其用也,而必尽其体”⑤。

在《读四书大全说》卷六中,王夫之对“德”进行了详细的解说,如:“德者,得也。有得于天者,性之得也;有得于人者,学之得也。学之得者,知道而力行之,则亦可得之为德矣。性之得者,非静存动察

① 参见刘师培:《水调歌头·书王船山先生〈龙舟会〉杂剧后》,《警钟日报》,1904 年 4 月 24 日第四版。康和声:《稿本王船山先生南岳诗文事略》,影康氏原稿本。孟泽:《安身之所,立命之据——王夫之〈船山记〉〈龙舟会〉发微》,《古典文学知识》,1997 年第 4 期,第 67 页。易楚奇:《试论王船山的杂剧〈龙舟会〉》,《船山学报》,1984 年第 1 期,第 123 页。谭家健:《浅谈王夫之的杂剧〈龙舟会〉》,《湖南师范大学社会科学学报》,1979 年第 3 期,第 111 页。马积高、黄钧:《中国古代文学史》(下),长沙:湖南文艺出版社,1992 年版,第 330 页。吴根友:《〈龙舟会〉道德启蒙意义浅析》,《船山学刊》,1993 年第 1 期,第 116 页。孙书磊:《王夫之〈龙舟会〉杂剧考述》,《中国典籍与文化》,2005 年第 4 期,第 33 页。朱青红:《论〈龙舟会〉杂剧的文人自寓性特征》,《艺术百家》,2005 年第 6 期,第 36 页。杜桂萍:《遗民品格与王夫之〈龙舟会〉杂剧》,《社会科学辑刊》,2006 年第 6 期,第 231 页。
② 王夫之:《船山全书》第 5 册,长沙:岳麓书社,1996 年版,第 620 页。
③ 王夫之:《船山全书》第 5 册,长沙:岳麓书社,1996 年版,第 612 页。
④ 王夫之:《船山全书》第 5 册,长沙:岳麓书社,1996 年版,第 602 页。
⑤ 王夫之:《船山全书》第 5 册,长沙:岳麓书社,1996 年版,第 598 页。

以见天地之心者,不足与于斯也。故不知德者,未尝无德,而其为德也,所谓弋获也,从道而得者也。唯知德者,则灼见夫所性之中,知仁勇之本体,自足以行天下之达道;而非缘道在天下,其名其法在所必行,因行之而生其心。"①"君子克去己私,扩充其恻隐,以体此生理于不容己,故为万民之所托命,而足以为之君长。"②

王船山认为德之大亦与天载而同其实,德为万化之本原。而"君子之德塞乎天地之间"③,君子是道德的楷模,以体道行德为职志,关心和考虑的是自己的道德行为是否合乎中道,道德情怀是否高远明达,道德境界是否大公无私。"故君子静有存焉,动有察焉,瞬息不忘,而一乎天理也,虽终食无违也。从容而养之,此心此理而已。"④王船山认为君子必须仁智勇"三达德"兼备,强调"义以生勇,勇以成义,无勇者不可与立业,犹无义者不可与语勇也"⑤,把能否见义而为当作判断勇与非勇的标准。同时,王船山认为,君子这种理想人格的本质特征是通过君子小人之辨表现出来的。王夫之在儒家道德观念、道德氛围中体悟理想道德人格的真正内涵,培养了自己的人格,并使之着上了一层浓厚的传统色彩。因此,从本质上讲,其道德人格是属于以仁为核心,以修身、齐家、治国、平天下为内容的道德范畴。

智慧人格又是君子人格不可或缺的因素。王船山认为,智者知之明,阳之健,是与天配德的优秀品质。"君子以所贵于智者,自知也、知人也、知天也,至于知天而难矣。然而非知天则不足以知人,非知人则不足以自知。"⑥"是故夫智,仁资以知爱之真,礼资以知敬之节,义资以知制之宜,信资以知诚之实,故行乎四德之中,而彻乎六位

①　王夫之:《船山全书》第 6 册,长沙:岳麓书社,1996 年版,第 821 页。
②　王夫之:《船山全书》第 1 册,长沙:岳麓书社,1996 年版,第 59 页。
③　王夫之:《船山全书》第 2 册,长沙:岳麓书社,1996 年版,第 406 页。
④　王夫之:《船山全书》第 7 册,长沙:岳麓书社,1996 年版,第 364 页。
⑤　王夫之:《船山全书》第 10 册,长沙:岳麓书社,1996 年版,第 666 页。
⑥　王夫之:《船山全书》第 10 册,长沙:岳麓书社,1996 年版,第 540 页。

之终始……是智统四德而遍历其位,故曰:'时成'。各因其时而藉以成,智亦尊矣。"①"夫智者进而用天下,如用其身焉耳,退而理其身,如理天下焉矣。恢恢乎其有余也,便便乎其不见难也。天下不见难,则智不穷于进,身有余,则智不穷于退。"②君子是学而不厌、诲人不倦的智者,他善于用自己的感官观审事物的形象原委,善于用自己的心思去探明和发现天道人事的真谛与规律。故能进退自如,动静有方。

君子也是意志坚强、顶天立地的大丈夫。能"以阳刚至健之理气役使万物,宰制群动"③。志行高洁,气魄宏大,操守贞严,有浩然之气可以率天,有坚贞之气可以配道,因此他"富贵不能淫,贫贱不能移,威武不能屈"。君子即令处逆乱垂亡之世,亦能"憔悴枯槁,以行乎忧患,而保其忠厚。"④"若其权不自我,势不可回,身可辱,生可捐,国可亡,而志不可夺"。⑤ 在严峻的生活考验面前,君子能够"保初终之素",坚守自己的德操,保持自己的人格尊严。

船山始终将君子人格作为德、智、仁、勇诸种品格的有机结合体。"智足以知之,仁足以守之,举天之道无不可从容涵泳而尽之有余矣。君子奚贵夫勇邪? 智者,心之能也;忍者,性之能也;勇者,气之能也。至于气效其能,而其用天也已下。气为性舆,性为御也;心为气帅,气为役也。性者天,心者天人之交,而气仅为身以内之气,则纯乎人之用。无形者道也,而为君;有形者气也,而为民,故曰下也。然则尽其心之灵,凝其性之德,则气固屏伏以待用,君子奚贵夫勇邪"⑥。船山以道德修养和事业成就来衡量人的价值,把程朱理学的先验人性还

---

① 王夫之:《船山全书》第 1 册,长沙:岳麓书社,1996 年版,第 824 页。
② 王夫之:《船山全书》第 3 册,长沙:岳麓书社,1996 年版,第 466 页。
③ 王夫之:《船山全书》第 8 册,长沙:岳麓书社,1996 年版,第 360 页。
④ 王夫之:《船山全书》第 1 册,长沙:岳麓书社,1996 年版,第 382 页。
⑤ 王夫之:《船山全书》第 5 册,长沙:岳麓书社,1996 年版,第 618 页。
⑥ 王夫之:《船山全书》第 5 册,长沙:岳麓书社,1996 年版,第 571—572 页。

原到人的生命之中,还原到现实的社会生活之中。他指出从"天道"方面来说,人仅仅具有仁、智、勇之本性而已,如果不通过好学、力行、知耻等感性实践环节,"仁、智、勇"就不能真正表现为人的现实品性。只有通过对知识的好学、力行、知耻等感性实践,才能达到对天德的领悟,从而逐步实现仁、智、勇的完整人性。

王夫之以大儒的身份写作杂剧,其借杂剧以抒情言志的意旨是很明显的。孙楷第云:"夫之之意不唯咏事,实以寄慨。"①我们认为,王夫之意在通过对谢小娥、李公佐两个主要人物形象的塑造,通过将他们与宵小权贵进行对比,热情歌颂谢小娥、李公佐的君子人格,形象诠释船山自己一直思考和追索的理想人格的内涵。这种君子人格具有知情意和衷共济、德才学全面发展的韵味和特质,是道德人格、意志人格和智慧人格的辩证统一。

首先看《龙舟会》对道德人格的阐释。作品所歌颂的谢小娥、李公佐这两个主人公极具道德典范特征。我们先来看第一折与第三折,此二折着重写谢小娥。第一折,小孤神出面诉说因果,不但实际地设计了整个复仇过程,更着意称颂谢小娥的君子人格。"虽巾帼之流,有丈夫之气","虽为女子,却有丈夫之气","乃贞烈之女,必能为你报仇","怀贞彻骨贞,尽孝钻心孝,针线厢包藏着黄公略",能"替大唐国留一点生人之气"。这样不但渲染了谢小娥的刚烈性格,而且称颂了她有勇有谋,义勇兼备的品德。值得注意的是,这里称谢小娥一个弱女子有"丈夫之气",这种丈夫之气,其实就是君子人格。第三折中,小娥诡服为男,托佣申家,在博得信任后,抓住端阳节龙舟会后的特殊时机杀死申兰、申春及其同伙。作者意在突出谢小娥的坚贞、刚毅和果敢,在谢小娥形象的塑造上,王夫之着意吸收了唐传奇注重叙事技巧的创作特点,但并没有仅仅落实在"作意好奇"的艺术目的上。作者在歌颂这个侠女的同时,并没有像李公佐那样将兴奋点仅仅落

---

① 孙楷第:《戏曲小说书录解题》,北京:人民文学出版社,1990年版,第331页。

在谢小娥的"贞"和"节"上,而是在不忘褒扬她的贞节的前提下,着重表达了她作为一位女性优于男性的方方面面,鲜明地表现了谢小娥"如此女郎,抹杀古今多少须眉丈夫"的高尚的道德人格。

杂剧第二折与第四折主要写李公佐。李公佐作为重要主人公,不仅为谢小娥的复仇活动提供了宽广的社会背景和行动的必然依据,还从另一个角度为我们诠释了理想道德人格的真实内涵。在《谢小娥传》中,李公佐从洪州判官任上罢官,于建业瓦官寺巧遇谢小娥,为其解梦,元和十三年被召至长安起用,处于"柳暗花明"的顺境中;而在杂剧《龙舟会》中,他先任督发江南兵马钱粮的观察判官,再遇谢小娥时,已因不肯"陷身于逆党"而告病归休,正在黯然伤怀之际。传奇小说中的李公佐善良正直、乐于助人,只是偶然地在不经意间帮助了四处寻仇的谢小娥,他的政治身份与谢小娥的复仇行为并没有发生必然的联系。杂剧却着力点染其勤于国事、忧怀天下的人格特征,成功地将其塑造为一个忧国忧民的忠臣形象。他是一位普天下真正"识字的秀才",出场时正处在为国家奔忙的过程中,道路遇阻,忧怀国事,"社稷安危,劳心蒿目"。再次出场时,则因为"抒忠无路",又不愿"陷身于逆党",被迫隐身于江湖,成了一位失意的英雄。他同情谢小娥的不幸,又感叹自己的无力相助:"(辜负了我做大丈夫的)挽苍虬,带吴钩。无力相援,(只待听)雌龙夜吼。"他敬佩谢小娥的侠义之勇,得知其血刃仇人愿望实现,异常激动:"好庆快也!好英雄也!李公佐敬拜下风矣!"他自愧不如谢小娥,感叹自己:"只我李十二,一点丹心没处剖。"

作者在曲文中,注意拿大唐国里一批"忘忠孝"宵小权贵、"一伙骗纱帽的小乞儿"来与正面人物作对比,如在第一折中,就将谢小娥与他们作比较:

> 茶旦:做贼称雄也枉然。不见安禄山,建国号称大,到
> 头只是刀头死,只羞杀王维与郑虔。

显然,曲文的用意在于借以痛斥那些窃国的奸雄和"骗纱帽的小乞儿",卖身求荣,没有廉耻的"小人"。这样,通过君子小人之辨,歌颂了谢小娥的"丈夫之气",亦即君子人格,更明确地诠释了理想道德人格的内涵。又如第四折,李公佐的唱词:

> 生:莽乾坤,只有个闲钗钏。剑气飞霜霰,蟒玉锦征袍,花柳琼林宴。(叹介)大唐家九叶圣神孙,只养得一伙烟花贼。

曲文意在影射批判南明时期那些昏聩无能、置国家前途与命运于不顾的"骗纱帽的小乞儿",乃至那些"夸文章节义"的士大夫群体。在具体的情节展开中,将之与李公佐的乱世失意情感、关心国事安危的情怀相环绕,这样,通过君子小人之辨,歌颂了李公佐这样正直的文人士大夫心忧天下的"丈夫之气",亦即君子道德人格。

而作品题名的改变也更切合作品的创作主旨。端午节乃纪念屈原的民俗节日,龙舟竞渡则为端午节的重要行事,作者以"龙舟会"作为题名,其意义不仅在于表明了复仇的时间和复仇的意义,更通过屈原暗示了对具有高尚节操的君子的推崇。杂剧多次提到屈原等具有高尚节操的古代君子。如第二折中:

> 由来楚国先贤,名留青史。则今日呵,
> 【紫花儿序】弄笔尖的把丹青画饼,持牙筹的将斟斗量沙,拥旌旄的似画锦冠猴;空目断长堤垂柳,古渡扁舟,波流,一任乾坤日夜浮。问谁是吊北渚灵均哀郢,祝东风周郎顾曲,望长安王粲登楼?

以及第三折中:

> 【一剪梅】:"屈原江水子胥潮,自古难消,今日须消。如霜一把报仇剑,生在今朝,死在今朝。"

总之,王船山通过描绘谢小娥这样坚忍不拔、义勇兼备的"女丈夫"形象和李公佐这样道德情怀高远明达、道德境界大公无私、胸怀家国、心忧天下、勇于担当责任的"大丈夫"形象,对理想的道德人格进行了形象的诠释。

再来看《龙舟会》对智慧人格的阐释。《龙舟会》对理想智慧人格的歌颂也是通过对谢小娥、李公佐两个主要人的形象的描摹和歌颂来完成的。从《龙舟会》杂剧来看,谢小娥能够完成复仇的使命,首先是因为小孤神女的指点,托鬼魂给她送梦,让她知道父夫的死讯,获得包含仇人姓名的字谜;其次是李公佐帮她解谜,为她"想出个计来"(第三折),使她后来能诡服为男,托佣申家报仇。当然,最关键的还是她自己具有良好的品格,除了坚贞、刚毅和果敢、坚忍不拔的道德人格和意志人格外,还有超乎常人的智慧。第二折中,当李公佐要她在"访出这贼的当,赴所在衙门告理"时,她能清醒地认识到,在官府黑暗的当时,这种方法不可取:"风声张了,断送奴家性命"。因而另寻良策。这里必须注意的是,以李公佐对世事的洞明,必能清醒地认识到在官府黑暗的当时,此法是不可行的。作品这样写,其实是要表现谢小娥的智慧人格。而写谢小娥杀贼报仇的第三折,更着力体现谢小娥的智勇双全。她女扮男装,改名李小乙,寻访到申春、申兰并投入申兰家做佣工,经三年,不但未被识破,而且赢得了贼家及邻坊的信任,然后伺机下手。终于在第三年的端午节,她"买了三十多斤北客带来的堆花干烧酒,蒸烂两个大猪头,四只肥鹅",再"寻出血衣印记在手边,以为证据,并备办一方手帕、两件女衣应用",然后用计灌醉众贼,趁机杀了二贼,然后拿着证据去告官,在关键时候拿出李判官给的批照,因此得免罪,表现出高超的智慧。这样,作品写了谢小娥作为一个商人家的女子,下层平民百姓,能自知、知人,甚至在神奇力的支配下达到了知天的境界。自然,在作者看来,谢小娥已经达到了君子的智慧境界。

李公佐的智慧人格,是中国古代优秀知识分子通过自己苦修而成的与天配德的优秀品质。杂剧写他博古通今,学识渊博,对长久无人破解的字谜,一眼就能破解,而且从造字法角度指出字谜的不足。他具有纵观天下,了解时局,预知时局走向的能力。最后转识成智,泛舟远游,达到智慧人格的最高境界。这种德性和人格是一种对人道、天道及其相互关系看通透之后"道通为一"的无待、无对的境界。

最后看《龙舟会》对意志人格的阐释。《龙舟会》通过对谢小娥、李公佐两个主要人物形象的描摹,歌颂了理想意志人格,从而对其理想人格论中的意志人格内涵进行具体形象的阐释。谢小娥为报父夫之仇,女扮男装,要忍受巨大的生理和心理的痛苦,这是可想而知的,"头面手脚,都剥皮了",但她一直坚忍,历经三年,不被识破。最后在端午节用计灌醉并乘机杀了贼徒。"其智勇或有之,其坚忍处万万难及。"[1]杂剧中这些细节描写,在小说《谢小娥传》中是没有的,作者加入这些描写,使得谢小娥的意志人格与道德人格、智慧人格一样,凸显了出来。而李公佐的意志人格,杂剧主要通过他不论身处顺境还是逆境,都能勤于国事、忧怀天下,坚守自己的操守来表现其矢志不渝的意志品格。

虽然《龙舟会》具体作于何时,已无法确定。但学界公认《龙舟会》应在船山从南明朝廷罢官归家之后,隐居湘西草堂之时所创作。此时船山对理想人格进行了比较深入的探索,他深深体会了理想人格于国于家于人的重要性,希望有更多的具有理想人格的人出现。因此,除了在一些哲学著作中对理想人格进行阐述外,他还用诗歌形象描绘理想人格,如在《示子侄》中形象地描绘了他所崇尚的君子人格:"前有千古,后有百世。广延九州,旁及四裔。何所羁络,何所拘执?……潇洒安康,天君无系。亭亭鼎鼎,风光月霁。以之读书,得古人意。以之立身,踞豪杰地。以之事亲,所养惟志。以之交友,所合惟义。惟其超越,是以和易。光芒烛天,芳菲匝地。深潭映碧,春

---

[1]　冯梦龙:《智囊全集》,北京:中华书局,2007 年版,第 661 页。

山凝翠。寿考维祺,念之不昧。"①船山理想人格论作为其伦理思想的重要内容,在他人生各个时期的著作中都有阐述,他一直在思考理想人格的内涵,践履着他所追求的君子人格。在杂剧《龙舟会》中,王夫之把谢小娥、李公佐描绘成君子人格的化身,对他们进行热情的歌颂也是顺理成章的事。

《龙舟会》具有高度的艺术成就,杂剧摆脱了戏曲中人物的类型化特征和剧情发展的程式化特征,能够集中塑造人物的个性特征,剧中人物各有特色,在关目安排上颇费苦心,曲辞雅正,颇有诗意。孙楷第说:"夫之气节学问照耀当世,世之人皆知之,至以儒硕工曲,则在有明实为仅见。虽平生仅此一剧,足光艺林,不必以多为贵也。"②确实,创作杂剧《龙舟会》足以使王夫之光照艺林。谭嗣同曾称"五百年来学者,真通天人之故者,船山一人而已。"③王夫之在中国戏曲史上,也"孤篇横绝,竟为大家"。

王夫之是湖湘文化的重要传人与开创者,他创作《龙舟会》意在借杂剧形象阐释自己的理想人格论,而他的理想人格论是其伦理思想的重要内容。他的伦理思想,受湖湘理学的影响是深厚的。同时,《龙舟会》中的忧患意识浓厚,复仇精神强烈。因此,《龙舟会》的创作主旨是深受湖湘文化精神影响的。

第二节　中期杂剧与传奇:文人精神家园的追求

乾隆元年至道光末年(1736-1850),是清代湖南杂剧传奇发展的中期,时间跨度大,几乎是后期的2倍。期间的作者有朱景英、熊超、张九钺、夏大观、毛国翰、张声玠,大都是功名不显,而文名显于当

---

①　王夫之:《船山全书(十五)》,长沙:岳麓书社,1996年版,第145页。

②　孙楷第:《戏曲小说书录解题》,北京:人民文学出版社,1990年版,第331页。

③　梁启超:《清代学术概论》,上海:上海古籍出版社,1998年版,第19-20页。

时的文人。其中只有朱景英曾任知府之职,但长期处僻远之地。张
九钺、张声玠仅为知县。熊超曾中举,夏大观为贡生,毛国翰为诸生,
乡试屡黜。他们大都年少有名,才华横溢却长期不得志。作为正统
文人,他们怀瑾持瑜,希望大有作为,却总是沉抑下层,故常常愤懑不
平。因此,朱景英在《桃花缘》中,毛国翰在《青湘楼传奇》中,夏大观
在《珠鞋记》中,借才子佳人故事表达对美好爱情生活的向往;夏大观
在《陆判记》中借神鬼与人的友情表达对忠诚友谊的渴盼;熊超的《齐
人记》则通过嘲讽卑劣小人的虚伪,表达对虚伪现实的揶揄,对诚实
和谐社会的向往。张九钺的传奇《双虹碧》写长沙女子冲戈事,表现
其忠烈,杂剧《四弦词》写书生与仙女的爱情故事,《六如亭》写苏轼与
王朝云、温超超的故事,借以表达自己复杂的情感。张声玠《玉田春
水轩杂出》,皆取题于历史故事,各篇主题有所侧重,但都是对文人理
想生活的歌颂,借敷衍古人故事表达自己对文人精神家园的追求。
作品中的浪漫色彩,宗教情怀,与湖湘文化精神中的思维方式,神话
意识,浪漫色彩有着天然的联系。

　　本节主要通过分析张九钺的《六如亭》与张声玠的《玉田春水轩
杂出》九种对文人精神家园追求的主题建构特点,来探讨湖湘文化精
神对他们的影响。

　　一、张九钺《六如亭》:宗教情怀的寄托

　　传奇《六如亭》,共二卷三十六出,演苏轼政治上屡受打击,爱情
上数获真情最后归入佛道的故事。苏轼孤介耿直,屡遭贬谪,有一妾
王朝云,忠顺勤劳,心性清明,笃信佛禅。苏轼贬谪后,众妾纷纷离
去,只有朝云不离不弃。在南迁岭南途中朝云仙逝,苏轼在她墓前建
"六如亭"。苏轼至惠州,有温都监之女超超,爱慕苏轼才学,芳心暗
许苏轼。恰苏轼再遭贬谪,未能与结姻缘,温超超竟一病不起,伤心
而亡。苏轼贬谪儋州四年后,被召回,途径惠州重祭六如亭。最后被
上皇召回天庭执掌天上文星,与已为星君仙妃的王朝云、被封为梅花

仙姑的温超超同列仙班。苏轼事,本事见《宋史·苏轼传》。朝云事,见《苏文忠公诗集》卷四十《悼朝云》。其小引云:"绍圣元年十一月,戏作《朝云诗》。三年七月五日,朝云病亡于惠州,葬之栖禅寺松林中东南,直大圣塔。予既铭其墓,且和前诗以自解,朝云始不识字,晚忽学书,粗有楷法,盖尝从泗上比丘尼义冲学佛,亦略闻大义,且死诵《金刚经》四句偈而绝。"朝云姓王,字子霞,钱塘人。剧以朝云字少霞,未知何据。苏轼和王朝云的故事,宋代刘克庄诗就有歌咏。其《六如亭》诗云:"吴儿解记真娘墓,杭俗犹存苏小坟,谁与惠州耆旧说,可无抔土覆朝云?"元明清戏曲小说中亦多有叙写。温都监女事,本事出《坡仙外传》,亦见《古今词话》引《女红余志》及王楙《野客丛书》。剧中以温女名超超,似出杜撰。而以东坡为天上奎宿,具见《夷坚志补》。清初周如璧杂剧《孤鸿影》亦以此为题材,但其中的宗教色彩没有《六如亭》浓厚。

张九钺撰作《六如亭》之本意,卷首蝶园居士序言之甚明:"(张九钺)曾游惠阳,访白鹤居六如亭,因取坡公岭南海外旧闻,及侍姜朝云诵经栽茶,偈化建亭事,复于《宋人小志》中得惠阳温女超超,许婿听吟,殉志遗语,合为三十六出,总名《六如亭记》,以了禅门一段公案。"蝶园居士认为朝云与超超故事皆与禅门关合。对于其主旨,吴梅《中国戏曲概论》中"《六如亭》"条论述较为深刻:"此记叙次,悉本正史,及东坡年谱,无颠倒附会之处。观空于佛,结穴于仙,使放逐之臣,离魂之女,仗金刚忍辱波罗蜜,同解脱于梦幻泡影电露,而证无上菩萨,洵卫道之奇文,参禅之妙曲也。记中《伤歌》一折,乃坡公挈朝云,在海外嘉祐寺松风亭觞咏,命唱自制送春词。至'枝上柳绵吹又少'句,呜咽不成声。公叹曰:'吾正悲秋,而汝又伤春矣!'折中用【二郎神集贤宾】,最合缠绵之意,虽本稗畦《密誓》,然亦沉郁有致。记中以此折,及温都监女一节事,最胜。"[1]吴梅的一些观点,其实是承袭谭光

---

① 吴梅:《顾曲麈谈 中国戏曲概论》,上海:上海古籍出版社,2000 年版,第 194 页。

祜序文的说法:"此曲于坡公及诸贤事迹,考据详确,年谱诗集,信而有征。中间变化神通,无非为仙佛生色。即朝云、超超二女子,必如此曲之忠顺侠烈,而其人始高。其人高,而坡公之气节文章,益高出寻常万万。"又云:"以沉郁豪宕之气,著引商刻羽之辞,组织群言,核实信史,观空于佛,结穴于仙。使放逐之臣,离魂之女,仗金刚忍辱波罗蜜,同解脱于梦幻、泡影、露电,而证无上菩提。洵卫道之奇文,参禅之艳曲矣。"①谭光祜的评说击中要害,抓住了《六如亭》的主旨所在。

《六如亭》其第一出《开场》,《水调歌头》叙家门云:"千古仙与佛,缘起为多情。若还不生不灭,因果绩谁成?不见东坡学士,为着王姬伤逝,特建六如亭。天是王京白,山为美人青。温家女,守奇志,殉虚名。都缘才子,合教附传表奇真。粗有金刚意旨,学做剧场点缀,藉入管弦声。艳煞两仙子,笑倒老奎星。"明确宣示了创作意旨。

剧中朝云诵经栽茶,偈化登仙与佛门结缘,无需多说。就温超超,本世俗奇女子,但亦有宗教徒的虔诚,具有归于宗教的潜质。作品对此有较多的叙写。如《伤歌》一折中的几支曲子:

【商调集贤宾】(生)歌喉乍转词未终,忽咽煞西风。似"何满"一声双泪迸,尽当筵肠断伶工。粉痕界重,蹙损了翠蛾云凤。非调弄,儿女事敢触着香心疼痛。

【黄莺儿】商气浩填胸,仗红牙一拍空。甚柔肠打碎佳人重?词飘飘意中,声痴痴恨中,泪珠儿料不为飞绵送。怎灵通,怎春残伤感,洗不向秋风。

【黄莺穿皂罗】团捏任天公,怎飘零怨褪红?巧文心道破繁华哄。系秋光已慵,串春愁忒浓。甚东君断不尽痴情种?怕五更风雨,今年较匆;二分尘土,明年又蒙。任小窗

---

① 转引自郭英德:《明清传奇综录》,石家庄:河北教育出版社,1997年版,第969页。

儿女喁,茫茫身世吾应共。笑万事浮生梦。飘茵落溷,算灵
光一通;愁云滞雨,渺天涯万重。甚乘除,起灭来厮哄?证
东风,假杨花拾起,参透禅宗。

吴梅认为《伤歌》一折中,"用〔二郎神〕〔集贤宾〕,最合缠绵之意,
虽本稗畦《密誓》,然亦沉郁有致,记中以此折及温都监女一节事,最
胜。"①这主要评其曲辞特点。其实,作者以沉郁之词,写温超超缠绵
哀婉之情,意在言人间之憾,人事纷繁,万事如浮生梦,不得通缱绻之
意。因此,最后归结到禅宗,走向宗教的殿堂。苏轼本有慧根,经历
纷扰的世事,与佛门结缘是自然之事。剧中苏轼,乃是作者自况。张
九钺出身于湘潭著名文学家族,家学渊源深厚,十三岁即被人呼为
"太白后身",堪称神童。其诗学李白,宏博浩瀚,奇情壮思,性灵清
洒,得太白真气,清新不失豪放,平实兼具雄奇。他与蒋士铨相交甚
密,乾隆十七年(1752),蒋士铨所作杂剧《一片石》在南昌上演,张九
钺自昆明寄以《一片石歌》,又写《金缕曲》词一首相赞,其中多有鼓励
激扬之意,《一片石歌》诗末句为"思君回首西山雨",似乎两人早已为
友。除为《一片石》题咏,他还先后为蒋士铨的《桂林霜》《四弦秋》《空
谷香》《第二碑》《雪中人》《香祖楼》等作品撰序题诗(均约作于乾隆四
十三年 1778)②,可谓其戏曲之知音。如《题清容太史〈雪中人〉填词》
之八:"红雪楼中新制歌,铜弦铁板气嵯峨。何人唱入通侯里,大海鱼
龙夜涌波。"再如《题清容太史〈空谷香〉填词》之一:"海内争传学士
词,金荃白石尽低眉。今朝又听幽兰操,梁雨灯花红豆垂。"认为《一
片石》"淋漓不让《四声猿》",对《桂林霜》则表达了特殊的观感:"或如
雷轰与电击,或如鹃啼与猿呼。或如荆卿击缶渐离筑,或如道子绘像
廉广图。胸中热血喷一斗,淋漓八尺红氍毹。"可见他与蒋士铨在创

---

① 吴梅:《中国戏曲概论》,上海:上海古籍出版社,2000 年版,第 194 页。
② 参见张九钺:《紫岘山人全集》诗集卷十六。

作观念上有很多相似之处。张九钺创作的传奇《六如亭》，"于坡公及诸贤事迹，考据详确，年谱、诗集，信而有征"，与蒋士铨创作中注重史料的运用颇有相通之处；而借助史笔表达思想感情，追求"忠顺侠烈"的道德诉求，二人也差相一致。故后人谭光祜在评价《六如亭》时指出："其与清容太史，可谓'异苔同岑'矣！"①因此，即便以佛道为祈向，但张九钺总是忘不了现实社会，救世情怀无法消解。

张九钺的宗教情怀与湖湘文化是联系在一起的。九钺生有异禀，七岁能诗文，随父游南岳毗卢洞寺，寺僧异之，曰："郎中貌何类吾师之甚！"遂出句属对："心通白藕"，九钺应声曰："舌诵青莲"。僧大骇，言其师圆寂时留此偶句，云："后有吻合者，即其后身。"因鸣钟聚徒，相与膜拜。张九钺《六如亭》截取苏轼晚年贬谪惠州、儋州的一段经历，吴梅《中国戏曲概论》中称《六如亭》"洵卫道之奇文，参禅之妙曲也"②。

元明清戏剧中以苏轼故事为题材的作品有很多，据不完全统计达 32 种③，在同类题材中，《六如亭》不仅艺术上颇有特色，而且主题建构颇具特点。清黄启泰以为"词中命意之高，选词之雅，无过张紫岘先生《六如亭》"④。《六如亭》在主题建构上，将现实与宗教融合，表达了张九钺的宗教情怀，而这种宗教情怀明显蕴含着湖湘文化的基因。

二、《玉田春水轩杂出》：文人理想人格与理想精神生活的画卷

《玉田春水轩杂出》是张声玠的杂剧合集，剧共九种，每种一折，成于道光二十年（1840）之前。九种杂剧皆取材于历史故事与传说。《琴别》《画隐》主要表现爱国思想与民族气节；《看真》《游山》主要讽

---

①　蔡毅：《中国古典戏曲序跋汇编》，济南：齐鲁书社，1989 年版，第 1963 页。

②　吴梅：《顾曲麈谈　中国戏曲概论》，上海：上海古籍出版社，2000 年版，第 194 页。

③　参见庄拂：《古典戏曲存目汇考》，上海：上海古籍出版社，1982 年版，第 734、754、801、866 页。

④　黄启泰著：《词曲闲评》，转引自《文献》，1989 年第 1 期，第 42 页。

刺和揭露封建统治者的专横跋扈与愚昧无知;《讯盼》《寿甫》《安市》表彰和歌颂历史名人的高尚品德;《碎胡琴》与《题肆》主要抒写封建文人对怀才不遇的愤懑之情。郑振铎在《玉田春水轩杂出》题记中评云:"张声玠的《玉田春水轩杂出》和石韫玉的《花间九奏》有些相似,皆以九事各为一本。……各剧情调至为不同,而皆有所激愤。"

《讯盼》,《玉田春水轩杂出》第一种。写吉盼请死救父的故事。襄阳书生吉盼,年仅十五,乞廷尉卿蔡法度代父求死。其父在吴兴居乡任内,被奸吏诬为贪赃枉法,因耻于吏讯,虚自引咎,遂判死罪,难以改动,吉盼想到此处,大哭不已。廷尉卿知其父冤枉,拟奏明圣上,将父子一并开释,并举盼为纯孝。盼以宥罪出自天恩,若举其充为纯孝,则是因父买名,决不肯为。廷尉卿见其说得有理,决心奏明圣上,请旨发放。本事见《梁书·孝行传》及《南史·孝义传》,两书记述大同小异。集前题剧诗曰:"覆巢但有冤禽哭,伏锧真令死者生。一样回天两纯孝,愿君谱女缇萦。"集末题诗曰:"狴犴飞霜狱本冤,孤儿全父并身全,惊看铁券琅琅掷,只有怀光子可怜。"此剧虽揭露了好官遭忌的黑暗腐败的封建吏治,但作者旨在表现吉盼至孝的品格,表彰好官的高洁品行和不屈精神。

《题肆》,《玉田春水轩杂出》第二种。演南宋于国宝酒肆题词得官的故事。剧写北宋末天下大乱,赵构迁都临安,史称南宋。刚得偏安,又被秦桧闹得七颠八倒。后有忠臣虞允文、陈俊卿、黄洽等辅佐孝宗赵眘,时和年丰,人民乐业。书生于国宝,流寓临安,游山玩水,赁屋西湖。一日,天气清和,出外游玩,来到断桥,至一酒楼独酌,观山光水色。且有箫鼓彩舟,男女游客,驾舟玩耍。国宝怡然,于正面屏风上,题《风入松》词,然后伏几而睡,酒保将其扶至后楼安歇。时皇帝孝宗赵眘乘龙舟游湖,至断桥停泊,见屏风上词,读曰:"一春常费买花钱,日日醉湖边,玉骢惯识西湖路,骄嘶过、沽酒楼前。红杏香中箫鼓,绿杨影里秋千。暖风十里丽人天,花压鬓云偏,画船载得春归去,馀情付、湖水湖烟,明日重携残酒,来寻陌上花钿。"调寄《风入松》,题名临川于国宝。孝宗传旨,宣国宝进见。夸其词佳,但以"重携残酒"句,未免儒酸,应易以"重扶残酒"。并命人取冠带,与国宝释褐,于谢恩,随帝而去。本事见周密《武林旧事》:"一日,御舟经断桥,桥旁有小酒肆,颇雅洁,中饰素屏,书《风入松》一词于上,光尧驻目称赏。久之,宣问何人所作,乃太学生于国宝醉笔也。其词云:'一春长费买花钱,日日醉湖边。玉骢惯识西泠路("西泠路",宋刻本为"湖边路"),骄嘶过、沽酒楼前。红杏香中歌舞,绿杨影里秋千。东风十里丽人天("东风",宋刻本为"暖风"),花压鬓云偏。画船载取春归去,馀惰在("在",宋刻本为"付"),湖水湖烟。明日再携残酒("再",宋刻本为"重"),来寻陌上花钿。'上笑曰:'此词甚好,但末句未免儒酸。因为改定云'明日重扶残酒',则迥不同矣。即日命解褐云。"[1]明田汝成《西湖游览志余》卷三《偏安逸豫》,清徐釚《词苑丛谈》卷六《纪事》皆转抄之。清初徐石麒《买花钱》杂剧取材与本剧相同。但剧分四折,增添了驸马杨震赠姬,皇上钦赐秦桧旧园,粉儿作新妇等情节。集前题剧诗曰:"乌舫题春宿酒浓,新词博得紫泥封。湖山康乐才人贵,莫有人窥第一峰。"集末题诗曰:"画舫风情酒肆歌,非关天子辟山河。江湖尚滞陈同甫,诗酒遭逢奈尔何?"此剧借"除了看花吃酒,并无别事"的于国宝得孝宗封赏的故事,抒发自己不甘潦落、怀才不遇的愤懑情怀。

《琴别》,《玉田春水轩杂出》第三种。写宋末汪元量黄冠南归,王清惠等十四女道士置酒饯别,各赋诗送行的故事。道士汪元量,南宋时曾中咸淳进士,弃官不仕,以弹琴出入宫闱。元兵入侵,谢后迎降,后妃以下随元兵北迁。他出家后,在燕地流浪 12 年。一日,旧宫人王清惠等置酒梁家园,与水云黄冠南归饯别,由原皆为宫人后出家众女道士作陪。水云见众宫女皆系道装,倍感凄凉,潸然泪下。清惠等

---

① 周密:《武林旧事》卷三,杭州:西湖书社,1981 年版,第 38 页。

14 人,以"劝君更尽一杯酒,西出阳关无故人"分韵,各吟诗一首送行。吟毕,水云盛夸"凄婉之中,自具清丽,真一班扫眉才子"。众说:"我等与先生同为方外,他时海上相逢,当更说神仙语,岂以声律为拘。"水云谓:"大家同受国恩,今日风景变迁,山河异殊,痛定思痛。"众劝不必悲伤,今日一别,后会有期,请汪抚琴,众人聆操。水云深感宋遗民操琴亦非当年之音,以后只好作广陵绝响的嵇中散,遂即相哭而别。本事见汪元量《水云集》、田汝成《西湖游览志余》、徐釚《词苑丛谈》。田汝成《西湖游览志余》云:"从三宫北去,留滞燕京。时有王清惠、张琼英,皆故宫人,善诗,相见辄涕泣。元量尝和清惠诗,……世皇闻其善琴,召入侍,鼓一再行,骎骎有渐离之志,而无便可乘也,遂哀恳乞为黄冠,世皇许之。濒行,与故宫人十八人洒酒城隅,鼓琴叙别,不数声,哀音哽乱,泪下如雨。张琼英送之诗云:'客有资金共璧怀,如何不肯赎奴回?今朝且尽穷庐酒,后夜相思无此杯'"[1]。《词苑丛谈》亦载汪元量南归,宋宫人袁正真、章丽真所赠词作。[2] 王清惠,《南村辍耕录》将其列为"贞烈"一类予以介绍[3]。集前题剧诗曰:"龙沙留滞玉徽零,塞北江南搅断萍。忍抱燕山弦上雪,岁朝重与哭冬青。"集末题诗曰:"肠断崖山借曲鸣,梨园天宝最关情。弹琴一样江南恨,更谱宫人十玉京。"此剧意在通过表现宋遗民亡国之痛,故国之思及不满元朝统治的反抗精神来抒发民族意识与爱国情怀。

《画隐》,《玉田春水轩杂出》第四种。写赵孟坚(字子固)归隐,以民族大义训斥赵孟𫖯的故事。南宋秀安僖王六世孙赵孟坚,见朝廷大势已不能挽回,于是结庐西湖,啸傲人间,以此全节。友人托其画《凌波图》,正在画时,知张弘范兵困崖山,张、陆(秀夫)二人负帝蹈海而死,元朝天下,已归一统。子固大哭。一日,子固乘船游西湖南屏

---

① 田汝成:《西湖游览志余》卷六,上海:上海古籍出版社,1980 年版,第 106 页。
② 徐釚:《词苑丛谈》卷六,上海:上海古籍出版社,1981 年版。
③ 陶宗仪:《南村辍耕录》,北京:中华书局,1959 年版,第 38 页。

山,闻留梦炎、赵孟頫、张伯淳等文人,被程钜夫所荐,投降元朝。子固闻程氏所荐二十二名才士中,有其从弟赵孟頫(字子昂),深感惭愧。他想:留梦炎以状元宰相、赵子昂以宗室至亲,且腆然失节,遑论其他! 想至此,又觉故宫禾黍,虽则伤心,胜地河山,聊堪醒目,借以排遣悲伤。见山势秀色青葱,林麓幽绝,是绝好画材。于是停舟,拍手大笑,欲学洪谷子、董北苑。吃酒大醉,以酒洗发,癫狂之至。时子昂已官翰林学士,结假还乡,道经西湖,来访子固。子固以其无国家宗室之亲,自亦当无兄弟之义,欲以不见,夫人说情,遂见之。子固问子昂,苕中山水既佳,奈何舍此而去? 能学吾画,何不能学吾之隐! 子昂大惭,抱愧而去。子固夫人谓:"才人失足,千古恨事,有心人正当为子昂惜也。"

赵孟頫访孟坚遭斥责事,姚桐寿《乐郊私语》云:"公从弟子昂自苕中来访,公闭门不纳,夫人劝之,始令从后门入。坐定,第问:'弁山笠泽近来佳否?'子昂云'佳。'公曰:'弟奈山泽佳何?'子昂惭退。公便令苍头濯其坐具,盖恶其作宾朝家也。"[①]清初万斯同《宋季忠义录》与姚说大体相同[②],影响颇大。

集前集末皆有一首题诗。集前题诗曰:"白雁飞来大地秋,残山何处寄扁舟? 一般天水红泥印,押角偏令学士愁。"集末题诗曰:"浮云变态画中看,湖上西风半局残。请把交柯双入画,南枝向暖北枝寒。"此剧情借宋元兴之故事,抒发自身的兴亡之感,以及对一代著名画家丧失民族气节的惋惜之情。

《碎胡琴》,《玉田春水轩杂出》第五种。写陈子昂市琴碎琴以显文名的故事。剧写有一贩卖乐器客人,从西洋国购得一面白玉胡琴(琵琶)。此琴中虚外实,制造精良,上镶珍奇异宝,索价百万钱。时

---

①　姚桐寿:《乐郊私语》,《宋元笔记小说大观》,北京:中华书局,2001年版,第6100页。
②　参见万斯同:《宋季忠义录》,张寿镛:《四明丛书》,扬州:广陵书社,1981年版,第4页。

有书生陈子昂，字伯玉，蜀之射洪人，家资豪富，但苦节读书，志概轩昂，学不为儒，文不按古，由金华山来至都下长安，曾往曲江游玩。时值上巳节，王孙游女，宝马香车，热闹非凡。适遇卖胡琴人，子昂以京中无人知其名，拟作一豪举，以一千缗买来胡琴。另一书生请昂奏琴，子昂约明日集其住所宣阳里，备酒相候，曲尽所长。次日客来，子昂即言自己文章极佳。众人请教，子昂从袖中取出。众观文章，词旨幽邃，音节豪宕，如丹砂空青，金膏水碧，真难得自然之奇宝。继往开来，中流砥柱，众皆钦佩。众辞别，子昂以一日豪举，可足千古。本事出自计有功《唐诗纪事》引《独异记》："子昂初入京，不为人知。有卖胡琴者，价百万，豪贵传视，无辨者。子昂突出，谓左右曰：'辇千缗市之'。众惊问，答曰：'余善此乐！'皆曰：'可得闻乎？'曰：'明日可集宣阳里。'如期偕往，则酒肴毕具，置胡琴于前，食毕，捧琴语曰：'蜀人陈子昂有文百轴，驰走京毂，碌碌尘土，不为人知。此乐，贱工之役，岂宜留心。'举而碎之，以其文轴，遍赠会者，一日之内，声华溢郡，时武攸宜为建安王，辟为书记。"①集前题剧诗曰："筝琶俗耳耐敖嘈，谁识文章一代豪？莫笑千金轻一掷，有人新奏郁轮袍。"集末题诗曰："鼓瑟吹竽亦可嘲，碎琴不顾众呶呶。黄金台上迟丹诏，且把千金自己抛。"此剧借陈子昂形象，抒发作者怀才不遇的激愤情绪。

《安市》，《玉田春水轩杂出》第六种。写张士贵招募薛仁贵进攻安市，白衣破敌的故事。剧写绛州龙门大将薛仁贵，仪容迈众，膂力绝伦。正当天子征辽求将，决意从军，往投将军张士贵。士贵见仁贵身躯雄伟，气宇轩昂，知是壮士。试其武艺，将重百五十斤宝弓命开之，薛果然立开，张夸其好膂力，暂充先锋之职，命其杀贼立功。时齐国公司空长孙无忌，英国公辽东道行军大总管李勣，以帝亲征高丽，令攻安市城，奉旨统领各营将官，前后分击。见一白甲小将，持戟腰悬两弓，此即薛仁贵。欲建奇功，务使标显，是以如此打扮。盖苏文

---

① 计有功：《唐诗纪事》卷八，北京：中华书局，1965 年版，第 1 页。

麾下高丽众大将莫离支等，领兵十五万众，救援安市，两军冲杀。仁贵右挺戟、左举弓前导，或刺或射，高丽兵俱败；高丽将力战，被仁贵杀得大败。唐王传旨，问白甲小将为谁？乃知为薛仁贵。此剧本事见《新唐书·薛仁贵传》与《旧唐书·薛仁贵传》。《旧唐书·薛仁贵传》云："贞观末，太宗亲征辽东，仁贵谒将军张士贵应募，请从行。……及大军攻安地域，高丽莫离支遣将高延寿、高惠真率兵二十五万来拒战，依山结营，太宗分命诸将四面击之。仁贵自恃骁勇，欲立奇功，乃异其服色，著白衣，握戟，腰鞬张弓，大呼先入，所向无前，贼尽披靡却走。大军乘之，贼乃大溃，太宗遥望见之，遣驰问先锋白衣者为谁，特引见，赐马两匹、绢四十匹，擢授游击将军、云泉府果毅，仍令北门长上，并赐生口十人。"①《新唐书·薛仁贵传》与此基本相同。历代演薛仁贵故事的戏曲有张国宾《薛仁贵衣锦还乡》，无名氏的杂剧《飞刀对箭》《龙门隐秀》，戏文有《薛仁贵白袍记》，各地方戏曲中大多有薛仁贵故事的剧目。集前题剧诗曰："白衣持戟气凌云，飞箭天山旧荣勋，自古男儿甘百战，封侯不见李将军。"集末题诗曰："三箭奇勋壮士歌，辽东驰骤骇幺麽，白衣不画凌烟阁，惆怅将军马伏波。"剧末载有作者一小段说明文字："薛幽州白衣破贼，其事自可被之管弦。乃小说家穿凿附会，粗鄙可笑，歌场亦因而演之。如张士贵能弯弓百五十斤，卒谥曰忠，亦人豪也，诬之何心？戏填此折，以洗弋阳腔之陋。"②可知作者的创作意旨在于真实再现历史，表现历史人物的非凡才能。

《看真》，《玉田春水轩杂出》第七种。写党进太尉画像点睛故事。画师苗得出，传神写照，京省驰名。太尉党进，命其画像，完工以后，送至党府。党太尉一看自己真容，认为所画为别人，命仆交还。仆说不但没画错，而且极像。党太尉又命爱姬观之，亦言即是。于是党自

---

①　刘昫等：《旧唐书》卷八《薛仁贵传》，北京：中华书局，1975 年版，第 2780 页。

②　张声玠：《玉田春水轩杂出》，清道光二十四年(1844)赐锦楼初刻本，《安市》第 5 页。

照穿衣镜，镜内镜外，人是一个。仆人说：太尉爷魁梧奇伟，乃天生大富大贵之相。爱姬说：不但英雄出众，亦且妩媚可人。太尉大笑，传来画师，问为何将像涂了一脸黑？画师谓：黑如汉朝张飞，唐朝尉迟恭。又问一嘴胡子与大肚皮怎说？画师说：有如汉朝美髯公，晋朝张茂先，大肚皮如八洞神仙汉钟离。太尉以未用金箔点睛，是对己瞧不起。大虫是畜生，尚且画金睛，太尉是贵人，如何不画金睛？画师说：如画金睛，即成孙悟空。太尉说：猴与虫皆金睛，如何太尉爷非金睛？命手下人杀死画师。爱姬阻拦，遂将赤田金叶溶化百五十炉，与太尉爷满满装上一脸金。太尉哈哈大笑，以爱姬知趣，于是便携她畅饮羊羔美酒。党太尉画真本事见宋祝穆《事文类聚》。明冯梦龙《古今谭概》有《党进画真》篇，文字与《事文类聚》相同："党进命画工写真，写成，大怒，诘画师云：'我前时见画大虫，犹用金箔贴眼，我消不得一对金眼睛？'"[①]清无名氏有杂剧《党太尉》一种。乾隆时金德瑛《观剧绝句三十首》中有咏《党太尉赏雪》的剧目，湘中王先谦、皮锡瑞、朱益浚、叶德辉、易顺鼎等人对此剧目都有题咏。集前题剧诗曰："屡貌寻常技未穷，斯人骨相定三公，可怜小宋轻寒甚，学醉销金羡乃翁。"集末题诗曰："奇骨原来画不成，皮毛何与世人争？将军莫点黄金目，青眼留看李北平。"此剧在滑稽调侃中揭露和批判了封建统治者的昏庸愚昧、暴戾贪狠的丑恶嘴脸。

《游山》，《玉田春水轩杂出》第八种。写谢灵运游山被视为山贼的故事。晋康乐侯谢灵运以侍中免官，东归故里。灵运平生酷爱山水，一日，闲暇无事，约同陈郡谢惠连、东海何长瑜、颖川荀雍、泰山羊璿之等四友，畅游南山。山路崎岖，树木丛杂，命人尽力剪伐，开路而行。樵夫牧童，只见人夫卷地而来，人声呐喊，刀光照山，以为是山贼，二人躲避。村中人等听说贼来，各个携眷逃命，径至临海城藏匿。山神土地，知是灵运游山，并非贼子，但不能奈何于他，只好避乱远

---

①　冯梦龙：《古今谭概》不韵部第八，北京：中华书局，2007 年版，第 104 页。

迁。临海太守王琇闻报来贼数百人骚扰村庄、霸占山砦,带领兵丁火速擒捕。灵运至山前与太守答话,太守知是谢侍中与四友,拟邀至衙酒叙,灵运敬谢。本事见《宋书·谢灵运传》及《南史·谢灵运传》。《宋书·谢灵运传》云:"灵运既东还,与族弟惠连、东海何长瑜、颍川荀雍、泰山羊璿之,以文章赏会,共为山泽之游,时人谓之'四友'。灵运因父祖之资,生业甚厚,奴僮既众,义故门生数百。凿山浚湖,功役无已。寻山陟岭,必造幽峻。岩障千重,莫不备尽。登蹑常著木屐,上山则去前齿,下山去其后齿。尝自始宁南山,伐木开径,直至临海,从者数百人。临海太守王琇惊骇,谓为山贼,徐知是灵运,乃安。"①集前题剧诗曰:"伐木开山想绝伦,风流零落近千春。我嗟灵运称山贼,不似围棋赌墅人。"集末题诗曰:"缒幽凿险破山悭,崖壑风云杖屦间。读罢韩亡秦帝句,如何又看永嘉山。"此剧揭露豪门子弟骄奢放荡、妨民害政的恶行。

《寿甫》,《玉田春水轩杂出》第九种。写饮中八仙庆贺杜甫寿诞的故事。饮中八仙,因赋性疏狂,懒司权要。蒙上帝优容,许于醉乡深处,一切自便;名虽富贵,身实清闲。时至浣花仙叟初度之期,携酒往贺。仙人杜甫,千秋诗史,绝代骚人。叹人生遭际,各有命存,回忆曩时,历历如梦,好生伤感。八仙来至草堂,以昔日甫曾赠《饮中八仙歌》留作千古佳话,值此浣花仙千秋华诞,特来申贺。甫设筵席以待。于是贺知章赠马载仙酝百瓶,李琎以曲生一车,李适之敬献万钱,崔宗之敬美玉觞一具,苏晋献绣像一尊,李白献名酒一斗、长歌百篇,张旭献酒三杯、草书数帙,焦遂寿醇醪五斗、清话一夕,为杜子美寿。八仙与甫各饮得大醉,可谓尽欢。八仙乃欲辞归醉乡,并邀杜甫同往一游。甫慨然应允,于是与众仙偕行。因皆大醉,起身后只得侧行。本事出自杜甫《饮中八仙歌》。集前集末皆有一首题诗。集前题诗曰:"酒国恒春仙寿长,高歌天宝感苍茫。莫吟饭颗相嘲句,且与先生入

————————

① 《宋书》卷六七《谢灵运传》,又见《南史》卷十九《谢灵运传》。

醉乡。"集末题诗曰:"不到黄州与益州,骑箕高会醉乡侯,个中更有词人寿,能了先生一代愁。"此剧借酒中八仙纵情狂放的行为和蔑视权贵的思想,抒发自己蹇滞不遇的激愤情绪。

总的说来,《玉田春水轩杂出》为我们描绘了一幅文人理想人格与理想精神生活的画卷,在描绘这一画卷时,融入了作家的生活感受与思想情绪。其中既有爱国思想与民族情绪,也有怀才不遇的愤懑情绪;既有对封建统治者的专横跋扈与愚昧无知的揭露与嘲讽,也有对历史名人高尚品德的表彰和歌颂。对于"坐而才未究厥施,有翼不奋终栖卑"①的张声玠来说,以才华自负,满怀抱负,却长期科举不振,屡遭挫折,四十岁前,乡试一落第,会试七落第,其愤懑不平的情绪是很强烈的。但即便如此,张声玠总是怀着建功立业的理想,关心现实,追求文人理想人格和理想精神生活,这在他的诗文中也有突出的反映。这些思想的根源,还是湖湘文化精神。

第三节　后期杂剧与传奇:末世的忧患、愤懑与对理想社会的呼唤

太平天国运动,是湖南人才走向全国政治文化中心的重要契机,自此以后,湖南文人的政治意识更为强烈。这表现在戏曲领域,就是戏曲作品浓厚的政治意识。湖南晚期杂剧与传奇,主要表现末世的忧患意识,愤懑情绪以及对理想社会的呼唤。

一、杨恩寿的传奇作品:末世文人愤懑情绪与忧患情怀的宣泄

杨恩寿少年聪慧,被称为奇才,七岁入塾,写《咏凤凰诗》,其中"一片神行写性灵"②颇得时人称赏,十七岁应童子试,十八岁闭户读书,不知外事,在其友方剑潭的请求下作传奇《鸳鸯带》。二十岁入弟子员籍,第二年应岁试,即受到当时提督湖南学政张金墉(1805—

---

① 左宗棠:《左文襄公文集》卷三,清宣统元年铅印本,第10页。
② 杨恩寿:《先太夫人行状》,《坦园文录》卷十。

1860,字良甫,号海门)的关注(张金墉对于咸丰、同治间湖南的文学兴盛有很大的作用,"咸、同以后,湖南文学茂兴、经教浸广,金墉倡之也。"①"师拔冠其曹,召入署读书,稍从事依声,若以为可教,赏其奇而指其疵,并集句'肝胆一古剑,文采双鸳鸯',手书楹联一帖,一时大人先生咸刮目视。"),获咸丰八年(1858)科优贡。② 从咸丰十年(1860)开始了他的游幕生涯,"橐笔武陵游,太岁在庚申(1860)。"③幕主是魏式曾,到了同治元年(1862),由于魏式曾任郴州知府,杨恩寿随往。而在武陵期间所做之事一方面创作了《姽嫿封》这部作品,同时也为后来在武陵创作《桃花源》创造了机会。在郴州四年间,同治元年(1862)的乡试,因未贿赂,被恩小农所黜而被放。同治四年(1865)到北流六兄幕府之后,由于延请的刑幕尚未定人,故到任后的事件皆由杨恩寿代办,主要负责税务、刑钱、办理案件等,和自己志向完全不同,感到巨大的落差,"办刑钱则迹同佣字,权税务则职等抱关,殊可笑耳。"④"赴关稍坐回署,据案皆案卷,须手披耳。一俗至此,殊不可耐。"⑤此外,还负责监考和阅卷工作。同治七年(1868)、同治八年(1869)两年,因为被聘修《湖南通志》而未参加考试。⑥ 同治九年(1870),这位在科名的追求上蹭蹬了十七年的戏曲家终于中举。同治九年(1870),可以说是杨恩寿戏曲创作的丰收年,其《桂枝香》《双清影》《理灵坡》三剧均在本年完成。同治十三年(1874)进京赴礼部会试,列在二等,授湖北候补知府之职,而此"一第蹉跎十七年"⑦。坦园正是在科举失意之后,半生不得不在湖南、广西、贵州等

---

① 李元度:《国朝先正事略补编》卷二,光绪十一年敦怀书屋刊行,《续修四库全书》第 539 册,第 291 页。

② 《湖南通志》卷一百四十四,《选举志》十二,《续修四库全书》第 664 册,第 591 页。

③ 杨恩寿:《赠杨性农驾部》,《坦园诗录》卷十二。

④ 杨恩寿:《坦园日记》卷三,第 116 页。

⑤ 杨恩寿:《坦园日记》卷三,第 118 页。

⑥ 杨恩寿:《坦园日记》,卷六,第 287 页;卷七,第 360 页。

⑦ 杨恩寿:《坦园日记》卷七,第 366 页。

地幕府来回奔波，足迹遍及武陵、郴州、衡阳、北流、阳朔等地，几乎身心俱疲。光绪元年(1875)，随时任云贵总督而述职南归的刘岳昭去贵州，从光绪五年(1879)至光绪七年(1881)到云南游幕，途经武陵时，因刘岳昭病暑，驻于武陵行馆，中秋成《桃花源》，剧成而人未行，又于九月作《麻滩驿》以表彰忠烈。桃源解缆，离开武陵后，感慨自己经历之坎坷，又于舟中作《再来人》剧，这是其最后一剧，也被称为其代表作。

杨恩寿自言"吾半生所造，以曲子为最，诗次之，古赋、四六又次之，其余不足观也"①，作品中也表现出其欲为国出力却身居下僚的不平之情，热心科举却屡遭挫败的不满心绪，对主流意识形态的全盘接受。杨恩寿本人是性情中人，在与王先谦信中曾曰"朋友中学问太高者，不敢仰攀，太庸者不顾俯就，讥弹与贡诀不中肯者又非我所乐闻。"②王闿运曰："善文情者，杨子耶！善文杨子之情者，杨子之诗耶！闿运与交几廿年，读其诗，意其人，穆穆温温，如在晤对。既又观其诸杂曲，诙嘲颓唐，想其人清狂。初无以品题之，直以己之情知杨子之善治情，而后知诗之贵情也。"③

杨恩寿一生创作传奇共八部，早年创作的《鸳鸯带》已佚，今存《姽婳封》《桂枝香》《理灵坡》《再来人》《桃花源》《麻滩驿》《双清影》。在这七部作品中，有五种，即《姽婳封》《理灵坡》《麻滩驿》《双清影》《桃花源》，涉及湖湘史事和人物。其中《姽婳封》《理灵坡》《麻滩驿》《双清影》皆为表彰忠烈之作，《桃花源》《桂枝香》《再来人》或表达自己"穷途之隐痛"，或歌颂友谊、或揭露科举之不公，抒发怀才不遇的愤懑。总的来说，"杨恩寿的剧作反映出其以戏曲扶世的观念，表现

---

① 杨恩寿：《坦园日记》，第137—138页。
② 杨恩寿：《致王益吾书》，《坦园文录》卷六。
③ 王闿运：《坦园诗录》序，《湘绮楼日记》第六册，第51页。

了近代湖湘人士突出的关注时事、心怀天下的精神品格。"①湖湘文化对他的影响是相当明显的。

《姽婳封》剧撰成于咸丰十年（1860）夏，作于武陵幕府，至同治九年（1870）刊行。刊本前王先谦序云："能无兴百世之风，闻泣数行而感动也哉！客有寄怀荒忽，引兴无端。"魏式曾评文认为该剧语言悲壮、凄楚。传奇凡六出。题目作《贤藩主死配忠臣庙，女将军生膺姽婳封》。取材于《红楼梦》中姽婳将军林四娘故事。叙明嘉靖年间，恒王驻守青州，义军与城中绅士里应外合，将恒王骗出城外杀死。封号姽婳将军的淑妃林四娘率娘子军出战，阵亡，宫嫔多人亦战死。《姽婳封》剧借《红楼梦》第七十八回中姽婳将军林四娘故事，赞颂咸丰五年（1855）镇守新田的清将周云耀夫妇。林四娘另见《虞初新志》及《虞初续志》。据《麻滩驿自序》云："咸丰庚申十年（1860）游幕武陵，客有谈周将军云耀者，勇敢善战，其妇亦知兵。乙卯守新田，以轻出受降而死，妇亦战以殉之。当即演成杂剧，诡其名于说部之林四娘，即所谓姽婳将军也。"《姽婳封·自序》亦云："庚申仲夏，薄游武陵。公余兀坐，无以排遣。偶记姽婳将军已事，衍为填词。每成一折，即邮寄回家，索六兄为余正谱。钞写成帙，置箧中且十年，几忘之矣。顷因刊《桂枝香》，搜得原本，并以付梓。……顾安得弟与兄偕归田里，展红氍一丈，命伶人歌此曲以娱亲，倪亦莱衣之乐哉！至姽婳事，虽见《红楼梦》，全是子虚乌有。阅者第赏其奇，弗征其实也可。"②赞扬恒王与林四娘的忠孝节义，对其为国家誓死杀敌、义无反顾、英勇殉国的精神表达了由衷的崇敬之情。

传奇《理灵坡》，凡二十二出。演明崇祯长沙推官蔡道宪事。叙明崇祯末年，张献忠攻长沙，长沙文武官员皆弃城而逃，湖广总兵尹

---

① 王婧之：《杨恩寿与湖湘文化——以研究杨恩寿戏曲作品为中心》，《湖南大学学报》（社会科学版），2011年第1期，第89页。

② 杨恩寿：《坦园传奇四种》，同治长沙杨氏刻本，上海图书馆藏。

先民投降献城。而身为长沙司理的蔡道宪奋勇抵抗,无奈巡抚王聚奎拒绝援助,终致其城陷被擒,面对诱降,他大义凛然,骂"贼"而死,死后埋葬于醴陵坡(后改名理灵坡)下。作者从正统观念出发,意在表彰忠孝节烈,反对农民起义,而对明末腐朽朝政亦有所揭露。此剧取材于明末史实,蔡道宪,《明史》有传,婴城殉难,亦见刘廷献《广阳杂记》。关于作品创作的来龙去脉,作者在《自序》中言之甚明:"前明崇祯末,张献忠攻陷长沙,司理蔡忠烈公死事最烈,迄今邦人士类能言之。同治戊辰冬,重修《省志》,余滥充校录,读公传略焉弗详,考《明史·本传》亦多讹脱,亟求公年谱参益之,未得。越明年,从旧书肆购得新化邓氏所定《遗集》,附刻《行状》纪轶事较详,多《本传》所未载,喜甚,如获珙璧。至是,于公生平十悉八九矣。庚午夏,以余不任事,为总纂所屏,遂辞志局。家居多暇,辄取公事谱南北曲为院本,以广其传。叙次悉本《行状》暨各传记,不敢意为增损,惧失实也。"王先谦认为此剧是"一部轰天烈地文字"(《理灵坡》第九出评文)。杨彝珍在序里也对该剧的惩创作用极为认可,其序有云"长沙蓬道人,少负有伟,既蹇不遇于时,其心究不能忘情斯世,乃为著《理灵坡》传奇一篇。"①

　　传奇《双清影》,凡十四出。叙咸丰三年(1853)太平天国东王杨秀清攻陷庐州,奉调协助守城的池州太守陈源兖驰援驻守庐州的好友、安徽巡抚江忠源,城破后,陈源兖自缢于明伦堂前大树下,江忠源则投水赴死。作品意在表彰陈源兖、江忠源二人以死殉国的烈士之忠及同生共死的朋友之义。剧作取材于真人实事。陈源兖,字岱云,湖南茶陵人。道光年间进士,授官编修,曾任江西吉安知府、安徽池州知府。江忠源,字常孺,号岷樵,湖南新宁人,为晚清湘军早期名将。二人事迹,《清史稿》《咸同将相琐闻》等史料皆有记载,而陈源兖之子陈杏生即为杨恩寿好友。作者在《自序》中云,剧中人物爵里均

---

① 杨彝珍:《〈理灵坡传奇〉序》,《移芝室文集》卷三。

"据实书之,凡生存者概不阑入"。是为表彰乡贤,激励来者之作。

　　传奇《麻滩驿》,凡十八出。演明末女游击将军道州守备沈云英事。该剧承接《理灵坡》的情节,写明末崇祯年间,张献忠屡屡进犯,朝廷降谕谒选官员。沈至绪应诏出山,为道州知府。在追剿叛军时,不幸战死麻滩驿。沈云英在父亲战死之后,率部杀入敌营,夺回父尸,又坚守道州,后其夫贾万策抗张献忠死,云英辞官回浙江萧山故乡。清军入侵浙江时,云英投水殉国,被救后隐居奉母,开私塾传经。剧中穿插歌妓琼枝、曼仙不屈从张献忠而惨遭杀害的情节。取材于毛奇龄《沈云英传》及徐岳《琼枝曼仙记》。卷首作者《自序》言作《桃花源》之后,犹未成行,旅馆寂寥,"乃伸前愿,以沈将军事在道州,遂先及之,藉张吾楚。每夕剪灯,辄成一折。……编中第取毛西河《本传》,循序而衍,未敢汎涉它事。惟琼枝、曼仙二女伎,以其与贾万策同死荆州,牵连而及,俾附沈将军以传,其亦费宫人哉!"但据《明史》卷三百九"攻道州,守备沈至绪战殁,其女再战,夺父尸还,城获全"的记载,及《道州志》"至绪力战死,后女云英投战,夺父尸而还"的记载,《麻滩驿》的创作也基本遵循了史实。

　　传奇《再来人》,凡十六出。叙福建老儒陈仲英饱学不第,困守七十载,穷困幽愤终身,临终发誓来生定要扬眉吐气。投生为季毓英,科场连捷,十五举乡试,十七成进士,授编修,偶见前生落第文章,与己中举之作一字不差,因此感叹"文运如此,国运可知"。顿悟前生事。乃拜陈仲英墓,并抚恤其老妻。剧中所写故事本于沙张白《再来诗谶记》(见张潮《虞初新志》),叶氏《闽中记》、张氏《感应篇广注》中所载福建老儒故事。卷首有作者光绪元年(1875)《自序》,言作于是年。本剧的思想性与艺术性在杨氏作品中最为突出,为其代表作。毛松年评文对杨恩寿的语言词笔特为称赏,称其为"真才子"。故事非常离奇,但作者寓以深意,同样的文章,陈仲英老死不被赏识,季毓英却少年中举。这不能不说是一种极大的讽刺,同等才学的人受到截然不同的对待,这种反差造成了强烈的讽刺性,从中流露出作者对于科举考试评判标准的强烈不满和嘲弄。老儒陈仲英在一生坎坷,即将老死之时所说的情感悲怆的话,也体现了作者落寞的悲凉心境。表达了热心科举却屡遭挫败的不满心绪。

传奇《桂枝香》,凡八出。取材于陈森小说《品花宝鉴》,演田春航与李桂芳事。叙优伶李桂芳慧眼识才,资助沦落京中的书生田春航,督促其攻读诗文,力求上进,二人遂成莫逆之交。后春航高中状元,由翰林院修撰补授陕西巡抚,赴任时,偕李桂芳同往。作品写二人之间"名士名花"风流缠绵的同性恋,反映了当时社会上的一种风气,作者对此也持欣赏态度,但作者着眼点不在这里。作者《自序》云:"秋日新晴,闲窗遣兴,偶阅《品花宝鉴》,摘取桂伶往事,填南北词若干,阅十日而成。持以示客。客滋疑焉,以为填词院本,类多阐扬忠孝节烈,寓激劝之意,使阅者有所观感,此奇之所由传也。子独多夫伶人,特为传之,厥旨安在? 余曰:'否,否。桂伶操微贱业,能辨天下士,一言偶合,万金可捐,虽侠丈夫可也,是乌可不传! ……斯亦足以羞当世矣! 感愤所积,发而为文,岂仅为梨园子弟浪费笔墨哉?"①该剧通篇盛赞李桂芳虽然身份低微,但是品行端正,见识过人,表达自己对伯乐、知己的渴望。王先谦在《桂枝香·序》中,对《桂枝香》评价甚高,认为并不是宣扬男旦之风,而是要表达自己"途穷之隐痛"②。

传奇《桃花源》,凡六出。写渔人故事,就陶渊明《桃花源记》并诗加以敷衍、增饰,借以寄托作者乌托邦式的理想。剧作第一出前加破题,交代创作主旨。其【渔家乐】开场云:"流水光阴将客送,百年婚宦劳筋痛。便是神仙衣食重。桃园洞,闲人世外忙耕种。说与兴亡浑不懂,东风吹醒渔郎梦,一片归帆云影动。扁舟弄,绿波芳草春无缝。"【尾声】云:"世人何必仙源访,只要乐家庭盛世农桑。这福分还

---

① 杨恩寿:《杨恩寿集》,王婧之校点,长沙:岳麓书社,2010 年版,第 430 页。
② 杨恩寿:《杨恩寿集》,王婧之校点,长沙:岳麓书社,2010 年版,第 429 页。

在那源里人家上。"卷首有作者《自序》,略云:"光绪新元,云贵制府刘公述职南归,调余往滇襄筹善后。五月之杪,随之而西,道经武陵,适制府病暑,爰止旅馆而休焉。长昼炎蒸,块居无俚。同人有赋《桃花源诗》者,余谓前有靖节,后有辋川,我辈自当搁笔。顾亦忍俊不禁,辄填南北曲六折,藉以消夏。"知此剧作于光绪元年(1875)作者寓武陵时,全据《桃花源记》敷衍。吴锦章评文对该剧评价颇高,认为该剧假托隐士、渔人,貌似出世独立,对时世已然心灰,实际上还是功名心不改,心系国计民生。作者对现状表示出失望不满,但不知不觉中,他依旧流露出不可磨灭的建功立业的动机。

在以上七部作品中,有五种即《娲媧封》《理灵坡》《麻滩驿》《双清影》《桃花源》涉及湖湘史事和人物。其中《娲媧封》《理灵坡》《麻滩驿》《双清影》皆为表彰忠烈之作。在《麻滩驿》第五出《蚁聚》中,杨恩寿跳脱出剧情,借一个次要角色之口明确表达他的个人情绪:

> 咳。蓬道人,你有如此才学,怎么不去做墨卷,写大卷,图个科甲出身,反来干此营生,岂不耽时废日么?只是他们这种人,别有见识。我们把此等文章,看作平常扯淡,他们还说是与修春秋一般。寓褒贬,别善恶。借此要感动人心,扶持世教呀![①]

这段话代表了他这类作品的创作意旨。而《桃花源》《桂枝香》《再来人》或表达自己"途穷之隐痛",或歌颂友谊,或揭露科举之不公,抒发怀才不遇的愤懑。其作品背景多设于乱世,主人公多为怀才不遇的有识之士,欲为国出力却身居下僚。作品多带有很强烈的个人特色,他时时跳出字里行间大声疾呼,使得作品几乎成为他个人思想的传声筒。总的来说,"杨恩寿的剧作反映出其以戏曲扶世的观

---

① 杨恩寿:《杨恩寿集》,王婧之校点,长沙:岳麓书社,2010年版,第543页。

念,突出表现了近代湖湘人士的关注时事、心怀天下的精神品格。"①
湖湘文化对他的影响是相当明显的。

二、陈时泌、陈天华的杂剧传奇:末世文人对理想社会的呼唤

陈时泌的传奇《非熊梦》《武陵春》与陈天华的杂剧《黄帝魂》,皆
为时事剧。时事剧由来已久,明末清初就出现了不少时事剧,明末清
初复杂而尖锐的矛盾和斗争,为当时剧作家创作时事剧提供了丰富
的生活源泉。当时剧作家分别选取自己所关注的事件,作为创作时
事剧的题材。如取材抗倭斗争的有《大刀记》《去思记》《莲囊记》;取
材于民族矛盾的有《筹虏记》《三节记》《赐剑记》《龙剑记》《灌城记》
《万里圆》;取材于反严嵩集团斗争的有《鸣凤记》《六恶记》《飞丸记》
《犀轴记》;取材于反阉党斗争的有《广爱书》《秦宫镜》《中流柱》《清凉
扇》《清凉扇余》《请剑记》《不丈夫》《冰山记》《鹹隼记》《鸣冤记》《过眼
浮云》《冤符记》《磨忠记》《孤忠记》《百子图》《喜逢春》《双真记》《瑞玉
记》《清忠谱》《回天记》;取材于市民运动的《万民安》《蕉扇记》;取材
于农民起义的《蜀鹃啼》《锦江沙》《两须眉》《武当山》《一品爵》《铁冠
图》;取材于反对封建制度和恶劣社会风气的《回春记》《万金记》《钱
神记》等等。清代自康熙中期以后,文字狱频繁,思想禁锢愈益严酷,
知识分子沦落到社会的边缘,明末清初剧坛兴盛的时事剧创作几成
绝响。鸦片战争以后,内乱外患,此起彼伏,一大批先进知识分子继
承以天下为己任的优良传统,直面社会现实,时事剧在沉寂一百多年
以后,终于以各种不同的表现方式再度崛起,风行剧坛。近代前期的
时事剧作品,大都体现出封建正统道德观念和价值评判标准,而且大
多仅仅触及"内乱",涉及"外患"的作品不多,这与后期时事剧更多地
关注"外患"恰好形成鲜明的对照。在清代后期湖南杂剧传奇中,陈
时泌的传奇《非熊梦》《武陵春》,皆关注"外患",而陈天华的杂剧《黄

---

① 王婧之:《杨恩寿与湖湘文化——以研究杨恩寿戏曲作品为中心》,《湖南大学学
报》(社会科学版),2011年第1期,第89页。

帝魂》,则着眼未来,他们的作品,都表现了关心现实,热心革命与斗争的反帝反封建思想,政治倾向明显。这种热心政治的价值取向,正是近代湖湘文化最突出的特征。

陈时泌的传奇《非熊梦》《武陵春》,均为忧患时局之作,皆抒浓重的伤时忧国之怀。正如阎镇珩《武陵春传奇》序言中所说:"武陵陈君季衡出示近著传奇二种,于庚子西幸之变,既历著其本末,又设言倭人助战于我,一举平俄,献俘告庙,而皆假武陵渔人为名,盖即相如《子虚赋》所称乌有亡是意也。……其记桃花源,称述武陵渔人,盖寓言以见意而已。"①郑藻也在序文中说:"乙巳夏四月,在陈君肖皋家遇先生,纵谈时局,夜半乃散。次日,于旅次得读《武陵春传奇》一卷,都八出,始《渔讯》,终《杂谭》;《非熊梦传奇》一卷,都八出,始《辽警》,终《梦明》。细绎两书,发孤愤于弹词,演忠爱于乐府,白石、遗山之继起者也。颇知五声二变之学,拟按曲步调,取正变之音,协宫商之律,择词谱,入琴操,余曲用唐人工尺代律吕之法,审疾徐高下,吹箫笛笙埙,分配檀板,曲曲演出,岂不大快?殊先生回巴邱甚速,是以有忘未逮。然先生之心,凡识字书者,一读而知为孤愤忠爱也,何必起词还宫,求逸志丝竹之末耶?"②《武陵春传奇》中,只有老生扮武陵渔人、小生扮湖南国子监生两个角色上场,后者因入京肄业,正值庚子事发,于乱离中幸归湖南,向隐居于此的武陵渔人讲述耳闻目睹的庚子事变中的种种情形。二人边叙边议,叙述人从旁观的角度讲述历史事件的经过,对往事的陈述和对现实的感慨成为全剧的主体部分。关于此剧,作者有《自序》云:"时泌早年好吟咏,近好谈经济,凡遇有关时局升降得失之故,辄为长短句,北辙南辕,足迹所至,十数年如一日。湘阴县公赵柳溪司马,桂林名士也,辛丑二月移官常宁,延时泌襄校试卷。适先期十数日至,花明昼永,客窗无事,因取上年庚子变

---

① 阿英:《庚子事变文学集》,北京:中华书局,1959 年版,第 885－886 页。
② 阿英:《庚子事变文学集》,北京:中华书局,1959 年版,第 886－887 页。

局为南北曲八出,名曰《武陵春传奇》。虽兹事始末源流,诸缺未备,尚字字征实,无一影响语。惟词气抑扬高下之间,多轻重失当耳。览者不吝随笔抹正,下教是幸。"《武陵春传奇》通过武陵渔人和湖南国子监生两个人物的对话,反映了庚子年八国联军入侵给中国人民造成的巨大灾难,赞扬了义和团前仆后继,誓死抗敌的英雄气概:"头非铜,臂非铁,陡万众一字儿阵开,各单刀红带。弹雨拨,枪林摧,血肉高飞天日矮,碎头颅杀气还在,真一座肉屏风死打不坏";揭露了八国联军烧杀劫掠,致使"津保沽一炬灾,更长芦一带焦土舆尸载"的罪恶。

《非熊梦》写文士武陵渔人闻听俄军占领奉天,日俄在中国东北地区开战,清廷软弱,竟宣布中立,十分愤激,夜梦被渡辽统兵大员聘为参谋,出兵东征,击败俄军,大获全胜。第二出《梦舆》中老生的一段说白颇为集中地表现了作品主题:"吾乃太白星君是也。玉帝昨见翼轸分野,浩气上腾,充塞太虚,以武陵渔人不安本分,心怀时局,庚子之变,彼演《武陵春传奇》一部,兵甲胸中,阳秋皮里,以教坊之乐府,作当道之爱书,已属位卑言高,罪无可逭,乃于奉事,又哀丝豪竹,不病而呻,铁板铜琶,长歌当哭。"同出老生的另一段说白,则寄予作者怀才不遇的不平之鸣:"(坐介)俺想人才之生,无时蔑有,但世治则聚而在朝,世乱则散而在野。自古渔樵之内,不知埋没多少英雄豪杰,不独武陵渔人为然。虽曰文人命薄,亦属苍生劫到,天意如斯,这也不必代为惋惜。且仰遵玉旨,照谕行事便了。"作品的重点则在于通过认识日俄战争对中国的危害,来表现对民族命运、国家存亡的强烈关注,第三出《特遇》中老生对时局的清醒分析就集中体现了这一点,也可以代表作者对时局的认识,"总之,奉省之事,我国存亡所系,归俄归日,均之不可。现已列强环视,观我所为,一日不能收回奉省,一日不免瓜分之祸。大帅成军以出,惟战是求,尚乞及早拿定主意为幸。"

　　总之,陈时泌在《非熊梦》《武陵春》中,或赞扬反抗八国联军的义和团,或借梦境以武陵渔人自喻,表现自己反帝报国的情怀。这是一种呼唤得到当局重用以施展自己才华,从而实现杀敌报国理想的形象表达。

　　而陈天华的《黄帝魂》则是对未来理想社会的构想与呼唤。陈天华是资产阶级民主革命时期的思想家和宣传家,同时也是一位杰出的文学家,曾被誉为"革命党之大文豪"①,善于运用我国的民间文艺和传统的小说戏曲形式来宣传革命主张。所作的说唱弹词、章回小说和古典杂剧作品,在旧有的形式中表达新的进步思想。他穷居乡里之时,"习见者,仅零篇断简之小说唱词。天华每有所得,视同珍宝,间尝摹拟,仿其文体作通俗小说,或山歌小调"②。陈天华夙怀革命抱负,其革命思想,在 1897 年就读新化县城实学堂时就有表露。在一篇《述志》的命题作文中,他曾写道:"大丈夫立功绝域,决胜疆场,如班定远、岳忠武之流,吾闻其语,未见其人。至若运筹帷幄,赞划庙堂,定变法之权衡,操时政之损益。自谓差有一日之长。不幸而布衣终老,名山著述,亦所愿也'至若循时俗之所好,返素真之所行,与老学究争胜负于盈天饱,有死而已,不能为也广。"③在后来的革命生涯中,陈天华以满腔的热情投入到资产阶级革命事业之中,最后因"愧我无力除国妖"而效法屈原,投海自杀以提民气。

　　关于杂剧《黄帝魂》,阿英的《晚清戏曲录》、傅惜华的《清代杂剧全目》、庄一拂的《古典戏曲存目汇考》、梁淑安和姚柯夫的《中国近代传奇杂剧简目》均有著录。今存光绪三十二年(1906)《民报》刊本。陈天华于 1905 年冬投海死,此剧当撰作于此年以前。《宋教仁日记》1906 年 1 月 22 日记云:"至东新译社访曾拯九,询陈星台遗文存者

　　①　曹亚伯:《武昌革命真史》(上),上海:中华书局,1930 年版,第 26 页。

　　②　杨源浚:《陈天华殉国记》,《湖南历史资料》,1959 年第 1 期。

　　③　罗元鲲:《陈天华的少年时期》,《湖南历史资料》,1959 年第 1 期。

有几,遂得其《狮子吼》小说及所译《孙逸仙传》。余皆欲为之续竟其
功者,遂持回。”“作于光绪三十一年(1905)之前。为小说《狮子吼·
楔子》中的一部分。载《民报》第二号,光绪三十二年(1906)五月
刊。”①可知小说《楔子》发表于《民报》第二号(1906 年 5 月 6 日),全
书至《民报》第九号止,这当是宋教仁得《狮子吼》遗稿后陆续发表的。

小说《狮子吼》共八回,《黄帝魂》为小说楔子中一部分,为一单折
杂剧。全剧仅小生一个角色,自称新中国之少年,戎装上场,在“万国
平和,闲暇无事”之时,追叙 50 年前革命先辈为反对帝国主义侵略、
推翻清朝专制统治而进行的英勇斗争及丰功伟绩。全剧由他一人说
唱,以幻想形式回首当年勋迹,畅想建立共和的理想。剧作意在通过
新中国少年的说唱,宣扬资产阶级民主派的思想主张。其意图唤醒
中华民族的革命意志,发扬民族斗争精神的指向是很明显的:

首先是反抗满清:

　　【仙侣点绛唇】锦绣中原,沧桑几变。肠千转,回首当
年,天际浮云掩。
　　【混江龙】笑处堂燕雀纷纷,颓厦闹寒暄,昨夜西山雨
妒,今朝南海春妍。放着他血海冤仇三百载,鬼混了汉家疆
宇十余传。鱼游沸釜慢胡缠,龙潜沧海终神变。看一日风
云起陆,波浪掀天。想当年俺一班同志对付那满洲政府的
手段啊!(唱)
　　【油葫芦】十万横磨如电闪,一霎入幽燕,挟秋霜,揎落
日,扫浮烟。烽火断神州,血浪黄河远。毳幕走狐群,落叶
西风卷。一个是千年老大无双国,一个是万里驰驱第一鞭。
算不了鹬蚌相持,渔父漫垂涎。

其次是抵抗帝国主义的干涉与侵略:

---

　　① 宋教仁:《宋教仁日记》,长沙:湖南人民出版社,1980 年版,第 123 页。

当时欧亚各国,见我辈革命军起,也有好几国想出来干涉,(笑介)哈哈!入虎穴,得虎子,正我辈之素志,区区干涉,其奈我何!(唱)

……

(呼介)同胞呀!同胞呀!请看我辈处此,究竟如何?(唱)

【寄生草】从今后,外交策,誓完我独立权!休教碧眼胡儿,污了庐山面,任他花县游蜂恋,还他铁血神龙变。我定要到一声霹雳走春霆,他虚掷了十年肝脑如秋扇。

最后是表达建立资产阶级民主共和国的理想与愿望:

你看今日三色国旗,雄飞海外,好不光耀,……

【沉醉东风】你看昔日啊,黑沉沉鬼泣神潜,你看今日啊,碧澄澄璧合珠联!如此河山几变迁,而今大地恁旋转。剩多少新愁旧恨,都付与梨园菊部,点缀庄严。水晶帘卷,听声声激越,忧深思远。

(作唤醒介)同胞啊!来日方长,竞争未已。俺想二十世纪以后之舞台,必有一种不可思议之活剧发现于世。那时候,再愿我黄帝子孙,一齐登场,轰轰烈烈,现万丈光芒于世界,这才算不负俺今日之苦心了。(唱)

作者预言黄帝子孙将在舞台上演出革命风云的活剧,寄托了资产阶级民主革命的理想,充满炽烈的爱国激情和革命必胜的坚定信念。这种以戏曲反映革命现实的戏剧观念,正是晚清戏曲创作的进步倾向,是时代的特点和形势的要求所决定的,在当时反帝爱国的革命斗争中起着积极的促进作用。

毋庸讳言,陈天华的杂剧《黄帝魂》和晚清的杂剧、传奇创作有共同的缺陷,这种戏曲作品只求直接地表现革命内容,忽视文艺创作的特质,不是形象地反映现实斗争,而是概念化的说教,成为作者的"传声筒"。至于安排情节、组织冲突、刻画人物、运用艺术手法等方面,作者都不太留意。《黄帝魂》仅有杂剧的外壳,全剧没有什么戏剧情节,也无戏剧冲突,只有正面地讲述道理,缺乏艺术表现手法。这样的杂剧很难演出,只能成为供人们阅读的"案头之曲"。虽然如此,陈天华运用传统的杂剧形式来宣扬深刻的革命思想,并作为小说《狮子吼》的一个组成部分,得以流传至今,并产生积极影响,这在我国资产阶级民主革命时期是有不可磨灭的历史贡献的。湖湘文化精神对其浸染也是极为深刻的。

清代湖南杂剧传奇作家,大多是所在时期著名的文人,但多属于功名不显的中下层文人,他们与省内外文人多有交往,也与社会各阶层有着密切的接触,因此他们对社会有着深切的感受和深刻的认识,有着敏锐的洞察力,他们往往站在时代的前沿,走在时代的前列。如王夫之的思想,陈天华的革命行动,都是时代的先行者。清代湖南杂剧传奇作家的杂剧传奇作品,既是自我思想情感的表达,也是其所处时代的心声,是时代的产物。

第四章　湖湘文化特质与清代湖南杂剧传奇的艺术特性

　　关于湖湘文化的特质，有不少学者在探讨湖湘文化特征时对其进行了论述。此处不再赘言。湖湘文化对清代湖南杂剧传奇的影响，不仅表现在杂剧传奇的题材选择与主题建构上，也表现在清代湖南杂剧传奇艺术特性的形成上。清代湖南杂剧传奇的艺术特性与湖湘文化的一些特质，尤其是与湘楚文学传统有着相当密切的关系，如霸蛮特性与清代杂剧传奇中的人物性格，抒情笔调与清代湖南杂剧传奇的诗化特征，浪漫情韵与清代湖南杂剧传奇的关目安排，等等，都有密切关系。湖湘文化特性对清代湖南杂剧传奇的艺术特性虽然有影响，但没有对湖南杂剧传奇的题材选择与主题建构那么大。

　　我们认为，湘楚文学传统中有许多特质，作为湖湘文化特质的重要内容，对湘楚文学的发展产生了深远的影响。清代湖南杂剧传奇是由深受这些湖湘文化特质影响的湖湘文人创作出来的，其身上明显保留着湖湘文化的基因。清代湖南杂剧传奇艺术特性的形成与湖湘文化特质密不可分。相对来说，对清代湖南杂剧传奇艺术特性影响更大的是湖湘文化中的湘楚文学传统及与文学思维更密切的那些湖湘文化特质。正是湖湘文学的抒情传统和浪漫情韵与杂剧传奇的抒情传统交汇，促成了清代湖南杂剧传奇的诗化特征，湖湘文学的浪漫情韵影响了清代湖南杂剧传奇的关目安排,清代杂剧传奇中的人物性格也与湖南人的霸蛮特性密不可分。

第一节　浪漫情韵与清代湖南杂剧传奇的诗化特征

湖湘文化特质孕育了湖南文学的浪漫情韵和抒情传统,这种传统正好与中国戏曲文学的抒情写意的传统交汇,成为了促进清代湖南杂剧传奇诗化倾向严重的重要原因。本节拟对这一问题进行探讨。

一、浪漫情韵与抒情传统交汇:清代湖南杂剧传奇的诗化之因

中国是一个诗的国度,一个抒情的国度,抒情特征一直是中国一切艺术形式的本质特征。留美学者陈世骧先生(1912—1971)在 20世纪 60 年代,从中西文学比较的角度,提出并论述了"中国的抒情传统"这一命题。[①] 虽然存在争论,但我们认为,中国文学确实有抒情这一传统。抒情性是诗歌的重要特性,中国古典诗歌以抒情为重,而诗歌是中国文学的最突出的代表;即便是属于叙事文学的中国古典戏曲与小说,都具有浓厚的抒情色彩,诗化倾向。中国古代叙事诗相对较弱,与中国诗歌重情感表达密切相关。

中国古代戏曲也有抒情传统。古代曲家为了提高戏曲地位,往往将戏曲向诗歌靠拢,理论上,以诗词曲同源异体来强化尊体意识,诸如"昔人有言,诗变而词,词变而曲,曲之意,诗之遗也"[②],"《诗三

---

① 此据董乃斌教授言:"《中国的抒情传统》最初是陈世骧先生在美国亚洲学会年会上的英文讲演。1971 年陈先生去世后,又由其学生杨牧(王靖献)在台北国际比较文学会议(淡江文理学院主办)上宣读。次年由杨铭涂译为中文,发表于台湾《纯文学》月刊。现载《陈世骧文存》(台湾志文出版社 1972 年版,辽宁教育出版社 1998 年版)。与之相关的论文,如《中国诗字之原始观念试论》《原兴:兼论中国文学特质》等,均见此书。"(见董乃斌《论中国文学史抒情和叙事两大传统》,《社会科学》,2010 年第 3 期,第 169 页。

② 闵光瑜:《邯郸梦记·小引》,汤显祖《邯郸梦》卷首,见《古本戏曲丛刊初集》,上海:商务印书馆,1954 年影印本。

百篇》,不删郑、卫,一变而为词,再变而为曲,体虽不同,情则一致"①,"盖词与诗、曲,体格虽异,而同本于作者之情"②之类的议论常见诸曲选序跋及戏曲专论之中。一般认为,曲虽在形式上与诗词不同,但写诗意、抒诗情是一致的。凌濛初认为戏曲作品应该是"词意俱若不尽者为上,词尽而意不尽者次之。若词意俱尽,则平平耳。"③梁廷枏则强调"言情之作,贵在含蓄不露,意到即止"这样的作品就有可能"情在言中,意在言外,含蓄不尽,斯为妙谛"④。中国的诗歌传统从本质上肯定情感,更肯定情感表现上的含蓄,而对于那种直露的情感表现形式,向来持强烈的否定态度。因此,在漫长的发展史上,戏曲的舞台表演形式和音乐声腔有过许多变化,但在情感的表现方法上,在整体风格上,却始终不曾放弃对含蓄蕴藉韵味的追求。情感本位的戏曲价值观决定了戏曲必然追求"妙在即景生情"⑤"能感人"⑥的审美效果。确实,中国古典戏曲艺术追求的是一种理想境界,在审美倾向上强调写意性与主观抒情性。作者本人的爱憎情感、是非观念总是深深地渗透到作品的人物之中,剧中所表现的历史观常常是作者现实政治观与人生观及自身强烈情感的投射,所以,有时为了服从主题思想的需要或人物性格的发展逻辑,不惜改动史实或虚构一些奇幻甚至离奇的情节。

　　湖湘文学具有浓厚的抒情传统与浪漫情韵。湖湘文化是楚文化

---

　　① 邹漪:《〈杂剧三集〉跋》,转引自郭英德:《明清传奇戏曲文体研究》,北京:商务印书馆,2004 年版,第 171 页。

　　② 孟称舜:《古今词统序》,同上,第 172 页。

　　③ 凌濛初:《谭曲杂札》,《中国古典戏曲论著集成》,第 4 册,北京:中国戏剧出版社,1959 年版,第 256 页。

　　④ 梁廷枏:《曲话》,《中国古典戏曲论著集成》,第 8 册,北京:中国戏剧出版社,1959 年版,第 258 页。

　　⑤ 李渔:《闲情偶寄·词曲部》,《中国古典戏曲论著集成》,第 7 册,北京:中国戏剧出版社,1959 年版,第 27 页。

　　⑥ 黄周星:《制曲枝语》,《中国古典戏曲论著集成》,第 7 册,北京:中国戏剧出版社,1959 年版,第 120 页。

的重要一支,继承了楚文化的传统。而楚文化是一种神巫文化,远古神话的广泛吸纳和播扬,宗教巫风的盛行,构成了楚文化的实质性内容。楚地信鬼好祠,巫风盛行,《列子·说符》曰:"楚人鬼",《汉书·地理志》云:"楚信鬼巫,重淫祀"。原始巫风通过各种途径在这块土地上渗透蔓衍,与北方理性主义文化相比,南方巫山湘水充满神秘主义色彩。正如李泽厚所言:"当理性精神在北中国节节胜利……逐渐摆脱巫术宗教的束缚,突破礼仪旧制的时候,南中国由于原始氏族社会结构有更多的保留和残存,便依旧强有力地保持和发展着绚烂鲜丽的远古传统。"①湘楚的地理环境,一是地形复杂,由平原、高山、丘陵等大起大落的地貌组成,使得自然景象奇幻多变。湖湘自然山水秀丽而神奇,流淌着多姿多彩的生命气息。茫茫云梦泽、浩森洞庭湖、传奇桃花源、绵延五岭山,神奇莫测的山光水色,令人油然而生神秘浪漫的艺术感受。湖湘人文历史博大精深,洋溢着深刻坚韧的生命力度,湘妃魂、斑竹泪、桃源洞等神话传说与禹王碑、炎舜帝陵、屈子祠、岳阳楼、岳麓山、南岳庙等人文景观以及湖湘各地的奇闻怪事、荒诞异俗等,既给湖湘大地蒙上了美丽而神秘的面纱,又赋予它瑰丽的民俗情调。地理环境的丰富性,对民众性格也起着潜移默化的作用,影响了楚民的观物和思维方式。从艺术表达的角度来看,湖湘文化这种相当鲜明的独特气质,文人感应于心,在文学表现方式上表现出非常鲜明的浪漫情韵。因此,湖南文学具有抒情色彩与浪漫情韵。"中国文学的浪漫主义肇源于湘水楚山。"②浪漫主义文学传统以滥觞于汉荆湘岳的《楚辞》为源,诸子散文中的《老子》《庄子》《列子》表现出南方文化的浪漫和空灵。《庄子》笔下,描绘的是一个极其妩媚而神秘的浪漫境界;庄子行文,汪洋恣肆,机趣横生,谈神说仙,灵光四射。《楚辞》更将无羁而多义的浪漫想象和高尚的人格情操结合起

---

① 李泽厚:《美的历程》,天津:天津社会科学院出版社,2001年版,第73页。
② 陈书良:《湖南文学史》(古代卷),长沙:湖南教育出版社,1998年版,第2页。

来,展现了一个鲜艳深沉的缤纷世界,开创了中国浪漫主义文学传统。南朝梁阴铿诗歌风格清新秀丽,对李杜都有很大的影响。李群玉诗笔妍丽,才力遒劲,与胡曾、齐己为唐代湖南三诗人,元代著名曲家冯子振词曲,豪辣雄浑,明李东阳主诗坛数十年,其诗风格婉丽清新,典雅脱俗,清代湖湘诗派都具有一种浪漫情怀。屈贾开创湖南贬谪文学,为湖南文学浪漫传统又增新的成分,唐代贬谪湖南的刘禹锡、柳宗元、元结将中原诗文风格与湖湘山水结合,使湖南浪漫传统带上悲情色彩。湖南杂剧传奇作家都是诗人,都具有诗人的气质和素养。他们的诗歌具有浓郁的浪漫气息。如黄周星以屈原、陶渊明、李白、苏轼作为诗人的典范,张九钺被称"李白再世",张声玠才华美赡,潇洒拔俗……这种诗人的浪漫气质使得他们在杂剧传奇创作中表现出强烈的浪漫情韵。

　　作为具有浪漫气质与情韵的湖南人,作为深受抒情传统熏陶与浸染的湖湘学人,清代湖南杂剧传奇作家自然会把他们习惯的思维方式及写作技巧与风格带进杂剧传奇的创作中来。自然与杂剧传奇的抒情传统不谋而合,而明代中期以降杂剧的案头化倾向、晚明以降传奇的雅化趋势都已经十分突出,因此,清代湖南杂剧传奇创作的诗化倾向就在所难免了。

二、清代湖南杂剧传奇的诗化特征

　　湖南杂剧传奇的诗化特征,主要表现在叙事的淡化与抒情的强化。叙事的淡化主要表现在情节的淡化,宾白与科介的减少及宾白的抒情化。抒情性的强化,表现在曲辞讲求意境的含蓄隽永,意味深长。

　　戏剧是叙事文学,叙述本应是其主要表达手法,剧情安排本应以故事情节的展开为原则,按故事发生、发展、高潮、结局来安排全剧结构;相比戏曲曲词,宾白的叙事成分更明显。曲便于抒情,白长于叙事,二者各有侧重。宾白的安排,对故事情节的推动具有重要作用,足够的宾白是对杂剧传奇舞台演出性特征的保证。但湖南杂剧传奇大多依抒情需要来安排戏剧情节的展开。湖南杂剧传奇的大部分作品,情感结构主导了全剧,情节则降至次要地位。杂剧情节极简单,甚至几无情节;传奇情节安排也随抒情需要而安排,有时甚至为了抒情的需要打乱逻辑结构。湖南传奇作品,不少作品放弃了叙事的开头,人物登场也很少交代身份。湖南杂剧传奇的宾白大多是人物形象替作家立言,戏曲中的人物形象几乎完全迷失了自身内在的主体特征,成为作家思想感情的传声筒,甚至成为作家本人的化身。人物形象所抒之情,不是依据人物自身的性格、感情、意趣,甚至不必顾及特定的戏曲情景,而仅仅是作家主体自身的抒情。宾白只是人物内心情感的宣泄。剧中人物形象一方面保持着、凸显着自身的主体特征,所抒的却是一种普遍化与泛化的感情。

在题材选择、主体架构与构思上,清代湖南杂剧传奇擅长歌咏理想,如黄周星《人天乐》对理想家园的建构,王夫之《龙舟会》对理想人格的歌颂,朱景英《桃花缘》对"至情"浪漫爱情的偏爱,张九钺《六如亭》的宗教情怀,张声玠《玉田春水轩杂出》对古人浪漫人生的追慕,杨恩寿对知己之爱与高尚情操的颂扬,陈时泌《非熊梦》领兵杀敌的梦想,陈天华《黄帝魂》对革命胜利的向往与歌咏,等等,都表现出浓郁的浪漫情韵与抒情色彩。

张声玠《玉田春水轩杂出》的诗化特征也很明显,其中包含的九种杂剧皆为单折杂剧,除《琴别》《画隐》《碎胡琴》的情节有展开,戏剧冲突有安排以外,其他各剧,大多情节简单,而《讯玢》《寿甫》几乎无情节。黄周星的《试官述怀》、陈天华的《黄帝魂》也几乎无情节。再如杨恩寿的所有传奇作品,开头《破题》,皆为一首曲,一首诗,没有宾白与舞台提示。因为杨恩寿的戏曲作品主要为宣泄其内心情绪,而非为舞台表演而创作,因此其作品结构章法简单,人物形象塑造不擅长。其史剧题材,大体据实而书,以戏驭史,借史载道;虚构题材则是徒托子虚,而通过虚来影实,以虚写心;在戏曲语言的追求上,注重戏曲文辞的抒情性,注重本色特征的内在把握,并且灵活运用具有特色的谚语、秧歌等,重视词采和气韵。在陈时泌的传奇《武陵春》中,只有老生扮武陵渔人、小生扮湖南国子监生两个角色上场,后者因入京肄业,正值庚子事发,于乱离中幸归湖南,向隐居于此的武陵渔人讲述耳闻目睹的庚子事变中的种种情形。二人边叙边议,叙述人从旁观的角度讲述历史事件的经过,对往事的陈述和对现实的感慨成为全剧的主体部分。而陈天华的《黄帝魂》,仅小生一个角色,自称新中国之少年,戏装上场,在"万国平和,闲暇无事"之时,追叙50年前革命先辈为反对帝国主义侵略、推翻清朝专制统治而进行的英勇斗争及丰功伟绩。全剧由他一人说唱,以幻想形式回首当年勋迹,畅想建立共和的理想。在湖南杂剧传奇中,戏曲宾白中诗词韵语十分常见。宾白中有散语宾白和韵语宾白,而韵语宾白大部分就以诗词方式出现在剧中,无论是叙述性宾白还是对话性宾白,都夹杂着韵语和诗词。此举可能会打断故事情节的流畅性,却增大了作品的诗化与雅化成分;虽然似乎更能直接体现作家和剧中人物的情感,但却破坏了杂剧传奇的叙事功能。

清代湖南杂剧传奇抒情色彩浓郁,主观色彩强烈,擅长歌咏与表现理想世界,济世意识与宗教情怀皆具。在艺术上,想象丰富奇特、联想丰富、跳跃,不少作品具有神话色彩,语言形象性强,感情色彩浓,文采飞扬,汪洋恣肆,显示出浓厚的浪漫情韵。在关目设置上,主观随意性大,有时为了表达情感的需要,违背生活本来逻辑安排故事情节,处理戏剧冲突。有时在没有铺垫与暗示的情况下,让情节突转,显得突兀。如黄周星《人天乐》中将轩辕载持十恶之戒与游郁单越、"将就园"结合起来,但其中关目转换随意性较大。朱景英《桃花缘》中崔护与卢氏一见钟情,与卢氏死而复生的情节,模式虽本汤显祖《牡丹亭》,以"至情"来处理二人的情感,但由于没有像《牡丹亭》那样有足够的铺垫与预设,因而显得突兀。至于陈时泌的传奇《非熊梦》《武陵春》,戏剧主体故事是通过剧中人物在边叙边议中道出,其主观色彩就可想而知了。而陈天华的《黄帝魂》,更纯粹是主观情感的抒发,其中反帝反封建经历及民主共和国的描绘,都只不过是作者的主观想象而已。在戏剧人物安排上,偏爱浪漫色彩浓厚的人物,杂剧传奇主人公大多是作家化身或作家心目中的理想人物。如《人天乐》中的轩辕载,就是黄周星的代言人;《惜花报》中好人得好报的王生,就是自己的好朋友王晫。《龙舟会》中的李公佐,就是作者王夫之的夫子自道,谢小娥是理想人格的化身。《六如亭》中的苏轼,就有张九钺的影子,王朝云的人物形象与其爱妾何氏有关。《玉田春水轩杂出》中的诸多历史名人的人生,就是"有翼不奋"的张声玠的理想人生。杨恩寿传奇中的忠烈之士,皆是杨恩寿心目中的理想人物。

冯沅君曰:"明清杂剧与金元杂剧有着显著的差别,就是其中上品往往与抒情诗接近,它们常是作者富有诗意的自白。"[①]清代文人学者的戏曲有浓厚的个人抒情色彩,或寄寓个人身世之感,或抒发愤懑抑郁之意。清代湖南杂剧传奇的诗化倾向一方面与湖南文学传统有关,另一方面也是与晚明以降杂剧传奇的诗化倾向相吻合的。

第二节　霸蛮特性与清代杂剧传奇中的人物性格

湖南的自然环境造就了湖南人霸蛮的独特性格,这种性格影响着湖南人的为人处世,决定了湖南人的命运。在清代湖南杂剧传奇作品中,有一些是写湖南本土人物事迹的,有些作品中的人物,虽然籍贯不是湖南人,但所写之事发生于湖南,还有一些人物及其事迹,本与湖南无关,但他们身上,都或多或少地打下了湖南人"霸蛮特性"的烙印。湖南杂剧传奇作家对湖南霸蛮性格的体认与偏爱,自然会

①　冯沅君:《记女曲家吴藻》,《古剧说汇》,上海:商务印书馆,1947 年版,第 394 页。

给其作品中的人物打下霸蛮的特性。

一、湖南人的霸蛮特性

"霸蛮"是湖南方言,通俗地说是指人的个性强。用朱汉民先生的说法就是倔强、刚直、任勇、坚毅、豪侠、强悍,以及特别独立之根性。湖南人说话以直率、泼辣著称,即章士钊所谓"好持其理之所自信,而行其心之所能安,势之顺逆,人之毁誉,不遑顾也。"①著名学者易中天则认为,"霸蛮"不是霸道,不是野蛮,而是坚忍不拔,是果敢刚毅,是不怕鬼、不信邪,是"打脱牙齿和血吞""不到长城非好汉",它既是湖南人的性格,也是湖南人的精神。② 在古代,湖南处于荒蛮之地,条件十分艰苦,养成了民众刻苦耐劳的"霸蛮"性格,湖南因为地理、移民、血统、风俗等多方面因素结合,士风民气历来炽烈强悍。钱基博说:湖南"民性多流于倔犟"③。湖南人易走极端,保守与激进并存。湖南曾经是"四塞之地",民性多流于倔犟。粟戡时说"湘人性素好动,尤饶侠气,平时毫无异人之处,一遇压抑,则图抵抗,每以生命为孤注。"④

普列汉诺夫说:"每一个民族的气质中,都保存着某些为自然环境的影响所引起的特色,可以由于适应社会环境而有几分改变,但决不因此完全消失。"⑤湖南人所处的自然环境造就了湖南人的性格特征和精神特质。钱基博在《近百年湖南学风》中指出:

> 湖南之为省,北阻大江,南薄五岭,西接黔蜀,群苗所萃,盖四塞之国。其地水少而山多,重山叠岭,滩河峻激,而舟车不易为交通。顽石赭土,地质刚坚,而民性多流于倔

①　章士钊:《刘霖先生八十寿辰》,《湖南历史资料》,1988 年第 1 期。
②　参见蔡栋、易中天:《湖南文化四人谈》,《湖南日报》,2002 年 1 月 4 日。
③　钱基博、李肖聃:《近百年湖南学风·湘学略》,长沙:岳麓书社,1985 年版,第 1 页。
④　粟戡时:《湖南反正追记》,长沙:湖南人民出版社,1981 年版,第 2 页。
⑤　普列汉诺夫:《普列汉诺夫哲学著作选》卷二,北京:人民出版社,1980 年版,第274 页。

强。以故风气锢塞，常不为中原人文所沾被。抑亦风气自创，能别于中原人物以独立。人杰地灵，大儒迭起，前不见古人，后不见来者，宏识孤怀，涵今茹古，罔不有独立自由之思想，有坚强不磨之志节。湛深古学而能自辟蹊径，不为古学所囿。义以淑群，行必厉己，以开一代之风气，盖地理使之然也。①

湖南山重岭迭，河峻湖广滩激，土地贫瘠，石质刚坚，在这种土壤条件下讨生活，必然会练就劳动者顽强奋斗的精神，因而民性倔强。刻苦耐劳、倔强执着、不达目的决不罢休是湖南人的鲜明特点。湘楚文化长期是边缘文化和非主流文化。在楚民族的早期发展史上，楚民族一直受到歧视。据史籍记载，当时中原诸侯都把楚同西北的戎狄，东南的夷越等同起来，称为"南蛮""荆蛮""蛮夷"。这样的处境造就了湖南人霸蛮的性格。《史记·货殖列传》说，西楚"俗剽轻，易发怒""衡山、长沙，是南楚也，其俗大类西楚。"《隋书·地理志》亦云："其人率多劲悍决烈"。在湖南地方志中，有关湖南人性格的记载就更多，如万历《慈利县志》卷六："赋性悍直"；隆庆《岳州府志》卷七："人性悍直，士尚义好文，有屈原遗风"；乾隆《长沙县志》卷十四："劲直任气，好文尚义"；道光《永州府志》卷五："俗刚武而好竞"；同治《茶陵州志》卷六："其性侠烈而劲直"；光绪《湖南通志》卷四十："宝庆府地接溪洞，好勇尚俭"；郴州其民宜淳忠朴，颛蒙悍劲"；民国《醴陵县志》卷四："颇尚气、轻生、喜斗、强悍、好讼"等等。在湖南各府、州、县志的《风俗志》中，亦有关于湖南人性格的评语和类似记载。可见"强悍""霸蛮"是古代湖南人经常一贯地表现出来的主要性格特征。"湖南古称'三苗之国'。从远古起即为多民族错杂聚居之地。长期以来，汉族与苗、瑶、侗、土家族既互相争斗，又相互联姻，因而注入了新

---

① 钱基博：《近百年湖南学风》，长沙：岳麓书社，2010 年版，第 1 页。

的生机和活力,吸收了这些少数民族强韧、犷悍和刻苦耐劳的习性,体现了特殊的文化个性。这种文化个性也早已为其他省份所公认"①。陈独秀在《欢迎湖南人的精神》中,对湖南人的精神进行了满腔热情地赞扬:"湖南人的精神是什么?若道中华国果亡,除非湖南人尽死。""湖南人这种奋斗精神,却不是杨度说大话,确实可以拿历史证明的。二百几十年前的王船山先生,是何等艰苦奋斗的学者?几十年前的曾国藩、罗泽南等一班人,是何等'扎硬寨、打死战'的书生!黄克强历尽艰难,带一旅湖南兵,在汉阳抵挡清军大队人马;蔡松坡带病亲领子弹不足两千云南兵和十万袁军打死战,他们是何等坚忍不拔的军人。"②湖南人的性格为人们所乐道,所赞扬。而湖南人也对湖南人的"霸蛮""火辣"十分欣赏。《史记·楚世家》记载,熊渠、熊通这两位楚君都曾说过:"我,蛮夷也"。正因为"霸蛮",楚南公才敢说"楚虽三户,亡秦必楚"③,屈原"虽九死其犹未悔"的韧性也正因为霸蛮,近代以来,曾国藩以一介儒生,领兵出征,屡败屡战;左宗棠抬着棺材进新疆,誓死不向沙俄低头;蔡锷率两千子弟兵与十万袁军死战;谭嗣同、禹之谟、焦达峰、黄兴、陈天华、杨毓麟等立志革命、前赴后继,湖南人固有的霸蛮性格在他们那里得到了进一步的发扬光大,产生了深远的社会影响。

总之,直率火辣、卓励敢死的精神,勇于任事、敢于担当的气质,就是湖南人的霸蛮性格。清代湖南杂剧作家,大多具有或欣赏这样的霸蛮性格。在他们的杂剧传奇中,塑造了一系列具有湖湘文化精神,具有霸蛮性格特征的人物。

二、霸蛮特性与清代杂剧传奇中人物性格刻画

在清代湖南杂剧传奇中,黄周星虽然大部分时间是在南京及其

---

① 彭漱芬:《"辣""倔""蛮"——丁玲个性气质的文化基因及其丰富、发展》,《湖南教育学院学报》,2000 年第 4 期,第 17 页。

② 陈独秀:《陈独秀文章选编》(上),北京:三联书店,1984 年版,第 481 页。

③ 司马迁:《史记》,上海:上海古籍出版社,1986 年版,第 203 页。

周围地区生活,但他也在湖南生活了一段时间,在湖南期间,他流连于湖山楚水,游南岳,渡洞庭,吸收了楚地山水的灵气,又结交湖南文人,如他与明末清初的高僧、来自湖南宁乡的著名诗人陶汝鼐交往十分密切,交情甚笃。他对屈原十分崇拜,最后甚至效仿屈原的归宿选择。从他嫉恶如仇,坚持操守,绝不与清朝统治者合作的性格中,我们都可以看到湖湘文化对他的影响。《人天乐》中的轩辕载,虽然带有江浙人的随和,但其乐善好施,锲而不舍,执著追求理想的特点,还有在《惜花报》中的王生的身上,多少带有湖南人的性格元素。

王夫之"中年时期投身激流,历尽患难"。民族主义思想固然支配他走完了这一历程,但若没有艰苦奋斗、坚忍不拔的毅力和精神,其行为恐怕不能持久。王夫之的艰贞之节,坚忍不拔的意志人格,至壮、晚年犹善。壮、晚年,是他潜伏深山荒丘、誓不与清廷合作的时期。先前,为了避免清廷的侦缉追捕,他东躲西藏,或潜伏瑶山为瑶人,或流亡异乡为异客,人身的安全得不到保障,衣食住行亦常无着落,"严寒一敝麻衣,一烂袄而已,厨无隔夕之粟"[1],间得友人之资助,才免于饿死。其后,吴三桂起兵反清,攻入湖南,"一时伪将招延",夫之却"坚避不出,或泛舟涤、湘间,访故人以避之"。及吴三桂于衡州僭号称帝,请他写劝进表,他严辞拒绝,说"某先朝遗臣,誓不出仕,素不畏死,今用不祥之人,发不祥之语耶?"[2]这时,只要他稍加变更,接受招延,或替吴三桂写劝进表,其荣华富贵便会接踵而至。然而他却没有这样做,宁愿受饥寒之煎熬,也不屈志求荣。王夫之潜隐之后,将全部心血集中在对古代文化思想学问的研究上,以期通过古籍的探微掘幽,来总结民族兴亡的历史和教训,来唤醒人们的民族复兴的良知,理论上将自己的民族主义主张提升到了一个更深更高的层面。这种大义和情结至死不渝,他自题其墓云:"明遗民王夫之

---

① 王夫之:《船山全书》(第16册),长沙:岳麓书社,1996年版,第401页。

② 王夫之:《船山全书》(第16册),长沙:岳麓书社,1996年版,第752页。

之墓",自铭云:"抱刘越石之孤忠而命无从致,希张横渠之正学而力不能企,幸全归于兹丘,固衔恤以永世。"①王夫之以坚守正道的精神,顽强的意志,用自己超人的智慧完善了自己的实学理论,用自己的"启瓮牖,秉孤灯,读十三经、廿一史及朱、张遗书,玩索研究,虽饥寒交迫,生死当前而不变"②的实际努力充实了实学内容,修炼和提升了自己的纯实之操,最终成为一个著名的学者和思想家。其坚忍不拔的顽强意志一直为后人所称颂。因此,在戏曲《龙舟会》中的心系唐室江山,为唐室命运担忧的李公佐,就是从南明回归衡阳的王夫之的夫子自道。而为报父夫之仇而女扮男装,忍痛等待时机,一旦时机成熟,便果敢出手,智勇双全的谢小娥,也是船山理想人格的化身。

杨恩寿传奇中主要抒写、歌颂和赞扬的"忠孝节烈"之士,都具有湖南人的霸蛮特点。在杨恩寿现存的七种传奇作品中,"忠孝节烈"之士很多。这些人物大多具有卓励敢死的牺牲精神,勇于任事,敢于担当。《娲婳封》实际是根据清末周云耀夫妻守新田战死之事敷衍而成的。周云耀,号光廷,湖南宝庆(今邵阳)人,《道州志》《左文襄公年谱》《邵阳县志》等史料上皆有记载。据史,清咸丰五年(1855)十一月,太平军在朱洪英率领下,直取湖南永明县(今江永县),周云耀率部救援,被围战死。《理灵坡》写明末张献忠攻打长沙,身为长沙司理的蔡道宪奋勇抵抗,无奈巡抚王聚奎拒绝援助,终致其城陷被擒。面对诱降,他大义凛然,骂"贼"而死。其史实就直接本于《蔡忠烈公遗集》。蔡道宪,字元白,福建晋江人,明崇祯丁丑进士,死国难时仅二十九岁,谥号忠烈,葬于长沙。后历届湖南巡抚皆赞誉他为"忠臣烈士",杨恩寿对这位忠烈之士也十分关注与喜爱,便多方搜集资料,最后写了《理灵坡》来赞扬他的忠烈精神。《双清影》,写咸丰三年(1853)太平军攻打庐州,池州太守陈源兖驰援驻守庐州的好友、安徽

---

① 王夫之:《船山全书》(第15册),长沙:岳麓书社,1996年版,第228页。
② 王夫之:《船山全书》(第16册),长沙:岳麓书社,1996年版,第83—84页。

巡抚江忠源,城破后,陈源兖自缢而亡,江忠源则投水赴死。江与陈都是湖南忠烈。陈源兖,字岱云,湖南茶陵人,清道光年间进士,授官编修,曾任江西吉安知府、安徽池州知府。江忠源,字常孺,号岷樵,湖南新宁人,是晚清湘军初期的名将。二人的事迹在《清史稿》《咸同将相琐闻》等史料上皆有记载。《麻滩驿》写明末崇祯年间,张献忠屡屡进犯,朝廷降谕谒选官员。沈至绪应诏出山,掣了湖广道州守备,但在追剿叛军时,不幸战死麻滩驿。其女沈云英单刀匹马于阵中夺回父尸,守住了道州。后其夫贾万策失守荆州,殉城而亡,沈云英乃辞官回家,奉养老母。这类人物除了具有忠勇之性外,还兼具霸蛮的特点,面对强敌,知其不可为而为之,以死相抗,玉碎以尽其忠,绝没有留得青山,再图恢复的念头,更没有蝇营狗苟的钻营。显然与湖南人的精神性格相合。

在张九钺、张声玠、陈时泌等人的作品中,也刻画了一些具有霸蛮性格的人物。张九钺《六如亭》中的苏轼,孤介耿直,面对一次次打击,不改初衷。张声玠《讯鹣》中的吉鹣,乞代父命,慷慨陈词,毫不畏惧。张声玠《玉田春水轩杂出》中塑造了不少具有霸蛮性格的人物。如《碎胡琴》中市琴碎琴以显文名的陈子昂、《题肆》中酒肆题词的于国宝、《琴别》中思念故国的汪元量、《画隐》中的张孟坚,都具有霸蛮的性格,他们身上,都有张声玠自己的影子。

当然,湖南人除了霸蛮的性格外,还有许多性格特点,如浪漫、乐观、开朗,乐于助人,等等,这些,在清代杂剧传奇中也有所表现。如《桂枝香》写文人田春航与京师名旦李桂芳相好。当田春航参加会试不中、身陷贫困之中时,李桂芳多方接济,并激励其苦读。后田春航终于高中状元,李桂芳也被称为状元夫人。在剧中,优伶李桂芳的慧眼识珠、慷慨相助与世人的冷言无情形成了鲜明对比,作者对前者深寓赞赏,同时也抒发了自己未逢知己、怀才不遇的辛酸。《桂枝香》中的李桂芳,身为优伶,却慧眼识英雄,慷慨相助处于困境的田春航。

其性格中也与湖南人乐于助人,不计回报的美德,而这,也正是杨恩寿所敬仰的品德。总之,清代湖南杂剧传奇作家深受湖湘环境影响和湖湘文化的熏陶,其性格中具有强烈的湖湘文化因素,而霸蛮性格就是其性格的重要特征,清代湖南杂剧传奇中的人物形象,无不打上了湖南人性格的烙印。

第五章　清代湖南杂剧传奇与湖南地方戏曲的疏离

　　清代,民间声腔和剧种的纷纷兴起,表演艺术加速发展,演员对戏剧的影响力日趋强大,以传统文人创作为主导的戏曲演进模式逐渐消解。这场从明万历末年开始孕育至清乾隆前后基本完成的中国戏曲的巨大变革,导致了昆曲及其身后的文学体制——传奇统治全国剧坛的古典戏曲时代的终结,而起自民间的花部诸腔占据剧坛中心。花部诸腔重表演艺术,演员的地位上升,剧本创作处于次要地位。花部剧目很大一部分改编、移植自传统杂剧传奇。

　　湖南地方戏曲剧种就是在这样的大环境下兴起的。清代湖南地方戏曲剧种逐渐形成,湘剧、祁剧、辰河戏、衡阳湘剧、常德汉剧、荆河戏、巴陵戏、湘昆等地方大戏剧种皆有专业的班社。各剧种声腔丰富、传统剧目众多,角色行当齐全;各地花鼓戏、阳戏、花灯戏等小戏种也表现活跃;湖南各地戏曲场所多样,戏曲班社众多,戏曲活动频繁,表现出蓬勃的生机与繁荣的景象。但是,在现存的湖南地方戏曲剧目中,我们很少发现清代湖南杂剧传奇的踪影。清代湖南杂剧传奇创作走向繁荣兴盛,湖南杂剧传奇作品也不少,但除了《龙舟会》被改编为京剧和湘剧剧目外,其他作品未被地方剧种移植和改编,其中原因何在?具体情形究竟怎样?这是一个值得探讨的问题。本章主要对这一问题进行探讨。

第一节 湖南地方戏曲中湖南杂剧传奇元素的缺失

湖南地方戏曲有一个漫长的发展过程。其渊源可追溯到先秦的楚地歌谣，从汉代至宋代，皆有戏曲活动的记录。元代，湖南有北杂剧演唱，明中叶创作杂剧《泰和记》的许潮，是湖南最早的杂剧作家。随着四大声腔的相继传入，明代湖南地方戏曲开始兴起。明永乐年间，弋阳腔传入湖南，弘治、正德以后，流行于湖南各地，嘉靖以后，青阳腔也传入湖南，弋阳腔与青阳腔对湖南高腔的形成有重大影响。清代以后，"弋阳腔、青阳腔、徽池调在湖南经过一段时间的综合发展阶段以后，逐渐形成具有独特风格的湖南高腔，并且成为湖南地方大戏中的主要戏曲声腔之一"。[①] 明万历年间，昆山腔传入湖南并流行各地。昆腔对湖南杂剧传奇作家的影响是深远的。明代湖南传奇作家龙膺与李九标，都曾创作了昆曲传奇作品。明末清初，花鼓戏在湖南各地农村兴起，深受百姓喜爱。最初的花鼓戏采用花鼓调演唱，花鼓调是湖南地方小戏的声腔形式，以后吸收各种声腔，并与各地语言、音乐结合，形成各具特色的湖南各地花鼓戏。乾隆时期，弹腔传入湖南并在各地演唱，影响极为深远。而早已传入的高腔与昆腔也得到进一步发展。高腔与湖南地方语言及民间音乐结合，产生了具有地方特色的各地高腔，如湘剧高腔、祁剧高腔、辰河戏高腔，武陵戏高腔等。清初流行于湖南各地的昆曲已带有明显的地方特色，刘献廷在《广阳杂记》中记述康熙二十七年（1688）在衡阳观演昆剧《玉连环》，顾彩在《容美纪游》中记载康熙四十二年（1703）湘北石门观看宣慰使田舜年父子的戏班演唱昆曲，郭毓《武陵大水行》中提到乾隆三十一年（1766）游武陵时见有戏班演唱昆山腔，这些实际上都是带有

---

① 龙华：《湖南戏曲史稿》，长沙：湖南大学出版社，1988年版，第201页。

湖南地方特色的昆曲。在广州,乾隆四十五年(1780)的《外江梨园会馆上会碑记》以及乾隆五十六年(1791)的《梨园会馆上会碑记》都记载了湖南戏班去广州演出,其中集秀班、普庆班是昆曲戏班,其他戏班也有演昆曲的。道光年间,杨懋建在《梦华琐簿》中谈到道光十八年(1838)在常德演唱昆曲的艺人和班社,如长沙的普庆班,常德的元秀班。咸丰、同治年间,湖南各地仍演唱昆腔。苏少卿在《梦园曲谱序》中言"咸丰、同治之际,湖南昆曲亦甚盛。名曲家周少姚良楷、汤俊卿诸先生等,皆震惊曲坛,流传众口。"[1]杨恩寿《坦园日记》中有多处写到在衡阳、永兴、长沙听昆曲。[2] 光绪至民国时期,桂阳湘昆盛极一时。解放以后,湖南有昆剧团,湖南艺术学校有昆剧科。其他地方剧种如湘剧、祁剧、辰河戏、常德汉剧、荆河戏、巴陵戏等兼唱昆腔,南路为二黄,北路为西皮。清代乾隆年间,皮黄腔传入湖南,湖南地方戏曲中的弹腔,也称"乱弹",又名"南北路",由二黄腔与西皮腔组成,湖南各地剧种皆吸收弹腔,各地戏班大多演唱弹腔,湖南各剧种在吸收弹腔的基础上有很大的发展。据统计,杨恩寿《坦园日记》中所记的在湖南各地看到的高腔、昆腔、弹腔、花鼓戏,有剧名的剧目169出,其中昆腔9出,高腔18出,花鼓戏2出,弹腔140出,可见二黄、西皮对湖南地方戏曲弹腔的影响。

湖南地方戏曲剧种,包括湘剧、祁剧、辰河戏、衡阳湘剧、常德汉剧、荆河戏、巴陵戏、湘昆、长沙花鼓戏、邵阳花鼓戏、衡州花鼓戏、常德花鼓戏、岳阳花鼓戏、零陵花鼓戏、阳戏、湖南花灯戏、傩堂戏、京剧、越剧、侗戏、苗剧等剧种。它们大多形成于清代,主要流行于湖南本地和邻近省份。湖南地方戏曲20余种,剧目数千种,它们大多来自对元明清文人杂剧传奇和南戏剧目的改编和对其他剧种剧目的移植,少数自创作品,也是由戏班有文化的演员自创。如湘剧,作为湖

---

① 徐仲衡:《梦园曲谱》,上海:晓星书店,1933年版,第1—2页。
② 参见杨恩寿:《坦园日记》,上海:上海古籍出版社,1983年版。

南地方大戏剧种,"剧目十分丰富,史上有'唐三千,宋八百'之说。"①
但除了上述改编自王夫之《龙舟会》的一个剧目外,再无其他剧目来
自湖南杂剧传奇作品。在范正明《湘剧剧目探微》中辑录的 660 个
高、低、昆、弹四种声腔以及小杂戏剧目中,没有一个剧目来自清代湖
南杂剧传奇,而传统剧目中更少见湖南杂剧传奇的踪迹。

　　为了寻觅清代湖南杂剧传奇在湖南地方戏曲中的踪迹,我们以
湘剧传统剧目为例,对湖南地方剧种剧目的源流进行考察。为了更
直观地了解湘剧剧目的来源,我们特制《湖南地方戏曲常见传统剧目
源流一览表》如下:

表 5.1　湖南地方戏曲常见传统剧目源流一览表

剧目	故事来源	其他剧种的关系
《封神传》(高腔)	本事见《史记·殷本纪》《封神演义》和《武王伐纣评话》。另见元鲍天佑杂剧《摘星楼比干剖腹》(又名《谏纣恶比干剖腹》)(已佚)、元赵文敬《渡孟津武王伐纣》(又名《夷齐谏武王伐纣》)(已佚)	祁剧、辰河戏、衡阳湘剧与之大体相同,常德汉剧、荆河戏、巴陵戏则以弹腔演出
《文王访贤》(高腔或弹腔)	事见小说《封神演义》第二十三至二十四回	祁剧、辰河戏、衡阳湘剧、常德汉剧、荆河戏及京剧、汉剧、徽剧、川剧、秦腔、晋剧、豫剧、河北梆子等皆有此剧目
《首阳山》(弹腔)	事见《史记·伯夷列传》及《封神演义》第六十八回	祁剧、辰河戏为弹腔,常德汉剧、荆河戏、巴陵戏与湘剧同为弹腔,京剧、汉剧等剧种亦有此剧目
《鹦鹉记》(一名《一品忠》《鸳鸯瓦》)(高腔)	见传奇《苏英皇后鹦鹉记》,另见佛曲《雌雄杯宝卷》	原为弋阳腔整本戏,衡阳湘剧、祁剧、辰河戏及川剧、秦腔有此剧目,但川剧仅存《金殿还妻》一折,秦腔早已失传

---

① 　范正明:《湘剧剧目探微·序三》,长沙:岳麓书社,2010 年版,第 5 页。

续表

剧目	故事来源	其他剧种的关系
《牛脾山》（一名《掘地见母》）（弹腔）	事见《左传·郑伯克段于鄢》及《东周列国志》第四回，另有元李直夫杂剧《考谏庄公》	祁剧、辰河戏、常德汉剧、巴陵戏及京剧、川剧、桂剧、秦腔等剧种有此剧目
《活捉子都》（高腔）	事见《左传·隐公十一年郑伯伐许》及《东周列国志》第七回	辰河戏、衡阳湘剧、常德汉剧、荆河戏及京剧、汉剧、川剧、滇剧、豫剧、秦腔、河北梆子等剧种有此剧目
《龙门山》（弹腔）	见《左传·僖公十五年秦晋韩之战》及《东周列国志》第三十回	祁剧、辰河戏、常德汉剧及京剧、山西梆子等剧种有此剧目
《火烧绵山》（一名《介山曲》）（弹腔）	见《左传·僖公二十四年介子推不言禄》及《东周列国志》第三十七回	
《搜孤救孤》	本事见《史记·赵世家》及《东周列国志》，另有元纪君祥杂剧《赵氏孤儿》及明徐元传奇《八义记》	整本戏《赵氏孤儿》，亦名《八义图》，湘剧有《首阳定计》与《搜孤救孤》两折；祁剧、常德汉剧、荆河戏、巴陵戏及京剧汉剧、滇剧、秦腔、晋剧、河北梆子等剧种皆有整本剧，辰河戏名《老绿袍》，唱高腔
《贾氏扇坟》	本事见《警世通言》第二卷"庄子休鼓盆成大道"，另有清传奇《蝴蝶梦》①	整本戏名《蝴蝶梦》，亦名《楚荆山》《南华堂》；辰河戏与湘剧同为高腔，祁剧、常德汉剧、荆河戏、巴陵戏则以弹腔演出，京剧、汉剧、桂剧、川剧、评剧、秦腔、徽剧、弋阳腔亦有此剧目
《装疯跳锅》（一名《舌辩封侯》）	本事见《汉书·蒯通传》和《前汉书平话》，元杂剧《赚蒯通》（又名《风魔蒯通》）	祁剧、辰河戏、衡阳湘剧、荆河戏及京剧汉剧、川剧、滇剧、秦腔、晋剧、河北梆子等剧种有此剧目，但湘剧扮演蒯通者改生为大花脸
《昭君和番》（一名《昭君出塞》）	本事见《汉书·匈奴传》，另有元人马致远《汉宫秋》、关汉卿《哭昭君》、吴昌龄杂剧《月夜走昭君》、明陈与郊杂剧《昭君出塞》及明人传奇《和戎记》，清代有薛旦《昭君梦》和尤侗《吊琵琶》等	昆曲有《和戎记》，湘剧在道光年间尚唱昆曲，祁剧高弹间唱，衡阳湘剧高昆间唱，荆河戏为弹腔，辰河戏与湘剧同，另京剧、桂剧、川剧、滇剧、徽剧、河北梆子有此剧目，京剧另名《汉明妃》

---

① 黄文旸：《曲海总目提要》三十卷云传奇《蝴蝶梦》，"此近时人据小说《庄子鼓盆成大道》而作"。

剧目	故事来源	其他剧种的关系
《比武夺魁》（一名《岑马夺元》）	本事见《东汉演义》第十六至十七回	祁剧、辰河戏、衡阳湘剧、荆河戏、巴陵戏及京剧、汉剧、秦腔、桂剧、粤剧等剧种有此剧目，但吴汉被招为驸马，封潼关总镇，与此剧丑角大异
《姚期绑子》	本事不见《后汉书·铫王祭列传》，姚期子为姚丹、姚统，无姚刚	系整本《上天台》中的一折，祁剧、辰河戏、衡阳湘剧、常德汉剧、荆河戏、巴陵戏及京剧、汉剧、桂剧、川剧、粤剧、豫剧、滇剧、秦腔、晋剧、河北梆子等亦有《上天台》剧目
《五娘剪发》	本事见宋代戏文《赵贞女蔡五郎》及民间传说及高明《琵琶记》	湘剧本《琵琶记》中一出，湘剧本《琵琶记》既保留了高明同名剧不少原词，但已地方化、通俗化，内容亦有较大改动；祁剧、辰河戏为高腔，衡阳湘剧高昆间唱，另京剧、昆曲、川剧、汉剧、徽剧、淮剧、豫剧、评剧、梨园戏等剧种有此剧
《广才扫雪》	同上	同上
《张飞卖肉》（一名《千斤石》）	本事见《三国演义》及杂剧《刘关张桃园三结义》	衡阳湘剧、巴陵戏有此剧，秦腔、豫剧、河北梆子等剧种则与《桃园结义》连演
《辕门射戟》（一名《射戟解围》）	《后汉书·刘焉袁术吕布列传》，另见《三国演义》第十六回	祁剧、衡阳湘剧、常德汉剧、荆河戏、巴陵戏及京剧、汉剧、徽剧、川剧、桂剧、秦腔、晋剧、河北梆子等亦有此剧目
《打鼓骂曹》	《后汉书·文苑传》，《三国演义》第二十三回，明徐渭《狂鼓吏击鼓骂曹》	祁剧、衡阳湘剧、常德汉剧、荆河戏、巴陵戏及京剧、汉剧、徽剧、川剧、秦腔、滇剧、河北梆子等亦有此剧目，京剧本一名《群臣宴》，川剧为胡琴伴奏
《关公盘貂》（一名《月下盘貂》）	本事不见《三国演义》，明杂剧有《斩貂蝉》	祁剧、辰河戏为高弹间唱，常德汉剧与荆河戏为弹腔，京剧名《月下斩貂蝉》，昆剧名《斩貂》，均唱吹腔，另汉剧、川剧、桂剧、秦腔、豫剧、河北梆子亦有此剧目

续表

剧目	故事来源	其他剧种的关系
《赐马挑袍》	本事见《三国演义》第二十六至二十七回，另见明朱有燉杂剧《义勇辞金》、明无名氏传奇《古城记》	祁剧、辰河戏、衡阳湘剧、巴陵戏为弹腔；常德汉剧高弹间唱，昆曲、弋腔、京剧、汉剧、徽剧、川剧、秦腔、桂剧、豫剧、同州梆子等亦有此剧目
古城会（一名《古城训弟》）	本事见《三国演义》第二十八回，宋元戏文《关大王古城会》，元杂剧《千里独行》，明传奇《古城记》	湘剧整本《古城会》（一名《梅亭宴》）最后一折，昆曲、秦腔、川剧、京剧等亦有同名剧，但川剧为胡琴伴奏而非高腔
《三顾茅庐》	本事见《三国演义》第三十七回，另有明人传奇《草庐记》	祁剧、辰河戏、衡阳湘剧、巴陵戏及京剧、汉剧、徽剧、川剧、秦腔、滇剧、豫剧、晋剧、河北梆子等亦有此剧目
三闯辕门（一名《闯帐烧坡》）	本事见《三国演义》第三十九回，元杂剧《诸葛亮博望烧坡》与《诸葛亮挂印气张飞》	祁剧、衡阳湘剧、常德汉剧、荆河戏、巴陵戏均为弹腔，京剧、川剧、桂剧、越调、同州梆子等亦有此剧目
《借箭打盖》	本事见《三国演义》第四十六回	祁剧、衡阳湘剧、常德汉剧、荆河戏及昆曲、秦腔、京剧、婺剧、汉剧、桂剧、川剧等亦有同名剧，但各有不同
《黄鹤楼》（一名《竹节退兵》）	元至正刊本《三国志平话》有黄鹤楼故事，但与杂剧及湘剧不同，元人朱士凯的杂剧《刘玄德醉走黄鹤楼》中无赵云，而有姜维，另有清郑瑜杂剧《黄鹤楼》与无名氏传奇《黄鹤楼》	祁剧、辰河戏、衡阳湘剧、巴陵戏及京剧、汉剧、徽剧、川剧、秦腔、滇剧、桂剧、豫剧、晋剧、河北梆子、上党梆子等亦有此剧目
《战长沙》（一名《黄魏降汉》）	本事见《三国演义》第五十三回	湘剧原有高腔本，已失传，今存弹腔本，辰河戏与衡阳湘剧高弹间唱，祁剧、常德汉剧、荆河戏、巴陵戏为弹腔，昆曲、京剧、秦腔、莱芜梆子、绍剧、河南越调、河南平调、汉剧，湖北高腔，川剧、粤剧亦有同名剧，但各有不同

剧目	故事来源	其他剧种的关系
《张松献图》	本事见《三国演义》第六十回,洪升《锦绣图》传奇	湘剧《西川图》整本戏中一折,祁剧、辰河戏、衡阳湘剧、常德汉剧、荆河戏、巴陵戏及京剧、昆曲、汉剧、徽剧、川剧、秦腔、滇剧、桂剧、豫剧、粤剧、河北梆子等亦有此剧目
《三讨战荡》	本事见《三国演义》第五十六回	湖北汉剧有《讨州战荡》,昆曲、祁剧、徽剧、京剧、粤剧、桂剧等有《三气周瑜》
《拦江救主》(一名《拦江截斗》)	本事见《三国志·蜀书·关张马黄赵传》及《三国演义》第六十一回	祁剧、衡阳湘剧、常德汉剧、荆河戏、巴陵戏及京剧、昆曲、汉剧、川剧、秦腔、桂剧、河北梆子等亦有此剧目
《单刀会》	本事见《三国演义》第六十六回,但无"训子"情节,乃是直接从关汉卿杂剧《关大王独赴单刀会》第三、四折演变而来	昆曲《单刀会》本元关汉卿同名杂剧,祁剧、辰河戏、衡阳湘剧、常德汉剧同为高腔,荆河戏、巴陵戏则唱乱弹,京剧、昆曲、汉剧、徽剧、川剧、秦腔、粤剧、桂剧、豫剧、河北梆子等亦有此剧目
《定军山》(一名《天荡定军》)	本事见《三国志·蜀书·关张马黄赵传》及《三国演义》第七十至七十一回	祁剧、辰河戏、衡阳湘剧、常德汉剧、荆河戏、巴陵戏及京剧、昆曲、汉剧、徽剧、川剧、秦腔、粤剧、桂剧、豫剧、晋剧、滇剧、河北梆子、同州梆子、汉调二黄、高甲戏等亦有此剧目
《水淹七军》(一名《水淹庞德》)	本事见《三国志·蜀书·关张马黄赵传》及《三国演义》第七十三至七十四回	祁剧、辰河戏、衡阳湘剧、常德汉剧、荆河戏、巴陵戏及京剧、昆曲、汉剧、徽剧、川剧、秦腔、桂剧、豫剧、滇剧、河北梆子等亦有此剧目
《走麦城》(一名《关公升天》)	本事见《三国志·蜀书·关张马黄赵传》及《三国演义》第七十五至七十七回	祁剧为高弹间唱,辰河戏与衡阳湘剧为高腔,巴陵戏为乱弹,京剧、豫剧、滇剧等剧种有此剧
《滚鼓山》(一名《刘封滚刀》)	在《三国演义》第七十六回、七十九回刘封被杀故事基础上加工而成	祁剧、辰河戏、衡阳湘剧、常德汉剧、荆河戏、巴陵戏及京剧、昆曲、汉剧、徽剧、川剧、秦腔、桂剧、豫剧、滇剧、河北梆子等亦有此剧目

剧目	故事来源	其他剧种的关系
《造白袍》（一名《张飞升天》）	本事见《三国志·蜀书·关张马黄赵传》及《三国演义》第八十一回	祁剧、辰河戏、衡阳湘剧、常德汉剧、荆河戏、巴陵戏及京剧、汉剧、桂剧、滇剧、河北梆子等亦有此剧目
《空城计》	本事见《三国演义》第九十五、九十六回	湘剧包括《失街亭》《空城计》《斩马谡》《车马会》四折，后折不常演，祁剧、辰河戏、衡阳湘剧、常德汉剧、荆河戏、巴陵戏及京剧、汉剧、徽剧、川剧、秦腔、桂剧、豫剧、滇剧、河北梆子等亦有此剧目，京剧有《失空斩》，马谡非武净而为小花面扮演
《拜斗斩延》（一名《七星灯》《五丈原》）	本事见《三国志平话》中"西上秋风五丈原"一节，《三国演义》第一百零三、一百零四回，另有元杂剧《诸葛亮秋风五丈原》	湘剧此折常与《胭脂计》《烧葫芦谷》连演，祁剧、辰河戏、衡阳湘剧、常德汉剧、荆河戏、巴陵戏及京剧、汉剧、徽剧、川剧、秦腔、桂剧、豫剧、滇剧、河北梆子等亦有此剧目，京剧为《胭脂计》《七星灯》两折
《哭祖庙》（一名《北地王》）	本事见《三国志》，裴松之有"谌哭于昭烈之庙"注，《三国演义》第一百十八回据此敷衍	此剧有《阻挡》《杀子》《告庙》三折，京剧《哭祖庙》系汪笑依据《三国演义》改编，辰河戏为高弹间唱，衡阳湘剧与荆河戏为弹腔
《六部大审》（一名《审刺客》）	清朱佐朝传奇《九莲灯》	此戏与朱佐朝同名传奇情节大同小异，但人名大多变化。祁剧、辰河戏、衡阳湘剧、常德汉剧、荆河戏、巴陵戏及京剧、汉剧、秦腔、桂剧、豫剧、滇剧、河北梆子等亦有此剧目。京剧《九莲灯》源于昆曲同名剧
《长生乐》	元杂剧有王子一《误入桃源》，另有明末清初张匀传奇《长生乐》（也有人认为乃袁于令作）	祁剧名《游天台山》，唱吹腔。川剧名《长生草》。河北梆子名《天台山》。京剧、徽剧、滇剧、巴陵戏等剧种亦有此剧目

续表

剧目	故事来源	其他剧种的关系
《梁祝姻缘》（一名《梁山伯与祝英台》）	本事见乐府《梁山伯宝卷》《华山畿》及传奇《访友记》《同窗记》	湘剧传统为三本连台戏。全国大小剧种几乎皆有此剧目
《老汉驮妻》（一名《会缘桥》《哑背疯》）	唐代变文、宋代杂剧已有目连戏，明有郑之珍《目连救母劝善戏文》，清乾隆年间张照有《劝善金科》	连台大戏《目连传》中一折。乾隆初年，湘潭已有演出《目连传》的记载，桂剧、京剧、豫剧等剧种亦有此剧目
《思凡》	原系连台大戏《目连传》之一折，后脱离母体成为旦行独角戏	同上
《王婆骂鸡》	系连台大戏《目连传》之一折，后脱离母体成为民间生活小戏。祁剧、辰河戏、及川剧、桂剧、秦腔、晋剧、黄梅戏、柳琴戏、庐剧、豫剧、越调等剧种皆有此剧	同上
《全家福》	据历史人物敷衍而成，韩擒虎见《隋书·韩擒虎列传》，另有《韩擒虎话本》	原为弹腔整本戏，早已失传。仅存此折，一般在节日或庆寿还原，祭祀活动时演出。汉剧、桂剧、秦腔、豫剧等剧种有此剧目
《蝴蝶媒》（一名《义侠杀舟》）	隋初故事	祁剧、常德汉剧、荆河戏、巴陵戏及桂剧、秦腔等剧种有此剧目
《卖马当锏》	《隋唐演义》第六至九回	祁剧、辰河戏、衡阳湘剧、常德汉剧、荆河戏、巴陵戏及京剧、汉剧、徽剧、桂剧、秦腔、豫剧、河北梆子等剧种有此剧目
《秦琼表功》	《说唐全传》	此前有《临潼救驾》，祁剧、衡阳湘剧、常德汉剧、荆河戏、巴陵戏及京剧、川剧、汉剧、徽剧、桂剧、秦腔、豫剧、河北梆子等剧种有此剧目
《父子会》（一名《雌雄鞭》《白良关》）	《罗通扫北全传》第二回，元杂剧《小尉迟将斗将认父回朝》	祁剧、辰河戏、衡阳湘剧、荆河戏、巴陵戏及京剧、汉剧、徽剧、桂剧、秦腔、滇剧等剧种有此剧目

剧目	故事来源	其他剧种的关系
《访白袍》（一名《犒赏访袍》）	《说唐征东全传》，传奇《白袍记》《征辽记》	祁剧、辰河戏、衡阳湘剧、荆河戏、常德汉剧及川剧（名《黑访白》）、桂剧、山西梆子等剧种有此剧目
《把钓会友》（一名《职田庄》）	《旧唐书》"列传十八"及明传奇《金貂记》	祁剧、辰河戏、衡阳湘剧及赣剧、桂剧等剧种有此剧目
《打雁回窑》（一名《汾河湾》）	《薛仁贵征东》第四十一回	昆曲有《射雁记》，皮黄梆子改编之而成《汾河湾》，湘剧与京剧、川剧等虽剧情大体相同，但剧本、表演、风格有异，祁剧、衡阳湘剧、常德汉剧、荆河戏、巴陵戏及京剧、川剧、汉剧、徽剧、桂剧、滇剧、秦腔、豫剧、晋剧、河北梆子等剧种有此剧目
《法场换子》	《薛家将反唐全传》第十六回	整本戏《薛刚反唐》中一折，京剧有同名剧，祁剧、衡阳湘剧、常德汉剧、荆河戏、巴陵戏及京剧、川剧、汉剧、徽剧、秦腔、豫剧、河北梆子等剧种有此剧目
《西游记》	据《西游记》而压缩了取经路上八十一难内容	湘剧高腔连台大本戏，计有《水帘洞》《闹天宫》《洪江渡》《斩龙台》《万寿山》五本，昆曲有《西游记》，但本元杨景贤同名杂剧，祁剧、衡阳湘剧高弹、高昆间唱，荆河戏、巴陵戏全为弹腔，京剧等其他剧种虽无连台大本戏，但有诸多折子戏
《太白醉写》（一名《醉写黑蛮》）	明屠隆传奇《彩毫记》，冯梦龙拟话本《警世通言》第九回"李谪仙醉写黑蛮书"	道光间有昆曲《太白醉写》，弹腔由此转化而来，祁剧、衡阳湘剧、常德汉剧、巴陵戏及京剧、川剧、汉剧、徽剧、桂剧、粤剧、秦腔、豫剧、河北梆子等剧种有此剧目
《剑阁闻铃》	事见白居易《长恨歌》及陈鸿《长恨歌传》、白朴《梧桐雨》、洪升《长生殿》	昆曲《长生殿》中《闻铃》一出，衡阳湘剧为昆曲，祁剧、常德汉剧、荆河戏、巴陵戏均用弹腔，京剧、昆曲、川剧、桂剧等剧种有此剧
《万楼春》（一名《卸甲封王》）	唐朝郭子仪故事，传奇《三多记》	由昆曲《三多》衍化而来，祁剧、衡阳湘剧用昆腔演唱，常德汉剧、荆河戏、巴陵戏则唱弹腔，秦腔亦有此剧目

续表

剧目	故事来源	其他剧种的关系
《打金枝》(一名《福寿山》)	事见传奇《满床笏》《因话录》《三多记》及《隋唐演义》第九十九回	祁剧、衡阳湘剧、常德汉剧、巴陵戏及京剧、川剧、汉剧、徽剧、桂剧、粤剧、秦腔、晋剧、豫剧、河北梆子等剧种有此剧目
《二度梅》	清初天花主人《二度梅全传》,另有清人石琰传奇《二度梅》,无名氏《二度梅宝卷》及《二度梅》弹词	系连台大本戏,共六本
《当华山》(一名《盗卖华山》)	小说《飞龙传》	清人传奇连台剧本《盛世鸿图》中有《弈棋输山》一折,与《当华山》结构、人物大同小异
《打龙棚》	小说《飞龙传》	京剧有《飞龙传》
《杨滚教枪》(一名《以锤换带》)	不见于《杨家将演义》,但应是从其演变而来	
《打侄上坟》(一名《状元谱》)	元杂剧,但人物名改变	
《斩黄袍》(一名《桃花宫》)		京剧有同名剧
《下河东》(一名《斩寿廷》)	《杨家将演义》第一回	清升平署有本
《五台会兄》	《杨家将演义》第十九回,元朱凯杂剧《昊天塔》	清宫连台本戏《昭代萧韶》,京剧有《五台山》
《桂英打围》	《杨家将传》第三十三回	
《辕门斩子》(一名《六郎斩子》)	《杨家将传》	整本戏《大破天门阵》,京剧有同名剧
《孟良搬兵》(一名《拔火棍》《送茶比武》)	《杨家将传》	
《拦马》	杨家将故事	原系清代乱弹剧目,剧本收入《缀白裘》第十一集,唱腔标为乱弹腔
《访东京》	明郑汝耿传奇《剔目记》	整本戏《水牢记》中一折
《南山问樵》	明人传奇《琼林宴》,及《三侠五义》第二十三至二十五回。	整本戏《琼林宴》(20世纪30年代,改名《阴阳错》),此为其中一折,昆曲原有二十四出,湘剧仅保留《问樵闹府》《打棍出箱》《黑驴告状》等折

剧目	故事来源	其他剧种的关系
《打棍出箱》	整本戏《琼林宴》(20 世纪30 年代,改名《阴阳错》),此为其中一折,昆曲原有二十四出,湘剧仅保留《问樵闹府》《打棍出箱》《黑驴告状》等折,京剧有同名剧	同上
《世美作寿》		花部剧目《赛琵琶》、湘剧《秦香莲》
《三官堂》	同上	
《泼粥》	王实甫杂剧《风雪破窑记》,传奇《彩楼记》,来集之《碧纱笼》	整本戏《彩楼记》中一折,昆曲有《破窑记》,湘剧乃改调歌之
《马壮报恩》(一名《路遥知马力》)	可能据民谚"路遥知马力,日久见人心"敷衍而成	
《金爱祭夫》	南戏《林昭得》及明杂剧《血手印》	整本戏《血手印》中一折
《醉打山门》(一名《山门》)	《水浒传》第三、四回	系昆曲《虎狼弹》中一折,清昆曲《虎狼弹》
《何乙保写状》	同上	昆曲《虎狼弹》中一折,但变为弹腔
《宋江杀惜》	《水浒传》第二十一回,明许自昌传奇《水浒记》	昆曲《水浒记》中一折改歌之,京剧有《坐楼杀惜》
《活捉三郎》	不见于《水浒传》,为传奇《水浒记》中一折	依昆曲《水浒记》中一折改歌之
《摸鱼闹江》(一名《李逵闹江》)	《水浒传》第三十六回	依清宫廷连台本戏《忠义璇图》中一折改歌之
《兄弟酒楼》	《水浒传》第四十五至四十六回,另见明沈自晋《翠屏山》	整本戏《翠屏山》四折(《算账调叔》《兄弟酒楼》《醉归杀海》《杀翠屏山》)中一折,京剧有《翠屏山》剧
《金沙滩》(一名《收财帛星》)	《水浒传》第六十一至六十二回	
《斩李虎》	不见于《水浒传》,但依之而敷衍	

续表

剧目	故事来源	其他剧种的关系
《岳母刺字》	《说岳全传》，另有传奇《倒精忠》	湘剧高腔连台大戏《岳飞传》中一折
《九龙收兴》（一名《九龙山》）	《说岳全传》第四十七至四十八回	京剧有《收再兴》剧
《胡迪骂阎》	元金仁杰杂剧《东窗事犯》，明传奇《东窗记》《精忠记》，冯梦龙《古今小说》及《说岳全传》第七十三回	昆曲有《东窗事犯》，本元孔文卿同名剧
《春香闹学》		昆腔《牡丹亭》中《闹学》一出
《柜中缘》		移植汉剧《柜中缘》
《断桥》	《清平山堂话本》中《西湖三塔记》，《警世通言》中《白娘子永镇雷峰塔》，黄图珌《看山阁乐府雷峰塔》，方成培《雷峰塔传奇》，清人弹词《义侠传》及《白蛇宝卷》	湘剧整本戏《白蛇传》
《六月雪》（一名《斩窦娥》）	西汉刘向《说苑》，《汉书·于定国传》，元杂剧《窦娥冤》，明传奇《金锁记》	系整本戏《金锁记》中《探监》《斩娥》二折
《顺帝败北》	《明史》及章回小说《英烈传》第六十八回	湘剧《采石矶》与《顺帝败北》连演
《桂枝写状》		整本戏《贩马记》（一名《奇双会》）中一折
《审头刺汤》	清李玉传奇《一捧雪》	整本名《一捧雪》，包括《进杯搜杯》《莫成替死》《审头刺汤》三折，没有《杯圆》，京剧亦有《一捧雪》
《打严嵩》（一名《开山王府》）	事不见史传	
《内审抢板》	系淮剧传统剧目	整本戏《生死牌》（原名《三女抢板》）中两出重场戏
《打瘄公堂》	事见《紫金镯》鼓词	整本戏《四进士》（一名《宋士杰》）中两折重场戏，京剧《四进士》源于湖北汉剧

续表

剧目	故事来源	其他剧种的关系
《二进宫》	明末移宫本事①	整本戏《龙凤阁》
《陈三两爬坡》（一名《风雅会》）		从豫剧移植
《曹福走雪》	京剧《后倭袍》，弹词《后倭袍》	整本戏《天启图》中一折
《审假旨》	京剧《后倭袍》，弹词《后倭袍》	整本戏《天启图》中一折
《摘梅推涧》	清人小说《春秋配》，《故宫藏升平署剧目》见著录此剧	连台整本大戏《春秋配》中一折，京剧同名剧源于秦腔同名剧
《背娃进府》（一名《温凉盏》）	吴太初《燕兰小谱》著录	据说从秦腔剧目传来，京剧有同名剧
《三搜索府》	《清史稿》，《施公洞庭传》	
《骂灶》（一名《紫荆树》《打灶分家》）	见《今古奇观》	
《张旦借靴》		与《缀白裘》同名剧大同小异，京剧有同名剧

（注：此表据范正明《湘剧剧目探微》，范正明《含英咀华——湘剧传统折子戏一百出》，中国戏曲志编辑委员会《中国戏曲志·湖南卷》，龙华《湖南戏曲史稿》，尹伯康《湖南戏剧史纲》等编制而成。）

　　上表所列剧目虽然只是湘剧中的常见剧目，并不是湘剧剧目的全部，但从上表可以看出，湘剧剧目除少数自创外，大量剧目是移植改编自其他剧种的。有的来自北杂剧剧目，如《单刀会》《长生乐》《五台会兄》等；有的来自早期弋阳腔的剧目，如《目连传》等；有的来自弋阳腔与青阳腔的剧目，如《琵琶记》《白兔记》《金印记》等；有的来自昆曲，如《胡迪骂阎》《春香闹学》《醉打山门》等；有的从秦腔剧目传来，如《温凉盏》《摘梅推涧》；有的从豫剧移植，如《风雅会》；有的从汉剧

---

　　① 焦循《花部农谭》云：《龙凤阁》慷慨悲歌，此戏当出于明末，《击宫门》一出，即隐移宫之事也。李娘娘，即选侍也；杨波即杨涟，涟之为波，其意最明；徐量即徐养谅。但故为神宗事耳；神宗太后虽亦姓李，其父李伟有贤称。

移植，如《柜中缘》。但没有一个传统剧目来自湖南杂剧传奇作家的作品。当然，湖南杂剧传奇也曾有被搬演的记录，如王夫之的杂剧《龙舟会》就曾被改编为京剧《谢小娥》与湘剧《龙舟会》，但湖南地方戏曲常见的传统剧目中，未见该剧目。

其实，不仅是湘剧，在湖南地方戏曲其他剧种的剧目中，我们更难以找到湖南杂剧传奇的踪迹。传说"陶之采晚年谱《芙蕖韵》一部，播之梨园，爱其词者，比美于《临川四梦》。"①但其剧本《芙蕖韵》至今不存。朱景英《桃花缘》也曾经家班搬演，张九钺的《六如亭》曾付梨园子弟演之，但他们皆未出现在现存湖南地方戏曲剧目之中。王夫之《龙舟会》之所以被改编，与王夫之在近代中国社会的影响有很大关系。即便改编，不论是清逸居士的京剧剧本《谢小娥》，还是湘剧剧本《龙舟会》，都对王夫之原作做了大幅度的改动，有的甚至面目全非。可见在湖南地方戏曲剧目中，湖南杂剧传奇元素是严重缺失的。因此，清代湖南杂剧传奇与湖南地方戏曲几乎是一种疏离与隔膜的关系。

第二节　清代湖南杂剧传奇与湖南地方戏曲疏离的原因

清代湖南杂剧传奇与湖南地方戏曲疏离，既有客观原因，也有主观原因。概括说来，就是两个互相关联的原因：一是传统观念影响作家与戏班的关系，二是清代湖南杂剧传奇不适合戏班搬演。

一、传统观念影响作家与戏班的关系

湖南在元代就有戏班艺人演出，明代开始就有专业的戏班演出。清代戏班更多，演剧活动也更频繁。求神赛会，演戏成为传统。② 一

---

①　赵景深、张增元：《方志著录元明清曲家传略》，北京：中华书局，1987 年版，第 346 页。

②　参见《中国戏曲志·湖南卷》，北京：文化艺术出版社，1990 年版，第 2—12 页。

批著名班社相继涌现。如长沙成立了专唱昆腔的大普庆班;浏阳、醴陵一带农村中,乾隆初年出现了一批由村镇艺人组成的小型"案堂班";在湘南祁阳一带,这时已有悦普班、天庆班、文华班等十多个著名班社;在衡阳,城乡已有很多戏台,并经常演戏;①在郴州、桂阳一带有"集秀"等昆腔班社,乾隆时曾到广东演出;在溆浦县,乾隆年间有大洪班演出。湘西一带坐唱高腔之围鼓堂更多,士林亦多加入。在湘潭"上元,六街三市竞赛花灯及花爆烟火诸杂剧。"②兹将清代湖南戏班情况列表如下:

表 5.2　清代湖南戏班情况一览表

戏班名	擅长剧种或声腔	起班时间	主要演出地点	散班时间	附注
普庆班	湘剧、昆腔	清乾隆初年	长沙(曾在广州演出)	清光绪十年(1884)以后	传说来自北京
泰益班	湘剧	清同治以前,具体不详	长沙	清光绪二十年(1894)前后	
仁和班	湘剧、唱弹腔为主	清道光年间	长沙	清光绪末年(1908)	另有老仁和,是唱高腔的
清华班	湘剧	清光绪十年(1884)左右	长沙尚德街	清光绪三十三(1907)年前后	
春台班	湘剧	清光绪二十年(1894)前后	长沙	清宣统二年(1910)	
同春班—新舞台	湘剧	清光绪晚期(1904—1908年间)	长沙	民国二十七年(1938)	
土坝班	长沙花鼓戏	约清道光年间	宁乡	清末民初	
大兴班	长沙花鼓戏、湘剧	约清同治、光绪年间	桃江	二十世纪三十年代	
得胜班	长沙花鼓戏	清光绪年间	西湖一带	1954 年	

----

① 参见见乾隆《清泉县志》卷二。
② 嘉庆《湘潭县志》卷三十九,"风土"。

续表

戏班名	擅长剧种或声腔	起班时间	主要演出地点	散班时间	附注
华胜班	常德高腔	明代	常德	民国九年(1920)	
文华班	常德汉剧	清道光二十五年(1845)	常德五官街	民国三十六年(1947)	
天元班	常德汉剧	明代	常德五官街	二十世纪五十年代初	二十世纪五十年代初改为湖北公安县汉剧团
瑞凝班	常德汉剧	明代	常德四眼井巷(清末)	1955年	1955年改名慈利县汉剧团
天福班	常德汉剧	清光绪十一年(1885)	花垣、常德	光绪二十四年(1898)	
同乐班	常德汉剧	清光绪二十六年(1900)	常德、汉阳	1955年	与文华班合并为常德汉剧团
春华班	常德汉剧	清光绪末年	洪江及黔东、渝东部分地区	民国二十六年(1937)	
新舞台	常德花鼓戏	清宣统三年(1911)	桃源、沅陵、张家界	1954年	1954年易名桃源文新剧团
老天源班	衡阳湘剧	最迟在清咸丰年间已起班	衡阳	清光绪十七年(1891)	
老吉祥班	衡阳湘剧	清咸丰年间	郴州	民国十年(1921)	
老春华班	衡阳湘剧，"高、昆不挡"	清光绪十七年(1891)	耒阳、衡阳	1950年	1950年与大春台、大吉祥联合组建衡阳湘剧团
老同春班	衡阳湘剧	清光绪二十五年(1899)	衡阳、赣南吉安、泰和等地	民国十三年(1924)	

戏班名	擅长剧种或声腔	起班时间	主要演出地点	散班时间	附注
大春台班	衡阳湘剧,亦弹腔为主	清光绪二十五年(1899)	衡阳、郴州	1950 年	1950 年与老春华、大吉祥合并组建衡阳统一湘剧团
荣华班	衡州花鼓戏	清光绪中叶	衡阳	解放前夕	
云开班	衡州花鼓戏	清光绪二十一年(1895)	衡山、湘潭、攸县、茶陵、醴陵	不详	
三和堂	衡州花鼓戏	清末	湘南各县	二十世纪五十年代	部分艺人入衡阳市花鼓戏剧团
祥泰班	祁剧	清咸丰年间	郴州	不详	
老天元班	祁剧	清咸丰年间	永州境内	不详	
天庆班	祁剧、弹腔、高腔为主	清同治年间	今邵阳市、娄底部分地区、洪江一带	清光绪年间	约有三十年历史
四喜班	祁剧(以弹腔戏为主,兼演高、昆戏)	清光绪初年	永州境内	民国初年	
昆文秀班	昆腔	清光绪十九年(1893)	今郴州市及衡阳常宁	清光绪末年	
人和班	巴陵戏	清乾隆年间	岳阳湖北交界地区	清光绪二十六年(1900)前后	
楚南楚胜班	巴陵戏	清嘉庆二十四年(1819)	汨罗及湘鄂赣交界各县	民国二年(1912)	道光咸丰年间曾往南昌、长沙演出
贴万班	巴陵戏	清光绪二十年(1894)前后	岳阳县	清宣统元年(1909)	
陈兴泰班	岳阳花鼓戏	约清咸丰、同治年间	岳阳县	民国二十九年(1940)	
吴茂兰班	岳阳花鼓戏	清光绪八年(1882)	汨罗县、岳阳县	二十世纪五十年代初	

戏班名	擅长剧种或声腔	起班时间	主要演出地点	散班时间	附注
尧林班	岳阳花鼓戏	清末	临湘为中心的湘北、鄂南地区	1949年	
同福班	荆河戏	清同治年间	临澧、石门、澧县、安乡、南县及湖北公安、松滋、石首	1955年改为临澧县荆河剧团	
清和班	荆河戏	清光绪三十四年(1908)	澧县为中心的湘西北及毗连的湖北部分地区	1955年	民国三十四年（1945）改称翊武剧团，1955年改为石门县荆河剧团
松秀班	荆河戏	清光绪年间	津市为中心的湘西北及毗连的湖北部分地区	1955年	解放后曾改名群众湘剧院，1955年改为津市荆河剧团
大舞台—永乐班	荆河戏	清宣统二年(1910)	澧县、石门、慈利、湖北松滋、公安、石首	1955年	1955年改为澧县荆河剧团
王家班	邵阳花鼓戏	清咸丰十年(1860)前后	邵阳、永州一带及广西部分地区	清光绪后期	光绪后期海春堂另组海家班
兴旺班	邵阳花鼓戏	清光绪二十八年(1902)	邵阳市区及隆回、洞口、武冈等地	民国二十年(1931)	
仁风班	邵阳花鼓戏	清光绪末年	邵阳、邵东、武冈、新宁、城步	1949年	
云龙班	辰河戏、辰河高腔	清同治年间	贵州、云南、湖南芷江	民国六年(1917)	
胡氏坛门	傩堂戏、辰河高腔	不详	沅陵张家坪	1952年以后	该坛世袭十余代

戏班名	擅长剧种或声腔	起班时间	主要演出地点	散班时间	附注
天福班	辰河戏	清光绪二十一年(1895)	洪江、靖县、黔阳	清宣统元年(1909)	
双少班	辰河戏	清宣统元年(1909)	泸溪、沅陵、辰溪	1949年	
覃家堂子	北路阳戏	清道光年间	大庸县(今张家界)	民国六年(1918)前后	
杨家堂子	南路阳戏、兼演傩堂戏、花灯戏	清咸丰初年	凤凰县		民国初年曾至桑植、龙山及湖北鹤峰、来凤等交界地带

（注：此表据中国戏曲志编辑委员会《中国戏曲志·湖南卷》，文忆萱主编《湖南地方剧种志》，龙华《湖南戏曲史稿》，尹伯康《湖南戏剧史纲》及相关湖南地方志等编制而成。）

从上表可知，清代湖南各地都有戏班，各地方剧种都有专门戏班，有的戏班擅长多个剧种，能演多种声腔。他们活动范围不仅遍布湖南境内城乡各地，有的还跨省演出。各地戏曲演出场所也很多，人们观剧相当方便。既可以在庙、寺、观、祠堂，也可以在官署、会馆、酒店、茶楼，还可以在家中厅堂、专门戏园。而固定的演出场所，经常是演戏不断。清代各地都有固定的戏曲演出场所，各地方志中对此多有记载。在第一章的《清代湖南部分固定戏曲演出场所情况一览表》中，单长沙一地常见的固定演出场所就有11处。虽然表中所列并不全面，但我们由此也可知清代湖南戏曲固定演出场所之多了。由于戏班与演出场所众多，人们观戏相当方便。湖南文人也养成了观戏的习惯。特别是晚清时期，即便像曾国藩、郭嵩焘这样的朝廷要员，像王闿运这样的守旧文人，都有不少观剧的记录。从曾国藩的日记、家书、年谱以及赵烈文的日记、王闿运的日记等看，曾国藩不仅参加过一些观剧活动，而且主持过一些会馆戏楼的重修。其观剧活动，曾凡安《晚清演剧研究》中共列曾氏从道光十九年(1839)至同治十一年

(1871)的观剧活动 45 次，①道光十九年（1839）的日记就记其在湖南观剧 4 次，有时竟听剧一天。王闿运《湘绮楼日记》中也有不少观剧记载：

> 同治九年二月十四日：午观技，演《铁冠图》及《杨家将》，人如堵墙，嚣尘涴襟，乃出。

> 同治九年十月十六日：晴，召泰益班演戏于李真人祠。

> 同治十一年三月五日，陪寄鸿过红络桥，观优演刘金定。

> 同治十一年九月七日，从（衡阳）柴步门入城，至天后宫看戏。

> 光绪元年八月九日：乡人演剧或书联云："白战不持寸铁，果然夺得锦标。"

> 光绪二年二月二十七日：入乾元宫看戏，不知何故事，但觉无聊耳。

> 光绪二年三月十四日：前时省城，唯善化城隍祠戏最多，今乃歇绝，而火祠日日有戏，亦风气之变迁也。

> 光绪三年三月十四日，海叟招饮听戏，客土二席。土人性老、陈滇捐、聂三品、何伯周、陈怡生。戏甚无聊，菜尤可笑，未终席，还啜餐饭半碗。②

王闿运本是书虫，每天功课安排满满，但他还挤出时间来看戏。而像杨恩寿那样的"戏痴"，观剧是他生活中的重要内容。《坦园日记》是杨恩寿自同治元年（1862）到同治九年（1870）间记录自身活动的日记，所记内容颇为详细，包括作者的日常交游、宴饮、观戏、旅途

---

① 曾凡安：《晚清演剧研究》，广州：中山大学出版社，2010 年版，第 162—173 页。

② 王闿运：《湘绮楼日记》，马积高主编，吴容甫点校，长沙：岳麓书社，1997 年版，第 81、139、244、305、430、457、464、558 页。

见闻等细节,最能反映作者生活的基本面貌。日记第一部分记录作者受湖南郴州知州魏镜余之邀,到郴州教授魏的两个儿子读书两年多时间内的情况。第二部分记录他随其六兄到广西北流县作幕的情况,其六兄任知县,他则帮忙办理刑名、钱谷、税关等事宜。第三部分记录他回长沙后的家居生活。第四部分记录他从长沙到北京赴举人复试的情况。《坦园日记》中所记杨恩寿观戏情况,直接反映了当时百姓观戏演戏的风俗特征,也是研究作者戏曲活动与湖南当时戏曲活动的重要资料。通过对《坦园日记》中所记杨恩寿观剧情况的统计,我们可知,杨恩寿观戏地点包括:(一)各类宗教祭祀场所,如庙、寺、观、祠堂。这一类场所包含了作者观戏地点的绝大部分。作者几乎一有空就会呼朋唤友或者独自去各种寺、庙、观寻戏看。无论是长沙、郴州、北流,作者长期住过的地方都有这样的情况。如在长沙,他去看过戏的就有观音寺、多佛寺、三圣殿、太清宫、天后宫、天妃宫、善化城隍庙、长沙城隍庙、西关圣殿、祝融宫、朗公庙、桓侯庙、玉泉山鲁班庙、万寿宫、白马庙、轩辕殿、洞庭宫、三元宫、马王庙、茨山祠、雷祖殿、南岳行宫、韩公祠、吕祖殿、真人殿、药王殿、判官庙;在郴州,有三公祠、娘娘庙、财神殿、城隍庙、五通庙、寿佛殿;在湘潭,有紫云宫;在桂林,有武圣宫;在北流,有白马庙;在澧州,有护国寺;在衡州。有财神殿。(二)官署与会馆。官署为当时行政机关办公的地点,会馆是都市中由同乡或者同业者建立,主要为同乡官僚、乡绅和科考士子提供落脚之处,以及同乡同业者保护团体利益。会馆在清代后期是非常重要的戏曲表演地,杨恩寿在这类地方观剧的情况为:在长沙,他分别去过粮署、县署、中军署、学署、藩署、抚署、府署、协署、臬署等官署和楚北会馆、湖北会馆、苏州会馆、江南会馆、两浙馆、中州会馆、广东会馆、河南会馆等会馆看戏;在郴州,也在某局观戏;在北流,曾往广东会馆、粤东会馆、关厂看戏;在北京,曾往安徽会馆观剧。(三)酒馆、酒店。作者提到的酒馆、酒肆有:在长沙有宛园,在北流有宾兴馆、醉仙阁。(四)请演戏者家中演出。作者在日记中曾经提及去某某人家里看戏,或者受人之邀去某家看戏的情况。这虽不及在宗教场所与办公场所演戏的频率高,但也反映了清末文人观剧生活的一个重要侧面。在长沙,杨恩寿除于母亲生日时在家宅中请戏班演戏外,还在黄子寿宅、黄佩皆宅、黄恕丈宅、魏居停宅、戴煦卿宅中观剧。在郴州,他曾在刘桐轩宅观剧。此外,日记中提到次数很少的合尊演戏宴饮,个人办酒宴请戏侑酒以及于戏园观剧的情况。由此可知杨恩寿对地方戏曲的喜爱。不但如此,杨恩寿还与伶人交往。杨恩寿在郴州幕府期间和长沙生活期间对伶人演出状况有较为具体的记载和评价,同时对伶人的演出技艺、与伶人的交往等也有相关描述,此处择周喜红、张明瑞等人录之。

　　周喜红(1844—?),又名秀凤,湖南祁阳人,同治间郴州地方戏班祥泰部演员,演出《吃醋》《重台分别》《斩婿》《祭塔》等出目较为出名。于同治元年(1862)四月至郴州探亲而隶属祥泰班。杨恩寿对喜红的表演极为赞赏:"《吃醋》乃喜红得意之作也……喜红为谁? 祥泰之领袖也。"①杨恩寿公署与邻寺戏台只有一墙之隔,在墙头观戏是常态。"午后课余,值邻寺复演祥泰。独立墙头,饱观半出《重台分别》。喜红宛转生情,娇痴绝肖。……狄小峰谓是儿若入星垣,亦在鼎甲之列,确评哉!"②可见杨恩寿对喜红表演技艺的推赏。同时喜红深感恩寿的赏识而亲自到署中拜访恩寿,同治元年(1862)四月十八日的日记载:"午刻喜红来谒,阍人阻之。渠问诸黎友船,谓我极赏鉴也,深感悦己,故肯先施。"③时隔一日,因恩寿友人刘桐轩设宴招饮,演祥泰部,二人终于有一面之缘,"喜红演《祭塔》《吃醋》而已。酒边握手,始于周旋。"杨恩寿认为是"一面之缘,亦关前定。"④

---

① 杨恩寿:《坦园日记》卷一,第 17 页。
② 杨恩寿:《坦园日记》卷一,第 19 页。
③ 杨恩寿:《坦园日记》卷一,第 20 页。
④ 杨恩寿:《坦园日记》卷一,第 21 页。

张明瑞,同治间郴州地方戏班吉祥部演员,在《闹金阶》《烈风配》《望儿楼》《党人碑》《造盔甲》《庙会大审》《生祭》中有精彩演出,被称为郴州当时戏班中的翘楚。他出演的《闹金阶》,"曹妹宛转生姿,莺声沥听。省中珠喉之脆,首推咏仙;以此较之,始叹从前所见之陋。"①杨恩寿对其在《天门阵》中的演出十分叹赏。"演《天门阵》全围,穆娃者明瑞也。俄打围,俄招亲,俄投营,俄破阵,刀光如雪,锥尾飘风,奇观哉!"②杨恩寿在同治元年(1862)四月廿四日的日记中记"苏仙桥上遇明瑞,始知今日邻寺有吉祥之乐,为《凤仪亭》全围。小桥流水,古树高山,与可人立谈数语,酒气悉化焉。"③

云秀,同治间长沙伶人,恩寿与友人陈杏生、戴煦卿、王弼臣等多次在云秀宅中饮酒听曲,故恩寿感慨曰:"云秀似吾一故人,见之增虎贲中郎之感。"④同治九年(1870)十月三十日,陈杏生、朱岳船等曾在云秀家饮酒,为杨恩寿北上进京送行,恩寿感慨"不来此者已阅五月矣。"⑤

意云(?—1869),同治间长沙名伶,杨恩寿多次听其唱曲,意云去世时杨恩寿挽之以"生日近花朝,占断二分春色;佳期辍瓜果,可怜七夕秋风!"⑥

张跛,咸丰同治间长沙民间说唱艺人。"跛貌不扬,两足皆挛,膝行,乞于市",后"渐操小唱术,晚乃益工"⑦。《坦园日记》中有两次张跛到杨家为杨恩寿母亲寿诞唱道情的记载:同治七年(1868)九月十八日"晴。母亲寿诞……夜召张跛唱道情"⑧;同治八年(1869)九月

---

① 杨恩寿:《坦园日记》卷一,第 13 页。
② 杨恩寿:《坦园日记》卷一,第 24 页。
③ 杨恩寿:《坦园日记》卷一,第 21 页。
④ 杨恩寿:《坦园日记》卷七,第 353 页。
⑤ 杨恩寿:《坦园日记》卷七,第 371 页。
⑥ 杨恩寿:《坦园日记》卷七,第 325 页。
⑦ 杨恩寿:《张跛小传》,《坦园文录》卷九。
⑧ 杨恩寿:《坦园日记》卷六,第 292 页。

十七日"晚间在家祝寿,并听张跛唱道情"①。杨恩寿非常欣赏其唱术,并为此作《张跛小传》。在《张跛小传》中,赞赏其在杨恩寿家唱《刘伶醉酒》时的表演艺术,认为其"心领神会,惟肖惟妙"。同时称张跛为"奇人""跛得货则散诸乞丐,不留一钱逾夕,亦奇人也。"②

在清代湖南杂剧传奇作家中,黄周星因跟戏曲家尤侗交往、观剧,而于六十岁时才有意于杂剧传奇的创作。王夫之的杂剧,主要受元杂剧影响。陶之采的传奇,曾付梨园子弟搬演。朱景英有自己的家班。张九钺曾作观剧诗,多次观看戏班搬演蒋士铨作品。张声玠曾对地方戏曲中贬毁张士贵的做法提出批评,可知他也是观看戏曲演出的。陈时泌、陈天华也是有名的戏迷。因此,清代湖南杂剧传奇作家并没有与地方戏班隔离,有的还和戏班与演员有密切的交往,如果他们创作的作品,是为抒情泄愤,为清唱赏玩,不适合搬演,没能为湖南地方戏曲剧种所吸收、移植或改编,那为什么湖南杂剧传奇作家没有与戏班合作,为戏班写戏呢?我认为,一个重要原因就在于有文人轻视地方戏曲的传统观念在作怪。

首先是受优伶卑贱的传统观念的影响。优伶地位历来很低,清代亦然。《啸亭杂录》中曾记载过这样一件事:世宗万机余暇,罕御声色。偶观杂剧,有演《绣标》院本"郑儋打子"之剧,曲伎俱佳,上喜赐食。其伶偶问今常州守为谁者。上勃然大怒曰:"汝优伶贱辈,何可擅问官守?其风实不可长。因将其立毙杖下,其严明也若此。"③

乾嘉时期,即使如沈起凤、李斗、金兆燕等人以剧作家的身份和优伶交往,也多是看重优伶身上的高尚节操。至于其过人的表演成就,文人们则匆匆数笔带过,不愿多提。秦腔演员魏长生,《日下看花记》的作者说:"长生于乾隆甲午后始至都,习见其《滚楼》,举国若狂,

---

① 杨恩寿:《坦园日记》卷七,第 332 页。
② 杨恩寿:《张跛小传》,《坦园文录》卷九。
③ 昭梿:《啸亭杂录》,北京:中华书局,1997 年版,第 12 页。

予独不乐观之。"①沈起凤则以"韦三儿"呼之,称其"淫声妖态,阑入歌台"②。昭梿讽刺道:"其所蓄已荡尽,年逾知命,犹复当场卖笑。"③清初的廖燕直言:"文人唱曲,岂效优人伎俩?"④杂剧作家尤侗拥有家乐,却照样称其作品"只藏箧中,与二三知己,浮白歌呼"。⑤与其作品能否上演相比,剧作家更在意文字本身,他们根本不相信艺人能够将作品的寓意淋漓尽致地表现出来,他们在乎的只是填词谱曲这一过程,至于能否演出,反而是次要的。本来,舞台上所流行的都是脍炙人口的折子戏,此一时期的戏曲新作就很难上演。对于这一情形,剧作家们根本就毫不在意。他们不愿自己的作品蒙受艺人的改窜,不屑于与艺人合作。金兆燕《旗亭记》成书后,其幕府主人卢见曾也曾"引梨园老教师为点板排场"。后来,金氏在回忆这段往事时说:"兆燕不自知耻,为新声作诨剧,依阿俳谐,以适主人意。主人意不可,虽缪宫商,乖拍度以顺之不恤。甚则主人奋笔涂抹,自为创语,亦委屈迁就。"⑥沈起凤说:"予诗文之暇,好作传奇,嬉笑怒骂,殊伤忠厚。"也曾感叹:"予本生福泽,被轻薄业折尽矣!"⑦甚至还曾请栖霞山的禅师为其"忏除口业。归家后,烧其曲谱,不敢以歌场绮语,至疑生平之有遗行也"。⑧

其次是湖南文化传统的影响。清代湖湘理学强调经世致用,务本求实,对"乱人心性"的戏曲一贯抵制。到嘉道时期,贺长龄还在奏折中云:"吾观乡而知王道之易易也,雅道凌迟,浇风竞扇,暗邪丑正,

---

① 小铁笛道人:《日下看花记》,《清代燕都梨园史料》(上),北京:中国戏剧出版社,1988年版,第104页。

② 沈起凤:《谐铎》,北京:人民文学出版社,2006年版,第176页。

③ 昭梿:《啸亭杂录》,北京:中华书局,1997年版,第238页。

④ 廖燕:《诉琵琶》,《清人杂剧二集》,长乐郑氏刻印本,民国二十三年(1934)。

⑤ 尤侗:《西堂乐府自序》,见《清人杂剧初集》,长乐郑氏刻印,民国二十年(1931)。

⑥ 金兆燕:《程绵庄先生〈莲花岛传奇〉序》,《棕亭古文钞》卷六,续修四库全书本。

⑦ 沈起凤:《谐铎》,北京:人民文学出版社,2006年版,第189页。

⑧ 沈起凤:《谐铎》,北京:人民文学出版社,2006年版,第143页。

实在蕃有徒。往往以小说淫词为傅会,但博观者之一粲,不顾声色之荡人"①。他从道学家的立场出发批制所谓的"淫戏"演出。

道光十四年(1834),唐鉴《禁止淫词小说示》亦云:

> 照得淫词小说,最有关于风俗人心,诱人于邪,陷人于恶。往往以未有之事,装点而为金粉之楼台,以本无之人,架糅而成溱洧之士女,见者心动,舍廉耻而入奇邪;闻者艳称,弃礼义而谈轻薄,人心之坏,风俗之浇,莫甚于此。除饬各府州县,将一切淫词小说,以及新出画舫、青楼等录,概行饬坊烧毁,毋许存留外,合行出示晓谕。为此,仰城乡士农工贾人等知悉:尔等各有正业,无事闲书,慎勿以有用之心身,自荡于淫邪之词曲,更勿以有限之岁月,甘掷于荒忽之见闻,岂圣贤经传可读而反不读,世俗传奇不可读而反欲读耶?当不如此其愚昧也。特谕。②

此为时任江宁布政使的唐鉴所写,代表江宁地方对上一道谕旨的舆论回应。唐鉴(1778-1861),字镜海,号翕泽,湖南善化(今长沙)人,嘉庆十四年(1809)进士,官至江宁布政使,入为太常寺卿,后以年老致仕,晚年主讲金陵书院,谥确慎,有《国朝学案小识》《唐确慎公集》等书传世。贺长龄与唐鉴是嘉道时期湖南的著名人物,他们在湖南正统文人中的威望是相当高的,他们对地方戏曲的态度,自然会对湖南文人产生重要影响。

张声玠杂剧《安市》剧末载有作者一段说明文字:"薛幽州白衣破贼,其事自可被之管弦。乃小说家穿凿附会,粗鄙可笑,歌场亦因而演之。如张士贵能弯弓百五十斤,卒谥曰忠,亦人豪也!诬之何心?

---

① 贺长龄:《饬严禁淫戏札》,《耐庵奏议存稿》,《近代中国史料丛刊》本,第1413页。
② 唐鉴:《唐确慎公集》卷五,上海:中华书局,1924年版,第100页。

戏填此折,以洗弋阳腔之陋"①。张声玠虽然是说不满通俗小说与地方戏曲对历史人物张士贵的歪曲描写,特根据史实改编为杂剧,但字里行间,充斥着对弋阳腔之类的地方戏曲的鄙视。因为嫌其鄙陋,所以他不屑于从事地方戏曲的创作。因为自己觉得比优伶高贵,所以不屑于与之交往。只有到了杨恩寿,才开始与优伶交往。而此时已是清末,花部早已占据戏曲舞台的中心位置,但即便如此,杨恩寿与戏班名伶交往,多多少少还是含有一种赏玩的成分,这我们可以从《坦园日记》中所写与优伶会面的情景感受到。杨恩寿与戏班名伶有交往,对戏班名伶有感情,专门写了一个剧本《桂枝香》来赞扬名伶的见识和品德。但他的剧本,没有被戏班搬演的记录。

因此,在清代湖南杂剧传奇作家,特别是清中叶以后的杂剧传奇作家看来,他们可以观剧、可以与优伶往来,但不能与优伶合作。他们观剧是消费,他们欣赏优伶表演,是一种居高临下的审视,他们与优伶交往,是一种亵玩,而与戏班合作,就是与优伶为伍,就是自降身份。因此,他们无法与戏班合作,自然不会写出让戏班满意的具有俗野之气的杂剧传奇作品来。清代杂剧传奇作品尚雅之风与民间戏曲充满野俗之气的风尚是背道而驰的,这些作品不为地方戏曲所用是必然的。

二、清代湖南杂剧传奇不适合戏班搬演

"填词之设,专为搬演",杂剧传奇创作,本为舞台演出。在杂剧、传奇兴起之初,舞台表演是其创作目的所在。后来,由于文人的介入并逐渐主导创作,杂剧、传奇便一步步走向雅化的道路。作为发生于民间的戏曲,本是一种俗文学,由于文人的参与,便走向了由俗而雅的嬗变历程。于是"具有知识与信仰的文士在这其中充当了调和与推动的角色"②,以雅俗共赏为基本原则的创作规则为大家普遍接

---

① 张声玠:《玉田春水轩杂出》,《安市》,第5页。
② 杜丽萍:《清初杂剧研究》,北京:人民文学出版社,2005年版,第170页。

受。周德清提出杂剧、散曲等俗文学的创作要"文而不文,俗而不俗"①。明代魏良辅"愤南曲之讹陋也,尽洗乖声,别开堂奥"②,将昆腔改良为"流丽悠远,出乎三腔之上,听之最足荡人"③的戏曲声腔。而梁辰鱼创作的传奇《浣纱记》,将雅隽的故事配以优美的唱词,贴近了讲求心性的文人的感性趣味,从而激起文人创作传奇的热情。文人的参与促进了杂剧与传奇的繁荣,这是无可置疑的,但正因为文人的参与,杂剧与传奇才走向了雅化的道路。文人往往有一种尊体的考量,常以创作诗词的习惯性思维方式来构思与写作传奇,自然会走向抒情化的道路。由于文人以诗为曲的观念根深蒂固,又长于抒情,弱于叙事,明代文人杂剧与晚明以降的文人杂剧与传奇,大多以抒情泄愤为旨归,在雅化的道路上越走越远,与市井趣味,与市民对戏曲的要求背道而驰,最后导致舞台对杂剧与传奇的疏离。这种现象在湖南剧坛表现得尤为突出。

其实,虽然杂剧在明中叶以后走向案头化、诗文化,文人传奇创作在明末清初进一步走向案头化,但杂剧传奇的舞台演出特性在清初至中期还是得到了戏曲作家更多的瞩目与关注,有不少传奇作家坚持创作以舞台表演为旨归的传统,创作了许多在当时被观众喜爱,在后来被昆剧传承或被其他声腔剧种移植或改编的杂剧传奇作品。如以李玉为代表的苏州派作家就大多专为职业戏班创作。李玉所创作的传奇颇得戏班垂青,"元玉言词满天下,每一纸落,鸡林好事者争被管弦,如达夫、昌龄,声高当代,酒楼诸妓咸歌其诗。"④其"初编《人兽关》盛行,优人每获异稿,竞购新剧,甫属草,便攘以去。上卷精采

---

① 周德清:《中原音韵》,《中国古典戏曲论著集成》(一),北京:中国戏剧出版社,1959 年版,第 232 页。

② 沈宠绥:《度曲须知》,《中国古典戏曲论著集成》(五),北京:中国戏剧出版社,1959 年版,第 198 页。

③ 徐渭:《南词叙录》,《中国古典戏曲论著集成》(三),北京:中国戏剧出版社,1959 年版,第 242 页。

④ 李玉:《眉山秀》,《古本戏曲丛刊三集》影印清康熙间刻本,卷首。

焕发,下卷颇有草草速成之意。"①这些创作者多出身卑微,无力刊行其戏曲作品,但他们的戏曲作品大多因为在伶人中传抄而得以流行并保存下来。以李渔为代表的一批风流文人则专为家班创作,其作品因当时得以刊行而保存下来。至乾嘉时期,即便是像蒋士铨这样"以诗文为曲",使才矜气,甚至卖弄才学的杂剧传奇作家,其所创作的传奇常被搬演。如蒋士铨所作的《四弦秋》曾盛演一时,蒋氏最初在扬州大盐商江春的家中创作了《四弦秋》杂剧,并最早由江春的家乐演出。"(江春)亟付家伶,使登场按拍,延客共赏,则观者唏嘘太息,悲不自胜。殆人人如司马青衫矣。"《四弦秋》的演出效果很好,数十年之后仍可演出。道光十五年(1835),阳湖周仪暐自北京南还,作十诗记京城中杂事,其中还讲到蒋士铨《四弦秋》在京盛演的情景,其诗云:"歌场齐唱四弦秋,读曲词人尽白头。但使花前能对酒,弹章犹得比江州。"诗后自注:"都中一时竞演蒋铅山乐府"。② 杨潮观的《吟风阁杂剧》也曾登之场上。《无锡金匮县志》卷二十二曾记载:《吟风阁杂剧》"钱塘袁枚演之金陵随园,一座倾倒"。焦循《剧说》卷五记载:"《寇莱公罢宴》一折,阮大中丞巡抚浙江,偶演此剧,中丞痛哭,时亦为之罢宴。"为了能够将自己辛苦创作的杂剧演之台上,杨潮观为全剧精心编写了曲谱,国家图书馆尚藏有《祭泸江》的清代演出本。③舒位、毕华珍在礼亲王府中创作的杂剧亦曾由其府中家乐演出,叶廷琯在《鸥陂渔话》中记载:"闻宋于庭丈翔凤言,嘉庆戊辰、己巳间,铁云礼闱报罢,留滞京华。时娄东毕子筠、华珍方客礼亲王邸。二君皆精音律,取古人逸事,撰为杂剧,如杨笠湖《吟风阁》例。礼王好宾客,亦知音,甚重二君之才。王邸旧有吴中乐部,每一折成,辄付伶工按谱,数日娴习,即邀二君顾曲,盛筵一席,侑以润色十金,亦一代名藩

　　① 李玉著、冯梦龙重订:《墨憨斋重订永团圆传奇》卷首。

　　② 参见徐国华:《蒋士铨戏曲二题》,《艺术百家》,2008 年第 1 期,第 151—152 页。

　　③ 参见赵山林:《中国古典戏剧论稿》,合肥:安徽文艺出版社,1998 年版,第 228—229 页。

佳话也。"①此外,唐英、崔应阶等人,其官署中备有戏班,他们所创作的杂剧曾经戏班搬演,崔应阶的友人午桥居士还对杂剧《情中幻》的场上艺术大加推崇:"夫诗之余为词,词之余为曲,议者曰:'是不过艺苑骚坛余事之余者也。'虽然,岂易言哉?传奇之道,实通乐府,故全美最难。工于词调者,每平于宾白科介,而精于科白者又向出于词曲。甚至按谱填词,不便当场度曲。元人以词取士,举凡宋艳班香,莫不托之吴歈越调。彬彬乎一代风雅,宜其文采可观。自必音韵谐合,乃百种流传。至今红氍毹上,绝少音容,何也?盖彼尽北调,假借为多,而楔子即南曲之因子,与当场白、吊场诗,均诵而不歌。稍不介拍,犹可藏拙。若过曲启口,动是务头,一有违拗,则不入歌。参《九宫语》法律甚严,平有阴阳之别,仄有上去入之殊。填词家得一佳句,遇有失拈,往往不肯割爱,以致音韵参差,不可入调,职此故也。若《情中幻》则不然,……闻之主人每一出成,辄付之月下牙箫,花前檀板。故词甫填而歌已演。惟句句斟酌,斯字字铿锵。不数日间,而云鬟子弟,翠管繁弦,早已登之场面。"②杂剧传奇以舞台演出为旨归的传统还是在清初、清中期得以延续。具备杂剧传奇的舞台演出特性的作品,即便是诗文化程度严重的作品,也还是有机会被改编为雅俗共赏的花部剧目演出而得以流传的。如蒋士铨的《空谷香》《香祖楼》《雪中人》《冬青树》等传奇,后来都被改编成花部戏而活跃于戏曲舞台。

　　同时,我们知道,在中国戏曲史上有这样一个普遍现象,就是一种戏曲样式形成之初,其所演唱的剧本往往是从其他戏曲样式的旧剧改编而来。如明代兴起的传奇戏曲,"在明中期,改编旧剧仍然是传奇创作的主流,作者姓名可考的作品尚且如此,那些无名氏的作品

---

① 叶廷琯:《鸥陂渔话》卷一,续修四库全书本。
② 午桥居士:《〈情中幻〉序》,崔应阶:《情中幻传奇》,清乾嘉间刻本。

更几乎全是旧剧新编。"①清代以降，"花部"地方戏曲剧目积累的一个重要途径就是大量改编元杂剧、明清传奇的现成剧本。如乾隆前后，昆、弋争胜，弋阳高腔所演剧目，不少是将原来的昆曲剧目改调歌之。而"京剧成型后，在原先'花部''乱弹'剧目基础上融合、吸收、移植改编，使剧目数量足够为巨大的市场提供保障。"②其他地方戏曲虽然有独自创作的剧目，但绝大多数剧目都是移植、改编自元、明、清时期的杂剧传奇或南戏戏文。

在中国戏曲发展史上，随着地方戏曲演出的兴盛，一些文人也参与地方戏曲的创作。如京剧，随着京剧的兴盛，道光、咸丰时期，文人开始介入京剧作品创作，如道光九年（1829），周道昌创作京剧作品传奇《错中错》，用传奇创作套路写作二黄戏，稍后观剧道人用类似手法创作《极乐世界》，而余治更创作了几十个剧本。再如川剧，自晚明以降各个时期，涌现了一批有影响的川剧剧作家。如乾隆年间的巴蜀奇才李调元，曾改编过川剧弹戏四大本；晚清著名作家黄吉安留下了一百多出剧目；曾任翰林院撰修的赵熙，撰写了传诵百年的经典名著《情探》。又如秦腔，清末秀才何清真，曾为家乡秦腔戏班编写"二十四孝"剧本。清贡生岳亮，出身书香门第，曾为秦腔戏班编写《白马寺玩景》。戏曲作家何炯若，长于诗词，是典型的文人，编写传奇《芙蓉剑》，先以汉调桄桄演出，后曾被移植为汉调二黄、川剧演出。所以，在这些戏曲剧种中，有不少剧目是本地文人创作的戏曲作品。

但是，清代湖南杂剧传奇作家无人染指地方戏曲创作，其杂剧传奇作品也很少被地方戏曲融合、吸收、移植、改编。湖南杂剧传奇作品之所以未成为湘剧的传统剧目，未被湖南地方戏曲剧目移植、改编，主要在于湖南杂剧传奇作品不适合搬演。首先，是一些作家的杂剧传奇创作不是以搬演为目的，而是用来抒情泄愤，或用来清唱清

---

① 郭英德：《明清传奇史》，北京：人民文学出版社，2011 年版，第 57 页。
② 颜全毅：《清代京剧文学史》，北京：北京出版社，2005 年版，第 98 页。

赏。清唱清赏戏曲是明末以降文人的一个重要嗜好，龚自珍说："大凡江左歌者有二：一曰清曲，一曰剧曲。清曲为雅宴，剧曲为狎游，至严不相犯。"①陆萼庭说："在封建社会，清曲成为雅乐，成为一般士大夫地主富商们的玩意儿。剧曲则是俗乐，是卑贱的伶工们演唱的。唱清曲的人只是唱曲，根本不去接触剧场的规范，好像一带上说白身段，就会失去清曲的贞操了。怪不得像吟香堂、纳书楹诸家曲谱都不刊说白，用意在此！"②清代湖南杂剧传奇创作不为搬演，所以他们对自己作品的演出毫不在意。杨恩寿就是一个典型代表。《姽婳封》写完以后竟然"钞成帙，置箧中且十年，几忘之矣"。③作者写完了就放在箱子里，一放十年，连自己都快要忘了，可见作者创作传奇，并无将其广泛传播，呈现给观众的意愿。《姽婳封》自序中云"公余兀坐，无以排遣，偶记姽婳将军已事，衍为填词。"④《桂枝香》自序亦云"秋日新晴，闲窗遣兴，偶阅《品花宝鉴》，摘取花伶往事，填南北曲若干。"⑤皆言是作者闲暇之时，随意写作，只是为了排遣郁闷，发泄自我情绪，表达自我思想。《理灵坡》自序言"庚午夏，以余不任事，为总纂所屏，遂辞志局。家居多暇，辄取公事，谱南北曲为院本，以广其传。"⑥《再来人》自序亦言"于役南诏，自桃源解缆溯流而上，历辰龙关、清浪滩诸险隘，舟行危濑中……伏坐蓬窗，晴昼辄暝，惧乡愁之成痼也，爰取老儒事衍为十六折，犹是老儒写其前生如是之困，写其后身如是之

---

① 龚自珍：《书金伶》，见《龚自珍全集》（上册），上海：中华书局上海编辑所，1959年版，第181页。

② 陆萼庭：《昆剧演出史稿》，上海：上海教育出版社，2006年版，第71页。

③ 杨恩寿：《〈姽婳封〉自序》，《杨恩寿集》，王婧之校点，长沙：岳麓书社，2010年版，第497页。

④ 杨恩寿：《〈姽婳封〉自序》，《杨恩寿集》，王婧之校点，长沙：岳麓书社，2010年版，第497页。

⑤ 杨恩寿：《〈桂枝香〉自序》，《杨恩寿集》，王婧之校点，长沙：岳麓书社，2010年版，第430页。

⑥ 杨恩寿：《〈理灵坡〉自序》，《杨恩寿集》，王婧之校点，长沙：岳麓书社，2010年版，第451页。

亨,境遇既殊,选声顿异,时而凄风苦雨,时而燕语莺歌,同舟人虽饮博叫呶之不暇,偶聆其音,亦未尝不忽焉悲,忽焉笑也。"①《桃花源》自序说自己在赴任道经武陵时,"适制府病暑,爰止旅馆而休焉……同人有赋《桃花源诗》者……辄填南北曲六折,藉以消夏。"②《麻滩驿》自叙说"今夏寓武陵,谱《桃花源》杂剧毕,犹未成行,旅馆秋寂,无以自娱,乃伸前愿。"③据此看来,作者写作戏曲,大多是在闲来无事的时候写着玩的,或者在无聊时写来解闷的。自序中还说到他的作品曾用来清唱,或像诗文一样阅读玩赏,但没有说过搬上舞台。可见作者写作传奇主要是自抒胸臆,发泄自身情感,供清唱玩赏,而不是为了舞台演出、商业运作、为赢得观众的喜爱而作。陈天华放在小说楔子中的《黄帝魂》也显然是没有用来演唱的意图。张九钺的《六如亭》也长期没搬上戏曲舞台。张九钺写完《六如亭》后,又精心编制抄录成书,有人高价索求也不动心,可见张九钺并不谋求搬上舞台,看来张九钺创作传奇,不以搬演为目的。《六如亭》付诸戏班搬演是在创作完成近三十年以后,且经宋梅生与谭光祜正谱以后才被梨园演出,其效果是"不失毫发",关于观众反响,只字不提。

正因为湖南杂剧传奇作家创作杂剧传奇不以搬演为旨归,所以,湖南杂剧传奇的舞台演出性特征不突出,不适合搬演,这就造成地方戏曲班社不选用湖南本地杂剧传奇作家的现成剧本,或当时选用了但因演出效果不佳而作罢,因此,在湖南现存地方戏曲剧目中找不到清代杂剧传奇的踪影。传说"陶之采晚年谱《芙蕖韵》一部,播之梨

---

① 杨恩寿:《〈再来人〉自序》,《杨恩寿集》,王婧之校点,长沙:岳麓书社,2010 年版,第 385 页。

② 杨恩寿:《〈桃花源〉自序》,《杨恩寿集》,王婧之校点,长沙:岳麓书社,2010 年版,第 511 页。

③ 杨恩寿:《〈麻滩驿〉自序》,《杨恩寿集》,王婧之校点,长沙:岳麓书社,2010 年版,第 532 页。

园，爱其词者，比美于《临川四梦》。"①但其剧本《芙蕖韵》至今不存。
显然，虽然《芙蕖韵》其词美，但不注重舞台表演特性，是无法靠演出
传播流传的。朱景英《桃花缘》也曾经家班搬演，朱景英《冬夜南园同
人观演拙制〈桃花缘〉传奇》七绝四首云：

> 艳异争传本事诗，返生香里逗情痴。春风有底干卿事，
> 记取桃花见面时。
> 谱就重翻意自悭，消磨白日唱还停。临川老子颓唐甚，
> 却掐檀痕教小伶。
> 园爱泻盘珠的皪，弱怜跐地柳缠绵。坐中不少周郎顾，
> 愧煞词场属老颠。
> 到地无霜月有痕，夜阑曲罢转销魂。青衫讵为琵琶湿，
> 说著天涯泪已繁。②

从七绝看，似乎《桃花缘》颇得演员喜爱，作者也自鸣得意，亲执
檀板教小伶人演唱，座中观剧者都颇为剧情感动，引起共鸣，观剧到
夜阑曲罢之时才散场。但除此之外，未见其他有关《桃花缘》演出的
记载。在湖南地方戏曲剧目中，有改编自其他桃花人面题材作品的
剧目，但没有来自朱景英《桃花缘》的剧目。

张九铖的《六如亭》曾付梨园子弟演之，《六如亭》卷首载张九铖
的从孙张家栻于道光三十年(1850)年刊刻《六如亭》时所写的一段说
明文字言之甚明：

> 《六如亭》传奇，从祖作于大梁旅次，稿从亲笔录之，惟
> 恐诸子不得当也。如曲牌名第一，曲文第二，生旦出台收场
> 第三，关白第四，评论第五，编凡数百，从祖手自点定，秉录

---

① 赵景深、张增元：《方志著录元明清曲家传略》，北京：中华书局，1987 年版，第 346
页。

② 朱景英：《来鸥馆诗存》，《畲经堂诗续集》卷二。

成全书,巨制也,亦实宝也。归里后,有以三百金求售者,从祖笑听之。其人伺陈将攫之以去,为云岭叔所觉,秘藏枕内几三十年。将梓,必焚香令栻长跽,克期一月告成,方郑重授余。呜呼!叔珍惜先人手泽如此,可谓孝矣。宋梅生年伯,谭铁箫世叔又为正谱,付梨园子弟演之,不失毫发。读是册者,勿徒视为传奇小说已也。①

从这段文字看来,张九钺写完《六如亭》后,又精心编制抄录成书,有人高价索求也不动心,可见张九钺并不谋求搬上舞台,显然,张九钺创作传奇,不以搬演为目的。《六如亭》付诸戏班搬演是在创作完成近三十年以后,且经宋梅生与谭光祜正谱虽然其效果是"不失毫发",但未有《六如亭》后来被湖南地方戏曲搬演或改编演出的记载。

清代湖南杂剧传奇作品有一个普遍的特点就是强于抒情而弱于叙事,人物形象大多不突出,故事情节大多平淡无奇,缺乏激烈的戏剧冲突,不适合舞台演出。黄周星的《人天乐》用传奇的形式将他在诗文《郁单越颂》与《将就园记》中所歌咏与描绘的理想家园进行一次重新架构,是对建构理想家园意旨的图解。因此郁单越、将就园虽然诡诞神奇,但终究是概念化的叙说,符号化的图解,缺乏震动人心的力量。而《惜花报》中神仙之境的描绘,实属荒诞,只能算作游戏之作。《试官述怀》更是抒情泄愤之作,抒情取代了叙事,缺乏情节,没有戏剧冲突,自然无法搬演。王夫之《龙舟会》所以被改编,与王夫之在近代中国社会的影响有很大关系。即便是改编,不论是清逸居士的京剧剧本《谢小娥》,还是湘剧《龙舟会》剧本,都对王夫之原作做了大幅度的改动,尤其是对关目的安排设置,与原作完全不同,改编以后的京剧剧本与湘剧剧本,与《龙舟会》杂剧面目全非。杂剧《龙舟

---

① 张九钺:《紫岘山人全集》第十二册《六如亭》卷首,《续修四库全书》第 1444 册,《集部》,"别集类",影印南京图书馆藏清咸丰九年张氏赐锦楼刊本。

会》采用双线结构,对形象阐释王夫之理想人格论,表达反清复仇的
爱国思想不失为一种很好的关目处理方法,但这样就使杂剧结构显
得松散,李公佐一线显得平淡,也影响了对谢小娥形象的描写,因此,
京剧与湘剧主要取谢小娥女扮男妆为父夫报仇故事,这样就使关目
更加集中,复仇主题更加突出。张声玠的《玉田春水轩杂出》九种,皆
借古人故事抒写个人情怀:或表现民族气节和爱国意识,如《琴别》与
《画隐》;或讽刺与揭露统治者的愚昧无知与专横跋扈,如《看真》与
《游山》;或表彰历史名人的高尚品德与高超本领,如《讯跰》《寿甫》与
《安市》;或抒发文人怀才不遇的不满与愤懑,如《碎胡琴》与《题肆》。
这些借他人酒杯,浇胸中块垒,以抒情言志为旨归的诗化了的杂剧,
只能作为清唱或案头玩赏的材料。不要说像《讯跰》《寿甫》这样场面
过于短小,没有戏剧冲突,缺乏戏剧性,无法表演的作品不为戏班所
用,即便是人物性格比较鲜明、情节与冲突安排较具戏剧性的《琴别》
《画隐》《碎胡琴》等剧作,也未见有戏剧演出的记载。而晚期陈时泌
的《非熊梦》《武陵春》,人物单一,情节简单,只有大段对话与冗长的
叙述及议论,因此也是不适合搬演的。传奇《武陵春》中,只有老生扮
武陵渔人、小生扮湖南国子监生两个角色上场。边叙边议,讲述历史
事件的经过。全剧充斥着对往事的陈述和对现实的感慨。传奇《非
熊梦》中生扮文士武陵文人,老生扮太白金星,通过文士做梦将现实
理想与梦境结合,看似奇特,但操作方式与传奇《武陵春》大体相同。
陈天华的杂剧《黄帝魂》中一个人物形象,小生上场回忆反帝反封往
事,称颂资产阶级民主共和国的美好,完全无法搬演。就审美趣味而
言,湖南杂剧传奇与诗文的审美趣味大体相同,走的是高雅一途,与
带有浓郁"野俗"之气的地方戏曲背道而驰。

再有,就是湖南杂剧传奇作家中精通音律者少,他们写杂剧传
奇,刻意按谱填词,然后再由他人谱曲。道光三十年(1850),在张九
钺完成《六如亭》近三十年以后,张家杖付印刊行,为了让梨园演出,

特请"宋梅生年伯,谭铁箫世叔又为正谱,付梨园子弟演之,不失毫发。读是册者,勿徒视为传奇小说已也。"①可知《六如亭》写成之后,张九钺精心抄录成册便收藏起来,未经搬演,一直过了近三十年,才经张家杙付印。经过宋梅生、唐铁箫正谱以后,才"付梨园子弟演之",所谓"不失毫厘",当指其音乐、韵味。则知张九钺并不精音律。即便戏痴杨恩寿,也是如此。其《姽婳封·自序》云:"庚申仲夏,薄游武陵。公余兀坐,无以排遣。偶记姽婳将军事,衍为填词。每成一折,即邮寄回家,索六兄为余正谱。"②杨恩寿是按谱填词,但因为不精音律,所以每写一折,立即邮寄回家,请他六兄为其正谱。而从他们不通音律,却孜孜不倦地从事杂剧传奇创作,写了以后藏于书箧中,束之高阁,可知其从事杂剧传奇创作不为搬演。

综上所述,由于传统观念对杂剧传奇作家的影响,清代湖南杂剧传奇作家创作杂剧传奇大多不为搬演而创作,其审美趣味与地方戏曲大相径庭,长于抒情而弱于叙事,抒情议论充斥其中,大多戏剧人物单一,戏剧情节简单,缺乏戏剧冲突。这些都是不符合杂剧传奇的戏剧表演要求的,其与湖南地方戏曲疏离是必然的。

---

① 张九钺:《紫岘山人全集》,第十二册《六如亭》卷首,《续修四库全书》第 1444 册,《集部》,"别集类",影印南京图书馆藏清咸丰九年张氏赐锦楼刊本。

② 杨恩寿:《杨恩寿集》,王婧之校点,长沙:岳麓书社,2010 年版,第 497 页。

余　论

　　湖南杂剧传奇,在明中期缓缓起步,许潮的单折杂剧《泰和记》、龙膺的传奇《蓝桥记》《金门记》在当时颇得好评。此外还有兼写杂剧传奇的武陵(今湖南常德)人李九标,作有杂剧《四大痴》和传奇《铁面图》,但湖南戏曲整体上还是比较落后的。

　　清代湖南杂剧传奇就是在这样的基础上发展起来的。清代,随着湖南单独建省,湖南经济不断走向繁荣,为湖南地方文化发展提供了物质保障,而"南北分闱"对湖南的教育起到了很大的推动作用,湖南人才群体,在嘉、道时期开始走向全国。湘军崛起,特别是在太平天国运动的突出表现,使得湖南人才走向全国政治的中心,这对湖南各方面人才的成长都有很大的促进作用,清代湖南杂剧传奇作家便应运而生。清代湖南杂剧传奇在清代前中期缓慢发展,道光以后,尤其是太平天国以后走向繁荣的这种发展轨迹,与清代时期湖南立省,"南北分闱"促进湖南政治、经济、文化、教育逐渐走向繁荣的清代湖南社会经济发展轨迹是合拍的。在地域分布上,清代湖南戏曲家相对集中于长沙、湘潭、宁乡、善化、武陵、衡阳等地,这与当地经济文化与教育相对发达密不可分。

　　湖湘文化是湖南文学的根,湖湘文化熏陶和浸染着清代湖南杂剧传奇作家。湖湘文化精神对清代湖南杂剧传奇的题材选择与主题建构有很大影响。前期杂剧传奇的主题集中于对黑暗现实的再现和对理想家园的建构,其中黄周星的杂剧传奇着重在对黑暗现实的审视中建构理想家园,王夫之《龙舟会》则主要对船山理想人格论进行形象阐释;中期杂剧与传奇主要表现文人对精神家园的追求,其中张九钺的《六如亭》意在寄托宗教情怀,张声玠《玉田春水轩杂出》则是文人理想人格与理想精神生活的画卷;晚期杂剧与传奇是末世文人的忧患、愤懑与呼喊,其中《坦园六种》主要表现末世文人的愤懑情绪与忧患情怀,陈时泌、陈天华的杂剧传奇则是末世文人对理想的呼唤。湖湘文化特质对清代湖南杂剧传奇的艺术特性形成有很大的影响。抒情传统与湖湘理学思想交汇,又迎合了杂剧传奇诗化的潮流,是推动清代湖南杂剧传奇诗化的重要原因。湘楚文学传统与清代湖南杂剧传奇的诗化特点与关目安排有很大关系。湖南人的霸蛮特性与清代杂剧传奇中的人物性格密切相关。

同时,清代湖南杂剧传奇是在模仿前人杂剧传奇创作的基础上逐渐走向成熟和繁荣的。清代湖南杂剧传奇在题材选择与戏曲艺术上都对剧坛主流进行模仿,在此基础上进行创新。具体说来,前中期主要是对剧坛主流的追随,后期在题材与主题建构上逐渐与剧坛主流同步合流。在戏曲艺术上既有对剧坛主流的追随,也有不少创新之处。

湖南理学观念盛行,在清代前、中期一直思想保守,即便到了近代,走出湖南的人能睁眼看世界,但湖南境内,还是比较保守,坚守正统。在对地方戏曲与戏班的态度上还是坚守传统观念。这种传统观念影响了文人与戏班的关系,湖南文人创作杂剧传奇不为搬演,使得湖南杂剧传奇存在严重的案头化倾向,湖南杂剧传奇作品不适合搬演,杂剧传奇作家从来不像江浙等其他省份的一些曲家那样为戏班创作,湖南杂剧传奇的审美趣味与湖南地方戏曲存在巨大差异,使得戏班也无意改编湖南杂剧传奇作品,除了因为王夫之在近现代的巨大影响,《龙舟会》曾被改编为京剧与湘剧外,湖南地方戏曲中的湖南杂剧传奇元素是相当稀缺的。这种创作与演出脱节的现象势必影响湖南杂剧传奇的传播,因此,清代湖南杂剧传奇一直以来很少引起人们的关注。

清代湖南杂剧传奇的成长模式很具代表性。因此,清代湖南杂剧传奇研究,对学界研究其他各省杂剧传奇史颇具参考价值。湖南杂剧传奇的成长经历,对当前文化建设,也具有重大的借鉴意义,如果本书的研究成果,能为当前文化建设提供参考,那是最让人欣慰的。

附录 1　清代湖南杂剧传奇作家作品综录

　　考察清代湖南杂剧与传奇作家作品的创作情况,一个重要依据是有关清代杂剧、传奇的著录文献。目前所知最早的清代杂剧、传奇著录文献是《传奇汇考标目》与《乐府考略》,两书作者姓名皆不详,仅收录清初部分曲目及作品。至乾隆时,黄文旸编的《重订曲海总目》(亦称《曲海目》)"对金元以来的戏曲作者、时代先后,多有参订。后来的《曲目新编》即以此书为蓝本;王国维的《曲录》也是在此书的基础上扩充到三千种的"①。李斗《扬州画舫录》曾转载之。后支丰宜编著《曲目表》(原亦称《曲目新编》),就是对黄文旸《重订曲海总目》、焦循《曲考》所作的增补,其中列"国朝杂剧"一类。这些文献对杂剧传奇作家作品的著录数量少,且简略粗疏,标准模糊不清。1928 年,上海大东书局排印刊行了由董康搜集整理,王国维、吴梅、陈乃乾、孟森等校订的《曲海总目提要》,全书共收元明清杂剧、南戏、传奇 684 种,其中收录湖南戏曲作家作品计有许潮杂剧《武陵春》《赤壁游》《午日吟》《龙山宴》《南楼月》《同甲会》,龙膺传奇《蓝桥记》,李九标杂剧《四大痴》,及标为无名氏作品实为黄周星传奇的《人天乐》。

---

① 袁行云:《清乾隆间扬州官修戏曲考》,载《纪念顾颉刚学术论文集》,成都:巴蜀书社,1990 年版,第 842—843 页。

　　大规模著录清代杂剧与传奇的目录类著作首推晚清姚燮的《今乐考证》。《今乐考证》共十三卷,载录宋元至清咸丰以前戏曲作家520人,杂剧传奇作品2066种,其中有道光、咸丰时流行的少数地方戏剧目录。与此前的戏曲书目相比,它对清杂剧传奇尤其与作者同时代的作家作品著录更为自觉。据赵景深《读曲随笔》的统计,其中著录的清杂剧作家计有70人,作品252种。[①] 后来台湾学者曾永义的统计略有不同,计有作家64人,杂剧229种[②],共有四卷专录清代杂剧与传奇。其中载录湖南戏曲作家作品计有传奇5本,杂剧9本。传奇为许潮《泰和记》、龙膺《蓝桥记》、黄周星《人天乐》、张九钺《六如亭》《双虹碧》,杂剧为许潮的《武陵春》《午日吟》《赤壁游》《龙山宴》《同甲会》《南楼月》《写风情》、黄九烟(周星)的《试官述怀》《惜花报》。[③] 姚燮又有《今乐府选》,为杂剧、戏文、传奇选本。全书号称500卷,传世者仅195册。全稿完成时间约在咸丰二年至同治三年(1852—1864)之间,共收戏曲268种,计1775出,是收录最富的一部戏曲选本。但在清代湖南传奇中仅收黄周星的传奇《人天乐》,张九钺的传奇《六如亭》各一出。

　　20世纪有王国维《曲录》、吴梅《中国戏曲概论》、阿英《晚清戏曲小说目》、傅惜华《清代杂剧全目》、庄一拂《古典戏曲存目汇考》、赵景深与张增元合著的《方志著录元明清曲家传略》、孙楷第《戏曲小说书录解题》、郭英德的《明清传奇综录》、周妙中《江南访曲录要》与《江南访曲录要(二)》、张棣华《善本剧曲经眼录》、李修生《古本戏曲剧目提要》和梁淑安与姚柯夫合著的《中国近代传奇杂剧经眼录》等出版。其中,傅惜华《清代杂剧全目》乃唯一专门的清杂剧目录类著作,庄一拂《古典戏曲存目汇考》则是著录清杂剧与传奇最多的目录类著作。

----

①　赵景深:《读曲随笔》,上海:上海文艺出版社,1999年版,第182页。

②　曾永义:《中国古典戏剧论集》,台北:联经出版事业公司,1970年,第215页。

③　姚燮:《今乐考证》,载俞为民、孙蓉蓉《历代曲话汇编·清代编第四集》,第94—440页。

王国维《曲录》是当时收录最为完备的一部戏曲目录学著作,该书共六卷,收录宋元明清戏曲作家 208 人,杂剧传奇作品 2196 种,其中清人杂剧 82 种,清人传奇作者姓名可考者 437 种,不可考者 372 种①。所录湖南杂剧与传奇作家作品有许潮的《武陵春》《龙山宴》《同甲会》《赤壁游》《午日吟》《南楼月》《写风情》《兰亭会》8 种,龙膺《蓝桥记》1本,李九标《四大痴》1 本,王夫之《龙舟会》1 本,张九钺《六如亭》1本,杨恩寿的《麻滩驿》《理灵坡》《再来人》《桃花源》《姽婳封》《桂枝香》6 种,曾传钧《惠兰芳》1 本。

吴梅《中国戏曲概论》是一本专门的中国戏曲简史。先列举当时所见的 146 种清人杂剧的名目,进而对一些重要的作家作品进行评述,这些评述虽然都很简略,却往往十分精当。其中著录湖南作家的传奇作品有张九钺的《六如亭》,杨恩寿《麻滩驿》《理灵坡》《再来人》,杂剧作品有许潮的《武陵春》《兰亭会》《写风情》《午日吟》《南楼月》《赤壁游》《龙山宴》《同甲会》,王夫之的《龙舟会》(入明代杂剧),杨恩寿的《桃花源》《姽婳封》《桂枝香》,蘅芷庄人(张声玠)的《玉田春水轩杂出》《讯鹁》《题肆》《琴别》《画隐》《碎胡琴》《安市》《看真》《游山》《寿甫》,并对杂剧《坦园三剧》《玉田春水轩杂出》九种、传奇《六如亭》《坦园三种》作了简短的评论②。

傅惜华《清代杂剧全目》乃唯一专门的清杂剧目录类著作,共著录姓名可考的清代杂剧作家作品 550 种,无名氏杂剧作家作品 750种,共计 1300 种。其中著录清代湖南杂剧作家作品计有黄周星 2种,王夫之 1 种,张九钺 2 种,张声玠 9 种,熊超 1 种。但此书中熊超被定为江西修水人。③

庄一拂《古典戏曲存目汇考》共收戏文 320 余种、杂剧 1830 种、

---

① 参见王国维:《曲录》,台北:艺文印书馆,1971 年版。

② 参见吴梅:《顾曲麈谈　中国戏曲概论》,上海:上海古籍出版社,2000 年版。

③ 参见傅惜华:《清代杂剧全目》,北京:人民文学出版社,1981 年版。

传奇 2590 种。其中著录湖南杂剧与传奇作品计有明代许潮杂剧 13
种,李逢时杂剧、传奇各 1 种,龙膺传奇 2 种;清代王夫之杂剧 1 种,
黄周星杂剧 2 种、传奇 1 种,王维新传奇 1 种,熊超杂剧 1 种,张九钺
传奇 2 种,毛国翰传奇 1 种,张声玠杂剧 9 种,曾传钧传奇 1 种,杨恩
寿传奇 7 种,陈时泌传奇 2 种,陈天华杂剧 1 种。①

　　孙楷第《戏曲小说书录解题》共六卷,前三卷为小说类书籍,后三
卷为戏曲类书籍,所著录的湖南戏曲作品有王夫之《龙舟会》,张声玠
《玉田春水轩杂出》。②

　　李修生主编《古本戏曲剧目提要》共收录现存宋元至清中叶杂
剧、传奇 1500 种左右,其中属于清代传奇的有 179 位作家的作品
345 种,佚名作品 144 种;属于清代杂剧的有 96 位作家的 304 种作
品及佚名作品 77 种。而所收录的湖南戏曲作品计有明代许潮的杂
剧 17 种(《卫将军》《公孙丑》《兰亭会》《武陵春》《同甲会》《写风情》
《午日吟》《汉相如》《赤壁游》《东方朔》《元微之》《陶处士》《南楼月》
《龙山宴》《谢东山》《张季鹰》《裴晋公》);清代黄周星的杂剧《试官述
怀》《惜春报》,传奇《人天乐》,王夫之的杂剧《龙舟会》,张九钺的传奇
《六如亭》,张声玠的杂剧九种(《讯妫》《题肆》《琴别》《画隐》《碎胡琴》
《安市》《看真》《游山》《寿甫》)。但将明代湖南武陵人李逢时(九标)
说成是浙江杭州人。③

　　郭英德的《明清传奇综录》共搜集了现存明清传奇完整本一千一
百多种,对其中的七百五十多种作了详尽的叙录。清代传奇主要收
录清顺治九年至嘉庆二十五年(1652—1820)创作的共计 479 种,其
中包括 198 位传奇作家的传奇作品 385 种,佚名作品 94 种。其中所
收湖南明清传奇作家作品有清代黄周星《人天乐》传奇一种。

　　①　参见庄一拂:《古典戏曲存目汇考》,上海:上海古籍出版社,1982 年版。
　　②　参见孙楷第:《戏曲小说书录解题》,北京:人民文学出版社,1990 年版。
　　③　参见李修生:《古本戏曲剧目提要》,北京:文化艺术出版社,1997 年版。

赵景深与张增元合著的《方志著录元明清曲家传略》是一本专门从方志中辑录曲家资料的重要戏曲文献著作。共收元代戏曲家 20 人，明代戏曲家 155 人，清代戏曲家 258 人，元明清散曲家 140 人，元明清戏曲理论家及其他 85 人，总计 658 人。其中收录湖南戏曲家许潮、龙膺、黄周星、王夫之、陶之采、朱景英、张九钺、刘代英、张声玠、曾传钧、夏大观(归入散曲家)等十一人。

关于晚清民国曲目的专门著录，始于阿英《晚清戏曲小说目》，阿英在其"晚清戏曲录"部分，著录传奇 54 种，杂剧 40 种，其计 94 种。内收晚清湖南杂剧传奇计有陈时泌(季衡)传奇 2 种，分别为《非熊梦》《武陵春》，陈天华(星台)杂剧 1 种，为《黄帝魂》。①

梁淑安与姚柯夫合著的《中国近代传奇杂剧简目》著录湖南杂剧传奇作品有杨恩寿传奇 7 种②，陈时泌传奇 2 种，陈天华的杂剧《黄帝魂》。③ 梁淑安、姚柯夫的《中国近代传奇杂剧经眼录》所收为 1840—1919 年间传奇、杂剧作品，全书共收作者 105 家，作品 270 种。书后有两个附录，一为《"五四"以后传奇杂剧经眼录》，收作品 46 种，一为《诸家曲目著录而未及寓目之剧目》，收作品 41 种。该书著录《坦园六种曲》，还提到《双清影》《媢婳封》《桂枝香》于同治九年(1870)冬所合刊之《杨氏曲三种》④；周妙中《江南访曲录要》与《江南访曲录要(二)》、张棣华《善本剧曲经眼录》未录湖南杂剧传奇作家作品。

左鹏军的《晚清民国传奇杂剧考索》，是专门考索晚清民国杂剧传奇的著作，其中对湖南善化王时润的《闻鸡轩杂剧》进行了考索。⑤

---

① 参见阿英：《晚清戏曲小说目》，上海：上海文艺联合出版社，1954 年版。

② 梁淑安、姚柯夫：《中国近代传奇杂剧简目(上)》，《文献》，1980 年第 4 期，第 118 页。

③ 梁淑安、姚柯夫：《中国近代传奇杂剧简目(下)》，《文献》，1981 年第 1 期，第 82—83 页。

④ 参见梁淑安、姚柯夫：《中国近代传奇杂剧经眼录》，北京：书目文献出版社，1996 年版。

⑤ 左鹏军：《晚清民国传奇杂剧考索》，北京：人民文学出版社，2005 年版，第 25 页。

左鹏军《近代传奇杂剧研究》(2001)和《晚清民国传奇杂剧考索》二书在"附录"中均钩稽了杨恩寿的《杨氏曲三种》中各剧的其他版本。

再来看杂剧传奇剧本的辑录情况。杂剧方面,郑振铎选刊的《清人杂剧初集》和《清人杂剧二集》两种,共收刊清人杂剧80种;1941年武进董氏诵芬室所刊清初邹式金所辑《杂剧新编》[①]1种,该书收录明清之际的杂剧19家34种。但仅《清人杂剧二集》收王夫之杂剧《龙舟会》1种、张声玠《玉田春水轩杂出》9种。传奇方面,则有近人刘世珩所辑《暖红室汇刻传奇》、吴梅《奢摩他室曲丛初集》等,均收录有清代作品,但所收作品不多。建国以来陆续出版的《古本戏曲丛刊》中,三集为明末清初传奇集,收明清之际剧作百种,五集为清初传奇作品集,收85种,九集专收清代宫廷大戏,共8种。阿英所编《晚清文学丛钞·传奇杂剧卷》中收有不少晚清重要曲作。梁淑安主编的《中国古典文学名著分类集成·戏曲卷五》,张庚、黄菊盛主编的《中国近代文学大系·戏剧集》(一、二)皆收录了一些近代作品,但这两种所收录的近代作品均不及阿英所录丰富。这些选集中,均未收录清代湖南传奇作品。

综上所述,目前出版的戏曲目录文献中,收录清代湖南杂剧与传奇作家作品很少,遗漏颇多。由于各方面原因,不少作品存于作家别集和地方文献中,而不为著录者知晓,因此,我们只有在全面考察有关戏曲目录文献的基础上,爬梳其他相关文献,才有可能全面把握清代湖南杂剧与传奇作家作品的面貌。

本综录拟以作家为纲,以作品为目,按照作家出生或生活年代先后顺序排列,考录的内容包括作家生卒年、籍贯、主要生活经历、著述及杂剧、传奇创作情况,并附录作家生平资料索引以备考。作品条目包括剧目存录情况、版本流变、情节梗概、本事流变、简略评价五个部分。

---

①　因邹氏意在继沈泰《盛明杂剧》初集二集之后,故又称《杂剧三集》。

1.黄周星

黄周星(1611－1680),字九烟,一字景明、景虞等,号圃庵、而庵、笑苍子,别署笑苍道人、汰沃主人、将就主人、半非道人等。生父黄一鹏,上元(今南京)人,养父周逢泰,湖南湘潭人。黄周星幼时即育于周家,名星,入湘潭籍①。有神童之目,六岁能文,八岁出周郎帖,十二岁入南监,崇祯癸酉(1633)隽北闱,庚辰(1640)成进士,甲申(1644)为户部主事,上疏复姓归籍,以周星为名。明亡后怀亡国之痛,改名黄人,字略似。辗转流寓吴越诸地,以寄寓湖州南浔马家巷时间为最长。贫乏不给,以坐馆教书,"佣书鬻文"为生。嗜酒,其《楚州酒人歌》云:"天醉地醉人皆醉,丈夫独醒空憔悴"。年近六十方得二子。七十岁时,有人荐为博学鸿儒,不就,迫之,则叹曰:"吾苟活三十七年矣,老寡妇其堪再嫁乎? 康熙十九年(1680)端午,投秦淮河自尽。其自撰《墓志铭》云:"其胸中空洞无物,唯有'山水文章'四字。故尝有诗云:'高山流水诗千轴,明月清风酒一船。借问阿谁堪作伴,美人才子与神仙。'则道人之志趣可知矣。"黄氏性格豪放,愤世嫉俗,以善骂名于时。其交游颇广,与陶汝鼐、吕留良、徐枋、丁雄飞、林古度、杜浚、尤侗、吴嘉纪、钱谦益、黄宗羲、高世泰、吴之振、黄宗炎等人交游唱和。工书法,善诗曲。"诗文奇伟,慷慨激昂,略似其人,诗才横溢"(邓显鹤《沅湘耆旧集》卷二十七),与周浚、周蓼恤、杜岑称"湖广四强",曾刻印:"性刚骨傲肠热心慈"。著作有《夏为堂集》《夏为堂别集》《圃庵诗文》《刍狗斋集》《山晓阁诗集》《千家姓编》《唐宋八大家文备》等。戏曲作品有传奇《人天乐》,杂剧《试官述怀》《惜花报》及戏曲理论《制曲枝语》一卷。

【备考】

① 九烟于明崇祯十七年甲申(1644)十月二十六日具奏的《复姓疏》明确说及:"臣原籍应天府上元县人,本姓黄氏,因臣生父黄一鹏与养父周逢泰比邻交稔,维时养父艰嗣,乞抚臣于孩抱,臣遂承袭周姓。"

　　(1)黄周星：《夏为堂集》附《墓志铭》；(2)黄周星：《九烟先生集》卷一、卷二，(3)黄周星：《九烟先生遗集》卷三；(4)黄周星：《前身散见集编年诗续抄》第 14 页；(5)黄周星：《夏为堂别集·复姓疏并纪事》；(6)归庄：《归庄集·书黄周星事》；(7)朱彝尊：《明诗综》卷七十五；(8)朱彝尊：《静志居诗话》卷二十一《黄周星》；(9)汪有典：《黄周星传》；(10)沈德潜、周准：《明诗别裁》卷十一《黄周星》；(11)王士禛：《渔洋诗话》卷中《黄周星》；(12)王士禛：《香祖笔记》；(13)曹溶：《明人小传》卷四《黄周星传》；(14)李恒：《国朝耆献类征初编》卷三百七十三；(15)邓显鹤：《沅湘耆旧集》卷二七《黄周星》；(16)周系英：《九烟先生集》书前《传略》；(17)周昭侃：《九烟先生集·跋》；(18)陈鼎：《留溪外传》卷五《笑苍老子传》；(19)俞樾：《芸蒌编》；(20)甘熙：《白下琐言》卷三；(21)姚燮：《今乐考证》"黄周星"条；(22)乾隆《长沙府志》卷二十九；(23)嘉庆《湘潭县志》卷三十，光绪《湘潭县志》卷八；(24)康熙《江宁县志》卷十二，嘉庆《江宁府志》卷四十一；(25)康熙《繁昌县志》卷十二、乾隆《繁昌县志》卷十二；(26)乾隆《古田县志》卷七、民国《古田县志》卷三十五；(27)乾隆《杭州府志》卷一〇五、民国《杭州府志》卷十七；(28)嘉庆《嘉兴府志》卷七十九；(29)《明遗民录》卷四十一《黄周星》；(30)乾隆《长兴县志》卷九、光绪《长兴县志》卷二十六；(31)光绪《泗洪县志》卷十二；(32)乾隆《长洲县志》卷二十七；(33)道光《南浔镇志》卷七；(34)咸丰《南浔镇志》；(35)光绪《安吉县志》卷十二；(36)杨树达《九烟先生遗集说明》；(37)《湖南文献汇编》第二辑，第 102 页；(38)《历代进士题名录》之《明清进士题名碑录》第 2617 页；(39)《明清进士题名碑录索引》第 2224 页；(40)谢正光：《明遗民传记索引》；(41)《碑传集耆旧类征》卷二；(42)庄一拂：《古典戏剧存目汇考(中)》第 700 页；(43)赵景深、张增元：《方志著录元明清曲家传略》第 176—180 页；(44)傅惜华：《清代杂剧全目》第 33 页；(45)李修生：《古本戏曲剧目提要》第 419 页；(46)郭英德：《明清传奇综录》(上)"黄周星"条；(47)王永宽：《中国戏曲通鉴》第 522 页；(48)龙华：《湖南戏曲史稿》第三章；(49)潘树广：《明遗民黄周星及其佚曲》，《文学遗产》，2001 年第 2 期，第 134－137 页；(50)吴书荫：《对〈明遗民黄周星及其"佚曲"〉的补正》，《文学遗产》，2003 年第 5 期；(51)杜桂萍：《清初杂剧研究》之《附录：清初杂剧作家作品综录》；(52)王汉民：《黄周星行实系年》，《浙江艺术职业学院学报》，2009 年第 1 期；(53)胡正伟：《黄周星研究》，南京师范大学 2003 年硕士学位论文；(54)陆勇强：《黄周星生平史料的新发现》，《暨南学报》(哲学社会科学版)，2007 年第 5 期。

人天乐

《人天乐》，传奇，一名《北俱庐》。《传奇汇考标目》别本、姚燮《今乐考证》、庄一拂《古典戏曲存目汇考》、李修生《古本戏曲剧目提要》著录。《曲海总目提要》卷三十一有此剧，但云"不知何人所作"。《今乐府选》选一出。有清康熙二十七年(1688)刻《夏为堂集》所收本，浙江图书馆、北京图书馆有藏。《古本戏剧丛刊》三集据之影印，题《夏为堂人天乐传奇》，署"震丹笑苍道人制"。卷首有《纯阳吕祖命序》，后署"驭云仙子题于双真楼中"；有作者自序，后署"笑苍道人题"；有《制曲枝语》，后署"笑苍道人漫识"；有《书吕祖序后》，后署"梅华外臣谨识"；有《题词》，后署"浯溪磨崖漫士题"。傅惜华藏清初刻夏为堂《笑苍传奇》第一种本，二册。封面右题："夏为堂藏版"，版心题："人天乐"。其他与《夏为堂集》所收本同。另有光绪间湘潭周氏家塾刻本《九烟先生集》所收本，湖南图书馆有藏。

剧凡二卷三十六折。上卷分：开辟、定位、述怀、福纲、不杀、天殿、不盗、天食、不淫、天衣、不贪、天娱、不嗔、天合、不邪、天育、净口、天寿，下卷分：魔哄、济困、筹魔、解冤、馘魔、赎女、赎儿、仙联、鬼传、意园、天园、辑谶、救鬼、凡圆、仙引、人乐、天乐、仙圆。叙赡部洲钟山士人轩辕载，号冠霞，初抚于汝南异姓，后归江夏本宗。其为人正直聪明,人品高尚,生平非圣贤之书不读。中庚辰进士,甫登仕籍,即逢易鼎,便偕妻流寓四方。因慕郁单越之乐,乃持十善之戒。在遭盗贼洗劫一空而一贫如洗时,因掘地取泥而偶得两大包银子,但不为所动,原封不动,以土掩之;假巨族郊园读书,邻妇石二芸、园主之妾卜小越皆慕其才貌,欲与之私奔,而轩辕载坚拒之,遂迁他处;又好行善事,遭他人毁谤污蔑亦恬然不嗔;自省惟绮语之习未尽除,晚年力戒之;乐善好施,游扬州时解囊接济贫士周生、孝子李生及同年吴孝廉、刘大年;又喜为他人排难解纷,扬州皮青与东方望结怨,轩辕载力劝其和解;过三衢,出资助赎宦妇何氏与毛侍御女,途遇卖子者,亦为赎还。尝撰《将就园记》,言以“将山”“就山”为两园,两园各有十胜,皆空中楼阁。乩者阮玉衡索观称善,上达文昌帝君,帝令依此记于昆仑顶造天园。轩辕载二子旭、朔并中鼎甲,钦召载为翰林,不受。吕祖下降,欲度载为仙,先引其游郁单越洲,后送之入昆仑为将就园主人。未几合家飞升,至园中团圆。

剧以佛经所载郁单越为人乐,以道家所称中海昆仑为天乐,合之故名《人天乐》。全剧除第一折至第四折(《标目》《开辟》《定位》《述怀》)外,其余三十二折大体分现实与理想两条线索,作品基本上按两条线索交互发展展开情节。其中《不杀》(第六折)、《不盗》(第八折)、《不淫》(第十折)、《不贪》(第十二折)、《不嗔》(第十四折)、《不邪》(第十六折)、《净口》(第十八折)、《济困》(第二十折)、《解冤》(第二十二折)、《赎女》(第二十四折)、《赎儿》(第二十五折)写现实中轩辕载戒十恶修十善的故事,其余写郁单越的生活及将就园境况,最后以轩辕载合家眷属升天作结。其中有十二折写郁单越:《福纲》(第五折)、《天殿》(第七折)、《天食》(第九折)、《天衣》(第十一折)、《天娱》(第十三折)、《天合》(第十五折)、《天育》(第十七折)、《天寿》(第十九折)正面描述郁单越种种妙胜;《筹魔》(第二十一折)、《鬫魔》(第二十三折)、《鬼传》(第二十六折)则写阿修罗魔王作乱,兴兵侵占郁单越,毗沙门天王同哪吒太子统领兵将保护,在摩力支天大士帮助下,降伏魔王;第三十四折《人乐》,写轩辕载游俱卢洲,亲历梦寐以求的理想生活。其余十折写仙境,其中第二十八折《意园》主要介绍将园十胜与就园十胜,第二十九折《天园》写文昌帝君择建将就二园,第三十三折《仙引》写吕洞宾接引轩辕载至将就园居住,第三十五折《天乐》写轩辕载游览将就园,享受天乐,第三十六折《仙圆》写轩辕载合家眷属并隶仙籍。

剧中轩辕载即作者自况,轩辕影指姓黄,载影指名周星。轩辕载之身世经历,即作者自述,如庚辰进士,授为郎官,曾因复姓遭谤;适逢鼎革,漂泊吴越,以授书糊口;撰《将就园记》,预期庚申成仙;等等。皆为黄周星的亲身经历。轩辕载之性格,亦为作者写照,其自撰《墓志铭》云:"道人生来有烟霞之志,于世间一切法,俱澹然无营。……大抵道人主平正直忠厚好济人利物,而真率少文,刚肠疾恶。尝自镌一印,文曰:'性刚骨傲,肠热心慈',此真实录也。故其处世,每与正人君子,鬼神仙佛相知,而与小人多不合,以此无事得谤。然道人性慵才拙,恬于声利,故虽被谤而不伤。喜读书赋诗,游山水,访异人。其胸中空洞无物,唯有'山水文章'四字。故尝有诗云:'高山流水诗千轴,明月清风酒一船。借问阿谁堪作伴? 美人才子与神仙。'则道人之志趣可知矣。一生事事缺陷,五伦皆然。自少至老,未尝一日安乐。盖尘世不辰,遂与贫贱相终始。然积功累行,孳孳为善,非义所在,一介不苟,俯仰之间,毫无愧怍,庶乎文人之有行者。"其《自序》云:"兹仆所作《人天乐》,盖一为吾生哀穷悼屈,一为世人劝善醒迷,事理本自显浅,不烦诠译。若置之案头,演之场上,人人皆当生欢喜之心,动修省之念,其于世道人心,或亦不无小补。虽然,是岂仆之得已哉! 夫思德功而不可得,乃降而为立言;思立言而又不可得,乃降而为词曲。盖每下愈况,以庶几一传于后世。"驭云仙子《纯阳吕祖命序》亦云:"吾与笑苍子周旋之日久矣。笑苍子愍人世之劳苦,汩没于声色货利中,无有已时。因假轩辕生之名,现身说法,演为《人天乐》一书,以略述夫力善之概,非徒自觉,欲以觉人也。吾故曰:《人天乐》,诚济世之慈航也。……愿读斯传奇者,毋视为泛常戏剧,当尊之为《道德经》也可,当尊之为《太上篇》也可。"可知全剧以劝善为框架,以述怀为旨归,借传奇以抒发厌现实之混沌,悲身世之坎坷,慕理想之境界的情怀。

此剧作于康熙十五年(1676),磨崖漫士的《人天乐传奇题词》中有"戊午秋,笑苍子与余别二十五年,一旦返金陵,出《人天乐》示余"之语,戊午为康熙十七年(1678),则此年《人天乐》已撰成。又其卷末收场诗云:"闲过春风六六年,世间那得寄愁天?一生忍耻居人后,万事伤心在目前。但把文章供傀儡,不将富贵换神仙。酒垆若问轩辕子,只在齐州几点边。"其《制曲枝语》云:"余自就傅时,即喜拈弄笔墨,大抵皆诗词古文耳。忽忽至六旬,始思作传奇。然颇厌其拘苦,屡作屡辍。如是者又数年。今始毅然成此一种。盖由生得熟,骎骎乎渐入佳境,乃深悔从事之晚。将来尚欲续成数种。因思六十年前,安得有此?王法护曰:'人固不可以无年',每诵斯言,为之三叹。"则此剧作于作者六十六岁时。

《人天乐》真实再现了文人在皇朝易代后的痛苦生活和凄惶遭遇,深刻揭露了社会的黑暗与腐败,深情描述了理想世界的美景,并对通往理想世界的途径进行了探索。传奇风格离奇诡异,采用传奇惯用的双线交织结构方法,对现实与虚幻两个世界均有细致描写,具有强烈的抒情性。传奇虽有道德说教和宗教迷信的瑕疵,但作者本着"哀穷悼屈""劝善醒迷"的创作意旨,使得这部传奇既具有现实价值,又闪耀着理想的光辉。

试官述怀

《试官述怀》,杂剧。姚燮《今乐考证》、傅惜华《清代杂剧全目》、庄一拂《古典戏曲存目汇考》、李修生《古本戏曲剧目提要》著录。今存康熙二十七年(1688)《夏为堂集》刻本。《夏为堂集》所收本,标名云:《试官述怀》,署题云:"笛部笑苍子编",孤山野鱼子订,北京图书馆、湖南省图书馆、中国艺术研究院戏曲研究所有藏。

此为一折短剧。以嬉笑怒骂的口吻指斥科场腐败,类似社会问题剧。全剧通过试官与手下人的对话,揭露了当时科举试场的种种黑暗内幕。试官索贿,明码标价。考生须贿赂三千两银子,才有希望中式。全剧通过由净扮的试官与杂扮的差役两个角色的一问一答,将科场与官场的腐败揭露得淋漓尽致。主考官为了捞银子才当试官,秀才们也是为了金钱才来应试。从各省请来的阅卷人打哄到天亮,还到内帘卖关节,打伙分东西。试官派人给应考举子们的食物又粗劣又量少,自己却与下属终日美酒佳肴地盛排筵宴……全剧仅1600余字,短小精悍,酷似当今的戏剧小品。作品以简短的篇幅,直抒胸臆,道出对当时社会考场弊病的无比憎恶。未见本事,当为作者据现实加以敷衍而成。

李修生《古本戏曲剧目提要》认为"剧本可能写于康熙九年(1670),黄周星六十岁以后。"

惜花报

《惜花报》,杂剧。姚燮《今乐考证》、傅惜华《清代杂剧全目》、庄一拂《古典戏曲存目汇考》、李修生《古本戏曲剧目提要》著录。《笠阁批评旧戏目》著录为王丹麓作。姚燮《今乐考证》辩证云:"《笠阁评目》有《惜花报》一种,署为王丹麓作,非。盖此剧九烟为丹麓纪事作也。"[1]此剧现存清康熙间刻《夏为堂集》所收本,标名云:《惜花报》,无署题。北京图书馆、湖南省图书馆、中国艺术研究院戏曲研究所有藏。

全剧共四折。写南岳花神魏夫人(紫虚元君)款待爱花的王生,

---

① 俞为民,孙蓉蓉:《历代曲话汇编》清代编第四集,合肥:黄山书社,2008年版,第265页。

最后将之引入仙苑的故事。南岳司徒魏舒之女、刘幼彦之妻魏夫人晚年遇仙得道,白日飞升,被玉帝命为紫虚元君,分司南岳,凡世间奇花异卉,均归她掌管。武林书生王晫潜心读书,乐志田园,有爱花之癖,平日极喜种花,且惜花如命,曾撰《戒折花文》,每有落红片片,均小心埋入土中。魏夫人闻知此事,便遣弟子黄令徽将王晫引入洞天方丈,以歌舞款待,并令他参观此处的各种花卉。因王晫尘缘未满,魏夫人便遣弟子将其送回凡尘。数年之后,王晫尘缘已满,魏夫人特命花神崔玄微召他到来,封他为护花使者,掌管群芳仙院之事,此时南岳洞天举行千古盛典,各路神仙一一到来庆贺。

此剧灵感来自友人王晫事,也有好人好报的用意。王晫(1636—1710后),字丹麓,浙江钱塘(今杭州)人,顺治间诸生,嗜读书,有才气,喜与名士交,此黄周星小二十余岁,为忘年交。乃《今世说》作者,与张潮合作编刻《檀几丛书》。据潘树广《明遗民黄周星及其"佚曲"》(《文学遗产》2001年第2期)一文考证,《惜花报》本于王晫传奇小说《看花述异记》。

全剧构思巧妙,文辞瑰丽,天上人间,想象神奇。同时,由《看花述异记》的写作时间(康熙七年三月),亦可推知《惜花报》为黄氏晚年之作。

2.王夫之

王夫之(1619—1692),字而农,号姜斋,自称夕堂老人,世称船山先生,另署双髻外史、梼杌外史、一壶道人,湖南衡阳人。父王朝聘,人称武夷先生。兄介之,参之。崇祯十五年(1642)与兄介之同中壬午举人。1648年与管嗣裘在衡山举兵抗清,失败后赴肇庆助桂王图恢复,曾为行人司行人,因受陷害而退出。后依桂林留守瞿式耜抗清,1651年瞿式耜殉难,桂林沦陷。见事不可为,而归里隐遁。1654年后三年间,常窜伏深山瑶洞,徙居零陵、常宁、宁远、桂阳等地,变姓名为傜人,以避兵乱。1657年,携妻儿回衡阳,住莲花峰下续梦庵旧居,1660 年迁衡阳金兰乡,造"败叶庐"茅舍以居。1673 年吴三桂反清,王夫之于 1674 年至 1678 年间外出活动十余次。1678 年后十余年,他一直隐居石船山下"湘西草堂",足迹不出乡里,潜心著述以终。与方以智、章旷、管嗣裘、瞿式耜、蒙正发等为师友。

船山从小聪颖过人,博闻强记,七岁随长兄介之读完十三经,十四岁考中秀才,二十四岁考中举人,后因战乱未能入京参加会试。他在经义与诗文等方面的丰厚学养为后来的学术研究打下了坚实的基础。1651 年后四十年,潜心著述,矢志不渝。"诸种卷帙繁重,一一皆楷书手录。贫无书籍,纸笔多假之故人门生,书成,因以授之,其藏于家与子孙言者无几焉"①。王夫之是明清时期最杰出的思想家、哲学家之一,在文学上造诣也很深。著述卷帙浩繁,现存 95 种,389卷,约 800 万字,包括文、史、哲等诸多领域。有 1865 年曾氏刻《船山遗书》收 54 种,计 288 卷;1982 年至 1996 年岳麓书社整理出版《船山全书》16 册,2011 年岳麓书社《船山全书》修订本所收船山著述更全。

【备考】

(1)王敔:《大行府君行述》;(2)《邗江王氏五修族谱》;(3)潘宗洛:《船山先生传》;(4)王之春:《船山公年谱》;(5)邓显鹤:《楚宝》;(6)邓显鹤:《沅湘耆旧集》卷三十三;(7)余廷灿:《存吾文稿》卷三;(8)《碑传集》卷一三〇;(9)李恒:《国朝耆旧类征初编》卷四〇三;(10)刘毓崧:《王船山先生年谱》;(11)李元度:《王而农先生事略》;(12)陈田:《明诗纪事》辛签卷十三《王夫之小传》;(13)王启原:《圭复斋诗集》,《书王船山先生传》;(14)罗正钧:《补辑船山先生年谱跋后》;(15)赵尔巽:《清史稿》卷四八〇;(16)《清史列传》卷六十六;(17)阮元:《国史儒林传》;(18)乾隆《衡州府志》二四;(19)嘉庆《衡阳县志》卷二十九,卷三十八;(20)嘉庆《直隶郴州总志》二四;(21)同治

---

① 王敔:《大行府君行述》,《船山全书》第 16 册,长沙:岳麓书社,1996 年版,第 76 页。

《衡阳县志》人物仕女第七;(22)同治《湘乡县志》一八;(23)光绪《邵阳县志》一〇;(24)谢正光:《明遗民传记索引》;(25)蔡冠洛:《清代七百名人传》(下册)《王夫之》;(26)傅家圭:《湖南先贤事略·王夫之》;(27)赵景深、张增元:《方志著录元明清曲家传略》第 201－202 页;(28)邓谭洲:《王船山传论》;(29)萧篷父、许怀民:《王夫之评传》;(30)夏剑钦:《卓越的思想家王夫之》;(31)张怀承:《王夫之评传:民族自立自强之魂》;(32)章启辉:《旷世大儒——王夫之》。

龙舟会

《龙舟会》,杂剧,全称为《龙舟会烈女报冤》。清人戏曲书录未见记载。王国维《曲录》、傅惜华《清代杂剧全目》、庄一拂《古典戏曲存目汇考》、孙楷第《戏曲小说书录解题》、李修生《古本戏曲剧目提要》著录。抄本原藏衡阳刘氏家,清同治间刻入金陵本《船山遗书》中。现存同治四年湘乡曾氏刊本,湖南图书馆有藏。清同治四年(1865)湘乡曾氏金陵刻本。标名云:《龙舟会》,署题云:衡阳王夫之撰。正目云:鹦鹉洲游人拆字,龙舟会烈女报冤。北京图书馆、中国艺术研究院各有一藏本。《清人杂剧二集》据同治间刻本影印。近人吴梅《古今名剧选》,原收此剧,然未见刊行。王永宽等编选的《清代杂剧选》收入此剧。《船山全书》收。

剧共四折一楔子。演烈女谢小娥杀贼报仇事。剧写巴陵女子谢小娥,自幼失母,由父亲抚养成人,招赘平江段不降。不降与岳父谢皇恩贸易苏杭,三载无音信,在江州城遭贼人杀害。二鬼魂经小孤神女指点托梦谢小娥,言杀谢父者为“车中猴、门东草”,杀谢夫者为“田中走,一日夫”。并于小娥床前洒几点血,以作凭证,令其报仇。小娥携带盘费,寻找仇人。行至汉阳,将梦中“车中猴、门东草”“田中走、一日夫”十二字贴于阁柱,数月无人猜透。适遇观察判官李公佐,猜出乃隐括二人名字:申兰,申春。小娥知情,决心报仇。公佐建议告状,小娥怕走露风声,恐性命不保,仇也难报。公佐恐小娥杀贼无凭,惹出麻烦,遂与小娥写一判书:"杀谢皇恩者申兰,杀段不降者申春。神告分明,谢小娥持此报冤为照。"小娥女扮男装,改名李小乙,至江州西门外访得二贼。小娥至申春家佣工,转眼三载,备受信任,贼人凡行歹事,不瞒小娥。小娥在包裹中寻出其父衬衣,上有血迹,包货布上有其父印记,寻机复仇。适逢端午节,乃置酒席过节。小娥祭过父、夫阴魂,取刀藏好。申兰、申春看完龙舟大会后,携四贼归。乃饮酒取乐,命小娥唱曲。小娥乘机劝酒,诱其换大碗狂饮,众贼醉倒鼾睡,小娥杀尽众贼。以二申人头祭奠父夫,然后携人头与血衣、印记去江州告状,江州刺史钱为宝,见杀贼证据,怕连累自己,未办小娥杀人罪。小娥报仇雪恨后,投江陵瓦官寺,出家为尼,法号妙寂。倏经三年,欲报公佐大恩,自去城外澄江楼游览。公佐因与奸臣不和,告病归休,时遇雪天,换船西上江陵,临江赏雪。二人在澄江楼相遇,小娥具告前情,并言为恩人诵《大藏金刚般若经》。公佐称赞小娥为巾帼英雄,以为男人不如,欲请地方官上表旌奖,小娥谢绝。于是公佐溯江而上,畅游三峡;小娥古刹青灯,不恋人世。

　　事见《太平广记》卷四百九十一唐人李公佐《谢小娥传》,《新唐书》卷二〇五据其采入《列女传》。又李复言《续玄怪录》中《尼妙寂》亦记此事,而文字略有不同:妙寂姓叶非姓谢。《舆地纪胜》也载谢小娥事。明凌濛初《初刻拍案惊奇》卷十九有《李公佐巧解梦中言,谢小娥智擒船上盗》,则全出自《谢小娥传》,此剧采用了上两种小说的主要情节,而又赋予了它新的思想内容,小说着重表现的是谢小娥的贞节与孝烈,而杂剧着重表现谢小娥的复仇精神和不避艰险、誓死报冤的坚强意志。

　　此剧主旨,各家说法略有差异。康和声《龙舟会杂剧序》云:"(《龙舟会》)乃借小娥诡服为男托佣申家报仇之事,以暗示后来假手复国之计。其词丽,其志苦,其计亦良非迂。冒烈女之名,而不犯当时文网之忌，虽曰小本戏曲，以视庄言法语，明垂教戒，启发尤深。"①孙楷第云"事关贞烈，词亦慷慨激昂，其第三折内着《寄生草》小令九首，点缀生情，似徐渭《渔阳三弄》之格，而笔酣意足似尤过之。夫之学问气节照耀当时，世之人皆知之，至以儒硕工曲，则在有明实为仅见。虽平生仅此一剧，足光艺林，不必以多为贵也。"②庄一拂则以为"乃在国亡之后，藉以发泄其遗民悲思。"③曾永义《清代杂剧概论》云："作者假藉谢小娥的报仇雪恨来讽世谕俗的用意是很明显的，……船山先生出笔法与梅村的《临春阁》是完全相同的……盖以李公佐隐写身世，而以谢小娥寓心志，故通剧慷慨激烈之语，随处可觅。……本剧可以案头讽诵，抒愤寄慨；可以场上搬演，讽世讽人。船山以学术名家，于戏剧一道本不措意，偶一拈题染指，即有如此成就，真是才人所致，自然天成。"④傅惜华云："以硕儒工曲，慷慨激昂，笔酣意足，实属仅见。盖其人气节学问，照耀当时，仅此一剧，足光士林，不必以多为贵也。"曾影靖云："这是一部严谨的作品，激楚悲壮，慷慨陈辞，特多悲愤语，亦是这时期作品的一个特色。"⑤陈芳云："作者系以李公佐隐写身世，以谢小娥暗寓心志，故牵合二人相会也。"⑥杜桂萍认为"《龙舟会》杂剧以唐传奇《谢小娥传》为主要蓝本，通过时间、地点、人物姓名以及题名等的改写，有意表达易代之际的历史变迁，借以表达恢复之志和复仇之感，为遗民人格张目。"⑦其实，杂剧通过对谢小娥、李公佐两个主要人物形象的塑造，特别是通过对谢小娥的

①　康和声：《王船山先生南岳诗文事略》，影康氏原稿本。长沙：湖南人民出版社，2009 年版，第 369 页。

②　孙楷第：《戏曲小说书录解题》，北京：人民文学出版社，1990 年版，第 331 页。

③　庄一拂：《古典戏剧存目汇考（中）》，上海：上海古籍出版社，1982 年版，第 692 页。

④　曾永义：《中国古典戏剧论集》，台北：联经出版事业公司，1975 年版，第 128、129 页。

⑤　曾影靖：《清人杂剧论略》，台北：学生书局，1995 年版，第 268 页。

⑥　陈芳：《清初杂剧研究》，台北：学海出版社，1991 年版，第 99 页。

⑦　杜桂萍：《遗民品格与王夫之〈龙舟会〉杂剧》，《社会科学辑刊》，2006 年第 6 期，第 231 页。

复仇精神和不避艰险、誓死报冤的坚强意志,以及智勇双全的品格的刻画,形象地阐释了船山理想人格论。①

剧写于何时,虽难确定,但据剧中"告病归休"之语,可知应写于顺治九年(1652)王船山从南明朝廷罢官归家之后。此剧影响所及,民国初年,曾由剧作家清逸居士(爱新觉罗·溥绪)撰有《谢小娥》京剧本,四大名旦之一的尚小云专工此戏。又曾改编为湘剧演出,产生过一定的影响。

3.陶之采

字庶常。陶汝鼐次子(一说为陶汝爧之子),少承庭训,能文。食饩,称诸生祭酒,以廪生入太学,试吏部,授州同,名公卿争相推毂。后归山中,键门读书,诗文益进。此前,制府丁思孔以制艺、诗赋试南北士,湖以南七郡拔之采第一,次则桃源文志鲸。文志鲸不久入史馆,常跟人说:"吾为南宫第二人无足喜,喜为诸生时见知于丁制府,次宁乡陶先生后得稍与颉颃耳。"其见推重如此。著有《秋水轩集》《香崖集》。晚年谱《芙蕖韵》一部,播之梨园,爱其词者,比美于《临川四梦》。年六十卒。

按邓显鹤《沅湘耆旧集》卷第五十四,"陶州同之采"条诗前小传云:之采,字庶常,密翁次子,以廪生考授州同。庶常,密公弟幼调之子,幼调陷贼死,密公哀之,以庶常为子。兄弟均能以文行世其家。著有《秋水轩》《香崖》等集。② 而《沅湘耆旧集》卷第四十,"陶幼调汝爧"条诗前小传又云:汝爧字幼调,宁乡诸生,密庵先生母弟,陷贼中死,密庵哭之痛。幼调少与兄齐名,癸未献贼伪檄举名士,幼调与其兄子之典名最著,贼必欲得之。幼调抱母哭三日夜,曰:"吾兄止此子,吾有二子,不忧死。"乃谋佯应命,迫胁至衡,蜡书走江右,乞巡抚

---

① 伍光辉:《〈龙舟会〉:理想人格的颂歌》,《衡阳师范学院学报》,2011年第4期,第22页。

② 邓显鹤:《沅湘耆旧集》(三),欧阳楠点校,长沙:岳麓书社,2008年版,第212页。

郭公师不得达,竟死虔州。郭公遗书论救,已无及矣。[①] 可知陶之采本为陶汝鼐子,汝鼐死后,陶汝霖才收之采为子。汝霖原有子之典,故之采为次子。又陶之典,一名大云,字五徽,号澹庵,清初诗人,清顺治间由拔贡选授安亲王府教习,迁内阁中书。有《冠松崖集》。

【备考】

(1)同治《续修宁乡县志》卷三二、卷四四;(2)民国《宁乡县志·先民传十三》;(3)民国《宁乡县志·艺文录二》;(4)邓显鹤:《沅湘耆旧集》卷三十、卷四十、卷五十四;(5)赵景深、张增元:《方志著录元明清曲家传略》第 346 页。

芙蕖韵

《芙蕖韵》,传奇;已佚。赵景深、张增元《方志著录元明清曲家传略》著录。其他戏曲目录皆未见著录,亦未见传本。据同治《续修宁乡县志》卷三二云:"晚年谱《芙蕖韵》一部,播之梨园,爱其词者,比美于《临川四梦》。"

4.王维新

王维新,湖南平江人。生平事迹不详,康熙时人。有传奇《夜光珠》一种,记唐代马燧、李晟讨朱泚事,见《传奇汇考标目》,原本已佚。

【备考】

(1)庄一拂:《古典戏剧存目汇考(中)》。

夜光珠

《夜光珠》,传奇。清人其他戏曲书簿未见著录。《曲录》据《传奇汇考》著录、庄一拂《古典戏曲存目汇考》著录。《曲海总目提要》有此本。演唐马燧、李晟讨朱泚事。燧以夜光珠与其子历,后聘路女为室,故名。已佚。

5.朱景英

朱景英(1715？—1781 后),字幼芝,一字梅冶,号研北、莒汀、梅

---

① 邓显鹤:《沅湘耆旧集》(二),欧阳楠点校,长沙:岳麓书社,2008 年版,第 842 页。

墅,别署研北翁、研北农、研北学子、研北学人、研北寓农、石𣈱后人、一百八松亭长、谐痴、澹怀轩主人,湖南武陵(今湖南常德)人。雍正十一年(1733)诸生,乾隆十五年(1750)解元,乾隆十八年(1753)起先后官福建连城知县、宁德知县,后归家,参与纂修《沅州府志》。乾隆二十八年(1763)再入闽,先后官平和知县、侯官知县,乾隆三十四年(1769)升台湾鹿耳同知,乾隆三十九年(1774)任汀州知府、邵武知府,乾隆四十一年(1776)迁台湾理番同知,约乾隆四十三年(1778)告病归里。生卒年皆未详。朱景英颖悟博学,书工汉隶,诗文词曲无所不精;为官谦和廉恕,勤慎明快,爱民礼士。著有《畬经堂文集》八卷、《畬经堂诗集》六卷、《畬经堂诗续集》四卷、《畬经堂诗三集》四卷、《研北诗余》一卷、《海东札记》四卷、《沅州府志》五十卷,皆为乾隆刻本,戏曲作品《桃花缘》与乐府《群芳》,后者佚。

【备考】

(1)嘉庆《常德府志》卷二七、卷四〇;(2)同治《武陵县志》卷三二、卷三六;(3)乾隆《福宁府志》卷一五、卷一七;(4)乾隆《永春州志》卷八;(5)嘉庆《漳州府志》卷一一;(6)咸丰《长汀县志》卷二〇;(7)民国《连城县志》卷一三;(8)民国《闽侯县志》卷六〇;(9)朱景英,《畬经堂诗集·榕城叩钵吟自叙》;(10)李桓,《国朝耆献类征初编》卷二五五;(11)李元度:《朱景英传》;(12)赵景深、张增元:《方志著录元明清曲家传略》第307页;(13)王永宽:《中国戏曲通鉴》第661页。

桃花缘

《桃花缘》,标云传奇,实为杂剧。清人曲目书籍不见著录。现存乾隆间红蕉馆刊本,附载于作者所著《畬经堂文集》卷首。剧前有作者《桃花缘填辞小引》,以及黄任、许良臣、吴寿平、林擎天、王熹等人的题诗。

《桃花缘》写崔护和卢氏女由萍水相逢到结为夫妻的故事。全剧计有《萍遘》《写恨》《泣诗》《苏配》四出,"情节比较简单,人物也不太突出"。① 此剧内容乃据唐代孟棨《本事诗》。有关崔护人面桃花故事的作品很多。据周密《武林旧事》、罗烨《醉翁谈录》记载，宋官本杂剧段数有《崔护六幺》《崔护逍遥乐》，话本有《崔护觅水》，惜已佚。而《宦门子弟错立身》中有《崔护觅水》戏文，《董解元西厢记》中有《崔护谒浆》诸宫调；元杂剧有白朴和尚仲贤的同名杂剧《崔护谒浆》等；明清时期，传奇有明代王澹《双合记》、金怀玉《桃花记》、王澹之《双合记》、杨之炯《玉杵记》、无名氏《题门记》《登楼记》，清代李芳桂《金琬钗》等几种，杂剧有凌濛初《颠倒姻缘》、朱景英的《桃花缘》、舒位《桃花人面》、徐朝彝《桃花缘》等。今存明代孟称舜的《桃花人面》和清代朱景英的《桃花缘》、曹锡黼的《桃花吟》、徐朝彝的《桃花缘》。各剧男主人公名皆为崔护，而女主人公名字则有谢娇英（《题门记》）、庄慕琼（《桃花记》《登楼记》）、叶蓁儿（《桃花人面》）、谢婷婷（《桃花吟》）、桃小春（《金琬钗》）、卢氏女（朱景英与徐朝彝的同名杂剧《桃花缘》）等不同称呼。

　　此剧撰于乾隆二十八年（1763）。作者《桃花缘填辞小引》云："癸未暮春，余之官闽海，舟溯潇湘，食眠少适，偶阅唐《本事诗》，取崔护事，戏填词四折，南北杂陈，宫调颇谐协，命家童倚舱歌之，余于扣舷节拍时，辄觉酸甜风味不待领诸锦氍纨扇间也。研北寓农幼芝甫自识于渌江小泊"，可知此剧撰作于乾隆二十八年（1763），在作者由湖南至福建赴任途中，经过潇、湘二水时的舟中。另，《来鸥馆诗存》中还有《冬夜南园同人观演拙制〈桃花缘〉传奇》七绝四首，可知《桃花缘》撰成后曾上演。作者自说此剧"南北杂陈，宫调颇协"。除《桃花缘》之外，朱景英还著有乐府《群芳》。刘世德先生据朱景英的《来鸥馆诗存》中题为《正月十八日邀那西林（兰泰）、余退如、任伯卿、李蓬庵（本楠）、王亮斋、王曲台（执礼）集澹怀轩即事》的六首七绝中第一首后的小注："小伶歌予新谱《群芳》乐府"判断《群芳》乐府可能是一

---

　　① 龙华：《湖南戏曲史稿》，长沙：湖南大学出版社，1988 年版，第 18 页。

种戏曲作品,撰写于乾隆三十六年(1771)。① 小伶所歌《群芳》乐府究竟是戏剧作品还是散曲,据此是无法断定的,故存疑。

6.熊超

熊超(1736? —1788后),字班若,又字禹书,别署豁堂,湖南善化(今长沙)人。康熙二十九年(1690)举人,后又多次因事不能参与会试,乃潜心精研程朱理学,与王元复、张鸣珂、李文炤等人时相讲论。有杂剧一种《齐人记》。

光绪《湖南通志》卷一七六《国朝人物》云:"熊超,字班若,康熙庚午举人。客京师,尝馆于某王邸。王心重之,谓人曰:'熊孝廉,翰林选也,可立得。'超闻之,疑王为其声援,遂辞归,不与会试。后数年,将复计偕,其母语之曰:'吾今老笃老,汝往果得第,欲遽归难矣。'言毕黯然。超以母难为别,乃不行。中年邃于《易》,时有心得。研精程朱语录,与邵阳王元复,宁乡张鸣珂,同邑李文炤,时相讲论,后学多慕效之。"② 又同书同页"李文炤"条有"文炤究心正学,友同邑熊超,宁乡张鸣珂,邵阳车无咎、王元复等相与切劘。"而傅惜华《清代杂剧全目》以及王永宽《中国戏曲通鉴》认为熊超为江西修水人。戴云《〈古典戏曲存目汇考〉补正》则认为"江西修水的熊超(即《齐人记》作者)与湖南善化的熊超并非同一个人,二人同名不同字。前者生活在乾隆年间,后者却是康熙时人。"③

【备考】

(1)光绪《湖南通志》卷一七六《国朝人物》;(2)庄一拂:《古典戏剧存目汇考(中)》;(3)傅惜华《清代杂剧全目》;(4)王永宽:《中国戏曲通鉴》第704页。

---

① 刘世德:《朱景英和〈桃花缘传奇〉清代戏曲家考略之一》,《文献》,1980年第4期,第96—97页。

② 卞宝第、李瀚章、曾国荃、郭嵩焘:光绪《湖南通志》,续修四库全书本,上海:上海古籍出版社,2002年版,第419—420页。

③ 戴云:《〈古典戏曲存目汇考〉补正》,《文献》,1999年第3期,第238页。

齐人记

《齐人记》,杂剧。清人各家戏曲书目未见著录,庄一拂《古典戏剧存目汇考(中)》、傅惜华《清代杂剧全目》著录。此剧现存版本有清乾隆五十三年(1788)抄本,又见《古本戏曲丛刊》第六集稿。抄本首页题云:"修水豁堂熊超禹书氏填词,侄华采亭点释"。有乾隆五十三年(1788)熊华序及总论。目录后有乾隆五十二年(1787)作者自识,标名云:《齐人记》,凡四卷,末有馆中问答,豁堂自记二篇,每出均有作者侄熊华点释,总论。北京图书馆、南京图书馆有钞本。

《齐人记》,杂剧,四出。据《孟子》书中齐人乞食故事敷演,与明代孙仁孺《东郭记》等作品同题材。清代顺治时马士俊、乾隆时顾彩亦各有同名杂剧。

抄本卷前作者题识后署"乾隆五十二年丁未岁秋月,撰于新邑吴祠,超自识";又《豁堂自记》后署"乾隆五十二年秋月记于新邑吴祠",可知此剧撰成于此年或稍前。卷前又有《馆中问答》,表述此剧撰作缘起和作剧宗旨,未题年月,当亦是此年所作。抄本还有熊华所作序,后署"乾隆五十三年菊月,侄月轩熊华识",为次年作;还有熊华所撰总论,未题年月,当亦为次年作。

7.张九钺

张九钺(1721—1803),字度西,号紫岘、陶园,别署红梅花长、梅花梦叟、罗浮花农、得瓠轩主人、拾翠阁主人,湖南湘潭人。父张垣,乾隆甲子(1744)举人。九钺生有异禀,七岁能诗文,随父游南岳毗卢洞寺,寺僧异之,曰:"郎中貌何类吾师之甚!"随出句属对:"心通白藕"。九钺应声曰:"舌诵青莲。"僧大骇,言其师圆寂时留此偶句,云:"后有吻合者,即其后身。"因鸣钟聚徒,相与膜拜。九岁通"十三经"及史鉴大略。十二岁补弟子员,以神童称。十三岁偕兄张九钧游采石矶,登太白谪仙楼,赋《登采石矶谪仙楼放歌》诗,袁枚叹曰:"谪仙人也"。遂以诗鸣江南,屈其耆宿。乾隆六年(1741),选拔贡生至京

师，充教习，名动公卿间，院司皆知其名，降阶礼之。乾隆十一年
(1746)为幕江西布政使彭家屏处，为其编《历代诗话》。乾隆二十七
年(1762)举顺天乡试，第二年中明通进士。乾隆二十九年(1764)以
教习循资得知县。简发江西，初摄南丰县，乾隆三十年(1765)后补峡
江县，乾隆三十一年，调南昌县。乾隆三十二年(1767)以母忧归，服
阙。乾隆三十七年(1772)仍以知县拣发广东，始任始兴县，乾隆三十
八年补保昌县，乾隆三十九年调海阳县，并代理南海县事两月。乾隆
四十一年(1776)以海阳盗案牵连落职。乾隆四十二年(1777)至南昌
会晤蒋士铨，为《桂林霜》等传奇题词。(张九钺与蒋士铨相友善，除
为《一片石》题词外，还相继作有《题蒋心余太史〈桂林霜〉填词》《题清
容太史〈四声弦〉填词二首》《题清容太史〈空谷香〉填词四首》《题蒋青
容太史〈第二碑〉填词六首》《题蒋清容太史〈雪中人〉填词八首》《题清
容太史〈香祖楼〉填词十首》，可谓是心余戏曲之知音。)又至南丰、扬
州、徽州、武昌、镇江、杭州，并三游广州。乾隆四十九年(1784)过襄
阳，至大梁，入太行，遍游嵩、洛、偃、巩间。主周南、临淮讲席。举生
平磊落抑塞之气，一泄之于诗，诗益雄奇浑古。乾隆五十六年(1791)
辞临淮讲席归。总督毕沅重其才，迎至节署，集名流为宋苏轼生日修
祀作诗。九钺援笔为长歌《毕秋帆尚书署为苏文忠公生日修祀歌》，
四座叹服。乾隆五十七年(1792)归里，主澧阳讲席。乾隆五十九年
(1794)聘主昭潭书院讲席，凡十年，游其门者多所成就。嘉庆八年
(1803)卒，终年八十三岁。

　　张九钺曾热心科举，但屡遭挫折，四十岁才中举。满怀抱负，却
官仅至知县。在各地任知县近十三年，但为官清正，颇得民众拥戴。
除封建正统思想以外，他还崇信佛道，研习佛道经典，常与僧道交往，
深明佛理道义。以诗古文辞负海内重望五十年，善制曲，工小令、长
调。著有《紫岘山人文集》十二卷，外集八卷，《紫岘山人诗集》二十六
卷，《秋蓬词》二卷，《历代诗话》四卷，《三川考略》一卷以及《峡江志》

《偃师志》《永宁志》《巩县志》《晋南随笔》等。光绪《湘潭县志·艺文志》记述其著作还有《束鹿县志》《得瓠轩随笔》《禘祫祥说》《南窑笔记》《苕华杂说》《紫岘山人赋》等。其戏曲作品有传奇《六如亭》《双虹碧》《红藟记》三种及杂剧《四弦词》《竹枝缘》二种,今仅存《六如亭》全本及《四弦词》一出。

杨恩寿的《论诗绝句》评张九钺诗云:"立马黄河吊泮宫,清商侧侧满江红。樊楼灯火金明柳,都入才人泪眼中。(张度西《秋篷词》,雅近苏、辛,大梁吊古《满江红》尤为悲壮。)"

【备考】

(1)张九键:《张紫岘先生事略》;(2)张家栻《陶园年谱》;(3)《嘉庆湘潭县志》卷二八;(4)嘉庆《湖南通志》一四一;(5)光绪《湖南通志》卷一七九、卷一九八、卷二五六;(6)光绪《湘潭县志》卷七十八;(7)道光《大清一统志·长沙府》卷四;(8)乾隆《南昌县志》一四;(9)同治《峡江县志》卷六;(10)光绪《峡江县志》卷三;(11)民国《湖州志·职官志》;(12)《清史列传》卷七十二;(13)李元度:《国朝先正事略》卷四十四;(14)袁枚:《随园诗话补遗》卷四、卷五;(15)周康立:《楚南史赘》卷二;(16)邓显鹤:《沅湘耆旧集》;(17)姚燮:《今乐考证》;(18)傅惜华:《清代杂剧全目》;(19)赵景深、张增元:《方志著录元明清曲家传略》第304页;(20)庄一拂:《古典戏剧存目汇考(下)》;(21)李修生:《古本戏曲剧目提要》;(22)湖南省地方志编纂委员会编:《湖南通鉴》第402页;(23)《中国戏曲志·湖南卷》;(24)王永宽:《中国戏曲通鉴》第738页;(25)陈书良:《湖南文学史》古代卷第260-251页。

六如亭

《六如亭》,传奇。姚燮《今乐考证》、王国维《曲录》、傅惜华《清代杂剧全目》、庄一拂《古典戏曲存目汇考》、李修生《古本戏曲剧目提要》著录。《今乐府选》选一出。傅惜华藏清道光七年(1827)赐锦楼刻本,四册,有眉栏、眉评,版心题"六如亭",下标出目名,封面题:"湘潭张西度先生著，六如亭传奇，赐锦楼藏版"，卷首载云门山樵之序，蝶园居士跋、清道光七年吹铁箫人谭光祜序。张九钺、宋鸣琦、刘衡、张家樾、张家杙之《题词》，目录叶首行题"六如亭"，次行题："侄孙家杙校刊"，卷端署："同郡云门山樵评点"，湘潭罗浮花农填词，南丰吹铁箫人正谱，卷末有南丰门人汤元珪书于京都古藤书屋之《后序》，尾题"侄孙家杙校刊，男世津同校"。另有道光三十年（1850）赐锦楼刻本及光绪十五年（1889）重刻本，湖南图书馆、北京图书馆有藏。又见《古本戏曲丛刊》第六集稿，《六如亭》后附《四弦词》《写韵》一出。《六如亭》刻本，题作"罗浮花农填词，吹铁箫人正谱"。吹铁箫人为谭光祜，南丰人，周文泉《补天石》传奇（实为杂剧之结集）亦有其正谱字样，遂于音律，又卷尾有南丰汤元珪跋。

剧共二卷三十六出。上卷目：词芽、偕迁、经旨、慕才、再贬、岭遇、友迎、仙导、许婿、颂偈、联桥、湖寿、施惠、栽茶、殛豪、伤歌、种梅、偈逝；下卷目：建亭、写经、听吟、露意、迟议、毒窜、骇徙、建庵、题亭、海梦、贞殉、负瓢、洞遘、窜报、赋鸿、证仙，扫台、寿圆。剧演苏轼孤介耿直，屡遭贬谪。苏轼有一妾王朝云，忠顺勤劳，心性清明，笃信佛禅。苏轼贬谪后，众妾纷纷离去，只有朝云不离不弃。在南迁岭南途中朝云仙逝，苏轼在她墓前建"六如亭"。苏轼至惠州，有温都监之女超超，爱慕苏轼才学，芳心暗许苏轼。恰苏轼再遭贬谪，未能与苏轼结姻缘，温超超竟一病不起，伤心而亡。苏轼贬谪儋州四年后被召回，途径惠州重祭六如亭。最后被上皇召回天庭执掌天上文星，与已为星君仙妃的王朝云、被封为梅花仙姑的温超超同列仙班。剧作将爱情、朝政、宗教融为一体，揭露了朝政黑暗腐败，歌颂了苏轼不畏权势，刚直不阿的品格。艺术构思精巧，曲文晓畅洒脱。

元明清戏曲中以苏轼为题材的作品很多，元陶宗仪《南村辍耕录》、元钟嗣成《录鬼簿》、明无名氏《录鬼簿续编》、明朱权《太和正音谱》《晁氏宝文堂书目·乐府门》《徐氏红雨楼书目·传奇类》、明吕天成《曲品》、明祁彪佳《远山堂曲品》、清高奕《新传奇品》、清无名氏《传奇汇考标目》、清黄文旸原编后无名氏重订《重订曲海总目》、清黄丕烈《也是园藏书古今杂剧目录》、清支丰宜《曲目新编》、姚燮《今乐考证》、王国维《曲录》、董康整理的《曲海总目提要》、吴梅《中国戏曲概论》、傅惜华《元代杂剧全目》《明代传奇全目》《清代杂剧全目》等都有著录。而庄一拂编制的《古典戏曲存目汇考》收录最全，计有吴昌龄《花间四友东坡梦》、费唐臣《苏子瞻风雪贬黄州》、金仁杰《苏东坡夜宴西湖梦》、赵善庆《醉写满庭芳》、杨讷《佛印烧猪待子瞻》、许潮《赤壁游》、张萱《苏子瞻春梦记》、沈采《四节记》、陈汝元《红莲债》《金莲记》、程士廉《泛西湖秦苏赏夏》、张大谌《三难苏学士》、金粟子《雪浪探奇》、无名氏《苏子瞻醉写赤壁赋》《苏东坡误入佛游寺》、周如璧《孤鸿影》、车江英《游赤壁》、桂馥《后四声猿》、杨潮观《换扇巧逢春梦婆》、石韫玉《琴操参禅》、汪柱《赏心幽品》、南山逸史《长公妹》、汪廷讷《狮吼记》、叶宪祖《玉麟记》、黄澜《赤壁记》、李玉《眉山秀》、姜鸿儒《赤壁记》、乔莱《耆英会》、永恩《漪园四种曲》、张九钺《六如亭》、徐观埱《六如亭》、吴孝思《春梦婆》、无名氏《麟凤记》[①]等 33 种。

苏轼事，本事见《宋史·苏轼传》。朝云事，见《苏文忠公诗集》卷四十《悼朝云》，其小引云："绍圣元年十一月，戏作《朝云诗》。三年七月五日，朝云病亡于惠州，葬之栖禅寺松林中东南，直大圣塔。予既铭其墓，且和前诗以自解，朝云始不识字，晚忽学书，粗有楷法，盖尝从泗上比丘尼义冲学佛，亦略闻大义，且死诵《金刚经》四句偈而绝。"朝云姓王，字子霞，钱塘人。剧以朝云字少霞，未知何据。苏轼和王朝云故事，宋代刘克庄诗就有歌咏。其《六如亭》诗云："吴儿解记真娘墓，杭俗犹存苏小坟，谁与惠州耆旧说，可无抔土覆朝云？"元明清

---

① 庄一拂《古典戏曲存目汇考》，上海：上海古籍出版社，1982 年版，第 100、228、281、319、344、365、458、471、475、497、521、530、678、697、708、734、754、759、794、801、866、900、1046、1153、1253、1298、1350、1364、1365、1400、1720 页。

戏曲小说中亦多有叙写。

温都监女事，本事出《坡仙外传》，亦见《古今词话》引《女红余志》及王楙《野客丛书》。王楙《野客丛书》略谓："惠有温都监女，颇有色，年十六，不肯嫁人。闻东坡至，喜谓人曰：'此吾婿也。'每夜闻坡讽咏，则徘徊窗外。'坡觉而推窗，则其女踰墙而去。坡物色之，温具言故。坡曰：'吾当呼王郎与子为姻。'未几，坡过海，不谐，其女遂卒。葬于沙滩之侧。坡回惠日，女已死矣。遂怅然为赋《卜算子》词"。所谓《卜算子》，即"缺月挂疏桐，漏断人初静"一阕，味其词意如"时见幽人独往来""拣尽寒枝不肯栖"，于上述之事，颇相关合。或谓系忌公者以此谤之，如"阶下簸钱"之类（见《词苑丛谈》引梨庄语），则其事之有无，亦难定矣。剧中以温女名超超，似出杜撰。然傅其事者既未著其名，亦无妨随笔点缀之，但以东坡为天上奎宿，具见《夷坚志补》，非无所本也。清初周如璧杂剧《孤鸿影》亦以此为题材。

张九钺撰作《六如亭》之本意，卷首蝶园居士序言之甚明："（张九钺）曾游惠阳，访白鹤居六如亭，因取坡公岭南海外旧闻，及侍姜朝云诵经栽茶，偈化建亭事，复于《宋人小志》中得惠阳温女超超，许婿听吟，殉志遗语，合为三十六出，总名《六如亭记》，以了禅门一段公案。"其侄孙家栻《六如亭题词》亦云："从祖姬人何姓，善音律，亦解吟咏。尝随从祖由江右而海南，巾屦亲持，贞操不改。乾隆癸卯，从祖以解组薄游太行、嵩、洛间，未逾年，姬人以疾卒于里。濒行犹口占十绝，情人邮寄河南，以慰老年岑寂。《六如亭》之记，盖始于此。"可知张九钺以何姬况朝云，而以东坡自况，是借他人酒杯，浇胸中块垒。其第一出《开场》，《水调歌头》叙家门云："千古仙与佛，缘起为多情。若还不生不灭，因果情谁成？不见东坡学士，为着王姬伤逝，特建六如亭。天是王京白，山为美人青。温家女，守奇志，殉虚名。都缘才子，合教附传表奇真。粗有金刚意旨，学做剧场点掇，藉入管玄弦声。艳煞两仙子，笑倒老奎星。"卷首有蝶园居士序亦云："《六如亭记》，吾楚张紫岘先生所作也。……晚年旅食四方，曾游惠阳。访白鹤居，六如亭。因取坡公岭南海外旧闻，及侍妾朝云，诵经栽茶，偈化建亭事，复于《宋人小志》中得惠阳温女超超许婿听吟殉志遗事，合为三十六出。总名曰《六如亭记》，以了禅门一段公案。"

剧作于乾隆四十九年（1784）。张家杭《陶园年谱》载"乾隆十九年，……随至大梁。……侧室何氏卒，先生哭以诗。……先生怅触感怀，撰南北宫词一套。取坡公海南旧闻，并侍妾朝云诵经偈化，及宋人志中惠阳温女超超听吟许婿殉志遗事成之。合为三十六出，名曰《六如亭记》。"①

谭光祜评云："此曲于坡公及诸贤事迹，考据详确，年谱诗集，信而有征。中间变化神通，无非为仙佛生色。即朝云、超超二女子，必如此曲之忠顺侠烈，而其人始高。其人高，而坡公之气节文章，益高出寻常万万。"又云："以沉郁豪宕之气，著引商刻羽之辞，组织群言，核实信史，观空于佛，结穴于仙。使放逐之臣，离魂之女，仗金刚忍辱波罗蜜，同解脱于梦幻、泡影、露电，而证无上菩提。洵卫道之奇文，参禅之妙曲矣。"②清黄启泰以为"词中命意之高，选词之雅，无过张紫岘先生《六如亭》"。③ 周贻白认为"全剧结构颇佳，开首即写东坡之谪降，省却不少繁文。结局不写东坡之死，而以《寿圆》借示天上文星，仍作蓬莱洞主。虽不脱团圆窠臼；但于密针线，减头绪，自属具有手腕，盖即《长生殿》唐玄宗归为孔升真人之故套也。宫调间有杂用之处。如第三十二出《审报》，先用《仙吕入双调六幺令》六支，次用《南吕懒画眉》，再用《中吕泣颜回》二支，然后复用《六幺令》作为尾声。此种联套，比较少见，至于文词，则颇多典丽堂皇之曲。《赋鸿》一出，叙东坡回惠知超超已死，携酒往吊其墓，其词尤为可诵。"又"第

---

①　张家杭：《陶园年谱》，清咸丰间湘潭张氏《紫岘山人全集》本，第 26 页。
②　郭英德：《明清传奇综录》，石家庄：河北教育出版社，1997 年版，第 969 页。
③　黄启泰著：《词曲闲评》，转引自《文献》，1989 年第 1 期，第 42 页。

三出《经旨》,以《混江龙》一曲,阐述《金刚经》大意,颇可与尤侗《读离骚》剧融化,《楚辞》《天问》一篇之《混江龙曲》较短长。"①吴梅认为《伤歌》一折中,"用〔二郎神集贤宾〕,最合缠绵之意,虽本稗畦《密誓》,然亦沉郁有致,及温都监女一节事,最胜。"②

此传奇曾经戏班演出,"在湖南昆腔的历史发展中,是一部颇有影响的作品"③。

双虹碧

《双虹碧》,传奇。姚燮《今乐考证》、庄一拂《古典戏曲存目汇考》著录。记长沙女子杀贼事,今无传本。董榕《芝龛记》所附诸文士题诗中有张九钺所题七绝十首,其中第九首云:"草野偏多奋义声,红妆报国决捐生。冲戈亦有长沙女,可惜匆匆失姓名。"后有自注云:"余尝拟撰《双虹碧》传奇,中有长沙女子杀贼事一出,记中先述及之。"④由此知张九钺打算撰作《双虹碧》,似尚未撰成。

《双虹碧》于乾隆十四年(1749)居里时作,写长沙女子冲戈故事,稿未成。清周康立《楚南史赘》记有崇祯十六年(1643)张献忠攻陷长沙,中有长沙女子冲戈事:"长沙陷后,一女子执戈陴,贼入,持戈击贼。贼曰:'官兵失守,汝一女子何能为?'女子曰:'吾以愧天下之为男子者。'以戈逐贼,遂遇害。"董榕在《芝龛记》第五十八出《双全》中记述了长沙女子忠烈遗事,褒扬秦良玉与沈云英。《双虹碧》具体情节不明。

计六奇《明季北略》卷二十三"长沙女子"条,记崇祯十六年(1643)李自成攻破长沙时事:"女子不详姓氏,年可二十,居长沙城中。贼至城下,兵吏皆逃,唯女子执戈登城。城陷,贼入,女即持刀击贼。贼曰:'众人不守,汝一女子,何能为?'女曰:'吾以愧天下之为男

---

① 周贻白:《曲海燃藜》,北京:中华书局,1958 年版,第 63 页。

② 吴梅:《中国戏曲概论》,上海:上海古籍出版社,2000 年版,第 194 页。

③ 龙华:《湖南戏曲史稿》,长沙:湖南大学出版社,1988 年版,第 18 页。

④ 张九钺:《紫岘山人文集》卷十,清咸丰间湘潭张氏《紫岘山人全集》本,第 16 页。

子者!'女有色,贼欲邀之。女瞋目大骂,挥刀戳贼,遂被害。只身登
陴,事岂有济,女宁不知之? 顾其所为极奇。凡被贼之地,节烈妇女
死者何限,而此独以奇传,令须眉者闻之,能不惭死哉!"①张九钺《双
虹碧》剧情当与之相似。

红蕖记

《红蕖记》,传奇。清人各家戏曲书目未见著录。已佚。

明沈璟著有传奇《红蕖记》。《红蕖记》原名《十无端巧合红蕖
记》,据《太平广记》卷一五二所载的传奇小说《郑德璘》改编。剧写湘
潭县尉郑德璘,荥阳人,妻早丧。表兄古遗氏,世居江夏,璘往访,借
寻姻事。有长沙盐商韦淡成,与老妻及女楚云乘船赴湘潭。途中遇
巴陵盐商曾友直携妻与女丽玉亦乘船去湘潭。楚云与丽玉拜为姐
妹,丽玉采得红蕖一束,在花瓣上书以"七月七日采"字样,掷水中,恰
被书生崔希周拾取,题诗于红蕖上,复掷水中。璘于表兄家,多方提
亲不成而返。途中巧遇楚云,爱其美,送红绡以为定情信物,楚云亦
好感于璘,送以红笺以定情。未料风紧浪猛,韦家船覆。郑德璘潜心
求神,对楚云的一片痴情感动了水神,放楚云重回岸边。楚云被璘救
活,感其恩,便以身相许,永结同好。曾家虽免遭水患,但曾老患病而
亡,母女无所依靠,曾姬堕入烟花,欲逼女丽玉为娼,女不从,原来她
又拾得了那个被她掷于水中又让崔生题了诗的红蕖,感崔生的才华,
心中暗许崔生,曾姬无奈,只得将红蕖上的首两句诗题在客房前,等
待崔生来续。崔生与丽玉这对有情人终成眷属。后郑德璘与崔生都
升为翰林学士,这对姐妹也再次重逢。这是典型的才子佳人戏。

四弦词

《四弦词》,杂剧。清人各家戏曲书目未见著录,傅惜华《清代杂
剧全目》著录。此剧流传版本有清道光间刻《六如亭传奇》卷末附录
本,标名云:《四弦词》,下注云:"乾隆戊子钟陵试馆作",署题云:"拾

---

①　计六奇:《明季北略》,北京:中华书局,1984 年版,第 657 页。

翠阁主人填词",正目云:"文书生红井踏歌,吴彩鸾仙宫写韵",简名云:"写韵。惜仅存一出。"

竹枝缘

《竹枝缘》,杂剧。8 出。清人各家戏曲书目未见著录,傅惜华《清代杂剧全目》著录。清道光间刻《六如亭传奇》卷末附录,标名云:《竹枝缘》,署题云:"罗浮花农制",仅存全剧标目。按语谓:"八出有曲牌名,生旦脚色,比之《红蕖记》(传奇),似已谱成院本矣"。又清光绪间刻《紫岘山人外集》卷末附录、标名、署题、标目、按语,俱同于上本。然今日不见传本。

8.夏大观

夏大观,字继临,一字次临,号枫江,生卒年不详,湖南湘潭人。弟大鼎,字调臣。兄弟并有文名。大观乾隆三十年(1765)拔贡生,大鼎后五年举优贡。大观补衡阳府学训导,在职十六年,迁岳州教授。乾隆五十八年(1793),受岳州知府沈筠堂命编纂《洞庭湖志》,在綦世基原稿本基础上补辑,未及成书而卒。其训士深抑才华,尝称班马渊云为不知学,而其所著述则务博多识。一生功名不显,肆力于著述,文集、集录至九十余卷。著有《枫江诗文集》《枫江诗余》《枫江词余》《古乐府》《百禽草》《识小类编》《说左约笺》《左传分类赋》《十三经质疑》《异文类扩》《治生广录》《春秋左传分类赋说》《艺文类撷》《洞庭湖志》等 92 卷,惜不多存。惟《洞庭湖志》曾刊于道光初年行世。《说左约笺》《左传分类赋》有传本。另撰传奇 2 种:《陆判记》《珠鞋记》。

【备考】

(1)光绪《湘潭县志》卷一九四;(2)光绪《湖南通志卷》卷二五八;(3)光绪《湖南通志·艺文志》;(4)光绪《湘潭县志·艺文志》;(5)赵景深、张增元:《方志著录元明清曲家传略》第 488 页;(6)《清代湘籍作家》;(7)《湘潭市图书事业志》。

陆判记

《陆判记》，传奇。诸家戏曲书目未见著录，惟清缪良《梦笔生花》引杨浩《陆判记传奇序》注云："夏枫江学博，本《聊斋志异》作为传奇"。已佚。

珠鞋记

《珠鞋记》传奇。诸家戏曲书目未见著录。已佚。

9.毛国翰

毛国翰(1772－1846)，字大宗，号青垣、星垣，湖南长沙人。生于清高宗乾隆三十七年(1772)，卒于宣宗道光二十六年(1846)。性纯孝，幼颖悟，博闻强记。能暗诵《佩文韵府》，不遗一字。尤工诗，赴县试，见知于县令陈光照，补县学生，为嘉庆诸生。乡试屡黜，乃筑室于长沙城北黑麋峰及麋湖口之间，名曰麋园，屏居其中，益肆力于诗，以抒其伟像无聊，往往多幽忧之思、凄苦之音。与鄞人沈道宽为文字交。道宽宰酃县(今炎陵县)，聘国翰教其子十余年。后道宽权知茶陵州，亏帑数千金，被劾勒追。国翰赴酃称贷，人感其义，一月而集事。1841年至1846年客湖广总督裕泰幕府，卒于署。有《麋园诗钞》八卷，《麋园词》二卷，《天显纪事》三十二卷，《虚受堂集》传于世。戏曲作品《青湘楼传奇》，今佚。曾参与校订邓显鹤《沅湘耆旧集》，又与其姐毛国姬搜罗选辑《湖南女士诗钞》。夏廷帧序其诗云："五古情越醇雅，出入陶、谢、江、鲍间，七古雄宕有奇气，仍约束矜贵，不涉奔放。近体步唐贤，无沾滞之音、姚振之气。"国翰以境遇侘傺，故诗多幽忧凄苦之音。

【备考】

(1)李恒：《国朝耆献类征》卷四四二；(2)王先谦：《虚受堂文集》卷八《毛青垣先生传》；(3)沈道宽：《华山草堂诗钞》卷二至卷三；(4)庄一拂：《古典戏剧存目汇考》(下)；(5)《中国人名大辞典》；(6)光绪《湖南通志卷》卷二五八；(7)徐世昌：《晚晴簃诗汇》卷一百四十。

青湘楼

《青湘楼》,传奇。《古典戏剧存目汇考》著录,其他未见著录。已
佚。

10.张声玠

张声玠(1803—1848),字奉兹,又字润卿、玉夫,号蘅芷庄人,湖
南湘潭人。曾祖父张九镡,官翰林院编修;祖父张世浣,官江苏扬州
府知府;父张家极,官福建永安县知县。生于嘉庆八年(1803)二月初
一,生而颖异,美丰仪,潇洒拔俗,才华美赡。少时文誉流溢,四岁辨
五声,八岁能诗,下笔惊其坐人。二十三岁输资为监生,道光十一年
(1831)二十九岁,中顺天乡试举人。道光二十四年(1844),大挑第
一,以知县分发直隶。知元氏县,承办谒陵大差,民不知扰。道光二
十五年(1845)内艰归。道光二十八年(1848),起复,由长沙返燕,十
一月十八日,因劳瘁忧伤而卒于保定。工诗文,精音律,与同县罗汝
怀、湘阴左宗棠同为周氏婿,俱有时名。著有《蘅芷庄人随笔》五卷、
《中山麐古录》一卷、《蘅芷庄人诗集》十八卷、《蘅芷庄人文集》四卷、
《集唐诗》一卷。戏曲作品有杂剧九种,每种一出,原署"蘅芷庄人
撰,"总题为《玉田春水轩杂剧》(又题为《蘅芷庄人外集》),为《讯粉》
《题肆》《琴别》《画隐》《碎胡琴》《安市》《看真》《游山》《寿甫》,继承了
许潮短剧的传统,有清道光二十四年(1844)赐锦楼刻本。1934年郑
振铎据之影印入《清人杂剧二集》中,湖南图书馆有藏。

【备考】

(1)左宗棠:《左文襄公文集》卷三;(2)左宗棠:《左文襄公书牍》
卷一;(3)罗汝怀:《湖南文征》卷四、卷十二、卷七九;(4)光绪《湖南通
志》卷一七九;(5)光绪《湘潭县志》卷八、卷七九;(6)庄一拂:《古典戏
剧存目汇考》(中);(7)赵景深、张增元:《方志著录元明清曲家传略》
第365页;(8)傅惜华:《清代杂剧全目》;(9)李修生:《古本戏曲剧目
提要》;(10)王永宽:《中国戏曲通鉴》,第802—803页。

玉田春水轩杂出

《玉田春水轩杂出》，杂剧集，又题《蘅芷庄人外集》。清人戏曲书录未见著录。吴梅《中国戏曲概论》、傅惜华《清代杂剧全目》、庄一拂《古典戏曲存目汇考》、李修生《古本戏曲剧目提要》、孙楷第《戏曲小说书录解题》著录。今存清道光二十四年（1844）赐锦楼初刻本，1934年郑振铎据初刻本影印入《清人杂剧二集》中。封面题："蘅芷庄人外集"，"玉田春水轩杂出"，署"赐锦楼藏版"。首有道光二十年（1840年）凌玉垣题词："玉夫先生仁兄，暇日为杂曲若干首，贞雅俶诡，事不一致，类情揣称，各极杰丽，清容先生之续也。为题后副，即希政之。庚子季春，弟凌玉垣呈稿。"剧本当做于此前，末有道光二十四年（1844）胡湘题诗。凌、胡二氏各剧题一绝句，共18首。书后有胡湘题诗，末署："谨题玉夫表兄年丈大人《玉田春水轩杂剧》，即请教正。甲辰八月筠帆弟胡湘呈稿。"《安市》剧有作者自跋。《清人杂剧二集》本后有郑振铎跋。北京图书馆、中国戏曲学院、湖南图书馆有藏。

集共九种。每种一折，各剧名为《讯羽》《题肆》《琴别》《画隐》《碎胡琴》《安市》《看真》《游山》《寿甫》，合为一本，总名为《玉田春水轩杂出》，九本杂剧皆取材于历史故事传说。《琴别》《画隐》主要表现爱国思想与民族气节。《看真》《游山》主要讽刺和揭露封建统治者的专横跋扈与愚昧无知。《讯羽》《寿甫》《安市》表彰和歌颂历史名人的高尚品德。《碎胡琴》与《题肆》主要抒写封建文人对怀才不遇的愤懑之情。

讯羽

《讯羽》，杂剧，《玉田春水轩杂出》第一种。写吉羽请死救父的故事。襄阳书生吉羽，年仅十五，乞廷尉卿蔡法度代父求死。其父在吴兴居乡任内，被奸吏诬为贪赃枉法。因耻于吏讯，虚自引咎，遂判死罪，难以改动。吉羽想到此处，大哭不已。廷尉卿知其父冤枉，拟奏明圣上,将父子一并开释,并举玢为纯孝。玢以宥罪出自天恩,若举其充为纯孝,则是因父买名,决不肯为。廷尉卿见其说得有理,决心奏明圣上,请旨发放。

本事见《梁书·孝行传》及《南史·孝义传》。两书记述大同小异,吉玢父为吏所诬,判成死罪,玢请死救父,武帝命廷尉蔡法度胁诱之,吉玢慷慨呈辞,愿以死为父鸣冤。蔡法度如实奏明武帝,乃宥其父。

集前集末皆有一首题诗。集前题诗曰:"覆巢但有冤禽哭,伏锧真令死者生。一样回天两纯孝,愿君更谱女缇萦。"集末题诗曰:"狴犴飞霜狱本冤,孤儿全父并身全,惊看铁券琅琅掷,只有怀光子可怜。"此剧在表现吉玢至孝的同时,也表彰了好官的高洁品行和不屈精神,揭露了好官遭忌的黑暗腐败的封建吏治。

题肆

《题肆》,杂剧,《玉田春水轩杂出》第二种。写南宋于国宝酒肆题词得官的故事。剧写北宋末天下大乱,赵构迁都临安,史称南宋。刚得偏安,又被秦桧闹得七颠八倒。后有忠臣虞允文、陈俊卿、黄洽等辅佐孝宗赵昚,时和年丰,人民乐业。书生于国宝,流寓临安,游山玩水,赁屋西湖。一日,天气清和,出外游玩,来到断桥,至一酒楼独酌,观山光水色。且有箫鼓彩舟,男女游客,驾舟玩耍。国宝怡然,于正面屏风上,题《风入松》词,然后伏几而睡,酒保将其扶至后楼安歇。时皇帝孝宗赵昚乘龙舟游湖,至断桥停泊,见屏风上词,读曰:"一春常费买花钱,日日醉湖边,玉骢惯识西湖路,骄嘶过沽酒楼前。红杏香中歌舞,绿杨影里秋千。暖风十里丽人天,花压鬓云偏,画船载得春归去,余情付、湖水湖烟,明日重携残酒,来寻陌上花钿。"调寄《风入松》,题名临川于国宝。孝宗传旨,宣国宝进见。夸其词佳,但以"重携残酒"句,未免儒酸,应易以"重扶残酒"。并命人取冠带,与国宝释褐,于谢恩,随帝而去。

本事见周密《武林旧事》："一日，御舟经断桥，桥旁有小酒肆，颇雅洁，中饰素屏，书《风入松》一词于上，光尧驻目称赏，久之，宣问何人所作，乃太学生于国宝醉笔也。其词云：'一春长费买花钱，日日醉湖边。玉骢惯识西泠路（"西泠路"，宋刻本为"湖边路"），骄嘶过、沽酒楼前。红杏香中歌舞，绿杨影里秋千。东风十里丽人天（"东风"，宋刻本为"暖风"），花压鬓云偏。画船载取春归去，余情在（"在"，宋刻本为"付"），湖水湖烟。明日再携残酒（"再"，宋刻本为"重"），来寻陌上花钿。'上笑曰：'此词甚好，但末句未免儒酸'。因为改定云'明日重扶残酒'，则迥不同矣。即日命解褐云。"[①]明田汝成《西湖游览志余》卷三《偏安逸豫》，清徐釚《词苑丛谈》卷六《纪事》皆转抄之。清初徐石麒《买花钱》杂剧取材与本剧相同。但剧分四折，增添了驸马杨震赠姬，皇上钦赐秦桧旧园，粉儿作新妇等情节。

集前集末皆有一首题诗。集前题诗曰："乌舫题春宿酒浓，新词博得紫泥封。湖山康乐才人贵，莫有人窥第一峰。"集末题诗曰："画舫风情酒肆歌，非关天子辟山河。江湖尚滞陈同甫，诗酒遭逢奈尔何？"此剧借"除了看花吃酒，并无别事"的于国宝得孝宗封赏的故事，抒发了不甘潦落、怀才不遇的情怀，同时含有一定的讽刺意味。

琴别

《琴别》，杂剧，《玉田春水轩杂出》第三种。写宋末汪元量黄冠南归，王清惠等十四女道士置酒饯别，各赋诗送行的故事。剧写道士汪大有，字元量，别号水云，江西浮梁人。南宋时曾中咸淳进士，弃官不仕，以弹琴出入宫闱。元兵入侵，谢后迎降，后妃以下，随元兵北迁。他出家后，在燕地流浪，倏已 12 年。一日，旧宫人王清惠等置酒梁家园，与水云黄冠南归饯别，由原皆为宫人后出家众女道士作陪。水云见众宫女皆系道装，倍感凄凉，潸然泪下。清惠等 14 人，以"劝君更尽一杯酒，西出阳关无故人"分韵，各吟诗一首送行。吟毕，水云盛夸

---

① 　周密：《武林旧事》卷三，杭州：西湖书社，1981 年版，第 38 页。

"凄婉之中,自具清丽,真一班扫眉才子"。众说:"我等与先生同为方外,他时海上相逢,当更说神仙语,岂以声律为拘。"水云谓:"大家同受国恩,今日风景变迁,山河异殊,痛定思痛。"众劝不必悲伤,今日一别,后会有期,请汪抚琴,众人聆操。水云深感宋遗民操琴亦非当年之音,以后只好作广陵绝响的嵇中散,遂即相哭而别。

本事见汪元量《水云集》、田汝成《西湖游览志余》、徐釚《词苑丛谈》。田汝成《西湖游览志余》云:"从三宫北去,留滞燕京。时有王清惠、张琼英,皆故宫人,善诗,相见辄涕泣。元量尝和清惠诗,……世皇闻其善琴,召入侍,鼓一再行,骎骎有渐离之志,而无便可乘也,遂哀恳乞为黄冠,世皇许之。濒行,与故宫人十八人洒酒城隅,鼓琴叙别,不数声,哀音哽乱,沮下如雨。张琼英送之诗云:'客有资金共璧怀,如何不肯赎奴回?今朝且尽穷庐酒,后夜相思无此杯"①。《词苑丛谈》亦载汪元量南归,宋宫人袁正真、章丽真所赠词作。② 王清惠,《南村辍耕录》列为"贞烈"一类予以介绍③。

集前集末皆有一首题诗。集前题诗曰:"龙沙留滞玉徽零,塞北江南揔断萍。忍抱燕山弦上雪,岁朝重与哭冬青。"集末题诗曰:"肠断崖山借曲鸣,梨园天宝最关情。弹琴一样江南恨,更谱宫人十玉京。"此剧意在通过表现宋遗民亡国之痛,故国之思及不满元朝统治的反抗精神来抒发民族意识与爱国情怀。

画隐

《画隐》,杂剧,《玉田春水轩杂出》第四种。写赵孟坚归隐,以民族大义训斥赵孟頫的故事。剧写南宋秀安僖王六世孙赵孟坚,字子固,见朝廷大势已去,不能挽回,于是结庐西湖,啸傲人间,以此全节。友人托其画幅《凌波图》,正在画时,知张宏范兵困崖山,张、陆(秀夫)

---

① 田汝成:《西湖游览志余》卷六,上海:上海古籍出版社,1980 年版,第 106 页。
② 徐釚:《词苑丛谈》卷六,上海:上海古籍出版社,1981 年版。
③ 陶宗仪:《南村辍耕录》,北京:中华书局,1959 年版,第 38 页。

二人负帝蹈海而死,元朝天下,已归一统。子固大哭。一日,子固乘船游西湖南屏山,闻留梦炎、赵孟頫、张伯淳等文人,被程钜夫所荐,投降元朝。子固闻程氏所荐二十二名才士中,有其从弟赵孟頫(字子昂),深感惭愧。他想:留梦炎以状元宰相、赵子昂以宗室至亲,且腆然失节,遑论其他!想至此,又觉故宫禾黍,虽则伤心,胜地河山,聊堪醒目,借以排遣悲伤。见山势秀色青葱,林麓幽绝,是绝好画材,于是停舟,拍手大笑,欲学洪谷子,董北苑。吃酒大醉,以酒洗发,癫狂之至。时子昂已官翰林学士,结假还乡,道经西湖,来访子固。子固以其无国家宗室之亲,自亦当无兄弟之义,欲以不见,夫人说情,遂见之。子固问子昂,苕中山水既佳,奈何舍此而去? 能学吾画,何不能学吾之隐!子昂大惭,抱愧而去。子固夫人谓:"才人失足,千古恨事,有心人正当为子昂惜也。"

赵孟頫访孟坚遭斥责事,姚桐寿《乐郊私语》云:"公从弟子昂自苕中来访,公闭门不纳,夫人劝之,始令从后门入。坐定,第问:'弁山笠泽近来佳否?'子昂云'佳。'公曰:'弟奈山泽佳何?'子昂惭退。公便令苍头濯其坐具,盖恶其作宾朝家也。"[1]清初万斯同《宋季忠义录》与姚说大体相同[2],影响颇大。

集前集末皆有一首题诗。集前题诗曰:"白雁飞来大地秋,残山何处寄扁舟? 一般天水红泥印,押角偏令学士愁。"集末题诗曰:"浮云变态画中看,湖上西风半局残。请把交柯双入画,南枝向暖北枝寒。"郑振铎谓此剧和《琴别》一剧"尤深于家国沦亡之痛"(《玉田春水轩杂出》跋)。

碎胡琴

《碎胡琴》,杂剧,《玉田春水轩杂出》第五种。写陈子昂市琴碎琴

---

①　姚桐寿:《乐郊私语》,《宋元笔记小说大观》,北京:中华书局,2001 年版,第 6100 页。

②　参见万斯同:《宋季忠义录》,张寿镛:《四明丛书》,扬州:广陵书社,1981 年版,第 4 页。

以显文名的故事。剧写有一贩卖乐器客人,从西洋国购得一面白玉胡琴(琵琶)。此琴中虚外实,制造精良,上镶珍奇异宝,索价百万钱。时有书生陈子昂,字伯玉,蜀之射洪人。家资豪富,但苦节读书,志概轩昂,学不为儒,文不按古。由金华山来至都下长安,曾往曲江游玩。时值上巳节,王孙游女,宝马香车,热闹非凡。时遇卖胡琴人,子昂以京中无人知其名,拟作一豪举,以一千缗买来胡琴,另一书生请昂奏琴。子昂约明日集其住所宣阳里,备酒相候,曲尽所长。次日客来,子昂即言自己文章极佳。众人请教,子昂从袖中取出。众观文章,词旨幽邃,音节豪宕,如丹砂空青,金膏水碧,真难得自然之奇宝。继往开来,中流砥柱,众皆钦佩。众辞别,子昂以一日豪举,可足千古。

本事出自计有功《唐诗纪事》引《独异记》:"子昂初入京,不为人知。有卖胡琴者,价百万,豪贵传视无辨者。子昂突出,谓左右曰:'辇千缗市之'。众惊问,答曰:'余善此乐!'皆曰:'可得闻乎?'曰:'明日可集宣阳里。'如期偕往,则酒肴毕具,置胡琴于前,食毕,捧琴语曰:'蜀人陈子昂有文百轴,驰走京毂,碌碌尘土,不为人知。此乐,贱工之役,岂宜留心。'举而碎之,以其文轴,遍赠会者,一日之内,声华溢郡,时武攸宜为建安王,辟为书记。"[1]

集前集末皆有一首题诗。集前题诗曰:"筝琶俗耳耐敖嘈,谁识文章一代豪?莫笑千金轻一掷,有人新奏郁轮袍。"集末题诗曰:"鼓瑟吹竽亦可嘲,碎琴不愿众呶呶。黄金台上运丹诏,且把千金自己抛。"此剧借陈子昂形象抒发作者怀才不遇的激愤情绪。

安市

《安市》,杂剧,《玉田春水轩杂出》第六种。写张士贵召募薛仁贵进攻安市,白衣破敌的故事。剧写绛州龙门大将薛仁贵,仪容迈众,膂力绝伦。正当天子征辽求将,决意从军,往投将军张士贵。士贵见仁贵身躯雄伟,气宇轩昂,知是壮士。试其武艺,将重百五十斤宝弓

---

① 计有功:《唐诗纪事》卷八,北京:中华书局,1965年版,第1页。

命开之,薛果然立开,张夸其好膂力,暂充先锋之职,命其杀贼立功。时齐国公司空长孙无忌,英国公辽东道行军大总管李勣,以帝亲征高丽,令攻安市城,奉旨统领各营将官,前后分击。见一白甲小将,持戟腰悬两弓,此即薛仁贵。欲建奇功,务使标显,是以如此打扮。盖苏文麾下高丽众大将莫离支等,领兵十五万众,救援安市,两军冲杀。仁贵右挺戟、左举弓前导,或刺或射,高丽兵俱败;高丽将力战,被仁贵杀得大败。唐王传旨,问白甲小将为谁?乃知为薛仁贵。

此剧本事见《新唐书·薛仁贵传》与《旧唐书·薛仁贵传》。《旧唐书·薛仁贵传》云:"贞观末,太宗亲征辽东,仁贵谒将军张士贵应募,请从行。……及大军攻安地城,高丽莫离支遣将高延寿、高惠真率兵二十五万来拒战,依山结营,太宗分命诸将四面击之。仁贵自恃骁勇,欲立奇功,乃异其服色,著白衣,握戟,腰鞬张弓,大呼先入,所向无前,贼尽披靡却走。大军乘之,贼乃大溃,太宗遥望见之,遣驰问先锋白衣者为谁,特引见,赐马两匹、绢四十匹,擢授游击将军、云泉府果毅,仍令北门长上,并赐生口十人。"①《新唐书·薛仁贵传》与此基本相同。历代演薛仁贵故事的戏曲有张国宾《薛仁贵衣锦还乡》,无名氏的杂剧《飞刀对箭》《龙门隐秀》,戏文有《薛仁贵白袍记》,各地方戏曲中大多有薛仁贵故事的剧目。

集前集末皆有一首题诗。集前题诗曰:"白衣持戟气凌云,飞箭天山旧荣勋,自古男儿廿百战,封侯不见李将军。"集末题诗曰:"三箭奇勋壮士歌,辽东驰骤骇幺麽,白衣不画凌烟阁,惆怅将军马伏波。"剧末载有作者一小段说明文字:"薛幽州白衣破贼,其事自可被之管弦。乃小说家穿凿附会,粗鄙可笑,歌场亦因而演之。如张士贵能弯弓百五十斤,卒谥曰忠,亦人豪也,诬之何心?戏填此折,以洗弋阳腔之陋。"②

---

① 刘昫等:《旧唐书》卷八《薛仁贵传》,北京:中华书局,1975 年版,第 2780 页。
② 张声玠:《玉田春水轩杂出》,清道光二十四年(1844)赐锦楼初刻本,《安市》第 5 页。

看真

《看真》,杂剧,《玉田春水轩杂出》第七种。写党进太尉画像点睛故事。剧写画师苗得出传神写照,京省驰名。太尉党进命其画像,完工以后,送至党府。党太尉一看自己真容,认为所画为别人,命仆交还。仆说不但没画错,而且极像。党太尉又命爱姬观之,亦言即是。于是党自照穿衣镜,镜内镜外,人是一个。仆人说:太尉斧(按:应为爷)魁梧奇伟,乃天生大富大贵之相。爱姬说:不但英雄出众,亦且妩媚可人。太尉大笑,传来画师,问为何将像涂了一脸黑?画师谓:黑如汉朝张飞,唐朝尉迟恭。又问一嘴胡子与大肚皮怎说?画师说:有如汉朝美髯公,晋朝张茂先。大肚皮如八洞神仙汉钟离。太尉以未用金箔点睛,是对己瞧不起。大虫是畜生,尚且画金睛;太尉是贵人,如何不画金睛?画师说:如画金睛,即成孙悟空。太尉说:猴与虫皆金睛。如何太尉爷非金睛?命手下人杀死画师。爱姬阻拦,遂将赤田金叶溶化百五十炉,与太尉爷满满装上一脸金。太尉哈哈大笑,以爱姬知趣,于是便携她畅饮羊羔美酒。

党太尉画真本事见宋祝穆《事文类聚》。明冯梦龙《古今谭概》有《党进画真》篇,文字与《事文类聚》相同:"党进命画工写真,写成,大怒,诘画师云:'我前时见画大虫,犹用金箔贴眼,我消不得一对金眼睛?'"①清无名氏有杂剧《党太尉》一种。乾隆时金德瑛《观剧绝句三十首》中有咏《党太尉赏雪》的剧目,湘中王先谦、皮锡瑞、朱益浚、叶德辉、易顺鼎等人对此剧目都有题咏。

集前集末皆有一首题诗。集前题诗曰:"屡貌寻常技未穷,斯人骨相定三公,可怜小宋轻寒甚,学醉销金羡乃翁。"集末题诗曰:"奇骨原来画不成,皮毛何与世人争?将军莫点黄金目,青眼留看李北平。"此剧在滑稽调侃中揭露和批判了封建统治者昏庸愚昧、暴戾贪狠的丑恶嘴脸。

---

① 冯梦龙:《古今谭概》不韵部第八,北京:中华书局,2007年版,第104页。

游山

《游山》,杂剧,《玉田春水轩杂出》第八种。写谢灵运游山被视为山贼的故事。剧写晋康乐侯谢灵运以侍中免官,东归故里。灵运平生酷爱山水,一日,闲暇无事,约同陈郡谢惠连、东海何长瑜、颖川荀雍、泰山羊璿之等四友畅游南山。山路崎岖,树木丛杂,命人尽力剪伐,开路而行。樵夫、牧童只见人夫卷地而来、人声呐喊、刀光照山,以为山贼侵扰,二人躲避。村中人等听说贼来,各个携眷逃命,径至临海城藏匿。山神土地知是灵运游山,并非贼子;但不能奈何于他,只好避乱远迁。临海太守王琇闻报来贼数百人骚扰村庄、霸占山砦,带领兵丁火速擒捕。灵运至山前与太守答话。太守知是谢侍中与四友,拟邀至衙酒叙,灵运敬谢。

本事见《宋书》及《南史·谢灵运本传》。《宋书·谢灵运传》云:"灵运既东还,与族弟惠连、东海何长瑜、颖川荀雍,大山羊璿之,以文章赏会,共为山泽之游,时人谓之'四友'。灵运因父祖之资,生业甚厚,奴僮既众,义故门生数百。凿山浚湖,功役无已。寻山陟岭,必造幽峻。岩障千重,莫不备尽。登蹑常著木屐。上山则去前齿,下山去其后齿。尝自始宁南山,伐木开径,直至临海,从者数百人。临海太守王琇惊骇,谓为山贼,徐知是灵运,乃安。"①

集前集末皆有一首题诗。集前题诗曰:"伐木开山想绝伦,风流零落近千春。我嗟灵运称山贼,不似围棋赌墅人。"集末题诗曰:"縋幽凿险破山悭,崖壑风云杖屦间。读罢韩亡秦帝句,如何又看永嘉山。"此剧揭露豪门子弟骄奢放荡、妨民害政的恶行。

寿甫

《寿甫》,杂剧,《玉田春水轩杂出》第九种。写饮中八仙庆贺杜甫寿诞的故事。剧写饮中八仙,因赋性疏狂,懒司权要。蒙上帝优容,许于醉乡深处,一切自便,名虽富贵,身实清闲。时至浣花仙叟初度

———————————

①　《宋书》卷六七《谢灵运传》。又见《南史》卷十九《谢灵运传》。

之期,携酒往贺。仙人杜甫,千秋诗史,绝代骚人。叹人生遭际,各有命存,回忆曩时,历历如梦,好生伤感。八仙来至草堂,以昔日甫曾赠《饮中八仙歌》,留作千古佳话,值此浣花仙千秋华诞,特来申贺。甫设筵席以待。于是贺知章赠马载仙酝百瓶;李琎以曲生一车,李适之敬献万钱;崔宗之敬美玉筋一具;苏晋献绣像一尊;李白献名酒一斗,长歌百篇;张旭献酒三杯,草书数帙;焦遂寿醇醪五斗,清话一夕。为杜子美寿。八仙与甫各饮得大醉,可谓尽欢。八仙乃欲辞归醉乡,并邀杜甫同往一游。甫慨然应允,于是与众仙偕行。因皆大醉,起身后只得侧行。

　　本事出自杜甫《饮中八仙歌》。集前集末皆题诗一首。剧前题诗云:"酒国恒春仙寿长,高歌天宝感苍茫。莫吟饭颗相嘲句,且与先生入醉乡。"集末题诗曰:"不到黄州与益州,骑箕高会醉乡侯,个中更有词人寿,能了先生一代愁。"此剧借酒中八仙纵情狂放的行为和蔑视权贵的思想,抒发自己蹇滞不遇的激愤情绪。

　　《玉田春水轩杂出》撰成于道光二十年庚子(1840)之前。前有凌玉垣为每一种杂剧各题七绝一首,并题词云:"玉夫先生仁兄,暇日为杂曲若干首,贞雅俶诡,事不一致,类情揣称,各极杰丽,清容先生之续也。为题后副,即希政之。庚子季春,凌玉垣呈稿。"庚子即道光二十年,可知此年之前这一组杂剧已撰成。刊本又有胡湘为每一种杂剧各题七绝一首,并题词云:"谨题玉夫表兄年丈大人《玉田春水轩杂出》,可知杂剧的刊刻在此年或稍后。郑振铎《玉田春水轩杂出》题记中评云:"张声玠的《玉田春水轩杂出》和石韫玉的《花间九奏》有些相似,皆以九事各为一本。……各剧情调至为不同,而皆有所激愤"。

　　11.刘代英

　　刘代英(1823—1859),字砺卿,一字笏珊。湖南宁乡人。清道光二十九年(1849)举人。倜傥不群。咸丰五年(1855)以知县拣发贵州,六年(1856)权普安县事。以同知直隶州,升用补施秉知县,未及履任,奉檄招抚黔中会匪,不旬日,匪悉解散。咸丰九年(1859),年三十七,在与匪徒战斗中殉职,被诏赠恤,子垂祺袭云骑尉。代英工古文,骈散诗词皆能,怪奇瑰丽,光芒横溢。书画亦超旷。著有《四书求解》五卷、诗文集《希载山房诗存》四卷。《希载山房诗存》三卷,1931年宁乡梅氏沩峤遗书馆刻本。有廖基械序:"是编藏予家有年,一日外姪梅伯纪见之,谓宜刊行以公于世,遂携往全椒,以示周君崇颐。周君叹曰:'先生之诗不行,是吾辈之责也。'急出资以付梓人"。另有《章台柳辞》一卷。《章台柳传奇》一本。

【备考】

(1)同治《续修宁乡县志》卷二六;(2)民国《宁乡县志·艺文录》四卷二六;(3)民国《宁乡县志》卷二六;(4)光绪《湖南通志》卷一八〇;(5)赵景深、张增元:《方志著录元明清曲家传略》第 364 页。

章台柳传奇

《章台柳传奇》,清人戏曲目录未见著录,赵景深、张增元《方志著录元明清曲家传略》著录。据民国《宁乡县志·艺文录》卷四,湘阴仇晓垣为序行。明万历首辅张四维著有《章台柳传奇》一本,清末民初胡无闷亦作有《章台柳传奇》。

12.曾传钧

曾传钧(1826-1881),字茶村,一字文劭,湖南善化(今望城)人。曾祖曾衍先(1752-1819),字补之,著《话陶窗遗稿》二卷。祖曾兴仁,字受恬,嘉庆丙子举人,官江西宜春等县知县,清道光辛卯(1831)为江西广昌知县,修《广昌县志》,有《乐山堂诗抄》二卷。父曾毓璋,官江西分宜等县知县,清同治乙丑(1865)为广昌知县,纂修同治《广昌县志》。传钧弱冠为诸生。清咸丰七年(1857),从湘军统领刘长佑援江西,以功叙训导,历署蓝山、邵阳等县教谕。咸丰八年(1858)选录岳州府学训导。居三年,加同知衔,分发广西知县。光绪四年(1878),署西林县事,兴学刻书,既有政声,又有文名。擢同知直隶州知州,赏戴花翎。光绪七年(1881)七月二十六日,以积劳卒于百色舟次,年五十五。曾传钧性格豪放,落拓不羁;善撰诗文词曲,著有《万松草堂纪事》《冶秋园集》等文集及传奇《蕙兰芳》(按《蕙兰芳》,赵景深、张增元《方志著录元明清曲家传略》作《黄兰芳传奇》,误),还曾为杨恩寿《麻滩驿》作评文。

【备考】

(1)光绪《湖南通志》卷一七六《国朝人物》;(2)光绪《善化县志》卷二十一;(3)同治《巴陵县志》卷一三;(4)光绪《巴陵县志》卷四八;(5)杨恩寿《坦园文录》卷十一《朝议大夫广西西林县知县曾君墓志铭》;(6)赵景深、张增元:《方志著录元明清曲家传略》。(7)王永宽:《中国戏剧通鉴》,第856—857页。

蕙兰芳

《蕙兰芳》,传奇,王国维《曲录》、庄一拂《古典戏曲存目汇考》著录。描述主人公张承敞经历战乱,与妻子离而复合的故事,情节曲折,《饯花》《感怀》等曲文催人泪下,是公认的戏剧佳作。全剧散佚不传,仅杨恩寿《词余丛话》卷二录其《饯花》曲句:"花开几千?人生几年?花儿惯把人儿骗。最堪怜,残红飘荡,无可奈何天。"及"问东流,此别何年再见"。又录《感怀》全出曲文,认为用笔曲折有致,与《红梨记》之《访素》及《桃花扇》之《题画》有异曲同工之妙,虽然相似,但并不相犯。[①]

杨恩寿《词余丛话》卷二记云:"曾茶村大令与余同学,天才豪放。著有《万松堂纪事》,逼近史迁。人亦磊落不羁,酒户甚大。屡踬秋闱,由校官改令粤西,非其志也。谱有《蕙兰芳》传奇,衍张承敞经张献忠之乱,与其妇离而复合。插叙流贼本末较详。义夫烈妇,勃勃有

---

① 中国戏曲研究院:《中国古典戏曲论著集成》(九),北京:中国戏剧出版社,1959年版,第259页。

生气,非苟为裁红刻翠也。"①杨恩寿另有《蕙兰芳引·题曾茶村〈蕙
兰芳〉传奇》云:"月晕敛寒,惊霜信,蔚然贞木。奈苍茫,烽烟枯菀,问
谁预卜?断云坠羽,梦绕珠帘劲舞。想旧时,入画笔底,一弯新绿。
塞上春回,莲房鸳浪,又见双宿。看菱镜重圆,犹说半生艳福。琼箫
闲度,替传绮曲。祝蕙兰开遍,晚花幽谷。"②

13.杨恩寿

杨恩寿(1835—1891),字鹤俦,号蓬海、朋海、鹏海,又号坦园,别
署蓬道人、朋道人,湖南长沙人。父杨白元长期为幕,任塾师。恩寿
生于清道光十四年(1834)十二月初九,咸丰八年(1858)优贡生,同治
元年受湖南郴州知州魏镜余聘为教席,次年任詹事府主簿。同治四
年(1865)随其六兄杨彤寿去广西北流县,办理刑名、钱粮、税关事宜。
同治九年(1870)中举。同治十三年至北京应试。光绪初,授湖北盐
运使、升湖北候补知府。光绪三年(1877)以候补知府充湖北护贡使
等,曾迎送越南贡使,后曾游幕云贵。他是湖南最重要的戏曲作家和
戏曲理论家,曾自言:"忆十余年来,颇有戏癖,在家闲住,行止自如,
路无论远近,时不分寒暑,天不问晴雨,戏不拘昆乱,笙歌岁月,粉黛
年华,虽日荒嬉,聊以适志。"又言:"吾半生所造,以曲子为最,诗次
之,古赋、四六又次之,其余不足观也。"③《中国戏曲概论》云:"迨乾
嘉间,则笠湖、心馀、惺斋、蜗寄、恒岩耳。道咸间,则韵珊、立人、蓬海
耳。"④杨恩寿著作丰富。著有《时序韵语》一卷,《眼福编》初集十四
卷、二集十五卷、三集七卷,《坦园四书对联》一卷,《灯舍嬉春集》二
卷,《兰芷零香录》三卷,《坦园文录》十四卷,《诗录》二十卷,《词录》七

①　中国戏曲研究院:《中国古典戏曲论著集成》(九),北京:中国戏剧出版社,1959 年
版,第 259 页。

②　杨恩寿:《蕙兰芳引·题曾茶村〈蕙兰芳〉传奇》,《坦园词录》卷四。

③　杨恩寿:《坦园日记》,陈长明标点,上海:上海古籍出版社,1983 年版,第 137—
138 页。

④　吴梅:《中国戏曲概论》,《吴梅全集》,理论卷下,石家庄:河北教育出版社,2002 年
版,第 294 页。

卷,《赋录》一卷,《偶录》三卷,《雉舟酬唱集》一卷,《坦园词余》一卷,
《坦园从稿》;戏曲理论著述有《词余丛话》二卷、《续词余丛话》二卷及
记录歌妓优伶传闻轶事的《兰芷零香录》一卷,戏曲作品有传奇《姽婳
封》《桂枝香》《理灵坡》《再来人》《桃花源》《麻滩驿》《双清影》以及未
刊本《鸳鸯带》(已佚)。前六种总名为《坦园六种曲》或《坦园传奇》。
皆刊入清光绪间家刻本《坦园全集》中,湖南图书馆有藏。

【备考】

(1)杨恩寿:《坦园日记》;(2)刘采邦:《长沙县志》第 22 卷,(3)江
庆柏:《清代人物生卒年表》,第 255 页;(4)梁淑安:《中国文学家大辞
典》(近代卷),第 158 页。(5)郭嵩焘:《郭嵩焘日记》卷四;(6)王文
韶:《王文韶日记》;(7)庄一拂:《古典戏剧存目汇考》(下);(8)王国
维:《曲录》。(9)王永宽:《中国戏剧通鉴》,第 839、840、847、848、852
页。

鸳鸯带

《鸳鸯带》,传奇。庄一拂《古典戏曲存目汇考》、梁淑安与姚柯夫
共著的《中国近代传奇杂剧简目》著录。今无传本。按今《昆曲大全》
中有《鸳鸯带》一种,乃今人所编,并非此本。佚。

剧凡二十四出,叙桐城方剑潭纳姬王氏,王氏为其父逼归,以鸳
鸯带自缢始末事。

此剧作于咸丰二年(1852)九月,杨恩寿在长沙撰作。此年太平
天国起义军进攻湖南,杨恩寿被困于长沙城中,据时事撰作《鸳鸯带》
传奇。《词余丛话》卷三记云:"桐城方剑潭上舍,流寓湖湘,诗才清
妙。戚张某作尉沅江,方往依之。张为纳王姬,姿首明艳,性绝慧。
归方年余,教之读书,居然能诗。姬父,里魁也,以张之购女也,未取
身契,屡与需索;挟张阴事,将讦上官。张惧,劝方出姬。姬归,解鸳
鸯带自绞。方大戚,乞余谱院本广其事。时咸丰壬子初夏也。未几,
粤匪扑长沙城,余在围城中,日以度曲为事。九月二十八日,贼从地

道熟火药,南城轰裂,城中哗,贼入。家人走告,环立以泣。余从容脱稿,若弗闻者。俄又报:'邓忠武公单骑拒陷口,手刃登城贼酋,余退败矣'方赠诗云:'挥毫正写鸳鸯谱,报道城南锁钥开'。盖纪实也。卒成二十四出,名《鸳鸯带》。插叙时事,语多过激,亡友郭芳石秀才恐以贾祸,力劝焚毁。今剑潭墓木已拱,冥冥之中,负我良友,此债何日偿耶?"[①]这里叙述撰作剧本过程甚为详备,由于剧作稿本已焚毁,未能流传。

　　杨恩寿作《鸳鸯带》传奇时年仅十九岁。插叙时事,语多过激。友人郭芳石读后甚觉恐惧,劝他烧掉,以免取祸。故此剧未能传世。

　　姽婳封

　　《姽婳封》,传奇。王国维《曲录》、庄一拂《古典戏曲存目汇考》、梁淑安与姚柯夫共著的《中国近代传奇杂剧简目》著录。光绪《坦园六种曲》刊本正文首页原署"同怀兄彤寿六笙按拍,长沙杨恩寿蓬海填词,北平魏式曾镜余评点"。卷首有同治九年(1870)王先谦序及作者自序,未题年月,后署"长沙蓬道人自题于坦园花韵轩"。严保庸有同目杂剧。今存清同治九年(1870)刊《杨氏曲三种》本,又有光绪间刻《坦园丛稿》本,为《坦园六种曲》之一,湖南省图书馆,北京图书馆、上海图书馆有藏。另有版本十种[②],皆本此二种。

　　剧凡六出。取材于《红楼梦》中姽婳将军林四娘故事。叙明嘉靖年间,山大王寇魁贿赂青州绅士,使计诈降,赚取恒王出城招抚,趁机将其杀死。恒王妃子姽婳将军林四娘出城击贼,战败自刎,宫嫔多人亦战死。

　　该剧借《红楼梦》第七十八回中姽婳将军林四娘故事,赞颂咸丰五年(1855)镇守新田的清将周云耀夫妇。周云耀,号光廷,湖南宝庆(今邵阳)人,《道州志》《左文襄公年谱》《邵阳县志》等史料上皆有记

　　①　杨恩寿:《杨恩寿集》,长沙:岳麓书社,2010年版,第340—341页。
　　②　刘于锋:《杨恩寿戏曲研究》,南京大学硕士学位论文,2011年,第42页。

载。咸丰五年(1855)十一月,太平军朱洪英部直取湖南永明(今江永县),周云耀率部救援,被围战死。这与《麻滩驿自叙》中杨氏所听到的客言"轻出受降而死"有所出入,同时史料也未见其妇"亦战以殉之"事,但作者取湖南新田发生的时事作剧是确定无疑的。林四娘另见《虞初新志》及《虞初续志》。据《麻滩驿自序》云:"咸丰庚申十年(1860)游幕武陵,客有谈周将军云耀者,勇敢善战,其妇亦知兵。乙卯守新田,以轻出受降而死,妇亦战以殉之。当即演成杂剧,诡其名于说部之林四娘,即所谓姽婳将军也。"《姽婳封·自序》亦云:"庚申仲夏,薄游武陵。公余兀坐,无以排遣。偶记姽婳将军事,衍为填词。每成一折,即邮寄回家,索六兄为余正谱。钞写成帙,置箧中且十年,几忘之矣。项因刊《桂枝香》,搜得原本,并以付梓。……顾安得弟与兄偕归田里,展红氍一丈,命伶人歌此曲以娱亲,傥亦莱衣之乐哉!至姽婳事,虽见《红楼梦》,全是子虚乌有。阅者第赏其奇,弗征其实也可。"①

此剧撰成于咸丰十年(1860)夏,作于武陵幕府。至同治九年庚午(1970),正为 10 年。刊本剧前王先谦序云:"能无兴百世之风,闻泣数行而感动也哉!客有寄怀荒忽,引兴无端。"后署"同治九年,岁在上章敦牂嘉平月,王先谦益吾甫序于云安驿馆",当是《姽婳封》刊行之前所作。魏式曾评文认为该剧语言悲壮、凄楚。

桂枝香

《桂枝香》,传奇。王国维《曲录》、庄一拂《古典戏曲存目汇考》、梁淑安与姚柯夫共著的《中国近代传奇杂剧简目》著录。同治九年(1870)刻《杨氏曲三种》所收本正文首页题"吹箫竹笙人正谱,长沙蓬道人填词,茶陵慧道人题评"。卷首有同治九年庚午十二月(1871 年2 月)王先谦序和作者自序,未题年月,后署"蓬道人识"。后又有光绪间《坦园丛稿》本,为《坦园六种曲》之二。今存同治九年(1870)刻

① 杨恩寿:《坦园传奇四种》,同治长沙杨氏刻本,上海图书馆藏。

《杨氏曲三种》所收本与光绪间《坦园丛稿》本。湖南省图书馆，北京图书馆、上海图书馆有藏。另有版本七种[1]，皆本此。

剧凡八出。演田春航与李桂芳事。叙优伶李桂芳慧眼识才，资助沦落京中的书生田春航，督促其攻读诗文，力求上进，二人遂成莫逆之交。后春航高中状元，由翰林院修撰补授陕西巡抚，赴任时，偕李桂芳同往。作者写李桂芳身为优伶而才华品格远在腐儒之上，不同凡俗；而对李、田交往中"名士名花"的同性恋抱欣赏态度。作者在《自序》中云："秋日新晴，闲窗遣兴，偶阅《品花宝鉴》，摘取桂伶往事，填南北词若干，阅十日而成。持以示客。客滋疑焉，以为填词院本，类多阐扬忠孝节烈，寓激劝之意，使阅者有所观感，此奇之所由传也。子独多夫伶人，特为传之，厥旨安在？余曰：'否，否。桂伶操微贱业，能辨天下士，一言偶合，万金可捐，虽侠丈夫可也，是乌可不传！……斯亦足以羞当世矣！感愤所积，发而为文，岂仅为梨园子弟浪费笔墨哉？"

此剧同治九年（1870）作于长沙。《桂枝香》刊本剧前作者自序又云："秋日新晴，闲窗遣兴，偶阅《品花宝鉴》，摘取桂伶往事，填南北曲若干，阅十日而成。"另据《婳姩封·自序》中谓"因刊《桂枝香》，搜得原本"语，知此剧为此年撰成。刊本剧前又有王先谦序，后署"同治九年岁次庚午十二月既望，长沙王先谦序"，亦可证此剧撰成及刊行皆在此年。作者《自序》谓《桂枝香》系根据小说《品花宝鉴》中部分情节改编，而杨懋建《辛壬癸甲录》则谓此剧主角田春航影射乾隆二十五年（1760）状元毕沅，其中说，毕沅原曾参加会试而不第，著名女伶李桂官与他相爱，邀至家中朝夕追陪激励，后来秋帆状元及第，时人因称桂官为状元夫人，传为佳话。[2]《桂枝香》剧中主角名田源，字春

---

①　刘于锋：《杨恩寿戏曲研究》，南京大学硕士学位论文，2011年，第42页。左鹏军：《晚清民国传奇杂剧史稿》，广州：广东人民出版社，2009年版，第517－518页。

②　杨懋建：《辛壬癸甲录》，见张次溪：《清代燕都梨园史料》正续编，北京：中国戏剧出版社，1988年版，第296页。

航,"田"字为繁体"毕"字的上部,"源"与"沅"谐音,"春航"与"秋帆"相对,可知剧中借田源影指毕沅。

王先谦对《桂枝香》评价甚高,认为并不是宣扬男旦之风,而是要表达自己"途穷之隐痛"(《桂枝香》序)。吴梅《中国戏曲概论》评云:"坦园三剧,以《桂枝香》为胜,但在词场品第,仅足为藏园之臣仆耳。"①其《顾曲麈谈》亦云:"杨坦园恩寿之六种曲,亦学藏园,而远不如黄韵珊,其《再来人》《桂枝香》二种特佳。《麻滩驿》《理灵坡》表彰忠义,不如《芝龛记》远矣。所作《词余丛话》特胜。"②

理灵坡

《理灵坡》,传奇。王国维《曲录》、庄一拂《古典戏曲存目汇考》、梁淑安与姚柯夫共著《中国近代传奇杂剧简目》著录。原署"同怀兄彤寿鹿笙正谱;长沙杨恩寿朋海填词;同里王先谦逸梧评文"。卷首有作者自序及杨彝珍序。后又有光绪间《坦园丛稿》本,今存光绪间刻《坦园丛稿》所收本,为《坦园六种曲》之三。湖南省图书馆、北京图书馆、上海图书馆有藏。另有版本二种,③皆本此。

剧凡二十二出。演明崇祯长沙推官蔡道宪事。叙明崇祯末年,张献忠攻长沙,长沙文武官员皆弃城而逃,湖广总兵尹先民投降献城。身为长沙司理的蔡道宪奋勇抵抗,无奈巡抚王聚奎拒绝援助,终致其城陷被擒,面对诱降,他大义凛然,骂"贼"而死,死后埋葬于醴陵坡(后改名理灵坡)下。作者从正统观念出发,意在表彰忠孝节烈,反对农民起义,而对明末腐朽朝政亦有所揭露。

此剧取材于明末史实,蔡道宪,《明史》有传,婴城殉难,亦见刘廷

---

① 俞为民,孙蓉蓉:《历代曲话汇编》近代编第三集,合肥:黄山书社,2008 年版,第224 页。

② 俞为民,孙蓉蓉:《历代曲话汇编》近代编第三集,合肥:黄山书社,2008 年版,第452 页。

③ 参见刘于锋:《杨恩寿戏曲研究》,南京大学硕士学位论文,2011 年,第 42 页。左鹏军:《晚清民国传奇杂剧史稿》,广州:广东人民出版社,2009 年版,第 518 页。

献《广阳杂记》。关于作品创作的来龙去脉,作者在《自叙》中言之甚明:"前明崇祯末,张献忠攻陷长沙,司理蔡忠烈公死事最烈,迄今邦人士类能言之。同治戊辰冬,重修《省志》,余滥充校录,读公传略焉弗详,考《明史·本传》亦多讹脱,亟求公年谱参益之,未得。越明年,从旧书肆购得新化邓氏所定《遗集》,附刻《行状》纪轶事较详,多《本传》所未载,喜甚,如获珙璧。至是,于公生平十悉八九矣。庚午夏,以余不任事,为总纂所屏,遂辞志局。家居多暇,辄取公事谱南北曲为院本,以广其传。叙次悉本《行状》暨各传记,不敢意为增损,惧失实也。"亦可知剧作于同治九年(1870)夏之长沙。

蔡道宪,字元白,福建晋江人。崇祯丁丑进士,死国难时年仅二十九岁,谥号忠烈,葬于长沙。葬地原名醴陵坡,清人为纪念他而改名理灵坡,清人陈运溶在《湘城访古录》云:"改醴为理,言公之尽职也;改陵为灵,言公之不朽也。"可见蔡道宪在湖湘享有很高的声誉。

王先谦认为此剧是"一部轰天烈地文字"(《理灵坡》第九出评文)。杨彝珍序对该剧的惩创作用极为认可,其序有云"长沙蓬道人,少负有伟,既蹇不遇于时,其心究不能忘情斯世,乃为著《理灵坡》传奇一篇。"①

双清影

《双清影》,传奇。庄一拂《古典戏曲存目汇考》、梁淑安与姚柯夫共著的《中国近代传奇杂剧简目》著录。为作者早期作品。此剧与《媂婳封》《桂枝香》于同治九年(1870)冬合刻为《杨氏曲三种》,未收入《坦园六种曲》中。是唯一未收入《坦园丛稿》的已刊剧作。湖南省图书馆存《双清影》一卷,同治九年刻本,单行本;首都图书馆存《杨氏曲三种》本。

剧凡十四出。叙咸丰三年(1853)太平天国东王杨秀清攻陷庐州,奉调协助守城的池州太守陈源兖驰援驻守庐州的好友、安徽巡抚

---

① 　杨彝珍:《〈理灵坡传奇〉序》,《移芝室文集》卷三。

江忠源,城破后,陈源兖自缢于明伦堂前大树下,江忠源则投水赴死。作品歌颂陈岱云,比之唐代张巡、许远,而敌视太平天国但有些细节又描写了百姓对太平军的欢迎和对官府的仇视。

剧作取材于真人实事。陈源兖,字岱云,湖南茶陵人。道光年间进士,授官编修,曾任江西吉安知府、安徽池州知府。江忠源,字常孺,号岷樵,湖南新宁人,为晚清湘军早期名将。二人事迹,《清史稿》《咸同将相琐闻》等史料皆有记载,而陈源兖之子陈杏生即为杨恩寿好友。作者在《自序》中云,剧中人物爵里均"据实书之,凡生存者概不阑入"。

此剧同治九年(1870)作于长沙。湖南省图书馆藏单行本《双清影》扉页有"同治九年(1870)季岁次庚午冬月开雕",序中曰"爰牵掇成章,衍南北曲若干,成《双清影》院本,时束装将北上日间,人事丛沓,夜就篝灯,伸纸创稿。"等语,又《姽婳封》自序曰"顷因刊《桂枝香》……时六兄远官邕管,余亦将理装北上",刊《桂枝香》即同治九年,而两处"北上"应指同一事,故创作时间应在同治九年(1870)。

桃花源

《桃花源》,传奇。王国维《曲录》、庄一拂《古典戏曲存目汇考》、梁淑安与姚柯夫共著《中国近代传奇杂剧简目》著录。今存光绪间刻《坦园丛稿》所收本,为《坦园六种曲》之四。正文首页题"同怀兄彤寿麓生正谱,长沙杨恩寿蓬海填词,宜昌吴锦章云毂论文"。卷前有作者自叙,未题年月,后署"中秋夕,杨恩寿自叙于武陵行馆"。湖南省图书馆,北京图书馆、上海图书馆有藏。

剧凡六出,写渔人故事,就陶渊明《桃花源记》并诗加以敷衍、增饰,借以寄托作者乌托邦式的理想。剧作第一出前加破题,交代创作主旨。其【渔家乐】开场云:流水光阴将客送,百年婚宦劳筋痛。便是神仙衣食重。桃园洞,闲人世外忙耕种。说与兴亡浑不懂,东风吹醒渔郎梦,一片归帆云影动。扁舟弄,绿波芳草春无缝。"【尾声】云:"世人何必仙源访,只要乐家庭盛世农桑。这福分还在那源里人家上。"卷首有作者《自序》,略云:"光绪新元,云贵制府刘公述职南归,调余往滇襄筹善后。五月之杪,随之而西,道经武陵,适制府病暑,爰止旅馆而休焉。长昼炎蒸,块居无俚。同人有赋《桃花源诗》者,余谓前有靖节,后有辋川,我辈自当搁笔。顾亦忍俊不禁,辄填南北曲六折,藉以消夏。"知此剧作于光绪元年(1875)作者寓武陵时谱此,全据《桃花源记》敷衍。吴锦章评文对该剧评价颇高。

再来人

《再来人》,传奇。王国维《曲录》著录,清人其他戏曲书簿未见著录。今存光绪《坦园六种》刊本。正文首页题"同怀兄彤寿鹿笙正谱,长沙杨恩寿蓬海填词,同里毛松年季卿论文"。卷前亦有作者自叙,后署"光绪乙亥季秋月下浣之五日,蓬道人自叙于龙标芙蓉楼下舟次"。今存光绪年间长沙杨氏刊《坦园丛稿》所收本,为《坦园六种曲》之五。湖南省图书馆,北京图书馆、上海图书馆有藏。另孙楷第《戏曲小说书录解题》著录《再来人》非此剧。

剧凡十六出,叙福建老儒陈仲英饱学不第,困守七十载,穷困幽愤终身,临终发誓来生定要扬眉吐气。投生为季毓英,科场连捷,十五举乡试,十七成进士,授编修,偶见前生落第文章,与己中举之作一字不差,因此感叹"文运如此,国运可知"。顿悟前生事。乃拜陈仲英墓,并抚恤其老妻。

剧中所写故事本于沙张白《再来诗谶记》(见张潮《虞初新志》),叶氏《闽中记》、张氏《感应篇广注》中所载福建老儒故事。卷首有作者光绪元年(1875)《自序》,言作于是年。本剧的思想性与艺术性在杨氏作品中最为突出,为其代表作。毛松年评文对杨恩寿的语言词笔特为称赏,称其为"真才子"。

麻滩驿

《麻滩驿》,传奇。王国维《曲录》、庄一拂《古典戏曲存目汇考》、梁淑安与姚柯夫共著的《中国近代传奇杂剧简目》著录。光绪《坦园六种曲》刊本正文首页题"同怀兄彤寿麓笙正谱,长沙杨恩寿蓬海填词,善化曾传均茶村评文"。卷前有作者光绪元年(1875)《自序》,后署"光绪乙亥九月朔,蓬道人自叙于武陵行馆"。今存光绪年间长沙杨氏刊《坦园丛稿》所收本,为《坦园六种曲》之六。湖南省图书馆、北京图书馆、上海图书馆有藏。

剧凡十八出,演明末女游击将军道州守备沈云英事。该剧承接《理灵坡》的情节,写明末崇祯年间,张献忠屡屡进犯,朝廷降谕遏选官员。沈至绪应诏出山,为道州知府。在追剿叛军时,不幸战死麻滩驿。沈云英在父亲战死之后,率部杀入敌营,夺回父尸,又坚守道州。后其夫贾万策抗张献忠死,云英辞官回浙江萧山故乡。清军入侵浙江时,云英投水殉国,被救后隐居奉母,开私塾传经。剧中穿插歌妓琼枝、曼仙不屈从张献忠而惨遭杀害的情节。取材于毛奇龄《沈云英传》及徐岳《琼枝曼仙记》。卷首作者《自序》言作《桃花源》之后,犹未成行,旅馆寂寥,"乃伸前愿,以沈将军事在道州,遂先及之,藉张吾楚。每夕剪灯,辄成一折。……编中第取毛西河《本传》,循序而衍,未敢汛涉它事。惟琼枝、曼仙二女伎,以其与贾万策同死荆州,牵连而及,俾附沈将军以传,其亦费宫人哉!"但据《明史》卷三百九"攻道州,守备沈至绪战殁,其女再战,夺父尸还,城获全"的记载,及《道州志》"至绪力战死,后女云英投战,夺父尸而还"的记载,《麻滩驿》的创作也基本遵循了史实。

本事见俞汝言《明三述补》,《毛西河文集》有《沈云英传》。剧本此循序而衍。中插入《侑觞》一出,乃琼枝、曼仙二女伎事,本事见《虞初续志》及徐岳《琼枝曼仙记》。

序文云:"曩见《芝龛记》传奇,以前明秦良玉、沈云英二女帅为经,以明季事之有涉闺阁者为纬。……尝欲析秦、沈为二,各为院本,匆匆未果。今夏寓武陵,谱《桃花源》杂剧毕,犹未成行,旅馆秋寂,无

以自娱。乃伸前愿。以沈将军事在道州,遂先及之,藉张吾楚。每夕
颣灯,辄成一折。"可知此剧作于《桃花源》撰成后不久。此剧刊本之
末并附毛奇龄所撰《沈云英传》和徐岳撰《琼枝曼仙记》,剧中故事即
是根据这些素材敷演而成。

　　吴梅在《顾曲麈谈》中评杨恩寿剧作云:"杨坦园之六种曲,亦学
藏园,而远不如黄韵珊,其《再来人》《桂枝香》二种特佳。《麻滩驿》
《理灵坡》,表彰忠谊,不如《芝龛记》远矣。所作《词余丛话》特胜。"①
在《中国戏曲概论》中云:"蓬海三记,余最喜《再来人》,摹写老儒状
态,殊可酸鼻。《麻滩》《理灵》不脱藏园窠臼。"②在《复金一书》中云
"近见《坦园六种》,其中排场之妙,无以复加,真是化功之笔"。③ 青
木正儿在《中国近世戏曲史》中云:"恩寿词彩虽不及黄燮清,然其排
场与宾白之技巧反过之,但尚未足称善也。"④

　　14.黄其恕

　　黄其恕(?—1876?),字幼吾,湖南长沙人,贡生,清咸丰至光绪
间在世。酷嗜诗词,工戏曲。著有《红梨馆词》二卷;传奇《坤灵扇》。

　　黄其恕曾劝坦园改曲,杨恩寿《续词余丛话》卷三云:"余尝制曲,
偶未翻览韵书,有句云:"'不知是爱乌,不知是爱屋。'平仄两协,又引
用经书,甚为得意。亡友黄幼吾选拔工于倚声,抹以出韵悚然改去。
后见顾亭林氏论近代入声之语,屋、乌实可并协,悔改此妙句之
速。"⑤

　　【备考】

　　(1)光绪《湖南通志》卷二五八;(2)杨恩寿:《杨恩寿集》,长沙:岳

----

　　① 吴梅:《吴梅戏曲论文集》,北京:中国戏剧出版社,1983 年版,第 114 页。
　　② 吴梅:《吴梅戏曲论文集》,北京:中国戏剧出版社,1983 年版,第 185 页。
　　③ 吴梅:《复金一书》,《吴梅全集》理论卷下,石家庄:河北教育出版社,2002 年版,第
1104 页。
　　④ 〔日〕青木正儿:《中国近世戏曲史》,北京:中华书局,1954 年版,第 476 页。
　　⑤ 杨恩寿:《续词余丛话》卷三,第 319 页。

麓书社，2010 年版，第 376 页。

坤灵扇

《坤灵扇》，传奇。明清以来各种戏曲目录未见著录。有抄本，现存国家图书馆。原书未见。写晋陵周生与韵尼的故事。

杨恩寿《续词余丛话·原事续》云："同邑黄幼吾选拔其恕负隽才，酷嗜诗词。尝从事倚声，颇受绮语之累，谱《坤灵扇》传奇。晋陵周生，读书慧莲尼庵，苦慕韵香女冠才色，不得通缱绻。月老降神，授以坤灵扇。障面而往，人不之见，遂与韵尼成伉俪。词笔虽不脱《西厢》窠臼，然绮思致语，实足荡心志而启情悰。余曾举蒋藏园'安肯轻提南董笔，替人儿女写相思'之句箴之。幼吾谓：'苕生此诗，为太史言也。吾辈吟风弄月，正在青年，何必守头巾诚而自苦耶！'余亦无以难也。坤灵之名，同人不知所出。按《清异录》'朱起年逾弱冠，姿韵爽逸。伯氏虞部有女妓宠宠，艳秀明慧。起甚留意，宠尤系心。奈馆院各别，无由会合，起念之不置。一日，至郊外，逢青巾、短袍、担节杖药篮者，熟视起曰：'郎君幸值贫道，否则危矣！'起骇异，下马揖之。青巾叹曰：'君有急，宜直言，吾能济之。'起再拜，以宠宠事诉。青巾叹曰：'世人阴阳之契，有缱绻司总统，其长官号氤氲大使。诸凤缘冥数当合者，须鸳鸯牒下乃成。虽伉俪之正，婢妾之微，买笑偷期，仙凡交会，华戎配合，率由一道焉。我今为子祝之。'临去，篮中取一竹扇授起曰：'是名坤灵扇，凡访宠宠，以扇蔽其面，人皆不见。自此七日外，可合。合十五年而绝。'起如戒，往来无阻。后十五年，宠宠疫病而死。青巾盖仙也。'幼吾以《坤灵扇》名篇，盖取此。至韵尼，寓言，乃合瑶光寺、《秋江记》而一之，非尽无据也。"①

15.陈时泌

陈时泌（1865？—1907？），字季衡，湖南武陵人，佐幕为生，常年奔走南北，以文字谋衣食，游幕为生。光绪二十七年（1901），应赵柳

---

① 杨恩寿：《杨恩寿集》，长沙：岳麓书社，2010 年版，第 376—377 页。

溪之聘,至湖南常宁襄校试卷。光绪三十一年(1905)夏尝至巴丘;光绪三十三年(1907)尚在世。《武陵春·自序》云"早年好吟咏,近好谈经济。凡遇有关时局升降得失之故,辄为长短句"。著有传奇《非熊梦》《武陵春》二种传世。

【备考】

(1)阿英:《晚清戏曲小说目》;(2)阿英:《庚子事变文学集》;(3)王永宽:《中国戏曲通鉴》,第 881-882 页,第 887 页。

武陵春

《武陵春》,传奇。阿英《晚清戏曲小说目》、庄一拂《古典戏曲存目汇考》、梁淑安与姚柯夫共著的《中国近代传奇杂剧简目》著录。有光绪二十七年(1901)抄本,又有光绪年间湖南排印本。卷首有阎镇珩、郑藻序及光绪二十七年(1901)作者自序,并李瑞清、邓乘鼎、陈天聪、沈德宽、董昌达、继昌之题词。今存光绪末年湖南排印本及阿英《庚子事变文学集》所收本,湖南图书馆藏。光绪辛丑抄本北京图书馆藏。

剧凡八出。取材于庚子事变中义和团事。目录为《鱼讯》《难旋》《路遇》《叙洋》《叙拳》《拳根》《战略》《杂谈》。叙庚子事变后,隐居于武陵源的文士武陵渔人进城卖鱼时,听路人叙说洋人闯入北京,清室逃难的过程后义愤填膺,他向从京城避难到武陵的湖南国子监生打听消息,书生详细介绍事变发生的起因与经过。剧中只有老生扮武陵渔人、小生扮湖南国子监生两个角色上场,后者因入京肄业,正值庚子事发,于乱离中幸归湖南,向隐居于此的武陵渔人讲述耳闻目睹的庚子事变中的种种情形,二人边叙边议,叙述人从旁观者的角度讲述历史事件的经过,对往事的陈述和对现实的感慨成为全剧的主体部分。

卷首作者《自序》,略云:"时泌早年好吟咏,近好谈经济,凡遇有关时局得失升降之故,辄为长短句,北辙南辕,舟车所至,十数年如一日。湘阴县公赵柳溪司马,桂林名进士也。辛丑岁二月,移官常宁,延不佞襄校试卷。适先期十数日至,花明昼永,客窗无事,因取上年庚子变局为南北曲八出,名曰《武陵春》传奇。虽兹事始末源流,诸缺未备,尚字字征实,无一影响语。惟语词气抑扬高下之间,多轻重失当耳,览者不吝随笔抹正,下教是幸。"署"光绪辛丑岁花朝日武陵陈时泌自序于常宁县署之西轩",则此剧作于光绪二十七年(1901)春,作者于此年二月受常宁知县赵柳溪聘请参加审阅试卷的工作,在开始工作之前先撰作了此剧。剧中写武陵县一渔夫听得庚子事变发生、八国联军攻入北京、皇帝和皇太后西逃的消息,为国事担忧,就以唱曲启发国民觉悟,作者借剧中人之口表达对于时局的认识。刊本还附有作者题词一首。

关于此剧,作者《自序》除记述此剧创作情况外,还道出了作品有不合曲律的问题,值得注意。

阎镇珩《武陵春传奇》序云:"武陵陈君季衡出示近著传奇二种,于庚子西幸之变,既历著其本末,又设言倭人助战于我,一举平俄,献俘告庙,而皆假武陵渔人为名,盖即相如《子虚赋》所称乌有亡是意也。……其记桃花源,称述武陵渔人,盖寓言以见意而已。"[①]

非熊梦

《非熊梦》,传奇。阿英《晚清戏曲小说目》、庄一拂《古典戏曲存目汇考》、梁淑安与姚柯夫共著《中国近代传奇杂剧简目》著录。今存光绪三十年(1904)湖南裕湘机器局刊刻本。卷首有"光绪三十甲辰春二月武陵陈时泌季衡"之自序,并张伯莼、雷筱秋、刘采九、沈炯甫、刘琴轩、蒋蓉生之题词20余首。湖南图书馆,中国社科院文学研究所图书资料室有藏。

剧凡八出:《辽警》《梦舆》《特遇》《草檄》《誓师》《凯旋》《款约》《梦明》。写俄军侵占黑龙江,士子梦为征俄军师,日本助中国抵制沙俄

---

① 阿英:《庚子事变文学集》,北京:中华书局,1959年版,第885—886页。

侵略,一举击败俄军事。亦当时泄愤之作。剧写文士武陵渔人闻听俄军占领奉天,日俄在中国东北地区开战,清廷软弱,竟宣布中立,十分愤激,夜梦被渡辽统兵大员聘为参谋,出兵东征,击败俄军,大获全胜。第二出《梦舆》中老生的一段说白颇为集中地表现了作品主题:"吾乃太白星君是也。玉帝昨见翼轸分野,浩气上腾,充塞太虚,以武陵渔人不安本分,心怀时局,庚子之变,彼演《武陵春传奇》一部,兵甲胸中,阳秋皮里,以教坊之乐府,作当道之爱书,已属位卑言高,罪无可逭,乃于奉事,又哀丝豪竹,不病而呻,铁板铜琶,长歌当哭。"同出老生的另一段说白,则寄予作者怀才不遇的不平之鸣:"(坐介)俺想人才之生,无时蔑有,但世治则聚而在朝,世乱则散而在野。自古渔樵之内,不知埋没多少英雄豪杰,不独武陵渔人为然。虽曰文人命薄,亦属苍生劫到,天意如斯,这也不必代为惋惜。且仰遵玉旨,照谕行事便了。"作品的重点则在于通过认识日俄战争对中国的危害,来表现对民族命运、国家存亡的强烈关注,第三出《特遇》中老生对时局的清醒分析就集中体现了这一点,也可以代表作者的认识,"总之,奉省之事,我国存亡所系,归俄归日,均之不可。现已列强环视,观我所为,一日不能收回奉省,一日不免瓜分之祸。大帅成军以出,惟战是求,尚乞及早拿定主意为幸。"

剧前有作者自序,略云:"时泌既成《武陵春》传奇之二年九月,而奉事又起矣。是时,时泌在华容讲席,念大局之阽危,愤壮怀之莫遂,爰将奉事为诸生演为论说,以冀激发其志气,而备国家异日缓急之需。未几,解馆来省,时已冬暮。天寒夜永,来日大难,俛仰身世之间,不无慨叹。于是取前所为论说之意,复演传奇一部,名曰《非熊梦》。亦酒后耳热,聊以自壮已耳。"后署"光绪三十年甲辰(1904)春二月,武陵陈时泌季衡自序于长沙寓次",这是作序的时间,而作剧的时间见其文中所述,其文云:"时泌既成《武陵春》传奇之二年九月,而奉事又起矣。是时,时泌在华容讲席,念大局之阽危,愤壮怀之莫遂,爰将奉事为诸生演为论说,……未几,解馆来省,时已冬暮……于是,取前所为论说之意,复演传奇一部,名曰《非熊梦》。"所谓"奉事",指沙皇俄国上年入侵我国黑龙江一事。此年冬末,作者来到湖南省城长沙后,得以有暇撰作此剧。剧写两士子梦中任征俄军之军师,一举击败侵略军,表达了作者关注国家时局的心情。

时泌传奇二种,均为忧患时局之作,表达了浓重的伤时忧国情怀。郑藻在序文中说:"乙巳夏四月,在陈君肖皋家遇先生,纵谈时局,夜半乃散。次日,于旅次得读《武陵春传奇》一卷,都八出,始《渔讯》,终《杂谭》;《非熊梦》传奇一卷,都八出,始《辽警》,终《梦明》。细绎两书,发孤愤于弹词,演忠爱于乐府,白石、遗山之继起者也。颇知五声二变之学,拟按曲步调,取正变之音,协宫商之律,择词谱,入琴操,馀曲用唐人工尺代律吕之法,审疾徐高下,吹箎笛笙埙,分配檀板,曲曲演出,岂不大快?殊先生回巴邱甚速,是以有忘未逮。然先生之心,凡识字书者,一读而知为孤愤忠爱也,何必起词还宫,求逸志丝竹之末耶?"

16.陈天华

陈天华(1875－1905),原名显宿,字星台、过庭,别号思黄,过庭子。湖南新化人,资产阶级革命宣传家、活动家,曾被誉为"革命党之大文豪",是中国资产阶级革命民主派的代表人物之一。出身贫苦的私塾教师家庭,少年家境极为贫寒,只得靠提篮叫卖糊口。至 15 岁才得以入私塾就读。戊戌变法期间考入新化求实学堂,1900 年到省城长沙岳麓书院学习,1903 年留学日本,入东京弘文学院师范科。1903 年 4 月,在日本参加留学生组织的"拒俄义勇队",写血书数十封,痛说民族危亡,唤起民众觉醒。又与同学创办《新湖南》《湖南游学译编》等杂志,撰写了不少介绍西方资产阶级民主革命思想的文章。1903 年冬回长沙与黄兴等人计划组织革命团体。1904 年 1 月,华兴会正式成立,陈天华是其中的骨干。陈天华等负责游说江西巡防营,由于革命党人的"事机不密与叛徒的告密"而失败;与黄兴等人先后逃往日本,继续开展革命活动;曾与宋教仁等创办《二十世纪之支那》杂志,宣传反清民主革命思想。1905 年 7 月,陈天华作为同盟会的发起人之一,担任书记工作,参加起草会章与革命文告,撰写《革命方略》,参与同盟会机关报——《民报》的编辑工作。1905 年 12 月 8 日,为抗议日本政府,教育同学,启发国人革命,在东京投大森海湾自杀。著有说唱体的《警世钟》《猛回头》《狮子吼》和《最近政见之评决》《中国革命史论》《论中国宜改创民主政体》《国民必读》等宣传革命的文章,其作品经后人收集整理成《陈天华集》。

【备考】

(1)宋教仁:《烈士陈星台小传》;(2)杨源濬:《陈君天华行状》;(3)曾继梧:《陈天华先生墓碑》;(4)友荃:《陈天华烈士》;(5)罗元鲲:《陈天华的少青年时代》;(6)赵恒烈:《陈天华》。(7)王永宽:《中国戏剧通鉴》第 898 页。

黄帝魂

《黄帝魂》,杂剧,阿英《晚清戏曲录》、傅惜华《清代杂剧全目》、庄一拂《古典戏曲存目汇考》、梁淑安与姚柯夫共著的《中国近代传奇杂剧简目》著录。光绪三十二年(1906)《民报》第二号发表的《狮子吼》中有杂剧《黄帝魂》。今存光绪三十二年(1906)《民报》刊本。该年四月,陈天华所撰《黄帝魂》在《民报》发表。《民报》是同盟会创办的革命报纸,《黄帝魂》刊载于该报第二号,本年四月(5 月)出版。原署"过庭"。陈天华于上一年冬投海死,此剧当撰作于此年以前。

该剧为小说《狮子吼·楔子》中的一部分。《狮子吼·楔子》叙述小说主人公梦中参加"光复五十周年纪念会",会上演出此剧。剧仅 1 折,写一位新中国英俊少年戏装上场,在"万国平和,闲暇无事"之时,追叙 5 0 年前革命先辈为反对帝国主义侵略、推翻清朝专制统治而进行的英勇斗争及丰功伟绩,以此来宣传革命理想。

作于光绪三十一年(1905)之前。载《民报》第二号,光绪三十二年(1906)五月刊。文学研究所图书资料室藏。

17.王时润

王时润,又名时省、启湘,湖南长沙人,王时泽兄。光绪三十四年(1908),日本法政大学速成科第五班毕业,曾任苏州法政学堂教习。著有《邓析子校录》一卷(1934 年济南铅印《周秦名学三种》本),《尹文子校录》二卷首一卷(1915 年铅印《闻鸡轩丛书》本,1934 年济南铅印《周秦名学三种》本)。《公孙龙子校录》三卷(1934 年济南铅印《周秦名学三种》本),《商君书斠诠》五卷首一卷附一卷(1915 年长沙宏文图书社铅印本),《商君书集解》五卷(民国湖南南华法政学校铅印本),《商君书发微》(民国石印本),《研究说文书目》,又名《许学书目》(1921 年石印本),《鬼谷子校录》《周秦名家三子校录》(1937 年铅印本),《闻鸡轩杂剧》(《闻鸡轩丛书》本。)

【备考】

(1)翟海涛:《日本法政大学速成科与清末的法政教育》(《社会科学》,2010 年第 7 期);(2)张之洞、范希曾、毋苟:《〈书目答问〉笺疏》卷三。(3)王永宽:《中国戏剧通鉴》第 906 页。

闻鸡轩杂剧

剧名《闻鸡轩杂剧》,然仅于《法政学交通社杂志》第五号①上发表《王粲登楼》一折,作者署"湖南善化王时润"。

剧写三国时山阳王粲暂旅居荆州,寄食刘表。他深知汉朝天子幼小昏昧,群藩坐大,中原无主,国事多艰。因此,内心忧虑,想有所作为,但刘表乃是不知天下大计的无能之辈,王粲深感自己抱负不得施展,欲归而未得。一日,携琴童登上当阳城楼,心念时局,极目远眺,不禁悲感难抑,情绪激愤,感慨良多。乃借历史人物之口发表对

---

① 《法政学交通社杂志》第五号于光绪三十三年四月初一日(1907 年 5 月 12 日)出刊。

于时局的忧虑情怀。

　　此剧借历史人物登场,寄托作者对清末时局的忧患。全剧没有故事情节,重在抒发对时局多艰的忧虑,对自己怀才不遇的感慨。剧以【仙吕·点绛唇】开场:"孤负年华,未酬宿愿,值乱离奔走东南,极目乡关远。"以《贺圣朝》词为上场白:"知非吾土吾仍住,要呼群归去。客中滋味最愁人,更连宵风雨。萧条身世,闲愁几许,纵伤心谁诉。荒烟残日蔽浮云,望长安何处。"下场诗云:"落拓尘寰几许秋,庸庸孤负少年头。神州西北云如墨,回首中原一倚楼。"感慨身世,忧患时局之意甚明。

附录 2　湖南地方剧种一览表①

剧种名称	别名	所唱腔调	形成或传入		流布		附注
			时间	地点	省内	省外	
湘剧	曾名长沙湘剧	高腔、低牌子、昆腔、弹腔(南北路及一些杂曲小调)	清代	旧长沙"十二属"	湘东、湘北、湘中一带	赣西北	民间一般称大戏班子、长沙班子或湘潭班子
祁剧	祁阳戏、楚南戏	高腔、昆腔、弹腔(南北路)	清代	今祁阳、祁东一带	今衡阳、邵阳、永州、郴州、怀化市	桂北、粤北、赣南、闽西、黔东	分永河、宝河两大流派
辰河戏	曾名辰河班子	高腔、低腔、昆腔、弹腔(南北路)	清代	沅水中、上游	今怀化市、吉首市、张家界市	渝东、鄂西、黔东南	
衡阳湘剧		高腔、昆腔、弹腔(南北路)	清代	旧衡州府	今衡阳市、郴州市及株洲部分地区	赣南、粤北部分地区	曾受青阳腔影响

---

① 此表据《中国戏曲志·湖南卷》中《剧种表》及文忆萱主编《湖南地方剧种志》等相关材料制成。

剧种名称	别名	所唱腔调	形成或传入		流布		附注
			时间	地点	省内	省外	
武陵戏	曾名沅河戏、汉戏、常德戏、常德湘剧、常德汉剧	弹腔(南北路)、高腔、昆腔	清代	旧常德府	今常德、怀化两市及湘西自治州、张家界市	鄂西、黔东部分地区	曾受青阳腔影响
荆河戏	曾名上河戏或大台戏	弹腔(南北路)、高腔、昆腔	清代	荆河流域	澧水流域及今怀化市、吉首市、张家界市	湖北荆州、沙市一带、重庆、黔东部分地区	
巴陵戏	曾名巴湘戏	弹腔(南北路)、昆腔、杂腔、小调	清代	古巴陵郡	岳阳市区、湘阴等湘北一带	湖北、江西部分地区	
湘昆		昆腔	清代	桂阳、嘉禾一带	今郴州市		1929年以后无专业戏班，1957年恢复剧种，1960年成立专业剧团
长沙花鼓戏		川调、打锣腔、小调	清嘉庆、道光间	旧长沙"十二属"	长沙市、湘潭市、益阳市及湘东地区		原分西湖、宁乡、长沙、浏阳等流派，现遍布全省
邵阳花鼓戏		川调、数板、走场牌子、锣鼓牌子、小调	清嘉庆、道光间	宝庆府的旧邵阳县境	今邵阳市		分东、南、西三路
衡州花鼓戏	衡阳马灯、曾名衡剧	锣鼓牌子、川子调、小调	清嘉庆、道光间	旧衡州府境内	今衡阳市、郴州市		包括衡阳郴州各地的花鼓戏
常德花鼓戏	搭搭戏、灯戏	正宫调(川调)、打锣腔、花鼓高腔、小调	清道光年间	旧常德府	常德市区、桃源及澧水流域		
岳阳花鼓戏		锣腔(打锣腔)、琴腔(川调)、小调	清道光年间	岳阳市区、临湘等地	湖北通城、崇阳等地		

续表

剧种名称	别名	所唱腔调	形成或传入		流布		附注
			时间	地点	省内	省外	
零陵花鼓戏	调子戏、花鼓灯	走场调子、川调、小调	清道光咸丰年间	道县、祁阳境内	湘南零陵、道县、祁阳一带		道州调子班、祁阳花鼓灯20世纪五十年代合流于零陵（今永州市）
阳戏	杨柳花、柳子戏	正调、花灯调、小调	约清道光年间	湘西	今吉首市、张家界市、怀化市	黔东南	分北路阳戏、南路阳戏两派
湖南花灯戏		灯调、小调等	不详		湘西、湘南、湘北等地		分湘西花灯戏、湘南花灯戏、平江花灯戏三路，形成戏曲时间先后不等
傩堂戏	傩愿戏、师道戏	傩戏腔	不详	湘西、湘南、湘北等地	湘西、湘南、沅水、澧水流域		清康熙年间即有演唱《孟姜女》的记载，迄今无专业剧团
京剧	平剧		清光绪年间传入	长沙	全省主要城市		
越剧			民国年间传入	长沙	长沙、株洲、衡阳、耒阳等地		省内有耒阳越剧团
侗戏		平腔、仙腔、哭腔	1951年从广西传入	通道县	通道县		无专业剧团
苗剧	曾名苗歌剧	高腔、平腔	1954年	花垣县	花垣、吉首、古丈、凤凰等县		

参考文献

一、古人著述类（以作者姓名音序排序，同一作者按作品音序排序）

卞宝第、李瀚章、曾国荃、郭嵩焘：光绪《湖南通志》，续修四库全书本，上海：上海古籍出版社，2002年版。

陈嘉榆、王闿运等：光绪《湘潭县志》，续修四库全书本，上海：上海古籍出版社，2002年版。

邓之诚：《清诗纪事初编》，上海：上海古籍出版社，1984年版。

顾炎武：《日知录》，黄汝成集释，长沙：岳麓书社，1994年版。

郭嵩焘：《郭嵩焘日记》，长沙：湖南人民出版社，1981年版。

黄周星：《九烟先生集》，光绪间湘潭周氏家塾刻本，湖南图书馆古籍部藏。

黄周星：《九烟先生遗集》，清道光二十九年扬州刻本，南京图书馆古籍部藏。

黄周星：《夏为堂别集》，康熙二十七年刻本，南京图书馆古籍部藏。

焦循：《剧说》，上海：古典文学出版社，1957年版。

李斗：《扬州画舫录》，北京：中华书局，2007年版。

李昉：《太平广记》，王希斌等点校，哈尔滨：黑龙江人民出版社，1999年版。

李恒：《国朝耆献类征》，清光绪十年至十六年湘阴李氏刻本。

李元度：《国朝先正事略》，长沙：岳麓书社，1991年版。

梁启超：《清代学术概论》，上海：上海古籍出版社，1998年版。

刘采邦：《长沙县志》，同治十年刊本，武汉大学图书馆藏。

刘献廷：《广阳杂记》，北京：中华书局，1957 年版。

龙膺：《龙膺集》，梁颂成、刘梦初辑校，长沙：湖南人民出版社，2008 年版。

缪荃孙：《续碑传集》，台北：明文书局，1985 年版。

耐得翁：《都城纪胜》，台北：商务印书馆，1969 年版。

阮元等：《国史稿文苑传》，《清代传记丛刊》，台北：明文书局，1985 年版。

孙静庵：《明遗民录》，杭州：浙江古籍出版社，1985 年版。

王夫之：《船山全书》，长沙：岳麓书社，1996 年版。

王骥德：《曲律》，北京：中国书店，1988 年版。

王闿运：《湘绮楼日记》，长沙：岳麓书社，1997 年版。

王文韶：《王文韶日记》，北京：中华书局，1989 年版。

吴兆熙、张先抡：光绪《善化县志》，长沙：岳麓书社，2011 年版。

杨恩寿：《杨恩寿集》，王婧之校点，长沙：岳麓书社，2010 年版。

杨恩寿：《坦园日记》，上海：上海古籍出版社，1983 年版。

杨恩寿：《坦园全集》，长沙杨氏清光绪刻本，上海图书馆古籍部藏。

杨恩寿：《坦园六种曲》，光绪长沙杨氏坦园刊本，北京图书馆藏。

杨恩寿：《坦园传奇四种》，同治长沙杨氏刻本，上海图书馆藏。

姚燮：《复庄今乐府选》，清道光间乌丝栏稿本。

叶德均：《戏曲小说丛考》，北京：中华书局，1979 年版。

应先烈、陈楷礼：嘉庆《常德府志》，长沙：岳麓书社，2008 年版。

臧晋叔：《元曲选》（全四册），北京：中华书局，1958 年版。

张声玠：《玉田春水轩杂出》，道光年间刻本。

张九钺：《紫岘山人全集》，清咸丰元年张氏赐锦楼刻本。

张家梽：《陶园年谱》，北京图书馆藏珍本年谱丛刊第 104 册，北京：北京图书馆出版社，1999 年版。

张云敖、周系英：嘉庆《湘潭县志》，清嘉庆二十三年刻本，南京图书馆古籍部藏。

赵尔巽等：《清史稿》，北京：中华书局，1977 年版。

周密:《武林旧事》,北京:中华书局,2007 年版。

朱彝尊:《明诗综》,北京:中华书局,2007 年版。

邹式金:《杂剧三集》,合肥:黄山书社,1992 年影印本。

二、今人著述类(以作者姓名音序排序,同一作者按作品音序排序)

阿英:《鸦片战争文学集》(上、下),北京:中华书局,1957 年版。

阿英:《晚清戏曲小说目》,上海:古典文学出版社,1957 年版。

阿英:《晚清文学丛钞·传奇杂剧卷》(上、下),北京:中华书局,1962 年版。

阿英:《庚子事变文学集》(上、下),北京:中华书局,1959 年版。

北婴:《曲海总目补编》,北京:人民文学出版社,1959 年版。

卜孝萱、唐文标:《辛亥人物碑传集》,北京:团结出版社,1991 年版。

蔡毅:《中国古典戏曲序跋汇编》,济南:齐鲁书社,1989 年版。

陈多:《中国戏曲美学》,上海:百家出版社,2010 年版。

陈芳:《清初杂剧研究》,台北:学海出版社,1991 年版。

陈建华:《元杂剧批评史论》,济南:齐鲁书社,2009 年版。

陈建森:《元杂剧演述形态研究》,海口:南方出版社,1999 年版。

陈书良:《湖南文学史》,长沙:湖南教育出版社,2008 年版。

陈竹:《中国古代剧作学史》,武汉:武汉出版社,1999 年版。

程华平:《明清传奇编年史》,济南:齐鲁书社,2008 年版。

邓长风:《明清戏曲家考略全编》(上、下),上海:上海古籍出版社,2009 年版。

丁淑梅:《清代禁毁戏曲史料编年》,成都:四川大学出版社,2010 年版。

董康:《曲海总目提要》,北京:人民文学出版社,1959 年版。

董每戡:《董每戡文集》,黄天骥、董上德编,广州:中山大学出版社,2004 年版。

董每戡:《中国戏剧简史》,上海:商务印书馆,1949 年版。

杜桂萍:《清初杂剧研究》,北京:人民文学出版社,2005 年版。

杜书瀛:《论李渔的戏剧美学》,北京:中国社会科学出版社,1982

年版。

范红娟:《现代化语境中的 20 世纪传奇戏曲研究》,北京:文物出版社,2008 年版。

范正明:《含英咀华——湘剧传统折子戏一百出》(上、中、下),长沙:岳麓书社,2011 年版。

范正明:《湘剧剧目探微》,长沙:岳麓书社,2011 年版。

傅惜华:《明代杂剧全目》,北京:作家出版社,1958 年版。

傅惜华:《清代杂剧全目》,北京:人民文学出版社,1981 年版。

傅惜华:《元代杂剧全目》,北京:作家出版社,1957 年版。

高小康:《市民、士人与故事:中国近古社会文化中的叙事》,北京:人民出版社,2001 年版。

葛兆光:《七世纪至十九世纪中国的知识、思想与信仰——中国思想史·第二卷》,上海:复旦大学出版社,2000 年版。

《古本戏曲丛刊》编辑委员会:《古本戏曲丛刊九集》(影印本),上海:商务印书馆,1964 年版。

《古本戏曲丛刊》编辑委员会:《古本戏曲丛刊初集》(影印本),上海:商务印书馆,1954 年版。

《古本戏曲丛刊》编辑委员会:《古本戏曲丛刊二集》(影印本),上海:商务印书馆,1955 年版。

《古本戏曲丛刊》编辑委员会:《古本戏曲丛刊三集》(影印本),上海:商务印书馆,1957 年版。

《古本戏曲丛刊》编辑委员会:《古本戏曲丛刊四集》(影印本),上海:商务印书馆,1958 年版。

《古本戏曲丛刊》编辑委员会:《古本戏曲丛刊五集》(影印本),上海:商务印书馆,1986 年版。

关德栋、车锡伦:《聊斋志异戏曲集》(上、下),上海:上海古籍出版社,1983 年版。

郭朋:《明清佛教》,福州:福建人民出版社,1982 年版。

郭英德:《明清文人传奇研究》,北京:北京师范大学出版社,1992 年版。

郭英德:《中国古代文人集团与文学风貌》,北京:北京师范大学出版社,1998 年版。

郭英德:《明清传奇戏曲文体研究》,北京:商务印书馆,2004 年版。

郭英德:《明清传奇综录》(上、下),石家庄:河北教育出版社,1997 年版。

郭英德:《明清传奇史》,南京:江苏古籍出版社,2001 年版。

胡忌、刘致中:《昆剧发展史》,北京:中国戏剧出版社,1989 年版。

胡世厚、邓绍基:《中国古代戏曲家评传》,郑州:中州古籍出版社,1992 年版。

黄霖:《近代文学批评史》,上海:上海古籍出版社,1993 年版。

黄仕忠:《中国戏曲史研究》,广州:中山大学出版社,1997 年版。

江庆柏:《清代人物生卒年表》,北京:人民文学出版社,2005 年版。

蒋星煜:《中国戏曲史钩沉》(上、下),上海:上海人民出版社,2010 年版。

蒋星煜:《中国戏曲史探微》,济南:齐鲁书社,1985 年版。

金宁芬:《明代戏曲史》,北京:社会科学文献出版社,2007 年版。

敬晓庆:《明代戏曲理论批评论争研究》,北京:人民出版社,2010 年版。

康保成:《苏州剧派研究》,广州:花城出版社,1993 年版。

康保成:《中国近代戏剧形成论》,桂林:漓江出版社,1991 年版。

蓝凡:《中西戏剧比较论稿》,上海:学林出版社,1992 年版。

雷梦辰:《清代各省禁书汇考》,北京:北京图书馆出版社,1989 年版。

李昌集:《中国古代曲学史》,上海:华东师范大学出版社,1997 年版。

李灵年、杨忠:《清人别集总目》,合肥:安徽教育出版社,2000 年版。

李玫:《明清之际苏州作家群研究》,北京:中国社会科学出版社,2000 年版。

李日新:《中国戏曲文化史论》,长沙:岳麓书社,2003 年版。

李晓:《比较研究:古剧结构原理》,北京:中国戏剧出版社,1989 年版。

李晓:《中国昆曲》,上海:百家出版社,2004 年版。

李修生:《古本戏曲剧目提要》,北京:文化艺术出版社,1997 年版。

李修生:《元杂剧史》,南京:江苏古籍出版社,1996 年版。

李致:《川剧传统剧目集成》,成都:四川人民出版社,2011 年版。

李志远:《明清戏曲序跋研究》,北京:知识产权出版社,2011 年版。

梁启超:《中国近三百年学术史》,上海:上海三联书店,2006 年版。

梁淑安、姚柯夫:《中国近代传奇杂剧经眼录》,北京:书目文献出版社,1996 年版。

廖奔、刘彦君:《中国戏曲发展史》,太原:山西教育出版社,1993 年版。

林鹤宜:《规律与变异:明清戏曲学辨疑》,台北:里仁书局,2002 年版。

刘世珩:《暖红室汇刻传剧》,贵池刘氏暖红室刻本,1919 年版。

龙华:《湖南戏曲史稿》,长沙:湖南大学出版社,1988 年版。

卢前:《卢前曲学四种》,北京:中华书局,2006 年版。

卢前:《明清戏曲史》,香港:商务印书馆,1961 年版。

陆萼庭:《昆剧演出史稿》,上海:上海文艺出版社,1980 年版。

陆萼庭:《清代戏曲家丛考》,上海:学林出版社,1995 年版。

马积高:《清代学术思想的变迁与文学》,长沙:湖南人民出版社,2002 年版。

孟繁树、周传家:《明清戏曲珍本辑选》(全二册),北京:中国戏剧出版社,1985 年版。

孟昭毅:《东方戏剧美学》,北京:经济日报出版社,1997 版。

齐森华:《曲论探胜》,上海:华东师范大学出版社,1985 年版。

齐森华等:《中国曲学大辞典》,杭州:浙江教育出版社,1997

年版。

钱基博:《近百年湖南学风》,长沙:岳麓书社,1985 年版。

钱南扬:《戏文概论》,上海:上海古籍出版社,1981 年版。

钱仲联:《清诗纪事》,南京:江苏古籍出版社,1987 年版。

〔日〕青木正儿:《中国近世戏曲史》,王古鲁译著,蔡毅校订,北京:中华书局,2010 年版。

佘德余:《越中曲派研究》,北京:中国文联出版社,2000 年版。

苏宁:《李玉和〈清忠谱〉》,北京:中华书局,1980 年版。

隋树森:《元曲选外编》,北京:中华书局,1980 年版。

孙歌、陈燕谷、李逸津:《国外中国古典戏曲研究》,南京:江苏教育出版社,1999 年版。

孙楷第:《戏曲小说书录解题》,北京:人民文学出版社,1990 年版。

孙书磊:《明末清初戏剧研究》,北京:社会科学文献出版社,2007 年版。

谭坤:《晚明越中曲家群体研究》,上海:上海三联书店,2005 年版。

谭帆、陆炜:《中国古典戏剧理论史》,北京:中国社会科学出版社,1993 年版。

唐文标:《中国古代戏剧史》,北京:中国戏剧出版社,1985 年版。

陶东风:《文学史哲学》,郑州:河南人民出版社,1994 年版。

王安祈:《明代传奇之剧场及其艺术》,台北:学生书局,1986 年版。

王国维:《宋元戏曲史》,上海:上海古籍出版社,1998 年版。

王国维:《王国维文集》,北京:中国文史出版社,1997 年版。

王国维:《王国维戏曲论文集》,北京:中国戏剧出版社,1984 年版。

王汉民、刘奇玉:《清代戏曲史编年》,成都:巴蜀书社,2008 年版。

王季烈:《螾庐曲谈》,上海:商务印书馆,1928 年版。

王继平:《近代中国与近代湖南》,长沙:湖南人民出版社,2007

年版。

王季思：《玉轮轩曲论三编》，北京：中国戏剧出版社，1988 年版。

王利器：《元明清三代禁毁小说戏曲史料》，上海：上海古籍出版社，1981 年版。

王秋桂：《善本戏曲丛刊》（第一至第六辑），台北：学生书局，1984－1987 年版。

王卫民：《吴梅和他的世界》，石家庄：河北教育出版社，2002 年版。

王卫民：《吴梅戏曲论文集》，北京：中国戏剧出版社，1983 年版。

王永宽：《中国戏曲通鉴》，郑州：中州古籍出版社，2008 年版。

王永宽、杨海中、幺书仪：《清代杂剧选》，郑州：中州古籍出版社，1991 年版。

王永健：《中国戏剧文学的瑰宝——明清传奇》，南京：江苏教育出版社，1989 年版。

王永健：《洪升与长生殿》，上海：上海古籍出版社，1982 年版。

王政尧：《清代戏剧文化史论》，北京：北京大学出版社，2005 年版。

〔美〕韦勒克·I 沃伦：《文学理论》，刘象愚等译，上海：三联书店，1984 年版。

吴梅：《顾曲麈谈　中国戏曲概论》，上海：上海古籍出版社，2000 年版。

吴梅：《奢摩他室曲丛》（初集、二集）（影印排印本），上海：商务印书馆，1928 年版。

吴梅：《曲学通论》，上海：商务印书馆，1935 年版。

吴新雷：《中国戏曲史论》，南京：江苏教育出版社，1996 年版。

吴新苗：《屠隆研究》，北京：文化艺术出版社，2008 年版。

吴毓华：《中国古代戏曲序跋集》，北京：中国戏剧出版社，1990 年版。

萧萐父、许苏民：《王夫之评传》，南京：南京大学出版社，2002 年版。

谢柏梁：《中华戏曲文化学》，南京：南京师范大学出版社，2004

年版。

谢国桢:《明清之际党社运动考》,上海:上海书店出版社,2004年版。

徐朔方、孙秋克:《南戏与传奇研究》,武汉:湖北教育出版社,2003年版。

徐朔方:《晚明曲家年谱》,杭州:浙江古籍出版社,1993年版。

徐子方:《明杂剧史》,北京:中华书局,2003年版。

许建中:《明清传奇结构研究》,郑州:中州古籍出版社,1999年版。

许金榜:《中国戏曲文学史》,北京:中国文学出版社,1994年版。

许祥麟:《京剧剧目概览》,天津:天津古籍出版社,2003年版。

严敦易:《元明清戏曲论集》,郑州:中州书画社,1982年版。

颜全毅:《清代京剧文学史》,北京:北京出版社,2005年版。

杨惠玲:《戏曲班社研究:明清家班》,厦门:厦门大学出版社,2006年版。

杨建文:《戏剧概要》,武汉:华中师范大学出版社,1999年版。

杨义:《中国叙事学》,北京:人民出版社,1997年版。

幺书仪:《元代文人心态》,北京:文化艺术出版社,1993年版。

姚文放:《中国戏曲美学的文化阐释》,北京:中国人民大学出版社,1997年版。

伊维德:《朱有燉的杂剧》,张惠英译,北京:北京大学出版社,2009年版。

叶长海:《中国戏剧学史稿》,上海:上海文艺出版社,1986年版。

叶长海:《王骥德〈曲律〉研究》,北京:中国戏剧出版社,1985年版。

尹伯康:《湖南戏剧史纲》,长沙:湖南文艺出版社,1997年版。

余秋雨:《戏剧理论史稿》,上海:上海文艺出版社,1983年版。

余秋雨:《中国戏剧文化史述》,长沙:湖南人民出版社,1985年版。

余英时:《士与中国文化》,上海:上海人民出版社,1987年版。

俞为民:《李渔评传》,南京:南京大学出版社,1989年版。

俞为民、孙蓉蓉:《历代曲话汇编》,合肥:黄山书社,2008 年版。

袁世硕:《孔尚任年谱》,济南:山东人民出版社,1962 年版。

曾凡安:《晚清演剧研究》,广州:中山大学出版社,2010 年版。

曾永义:《中国古典戏剧论集》,台北:联经出版事业公司,1975 年版。

曾永义:《戏曲源流新论》,北京:中华书局,2008 年版。

曾永义:《清人杂剧论略》,台北:学生书局,1995 年版。

曾永义:《明杂剧概论》,台北:学海出版社,1979 年版。

张发颖:《中国戏班史》,北京:学苑出版社,2004 年版。

张庚、郭汉城:《中国戏曲通史》,北京:中国戏剧出版社,1980 年版。

张庚、黄菊盛:《中国近代文学大系·戏剧集》(一、二),上海:上海书店,1995—1996 年版。

张敬:《明清传奇导论》,台北:华正书局,1986 年版。

章培恒:《洪昇年谱》,上海:上海古籍出版社,1979 年版。

张晓军:《李渔创作论稿》,北京:文化艺术出版社,1997 年版。

张影:《历代教坊与演剧》,济南:齐鲁书社,2007 年版。

赵景深、张增元:《方志著录元明清戏曲家传略》,北京:中华书局,1987 年版。

赵山林:《中国戏剧学通论》,合肥:安徽教育出版社,1995 年版。

赵山林:《中国戏曲传播接受史》,上海:上海世纪出版集团,2008 年版。

赵山林:《中国戏曲观众学》,上海:华东师范大学出版社,1990 年版。

郑焱:《近代湖湘文化概论》(修订版),长沙:湖南师范大学出版社,2008 年版。

郑振铎:《清人杂剧初集》,长乐郑氏影印本,1931 年版。

郑振铎:《清人杂剧二集》,长乐郑氏影印本,1934 年版。

郑振铎:《西谛所藏善本戏曲目录》(影印本),1937 年版。

中国戏曲研究院:《中国古典戏曲论著集成》,北京:中国戏剧出版社,1959 年版。

中国戏曲志编辑委员会:《中国戏曲志·湖南卷》,北京:文化艺术出版社,1990年版。

周妙中:《清代戏曲史》,郑州:中州古籍出版社,1987年版。

周维培:《曲谱研究》,南京:江苏古籍出版社,1997年版。

周贻白:《中国戏剧史》,长沙:湖南人民出版社,1982年版。

周贻白:《中国戏剧史长编》,北京:人民文学出版社,1960年版。

周贻白:《中国戏曲史发展纲要》,上海:上海古籍出版社,1979年版。

周贻白:《周贻白戏剧论文选》,长沙:湖南人民出版社,1982年版。

朱保炯、谢沛霖:《明清进士题名碑录索引》,上海:上海古籍出版社,1979年版。

朱恒夫:《论戏曲的历史与艺术》,上海:学林出版社,2008年版。

朱万曙:《明清戏曲论稿》,合肥:安徽大学出版社,2007年版。

庄一拂:《古典戏曲存目汇考》,上海:上海古籍出版社,1982年版。

左鹏军:《近代传奇杂剧研究》,广州:广东高等教育出版社,2001年版。

左鹏军:《晚清民国传奇杂剧考索》,北京:人民文学出版社,2005年版。

左鹏军:《晚清民国传奇杂剧史稿》,广州:广东人民出版社,2009年版。

三、论文类(按发表时间的先后顺序为序,同时发表的作品以作者姓名音序为序)

谭家健:《浅谈王夫之的杂剧〈龙舟会〉》,《湖南师院学报》,1979年第3期。

刘世德:《朱景英和〈桃花缘〉传奇——清代戏曲家考略之一》,《文献》,1980年第4期。

张连起:《试论陈天华》,《西藏民族学院学报》,1981年第1期。

易楚奇:《试论王船山的杂剧〈龙舟会〉》,《船山学报》,1984年第1期。

龙华:《试论黄周星及其〈人天乐〉传奇》,《中国文学研究》,1985
年第 1 期。

龙华:《张声玠和〈玉田春水轩杂出〉》,《中国文学研究》,1986 年
第 1 期。

熊志庭:《古近代湘籍作家研究综述》,《中国文学研究》,1988 年
第 1 期。

吴根友:《〈龙舟会〉道德启蒙意义浅析》,《船山学刊》,1993 年第
1 期。

龙华:《论陈天华的小说创作——〈狮子吼〉为现实与理想之作》,
《中国文学研究》,1994 年第 4 期。

陈维昭:《论明清杂剧中的主体价值体验》,《艺术百家》,1996 年
第 2 期。

彭大成:《清初两湖"南北分闱"与湖南人才之兴起》,《船山学
刊》,1996 年第 2 期。

宋子俊:《明清杂剧创作"衰微"说质疑》,《甘肃社会科学》,1997
年第 2 期。

唐挥之:《旅宦湖南明清曲家事迹述略》,《艺海》,1997 年第
2 期。

王永健:《关于南杂剧的几个问题》,《艺术百家》,1997 年第 2 期

孟泽:《安身之所 立命之据——王夫之〈船山记〉〈龙舟会〉发
微》,《古典文学知识》,1997 年 4 期。

张兵:《清初湖南四家遗民诗概论》,《求索》,1997 年第 4 期。

解玉峰:《明清时代杂剧观念的嬗变》,《山东师大学报》(社会科
学版),1997 年第 5 期。

徐子方:《明代文人剧在戏剧和文学史上的地位》,《艺术百家》,
1998 年第 1 期。

赵山林:《杨恩寿对戏曲研究的贡献》,《山西师大学报》(社会科
学版),1998 年第 1 期。

许祥麟:《拟剧本:未走通的文体演变之路——兼评廖燕柴舟别
集杂剧四种》,《文学评论》,1998 年第 2 期。

周华娆:《从题词剧看杨恩寿的人生观》,《中山大学研究生学

刊》,2000 年第 1 期。

潘树广:《明遗民黄周星及其"佚曲"》,《文学遗产》,2001 年第
2 期。

刘黎明:《杂论东坡剧》,《西南民族学院学报》(哲学社会科学
版),2001 年第 12 期。

刘奇玉:《末世商音——杨恩寿及其〈坦园六种曲〉》,《湖南工程
学院学报》,2002 年第 2 期。

刘奇玉:《杨恩寿的戏剧理论体系探析》,《艺术百家》,2002 年第
4 期。

王晓靖:《论古典戏曲里的科举社会》,扬州大学硕士学位论文,
2002 年。

刘奇玉、李建武:《明代湖南戏剧创作浅论》,《南华大学学报》(社
会科学版),2003 年第 1 期。

杜桂萍:《清杂剧之研究及其戏曲史定位》,《文艺研究》,2003 年
第 4 期。

吴书荫:《对〈明遗民黄周星及其"佚曲"〉的补正》,《文学遗产》,
2003 年第 5 期。

胡正伟:《黄周星研究》,南京师范大学硕士学位论文,2003 年。

李朝霞:《陈天华与湖湘文化》,《邵阳学院学报》(社会科学版),
2004 年第 1 期。

寻霖:《明清湖南戏曲作家和戏曲刻书》,《艺海》,2004 年第
2 期。

万里:《湖湘文化的精神特质及其影响下的精英人物》,《长沙理
工大学学报》(社会科学版),2004 年第 3 期。

周秋光:《湖湘文化的个性特征及其缺陷》,《船山学刊》,2004 年
第 4 期。

王春霞:《试论陈天华民族思想的脉络》,《衡阳师范学院学报》,
2005 年第 1 期。

孙书磊:《王夫之〈龙舟会〉杂剧考述》,《中国典籍与文化》,2005
年第 4 期。

朱青红:《论〈龙舟会〉杂剧的文人自寓性特征》,《艺术百家》,

2005 年第 6 期。

徐国华:《蒋士铨研究》,华东师范大学博士学位论文,2005 年。

胡建次:《明清戏曲批评中的雅俗批评》,《西北第二民族学院学报》,2006 年第 2 期。

李晓燕、杜玉富:《从〈制曲枝语〉看黄周星的曲学思想》,《高等教育与学术研究》,2006 年第 3 期。

易惠莉:《科举制下湖南士人的生活和精神状态——以长沙杨恩寿为例》,《社会科学》,2006 年第 5 期。

杜桂萍:《遗民品格与王夫之〈龙舟会〉杂剧》,《社会科学辑刊》,2006 年第 6 期。

杨飞:《乾嘉时期扬州剧坛研究》,华中师范大学博士学位论文,2006 年。

沈冬:《清代台湾戏曲史料发微》,《中国音乐学》(季刊),2007 年第 1 期。

孙书磊:《从〈龙舟会〉杂剧看王夫之的历史观与戏剧观》,《东南大学学报》(哲学社会科学版),2007 年第 1 期。

赵夏:《"将就园"寻踪:关于明末清初一座文人"幻想"之园的考察》,《清史研究》,2007 年第 3 期。

包海英:《试论科举与古代戏曲之关系》,《天府新论》,2007 年第 4 期。

陆勇强:《黄周星生平史料的新发现》,《暨南学报》(哲学社会科学版),2007 年第 5 期。

夏太娣:《晚明南京剧坛研究》,华中师范大学博士学位论文,2007 年。

徐雪辉:《科举场面与戏剧效果》,《齐鲁学刊》,2008 年第 2 期。

袁慧:《张九钺的诗歌创作》,《湘潭师范学院学报》(社会科学版),2008 年第 4 期。

邵敏:《苏轼题材戏曲演变综论》,《四川戏剧》,2008 年第 5 期。

肖冰:《中国传统戏剧审美观及近现代的嬗变》,湖南大学硕士学位论文,2008 年。

颜伟:《明清山东杂剧传奇研究》,曲阜师范大学博士学位论文,

2008 年。

袁慧:《张九钺及其文学家族》,湖南大学硕士学位论文,2008 年。

张宇:《清初遗民戏曲文学研究》,黑龙江大学硕士学位论文,2008 年。

王汉民:《黄周星行实系年》,《浙江艺术职业学院学报》,2009 年第 1 期。

张媛:《元明戏曲小说中的苏轼形象》,《安庆师范学院学报》(社会科学版),2009 年第 2 期。

刘奇玉:《明清曲论家的历史题材剧审美认知论》,《湖南科技大学学报》(社会科学版),2009 年第 6 期。

万伟成、李克和:《黄周星曲学的尊体意识》,《戏剧文学》,2009 年第 8 期。

潘培忠:《貌似神离——黄周星与李渔曲论思想辨》,《绵阳师范学院学报》,2010 年第 1 期。

魏春春、李欢:《谢小娥复仇故事流变论——兼论王夫之〈龙舟会〉对〈谢小娥传〉的改编》,《湖北社会科学》,2010 年第 4 期。

张宇:《越南贡使与中国伴送官的文学交游——以裴文与杨恩寿交游为中心》,《学术探索》,2010 年第 4 期。

张宇、许建中:《杨恩寿生平考论——兼论晚清湖南中下层科举士人的生存轨迹》,《湖南社会科学》,2010 年第 5 期。

刘奇玉、刘建军:《明清剧论家的历史剧创作理念》,《社会科学家》,2010 年第 8 期。

刘于锋:《杨恩寿曲学思想新论》,《戏剧文学》,2010 年第 12 期。

张莉:《元明戏曲中的苏轼造型研究》,安徽大学硕士学位论文,2010 年。

黄胜江:《乾隆时期文人剧作研究》,福建师范大学博士学位论文,2010 年。

郭文仪:《明清之际遗民梦想花园的构建及其意义》,中国人民大学硕士学位论文,2010 年。

王婧之:《杨恩寿与湖湘文化——以研究杨恩寿戏曲作品为中

心》,《湖南大学学报》(社会科学版),2011 年第 1 期。

刘于锋:《科举题材戏曲在晚清的开拓——以杨恩寿〈再来人〉为考察对象》,《名作欣赏》,2011 年第 2 期。

张宇:《杨恩寿与王闿运交游考论》,《许昌学院学报》,2011 年第 3 期。

赵超:《戏曲中苏轼形象的多维透视》,《民族文学研究》,2011 年第 3 期。

杜桂萍:《论蒋士铨与乾嘉时期戏曲家的交往》,《社会科学辑刊》,2011 年第 6 期。

杜桂萍:《序跋题词与蒋士铨的戏曲创作》,《文艺理论研究》,2011 年第 6 期。

胡正伟:《理想之觞——〈补张灵崔莹合传〉的追求与幻灭》,《名作欣赏》,2011 年第 7 期。

伍光辉:《〈龙舟会〉:君子人格的颂歌》,《衡阳师范学院学报》,2011 年第 8 期。

戈丹:《太白后身是紫岘——从〈随园诗话〉所录诗歌论及张九钺其人其诗》,《科教导刊》,2011 年第 11 期。

刘春玉:《苏轼题材戏曲作品研究》,西北师范大学硕士学位论文,2011 年。

刘于锋:《杨恩寿戏曲研究》,南京师范大学硕士学位论文,2011 年。

单明川:《明代济南府作家研究》,上海师范大学硕士学位论文,2011 年。

石庆国:《清初诗人剧作论》,华侨大学硕士学位论文,2011 年。

〔马来西亚〕张惠思:《游幕、地方戏与"藉张吾楚"意识——论杨恩寿的游幕生活与戏曲的关系》,《戏曲研究》,2012 年第 3 期。

张晓兰:《论王夫之〈龙舟会〉杂剧的学术化品格》,《船山学刊》,2012 年第 3 期。

后 记

又是阳春三月,江南莺飞草长的时节,又是放飞理想、开始人生新征程的季节。

曾记得,六年前的三月,我参加华中师范大学古典文献学博士研究生的入学考试,最后被录取,投在王齐洲先生门下攻读中国古代小说戏曲史与小说戏曲文献方向博士学位。正是在华师的三年,通过聆听古典文献学专业与中国古代文学专业导师们的教诲,特别是恩师王齐洲先生手把手的教导,我才开始真正走向学术研究的轨道。正是读博的三年,桂子山的灵气,催发了我对学术规划的思考,使我确定了今后的学术目标与学术路径。

我出生于湘中偏西的农村,从小接触民间戏曲,大学毕业后又在农村高中教语文,学校所在地的乡镇文艺气息相当浓厚,这培养了我对湖南地方戏曲的兴趣。我本是一个理科生,因为爱好文学,大学毕业后被安排教高中语文。任教高中语文十余年后才考研,21世纪第一年的三月,我考上湖南师范大学研究生,此前,虽然涉猎了古今中外的不少名著,在写作上也有一定进步,但在学术上我简直是个门外汉。湖南师大三年,我在先师王毅教授的教导下学习做人、做学问,在岳麓山下,我聆听古代文学教研室的导师们的教诲,开始学习做学问。研究生毕业后,我来到位于王夫之故里的衡阳师范学院,从事中国古代文学专业的教学与科研工作,至今已有十三年。读博以前,我一直在苦苦思索自己的学术路径,徘徊在小说研究与戏剧研究之间。读博期间,我明确了今后主攻湖南地方戏剧的学术方向,确定了先研究明清湖南文人杂剧传奇然后分步骤研究明清湖南各种地方戏曲的学术路径。于是,在恩师王齐洲教授的指导下,我完成了博士论文《清代湖南杂剧传奇研究》并顺利通过答辩。博士毕业后,我开始研究湖南地方戏曲,撰写了专著《湘剧与中国古代小说》,现在正在做湖南省社科基金课题"祁剧与元明戏曲关系研究"。由于时间和精力有限,同时,也想将思考沉淀一段时间,因此,毕业后我一直把博士论文束之高阁。感谢湖南省重点建设学科与湖南省船山学基地慷慨出资,决定帮我出版专著。于是,我决定将博士论文《清代湖南杂剧传奇研究》修改出版。

这本小书就要出版了。在此,我要感谢衡阳师范学院领导、文学院领导,在我攻读博士学位期间对我的关怀和照顾。我要感谢恩师王齐洲教授对我的教导与关爱,感谢华中师范大学戴建业教授、张三夕教授、高华平教授、汤江浩教授等对我的教诲。我要感谢先师王毅教授对我的关爱与恩情,愿他老人家在天上同样过得潇洒、从容。我还要感谢湖南师大吴建国教授、李生龙教授、郭建勋教授曾经对我的教导。感谢本书的责任编辑、南开大学出版社的田睿、张肃编辑对书稿严肃认真地审阅与校对。

子曰:"吾十有五而志于学,三十而立,四十而不惑,五十而知天命,六十而耳顺,七十而从心所欲,不逾矩。"圣人自有其超越常人处,非我等平庸辈所能及者。但不断进取,不断提高,是每一个有所追求的人应该具备的品格。作为一个学术上起步较晚而又愚钝的人,我必须加倍勤奋,不断进取。"路漫漫其修远兮,吾将上下而求索",我愿以屈原这诗句自勉。

2016 年 3 月 28 日凌晨

于酃湖畔师苑新村